김
만
덕

김만덕 2

초판 발행   2010년 3월 26일
2쇄 발행   2010년 4월 20일

지은이   김영미
발행인   권윤삼
발행처   도서출판 산수야

등록번호   제1-1515호
주소   121-826 서울시 마포구 망원동 472-19호
전화   02-332-9655
팩스   02-335-0674

ISBN 978-89-8097-204-3 04810
ISBN 978-89-8097-202-9 (전 2권)

값은 뒤표지에 있습니다. 잘못된 책은 바꾸어 드립니다.

이 도서의 국립중앙도서관 출판시도서목록(CIP)은 e-CIP 홈페이지
(http://www.nl.go.kr/cip.php)에서 이용하실 수 있습니다.
(CIP제어번호: CIP2010000840)

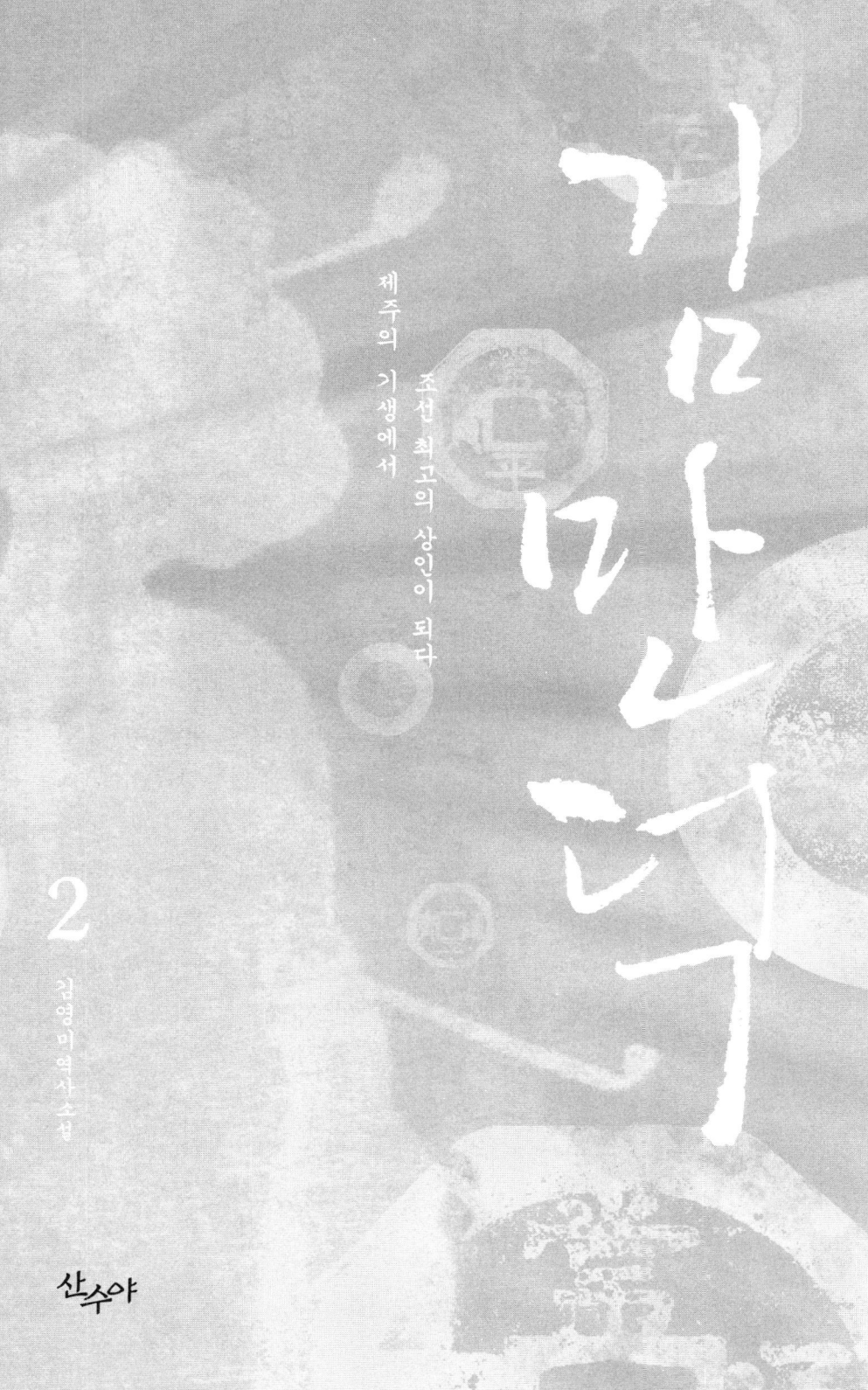

제주의 기생에서 조선 최고의 상인이 되다

김만덕

2

김영미 역사소설

산수야

내가 김만덕이라는 여성의 존재를 알게 된 것은 벌써 수년도 지난 어느 봄날의 일이었다. 당시 새로 발행될 고액권 지폐의 주인공으로 여성 인물을 넣자는 논의가 한창 진행 중이었는데, 김만덕은 그 후보 중 한 사람이었던 것이다. 그러나 김만덕은 결국 한국은행이 발표한 최종 후보에서 탈락되었다. 안타까운 일이었지만 생각해보면 어쩔 수 없는 결과였다. 당시 함께 언급된 후보들에 비해 그녀의 인지도는 참으로 미미했던 것이다. 그리고 그녀에 대해 알려진 역사적 사실들 또한 워낙 적었다.

그도 그럴 것이, 그녀는 유교적 통념이 사회를 지배하던 시기에 스스로의 길을 개척해 간 몇 안 되는 아웃사이더였기 때문이다. 그 때문에 그녀에 대한 기록은 『정조실록』과 『승정원일기』, 『일성록』 등에 짧게 언급되어 있을 뿐, 그리 상세하지 않다. 그래도 그 대략의 내용을 살펴보자면 이렇다.

제주의 기생 만덕이 장사를 통해 모은 재물을 풀어 흉년에 굶주린 백성들을 구제하였는데, 이를 안 임금이 상을 주려 하자 그 또한 마다하고, 다만 상경하여 금강산 유람하길 소원하였다. 이에 임금은 만덕의 소원을 허락해주고, 연로聯路의 고을들로 하여금 양식을 내어주도록 하였다.

당시의 제주耽라는 지금 우리가 익히 알고 있는 관광도시 제주와는 그 위상이 크게 달랐다. 탐라는 아름다운 자연경관이 무색하리만치 조선의 유배지로 악명 높던 곳이었고, 태풍과 해일의 피해가 극심하여 관원들이 발령을 꺼리던 곳이었으며, 동시에 말과 귤, 녹미와 전복 등 수탈에 가까운 공납을 감당해야만 했던 고장이었다. 그랬으니 오죽이나 살기가 팍팍하였을까? 그 탓에 한때 탐라를 떠나 뭍으로 도망가는 백성들이 줄을 이었다고 한다.

그것을 막고자 조선왕조가 만들어낸 법령이 바로 '출륙금지령'으로 탐라의 백성은 뭍으로 이주하여 살 수 없다는 규율이었다. 이 출륙금지령은 여성들에게 특히 가혹하였는데, 공납이나 장사를 위해 잠시라도 뭍으로 나갈 수 있었던 남성들과 달리 여성들은 아예 배조차 탈 수 없었다 한다. 한마디로 죽어서도 탐라 땅을 벗어날 수 없었던 셈이다.

이러한 시대에 김만덕은 탐라민이자, 기생 그리고 여성으로서 삼고三苦를 멍에처럼 짊어진 채 살았다. 상하좌우 그 어디로도 옴짝달싹할 수 없이 막막한 인생을 살았던 것이다. 그러나 그럼에도 불구하고 그녀의 영혼만은 바람처럼 자유로웠다. 발은 탐라 당에 묶여 있으되, 그녀의 눈은 조선을 넘어 저 넓은 세상을 향해 열려 있었다. 하여, 그녀는 고난에도 쉬이 자신이 정한 인생을 포기하지 않았다.

끝끝내 극복하여 조선 최고의 장사꾼으로서, 나아가 진정한 노블레스 오블리주의 상징으로서 역사의 한 페이지에 당당히 자신의 이름을 남긴 것이다.

여기서 나는 한 가지 의문을 갖게 된다. 김만덕은 어떻게 그 척박한 땅에서 당시로선 생각하기도 쉽지 않은 나눔의 철학을 갖게 되었을까? 가난은 나랏님도 구제하지 못한다는 의식이 팽배하던 시대에 자신 또한 가난한 집의 딸로 태어나, 결국 그 가난 때문에 기생이 되는 수모까지 겪었음에도 불구하고 어찌 그런 앞선 사고를 할 수 있었을까?

사실 거꾸로 생각해보자면 그 답은 의외로 단순하다. 동병상련同病相憐. 자신 또한 이미 그 고통을 뼈저리게 겪어보았기에 감히 그런 발상도 할 수 있었던 것이다. 아마도 만덕으로선 너무나 당연한 선택이었는지도 모른다. 그래서 나는 만덕을 신화 속에 등장하는 영웅으로 그리지 않았다. 또한 권선징악의 구도 안에서 악당을 무찌르는 절대선으로 묘사하지도 않았다. 그저 우리와 같은 인간—고뇌하고, 사랑하며, 미워하고, 안달복달하는—으로서 자연 그대로 두었을 뿐이다. 다만 신분의 굴레에도 좌절하지 않고, 소망하기를 멈추지 않았으며, 마침내 세상의 속박마저 뛰어넘은 인간 승리의 한 전형으로서 만덕의 의지에 주목했다.

사실 만덕이 보여준 강인한 의지는 현재를 살아가는 우리에게도 시사하는 바가 크다. 만덕은 비록 200여 년 전에 죽은 인물이지만, 그녀가 살아간 세상이 지금의 세상과 크게 다르지 않기 때문이다.

가진 것으로 인간을 서열화하는 세상, 신자유주의의 냉혹한 경쟁

논리 속에서 어찌 신분이 없다 할 것이며, 어찌 약육강식이 없다 할 것인가? 오히려 기회를 가진 자보다는 가지지 못한 자가, 승리하는 자보다는 도태되는 자가 많은 세상이다. 그런 세상에서 희망을 가지고, 그 희망을 실현하기 위해 세상과 그리고 자기 자신과 미련하리만치 투쟁을 벌이는 사람은 많지 않다. 대부분은 현실에 매몰되어 적당히 타협하고 마는 것이다. 하지만 만덕은 말한다. 아무리 현실이 지치고 척박하여도 희망하기를 멈추지 말라고. 남들이 뭐라 하든 자신의 마음을 사로잡은 단 하나를 놓치지 말라고.

이 책을 쓰는 동안 나 또한 만덕의 그 뜻을 경구처럼 새기며 한 자, 한 자 자판을 두드려갔다. 멀쩡히 다니던 회사를 그만두고 이야기꾼이 되겠다던 어린 시절의 꿈을 좇아 무작정 세상으로 나왔을 때, 어찌 일말의 불안감이 없었겠는가? 하지만 그 순간가다 만덕은 우연의 얼굴을 가장한 채 필연처럼 내 일상에 스며들어와 있었다. 덕분에 나는 외롭지 않게 이 길을 달려올 수 있었다. 참으로 감사한 일이다. 이제는 그때 내가 받았던 위안이 이 책을 접하는 다른 이들에게도 전해졌으면 좋겠다. 그리하여 다시금 '산다'는 것이 지닌 무게를 느껴보았으면 한다. 인생은 살아지는 것이 아니라, 살아가는 것이라고 말이다.

마지막으로 이 책이 나오기까지 애써준 분들에게 감사를 전하며, 지금 이 순간에도 희망하기를 멈추지 않는 모든 용기 있는 이들에게 이 책을 바친다.

2010년 2월 김영미

차례

겹겹이 능라로 지은 옷가지를 떨구어낸다. 그때마다 적막한 방 안엔 사그락 사그락, 비단 자락 스치는 소리가 났다. 매미의 날개처럼 손에 감기는 섬세한 옷의 감촉. 자주색 옷고름을 푼 여인이 저고리를 벗어내리자 터질 듯 동여맨 치마허리 위로 적, 녹, 황색으로 수를 놓은 가슴가리개가 드러나고, 그 위로 드리워진 각양각색의 노리개가 흔들리며 잘그락, 소리를 냈다. 그중 딸기술로 고정한 붉은 산호 노리개가 장지문 사이로 스며든 햇살에 비쳐 반짝 빛을 뿜어내자 여인이 살풋 반듯한 이마를 찌푸렸다.

화려한 장신구도, 고운 비단옷도 이미 의미를 잃은 지 오래, 그녀에겐 그 모든 것이 한낱 육신을 속박하는 붉은 오랏줄일 뿐이었다. 여인은 곤충이 허물을 찢고 나오듯 일말의 부끄러움도, 망설임도 없이 몸에 걸치고 있던 일체의 구속을 벗어던졌다. 그러자 밝은 빛 아래 아기처럼 뽀얀 여인의 나신이 드러났다.

어쩌면 펄떡이는 심장마저 투명하게 비쳐 보일 듯, 빛나는 여인의 육신은 방금 탈피를 마친 나비 같았다. 순간, 누구 하나 보는 이 없건만 여인은 첫날밤을 맞이한 새색시처럼 파르르 몸을 떨었다. 아마도 오랜 기다림 끝의 설렘 때문일 터였다. 지난 세월 몸을 웅크린 채 때를 기다려온 여인이었다. 허나 이제 새로이 땅이 열렸으니…… 여인은 절정의 자리에서 또 다른 비상을 꿈꾸었다.

여인은 걸음을 옮겨 방 한켠에 놓인 자개장 앞으로 다가갔다. 화사한 꽃나무 사이로 날아오를 듯 날개를 펼친 새 한 마리가 수놓인 장이었다. 여인은 그 자개장을 열고 가장 깊숙한 곳에서 보따리 하나를 꺼내들었다. 보따리를 풀자 그 안에선 뜻밖에도 수수하기 이를 데 없는 갈옷 한 벌이 나왔다.

여인은 망설임 없이 맨몸 위에 거친 갈옷을 걸쳐 입기 시작했다. 그때마다 우툴두툴한 옷자락이 비단에 익숙한 여인의 매끄러운 피부를 할퀴었지만 그럼에도 여인은 아랑곳하지 않았다. 오히려 뱃속 깊숙한 곳에서부터 저릿한 전율을 느끼는 여인이었다.

'나는 오늘 새로이 태어날 것이니.'

갈옷을 갖춰 입은 여인은 좀 전의 화려한 모습은 간데없이, 어느새 여염의 아낙 같은 모습을 하고 있었다. 여인은 만족스러운 듯 거울을 들여다보고는 이내 곱게 빗어 넘긴 머리 위로 쓰개치마를 덮어썼다. 그러고는 조용히 미닫이문을 열고 방 밖으로 사라졌다. 방 안엔 방금 여인이 벗어놓은 비단옷과 여인이 남긴 백단향만이 환영인 듯 아스라이 남아 있었다.

"영감, 소인의 이름을 기적에서 제하여 주소서!"

방을 나온 여인은 잠시 후, 동헌 앞마당에 부복하여 있었다. 동헌 마루 위에 선 제주 목사는 그러한 여인을 내려다보며 물었다.

"너는 행수 기생 영주가 아니더냐? 행수 기생이면 기생 중에서도 우두머리, 남부럽지 않은 호사를 누리는 네가 어찌 그 자리를 마다하고 면천을 원하는 게냐?"

목사의 말대로 여인은 탐라 최고의 행수 기녀였다. 이제 스물을 갓 넘긴 홍안이었으며, 이름 높은 예인이었다. 하여 기명妓名마저 감히 영주瀛州 한라산였으니, 그 자존심은 한라산보다 우뚝하였고, 그녀의 치맛자락은 탐라를 뒤덮고도 남았다. 심지어 그 이름이 조선 팔도에까지 퍼져 사내들은 영주를 보고자 목숨을 걸고 바다를 건넜으니, 그러다 험한 바닷길에 불귀의 객이 된 자도 부지기수였다. 그럴수록 기생 영주의 이름은 저 영산靈山 영주처럼 신화가 되어갔다. 덕분에 하룻밤 해우채가 자그마치 말 한 필 값에 육박하였고, 영주를 첩실로 맞아들이려는 양반 호사가들 또한 줄을 이었다. 바야흐로 영주는 기생으로서 최고의 부귀영화를 누리고 있는 셈이었다.

헌데, 영주는 무슨 까닭인지 그 절정의 순간, 스스로의 지위를 버리려 하고 있었다. 목사는 그런 영주를 도무지 이해할 수 없다는 표정이었다. 그러자 영주가 거듭 아뢰었다.

"면천을 하고자 함이 아닙니다. 그저 본래의 신분을 회복하여 제 이름을 되찾고자 할 뿐입니다."

그 말에 어느새 동헌 마당 가득 모여든 구경꾼들이 수군댔다. 가시 돋힌 시선들이 늦가을 햇살보다도 따갑게 영주의 머리 위로 내리꽂혔다.

'기생 주제에 이름은 무슨?'

'본래의 신분이라니? 제가 무슨 왕후장상의 씨라도 된다는 겐가?'

'영주가 드디어 실성을 한 게로군.'

사람들의 웅성거림이 영주의 귓전까지 들려왔다. 허나 영주는 조금도 주눅 든 기색 없이 당당히 고개를 들었다.

"소인 비록 가난으로 인해 기생이 되었지만, 본시 양민의 딸이옵니다."

그 말에 목사가 되물었다.

"양민의 딸이라?"

그러자 만덕이 대답했다.

"예. 경주 김씨 김응렬의 딸로, 제 본래 이름은 김만덕金萬德입니다."

한 자, 한 자 새기듯 천천히 자신의 이름을 고하는 영주 아니, 만덕이었다. 그도 그럴 것이, 김만덕 그 이름 석 자를 되찾기 위해 지난 세월 얼마나 많은 시련들을 감내해야만 했던가……. 그만큼 오랜 시간을 숨죽여 기다려왔던 만덕이었다. 만덕은 문득 감회에 젖어들었다.

그때였다. 순간 어디선가 한줄기 바람이 불어와 만덕의 뺨을 스치고 지나갔다. 그 바람 속에는 어딘가 익숙하고도 그리운 내음이 실려 있었다. 만덕은 고개를 들어 바람이 불어오는 방향을 바라보았다. 그러자 막힌 물꼬를 트듯 아련한 기억들이 파도처럼 철썩 밀려왔다.

'사라봉에서 오는 바람인가?'

그러고 보면 변화의 순간마다 만덕의 인생엔 어김없이 바람이 불었다. 그것은 지금 이 순간도 마찬가지였다. 문득 먼 옛날, 거친 바람이 자신의 삶을 송두리째 흔들고, 기어코 인생의 지침마저 돌려놓았던 그때를 떠올리는 만덕이었다.

7

기생 장사꾼

“잘 먹고, 잘 쉬다 가네!”

“다음번 배 들 때도 또 들러주셔요!”

펑퍼짐한 엉덩이를 흔들며 객주 이문간까지 따라나선 천천네가 콧소리를 섞어가며 길 떠나는 상인을 살뜰히 배웅했다. 그러나 그것도 잠시, “여기 국밥 멀었는가?” “술 한 병 더 가져오게!” 여기저기서 찾아대는 소리에 “예이~!” 하며 서둘러 돌아서는 천천네였다. 간만에 넘쳐나는 손님들로 천천네는 신바람이 나 있었다.

“만덕아! 아니, 만덕 객주! 객사가 꽉 차서 더 이상 손님 받을 곳이 없다. 이런 식이면 곧 월향정 때 매상도 따라잡겠는걸.”

천천네가 입을 함지박만 하게 벌리며 게걸스럽게 웃어댔다. 몇 달 전, 죽은 월중선을 따라 자신도 같이 죽겠다며 몸부림을 쳐대던 사람과 동일인물이라고는 도저히 믿겨지지 않는 모습이었다. 그래도 몸이 바쁘니 마음의 상처도 조금은 잊혀지는 모양인지라 다행이라고 생각하는 만덕이었다. 하지만 신이 난 천천네와 달리 정작 객주의 주인인 만덕의 마음은 영 좋질 않았다.

장부를 펴 놓고 앉아 몇 번이고 주판알을 튕겨 보던 만덕은 이내 한숨을 내쉬며 창문 밖, 마당을 가득 메운 손님들을 둘러보았다. 대부분이 뜨내기 손님들이었다.

'이래 가지곤 주막과 다를 바가 없지.'

만덕이 한때 고급 주루酒樓였던 월향정을 개조하여 객주를 열었다는 소식이 퍼지자 소문을 들은 상인들은 너 나 할 것 없이 우르르 만덕의 객주로 몰려들었다.

"기생 영주가 객주를 열었다면서?"

"그게 정말인가? 그 세도가 양반들 아니면 얼굴도 보기 힘들다던 도도한 영주가?"

"정말이고 말고! 천하일색이라는 영주 얼굴도 구경할 겸 어서 가 보세나. 또 아나? 갔다가 운 좋으면 영주가 쳐주는 술이라도 한 잔 받아 마시게 될지?"

객주에 대한 소문은 그렇게 상인들의 입에서 입으로 퍼져나가, 이제는 장사를 시작한 지 몇 달 만에 조선 팔도에서 만덕의 얼굴 한번 보자고 찾아드는 손님들로 객주는 문전성시를 이룰 지경이었다.

국밥 한 그릇짜리 손님이든, 큰 배의 선주든 먼 길 마다 않고 찾아와주는 정성은 모두 고마운 것이었으나 이왕이면 다홍치마르고 돈이 될 만한 큰 거래를 성사시키고 싶은 만덕이었다. 만덕이 보따리 장사를 그만두고 객주를 차린 데에도 그만한 이유가 있었으니, 뭍 못지않은 큰 장사를 벌여 볼 심산이었던 것이다.

당시 조선은 화폐 사용의 증가와 생산력 증대 그리고 교통과 운송의 발달로 전국 각지에 큰 규모의 장시가 형성되고 있었다. 그에 맞춰 상인들이 모여드는 곳에는 그들을 수용할 수 있는 여각과 객주업이 성행하였는데, 그중에서도 객주는 단순히 취식과 잠자리를 제공하는 것에 머무르지 않고 창고 임대, 거간居間, 상품 매매에까지 참여하는 등 새로운 형태로 발전해가고 있었다.

평소 장사에 관심이 많았던 만덕은 이러한 움직임에 주목했다. 외지와의 교역에 많은 부분 의존하고 있으면서도 정기적인 장시가 서지 않는 탐라, 그런 탐라의 특성상 객주업이야말로 가장 적합한 상업 형태라는 판단이 들었던 것이다.

만덕은 뭍에서 들어오는 상인들을 수용하는 한편, 그들이 들여온 물품들을 싸게 사들일 계획이었다. 그렇게만 된다면 상인들은 그들대로 숙소를 제공받으면서 거래까지 단번에 마칠 수 있으니 편리하고, 만덕은 그녀대로 따로 상선을 운용하지 않고도 뭍의 물건을 싸게 사들일 수 있으니 누이 좋고 매부 좋은 일이었다. 하지만 그것은 어디까지나 만덕의 바람일 뿐, 현실은 그리 녹록지 않았다.

"에이, 이 사람. 농담 말게. 아무리 하루에도 열댓 번씩 뒤집히는 하 수상한 세상이라지만 어찌 치마 두른 여자와 거래를 한단 말인가?"

뭍에서 온 장사꾼들에게 거래를 청할라 치면, 그들은 한결같이 이런 말로 만덕을 밀어내기 일쑤였다. 그들 눈에 만덕은 그저 얼굴 반반한 주막집 주인일 뿐, 거래를 논할 상인으로는 보이질 않았던 것이다. 그럴수록 만덕은 오기가 나서 남자들처럼 거친 갈옷을 입고, 치마 대신 바지저고리를 걸친 채 화장기도 없는 얼굴로 보란 듯이 포구 주변을 활보하고 다녔다. 그런 만덕을 보고 기겁한 천천네가 거지 망령이 든 것이 분명하다고 도리질을 칠 정도였다. 그러나 겉모습을 바꾼다고 해서 그들의 인식까지 쉽게 바뀌는 것은 아니었다. 객주를 연 지 벌써 넉 달째였지만 어쩌다 가끔 거간 일을 의뢰해오는 상인이 있을 뿐, 그마저도 가뭄에 콩 날 정도로 드문 일이었고, 만덕에게 가져온 물건을 직접 팔겠다는 상인은 어디에도 없었다. 그럴수록 만덕은 점점 초조해졌다.

"어……, 어어……, 우우……."

인기척에 고개를 들어보니 언제 왔는지 만재가 방문 밖에서 걱정스런 얼굴로 만덕을 바라보고 있었다. 괜찮냐는 듯한 표정이었다. 만덕은 굳은 얼굴을 풀고 슬며시 미소 지었다.

"난 괜찮아."

자신을 걱정해주는 가족이 함께한다는 것만으로도 얼마나 큰 힘이 되는지. 객주를 차리고 난 후, 만재와 줄곧 함께 지내고 있는 만덕이었다. 아무래도 각양각색의 손님이 드나드는 곳이다 보니 여자 둘이서 객주를 꾸려 나가기엔 힘에 부치는 일들이 많았다. 게다가 외간 남자들을 상대하는 일이고 보니 아무래도 장정의 존재가 절실했던 것이다. 그래서 일도 도울 겸 만재가 객주에 들어와 살게 되었다.

"나무 하러 다녀오는 길이야?"

지게를 보고 묻자, 만재가 설레설레 고개를 저었다. 그러고는 슬쩍 만덕의 눈치를 살피며 지고 있던 지게를 내려놓았다. 만덕은 곧 방문 밖으로 나와 지게 안을 들여다보았다. 만덕의 눈에 들어온 물건은 말총이었다. 대략 스무 관말총 한 관은 600g쯤 될까. 음력 4월, 갓 깎은 햇말총에선 구수한 보리 냄새가 났다. 누가 보냈는지 묻지 않아도 알 수 있었다.

"심부름꾼은?"

만덕의 물음에 만재가 턱짓으로 이문간 쪽을 가리켰다. 이문간 앞에는 까무잡잡한 얼굴에 정당벌립을 눌러 쓴 땅딸막한 사내가 따가운 봄 햇살 아래 연신 비지땀을 닦으며 서 있었다. 만덕은 군소리 없이 아랫목에 있는 묵직한 궤짝에서 돈 꾸러미를 꺼내서는 말총 값만큼 셈하여 심부름꾼에게 건네주었다.

"어이쿠! 군부태우리보다 윗 단계의 직책. 암말 50필을 관리하는 자리 어르신께서 그냥 전해 드리고 오라고만 했지 돈 받아오란 말은 없었는뎁쇼?"

그 말에 서걱서걱하게 대꾸하는 만덕이었다.

"이 돈 안 받으려거든 가져왔던 말총도 도로 가져가시오."

극구 사양하던 심부름꾼 사내는 그제야 순순히 만덕이 건네주는 돈주머니를 받아넣었다.

지난 가을, 큰오빠 만석이 테우리에서 군부로 승진하였다는 말을 바람결에 전해 들은 만덕이었다. 그러고 나서 올봄, 만석은 무슨 생각에선지 올해 거둔 말총을 모조리 만덕에게로 보내온 것이었다. 역모 사건 이후로 이렇다 할 연락조차 없이 지내왔건만…….

본래도 표현이 서툰 만석이었다. 그런 만석이 말총을 보냈을 때에는 제 나름의 마음씀이 있었으리라는 것을 만덕도 모르진 않았다. 그러나 그런 만석의 마음을 아무런 대가 없이 순순히 받을 수 없는 것이 또한 만덕의 솔직한 심정이었다. 그저 이문간에 선 채로 빈 지게를 지고 멀어져 가는 심부름꾼을 바라보며 깊은 한숨을 내쉬는 만덕이었다.

며칠 후, 뭍에서 큰 상선이 들어왔다. 마침 탐라에 보릿고개가 한창일 때 도착한 양곡선이었다. 소문을 들은 만덕은 객주를 천천네에게 맡겨놓고 서둘러 포구까지 마중을 나갔다.

"어서들 오셔요. 먼 길에 고생이 많으셨습니다."

만덕은 포구에 도착하자마자 선착장에 술동이를 부려놓고 선원들에게 일일이 술을 따라 대접했다. 물론 제 소개를 하는 것도 잊지 않았다.

"저는 얼마 전 무근성에 새로 객주를 연 김만덕이라고 합니다. 예정된 곳이 없으시다면 이번에 저희 객주에서 묵으심이 어떨는지요?"

선주에게 넌지시 청을 넣는 만덕이었다. 그러자 술 한 잔에 알딸딸하니 기분이 좋아진 선주가 흔쾌히 승락했다.

"제주 일색 영주가 객주를 차렸다는 말은 진즉에 들었지만 이리 직접 마중까지 받을 줄은 몰랐군. 좋네, 오늘은 자네 객주로 가세나!"

여독에 지쳤을 선원들을 위해 술동이까지 챙겨나온 정성이 통했는지 선주는 선뜻 단골 주막의 일꾼들을 돌려보내고는 만덕을 따라 만덕의 객주로 향했다. 신바람이 난 만덕은 얼른 짐꾼들을 부려 배에 실린 물건들을 부지런히 객주로 져 날랐다.

객주로 돌아온 만덕은 뭍에서 온 손님들을 극진히 대접했다. 천천네에게 특별히 일러 선주의 밥상에 방금 잡은 옥돔과 갓 딴 싱싱한 전복을 차려내고, 선원들에게도 아낌없이 술을 풀었다. 이유 없는 선심은 없는 법, 다 작정한 바가 있는 투자였다.

"여기 영주, 아니 김 객주가 이래 뵈도 탐라에선 한 끝발이 있는 상인이란 말이지. 객주를 차린 지는 얼마 안 되었어도 어린 시절부터 주막 일을 보아온지라 장사에는 이골이 났다니깐. 따지고 보면 사실 객주나 주막이나 술 팔고 밥 파는 거야 거기서 거기 아닌가? 안 그런가 영주, 아니 김 객주?"

선주를 구워삶기 위해 선주와 안면이 있는 공방을 불러다 앉힌 만덕이었다. 만나는 상인들마다 하나같이 여자인 만덕을 영 못 미더워하니, 믿을 만한 사람에게서 추천이라도 받으면 덜 할까 싶어 생각해낸 고육지책이었다. 하지만 제 한 몸 추스르기에도 바쁜 공방은 술에 취해 벌써부터 혀가 소라 내장처럼 배배 꼬이고 있었다. 결국 보다 못한 만덕이 먼저 선주에게 단도직입적으로 거래를 제안했다.

"선주 어르신, 이번에 가져오신 미곡을 제게 넘기시지요."

벌써 넉 달째 제대로 된 마수걸이조차 못한 만덕이었다. 그런 만큼 이번 거래는 무슨 일이 있어도 반드시 성사시키고 싶었다. 그러나 선주의 표정은 예상대로 심드렁했다.

"글쎄…… 자네 수완 좋다는 소문이야 익히 들었네만, 그거야 기생 시절 얘기고. 장사 수완이야 별개의 문제인데 자넬 어찌 믿고?"

술잔이 오갈 때까지만 해도 호의적인 분위기였건만 막상 거래 얘기가 나오자 슬슬 꽁무니를 빼는 선주였다. 그도 그럴 것이 접대는 접대요, 거래는 거래였으니. 그러나 쉽게 포기할 만덕이 아니었다. 만덕은 생각해두었던 대로 흥정을 걸었다.

"어음 대신 원하시는 물품으로 보름 안에 대금을 한 번에 치러드리지요. 그리고 앞으로도 쭈욱 저희 객주와 거래해주십사 하는 의미로 금번 선원들의 밥값과 술값은 일절 받지 않겠습니다."

그 정도면 꽤나 파격적인 조건이었다. 선주도 이번엔 구미가 당겼던지 솔깃한 눈치였다. 아니나 다를까, 선주의 목소리가 좀 전보다 은근해졌다.

"말처럼만 된다면야 나도 자네를 골백번 돕고 싶네만, 신뢰가 으뜸인 이 바닥에서 첫 거래라는 것이 원체 위험하질 않은가? 나도 줄줄이 선원들을 거느리고 있는 입장이다 보니 무턱대고 모험을 할 수도 없는 노릇이고. 어흠, 어흠……."

뭔가 다른 꿍꿍이가 있는 모양인 듯, 선주가 연신 헛기침을 해댔다. 그런 선주를 보며 애써 초조함을 감추는 만덕이었다. 더 이상 양보하게 되면 손해를 볼 것이 자명한 상황이었다. 하지만 상인으로서의 첫 거래는 기생의 화초만큼이나 상징성이 큰 법이었다.

"좋습니다. 그럼 선주 어르신께서 먼저 원하시는 조건을 말씀해 보시지요."

그러자 느물한 미소를 지어보이는 선주였다. 순간 검붉은 입술 사이로 누런 이가 슬며시 드러났다.

"따로이 원하는 조건이라기보다는……, 그저 우리가 서로 믿을 만한 사이인가 싶어서 말이네. 그렇다고 우리가 허심탄회하게 속을 맞대본 사이도 아니고……."

그때였다. 선주의 거머리 같은 손이 상 밑으로 쑤욱 다가오더니 거친 갈옷 밑으로 드러난 만덕의 하얀 팔뚝을 덥썩 잡고는 나 처 슬금슬금 쓸어 올라오는 것이 아닌가.

순간 만덕의 얼굴이 확 굳어졌다. 욕지기가 치밀어 오른 만덕은 좍악, 말릴 새도 없이 눈앞에 놓여 있던 술잔을 들어 그대로 선주의 얼굴에 끼얹었다. 그 서슬에 술에 취해 개진개진 앉은 자리에서 허물어져가던 공방이 벌떡 일어났다.

"어이쿠야! 영주, 자네 이게 무슨 짓인가?"

이미 독이 오를 대로 오른 만덕이었다.

"아까부터 누구더러 영주라는 것입니까? 제 이름은 김만덕입니다!"

눈을 화등잔만 하게 뜬 공방은 술을 뒤집어쓰고 푸푸거리는 선주와 그런 선주를 서슬 퍼런 눈으로 노려보고 있는 만덕을 번갈아 쳐다보았다. 그러더니 아무래도 일을 치르겠다 싶었는지 황급히 천천네를 부르며 방문 밖으로 뛰쳐나갔다. 그사이 만덕은 선주를 향해 차갑게 내뱉었다.

"여기는 객주지 창기집이 아니오. 허니 정 몸 풀 계집이 필요커든 성문 밖 사창가나 가 보시오!"

"뭣이 어쩌구 어째? 내 이년을 보자 보자했더니……!"

자리에서 벌떡 일어난 선주가 그대로 만덕을 후려칠 기세로 손을 번쩍 치켜들었다. 그러자 만덕 역시 그에 질세라 눈앞에 놓인 술상을 와락 뒤집어 엎어버렸다. 그 바람에 와장창, 그릇들이 요란한 소리를 내며 사방으로 흩어졌다. 그 기세에 눌린 선주가 움찔하는 사이 만덕이 선주를 노려보며 싸늘하게 뇌까렸다.

"상은 이미 엎어졌소. 내 더 이상 당신 같은 자와 거래하고픈 마음이 없으니, 내 객주에서 썩 나가시오!"

만덕은 선주를 쫓아내고도 한동안 분함을 이기지 못했다.

"다시는 얼씬도 못하게 당장 대문 밖에 소금 뿌리세요!"

천천네를 향해 외치고는 흥분한 채로 대청 위에 종종히 서서 잘근 잘근 애꿏은 입술을 짓씹는데, 어디선가 낯선 남정네의 목소리가 들려왔다.

"허, 거참. 천하일색 여주인이 운영하는 객주라기에 그 얼굴이나 한번 구경할까 하여 먼 길을 찾아왔더니만 천하일색은ㄱ녕 앙살맞기가 영락없는 암코양이가 아닌가!"

안 그래도 심기가 불편하던 차에 홱 돌아보니, 한바탕 소란으로 텅 비어버린 마당 평상 위에 웬 남자 둘이 앉아 있는 것이 보였다. 요기를 하던 중이었던 듯, 그들 앞에는 작은 개다리소반 위에 반쯤 비운 국밥 그릇이 놓여 있었다. 말을 한 이는 그중 좀 더 나이가 들어 보이는 쪽으로, 서른 중반쯤 되었을까? 각반을 차고 패랭이를 쓴 꼴이 영락없는 장돌뱅이였다.

"보아하니 갈 길이 먼 분들 같으신데, 국밥이나 마저 자시고 가던 길 가시지요."

최대한 인내심을 발휘하여 대꾸하는 만덕이었다. 하지간 냉기가 뚝뚝 흐르는 말투만은 감출 길이 없었으니, 장사를 시작한 이래로 거듭되는 좌절은 만덕의 심신을 지치게 하고 있었다. 말을 마치고 돌아서려는데, 다시금 이어지는 비아냥에 결국 멈칫하고 걸음을 멈추고 마는 만덕이었다.

"장사꾼이 손님에게 앙탈이라니! 쯧쯧, 탐라에선 장사를 이렇게 하는가? 하기야 달리 기생 출신이 아닌 게지."

마주 앉은 일행에게 하는 말치고는 지나치게 큰 목소리였다. 만덕

더러 들으라고 하는 말이 분명했다. 오늘따라 일진이 왜 이다지도 사나운지, 만덕은 울컥하는 심정에 사내를 똑바로 쏘아보았다.

"그리 말씀하시는 것을 보니, 아마도 객께선 꽤나 성공하신 상인 이신가 봅니다?"

곤궁한 차림새를 보며 부러 빈정대는 만덕이었다. 하지만 변죽 좋은 사내는 그런 말 따윈 아무렇지도 않다는 듯 만덕을 향해 히죽 웃어 보이는 것이었다.

"뭐 아직 만족할 정도는 아니네만, 주인보다야 성공하지 않았을까?"

만덕은 기가 막혀 코웃음을 흘렸다.

"하여, 거상巨商께서 보시기엔 제가 손님께 앙탈이나 부리는 한낱 기생이라는 말씀이시군요. 그렇다면 격에 맞게 밥값도 더 치르셔야지요. 기생집에서 밥 한 상에 엽전 몇 닢이 가당키나 한 말입니까?"

기를 죽이려고 한 말이건만 사내는 기가 죽기는커녕 클클 웃었다.

"딴에는 옳은 말이로군. 허나 보다시피 내가 지금은 가진 돈이 얼마 없어서 말이야."

이제야 제 밑천이 나오는구나 싶은 만덕이었다. 하지만 어쨌든 저 정도면 허풍만은 거상급이라 생각하고 있는데 사내가 다시 입을 열었다.

"대신 내 선배 장사꾼으로서 자네에게 충고나 한마디 하지."

어느새 사내의 얼굴엔 웃음기가 사라져 있었다.

"상인이 되고픈가? 허나 겉모습을 상인처럼 꾸미고, 그럴듯하게 객주를 차린다 하여 상인이 되는 것은 아닐세. 봉두난발을 하고 다니든, 거지 발싸개를 신고 다니든, 상인은 거래를 성사시켜야 상인이지. 적어도 상인이라면 섣부른 자존심 때문에 중요한 거래를 파하지는 않네."

그 말에 만덕은 발끈했다.

"하면 그 말은 장사를 위해서라면 몸이라도 팔아야 한다는 게요, 뭐요?"

대답 대신 사내는 어깨를 으쓱해 보였다.

"그거야 본인이 알아서 할 일, 내가 그것까지 알려줘야 하나? 다만 자존심 따위에 거래를 파하는 자는 콧대 높은 기생은 될 수 있을지언정 성공한 장사꾼은 될 수 없다는 말일세."

그 말을 끝으로 사내는 일행과 함께 자리를 떴다. 홀로 남은 만덕은 텅 빈 자신의 객주를 둘러보았다. 방 안에는 자신이 뒤엎은 그릇들이 반쯤 박살이 나 있고, 좀 전까지만 해도 손님들로 북적이던 마당에는 빈 술병들만 나뒹굴고 있었다. 그리고 방금 사내가 떠난 상 위엔 밥값으로 남기고 간 엽전 몇 닢만 알량한 만덕의 자존심처럼 맥 없이 구르고 있었다. 만덕은 왠지 모를 쓸쓸함에 한참을 그렇게 서 있었다.

그날 밤 만덕은 늦도록 잠을 이루지 못했다. 아쉽게 놓쳐버린 미곡선도 미곡선이지만, 정체불명의 사내가 남기고 간 말이 마치 가시처럼 머릿속에 박혀 쉬이 사라지질 않았던 것이다.

'상인은 거래를 성사시켜야 상인이지. 자존심 따위에 거래를 파하는 자는 콧대 높은 기생은 될 수 있을지언정 성공한 장사꾼은 될 수 없다는 말일세.'

곱씹을수록 막막해졌다. 어린 시절부터 원하는 것을 얻자면 수단과 방법을 가리지 말아야 하며, 심지어 여인의 내밀한 매력까지 총동원해야 한다고 누누이 배워왔던 만덕이다. 그리고 실제로 그러한 방법으로 많은 것을 손에 넣기도 했다. 돈과 권력은 물론 상대의 마음까지도. 한때 상처받은 자존심을 회복하기 위해 만덕을 소유코자 했던 목사 김몽규도 결국 탐라를 떠나기 전, 제 손으로 제 심장과도 같은 옥패를 바치며 영원을 약속하지 않았던가. 덕분에 만덕은 탐라에서 가장 부유한 기생이 되었고, 행수 기생의 자리까지 거머쥐었다. 하지만 그게 싫어 박차고 나온 자리였다.

아무리 성공한들 그늘 속에 숨어 살아야 하는 것이 기생의 운명이었다. 당당할 수 없기에 숨 죽일 수밖에 없는 기생의 천형이란 결국 세상 사람들로부터 인정받지 못한 수단과 방법에서 오는 것이 아니었던가.

남들이 어렵게 땀으로 이뤄낸 것들을 기생은 상대를 미혹하여 너무나 쉽게 얻어낸다고들 믿는다. 그 또한 기생들에게는 녹록지 않은 노력과 단련의 결과이건만 세상은 그것을 결코 인정해주지 않았다. 그래서 기생의 이름이 높아지면 높아질수록 찬양하는 목소리만큼이나 뭇사람의 손가락질 또한 늘어나기 마련이었다. 그리하여 달리 살아보겠다고 시작한 장사이건만 만덕은 또다시 회의에 직면해 있었다.

곱상한 얼굴과 웃음을 팔아 장사를 도모코자 한다면 만덕은 보다 손쉽게 목적에 도달할 수 있을 것이었다. 그러나 그렇게 목적을 달성한다 한들 과연 기생과 장사꾼이 다를 게 무엇이란 말인가. 과연 제 이름 앞에 당당할 수 있을까?

'차라리 내가 사내였다면 이런 고민은 하지 않아도 되었겠지.'

꼬리에 꼬리를 무는 사념으로 만덕은 결국 새벽 첫 닭이 을 때까지 뜬눈으로 밤을 지새웠다.

잠을 제대로 이루지 못한 탓일까? 며칠 새 살이 좀 빠졌는지 간만에 낀 쌍가락지가 여윈 손가락 위에서 뱅글뱅글 돌았다. 은파란 장식을 넣은 쌍가락지는 아래위로 두 마리의 물고기가 맞물린 모양새였으나 지금은 한쪽이 절반쯤 돌아가서 한 마리가 다른 한 마리의 꼬리를 무는 듯한 형국이었다. 만덕이 반대쪽 손으로 쌍가락지의 모양을 맞춰 가다듬고 있는데 이문간 쪽에서 기다리던 돈소리가 들려왔다.

"아니, 이게 누구시오? 객주께서 어쩐 일로 우리 상단을 다 찾아 주셨소?"

사람 좋은 미소를 띠며 성큼성큼 만덕을 향해 다가오는 자는 상인 양도수였다. 양도수는 최근 몇 년 사이 탐라에서 입지를 다진 신흥 상인으로 본래는 한미한 양반 가문 출신의 서생이었으나 임오년 사도세자의 국상 때 마침 갓 사업에 손을 대었다가 단번에 큰 성공을 거둔 자였다.

만덕은 옷매무새를 가다듬으며 양도수를 향해 나긋나긋한 미소를 지어 보였다.

"실은 양 행수님께 부탁 드릴 것이 있어, 약속도 없이 이리 결례를 무릅쓰고 찾아왔습니다."

간만에 궤짝 깊숙이 넣어두었던 비단 치마저고리를 꺼내 입고 안

하던 화장까지 하고 나선 길이었다. 태연한 듯한 겉모습과 달리 만덕의 마음은 편치 않았다. 사실 만덕이 이리 단장을 하고 양도수를 찾아온 것은 나름의 다급한 사정이 있어서였다.

며칠 전 만덕은 객주를 찾은 상인으로부터 갓양태를 구해달라는 부탁을 받았다. 간만에 들어온 거간 일인지라 두말 않고 받아들인 만덕은 상인에게서 받은 계약금까지 챙겨들고 평소 자신이 단골로 거래하던 신촌 근방의 양태청을 찾아갔었다. 한데 그곳에서 만덕은 뜻밖의 말을 들었다. 갓양태가 이미 모두 팔려 만덕에게 내어줄 것이 없다는 것이었다.

"그게 무슨 말입니까? 그럼 지금 일꾼들이 만들고 있는 저 양태는요? 기다릴 테니 저것이라도 제게 주십시오."

하지만 양태장은 곤란하다는 표정을 지었다.

"미안하지만 저것도 이미 주인이 있다네. 실은 재료는 물론이고 수공비까지 양도수 상단에서 미리 다 받은 터라……."

보릿고개에 급히 곡식을 꿔다 먹고 그걸 갚느라 양태를 모조리 팔아버린 양태장이었다. 그 때문에 수중엔 재료 값도 남아 있질 않고, 새 양태도 더 이상 만들지 못할 지경이었다. 그러던 차에 양도수 상단에서 재료는 물론이고 수공비까지 미리 당겨주겠다고 나섰던 것이다. 벼랑 끝에서 내미는 손을 거절할 이유는 없는 법, 양태장은 다른 거래를 모두 끊고 양도수 상단의 물건만 만드는 중이었다.

"이래저래 간섭은 받네만, 그래도 목구멍이 포도청이니……."

비단 그 양태장뿐만이 아니었다. 양태 겯기를 주업으로 하는 그 마을 일대가 이미 모두 양도수 상단의 개인 공방이나 다름 없이 변해 있었다. 말로만 듣던 선대제先貸制였다.

만덕은 눈앞의 사내를 새삼 올려다보았다.

'양도수……, 무서운 자로다. 대체 어느새 그리 큰 자본을 축적하였단 말인가.'

하지만 겉으론 시종 공손하게 부탁하는 만덕이었다.

"쉽지 않은 청인 줄은 압니다. 허나 이미 상인과 약조를 한 터라 그렇습니다. 돈 버는 것은 둘째치고라도 신의는 지켜야 하지 않겠습니까? 제가 받기로 한 이문까지 모두 양 행수님께 드릴 터이니 상단으로 들어오는 갓양태 중 일부만이라도 제게 양보해주시지요."

접객실에 마주 앉은 만덕은 양 행수에게 그간의 사정을 설명했다. 하지만 곤란하다는 듯 입맛을 다시는 양 행수였다.

"객주의 딱한 사정은 알겠소. 하지만 그 물건들은 이미 주인이 정해진 것이라서 말이오."

그러나 만덕은 포기하지 않고 거듭 부탁했다.

"제게 필요한 물량은 딱 예순 장입니다. 그것만이라도 어찌 변통이 안 되겠습니까?"

간곡한 만덕의 청에 양도수는 고민했다. 그렇게 한동안 고민하던 양도수가 잠시 후 조심스레 입을 뗐다.

"정 그러하다면 마침 양태 주인이 우리 상단에 와 있으니 한번 직접 부탁을 해보시려오?"

그 말에 만덕이 반색을 하며 고개를 끄덕였다.

"물론이지요. 그리만 해주신다면 주인은 제가 어떡하든 설득을 해보겠습니다."

만덕은 자신만만하게 장담했다. 하지만 막상 양 행수의 안내를 받아 양태 주인을 마주한 만덕은 언제 그랬냐 싶게 혀뿌리가 뻣뻣하게 굳어서 설득은커녕 변변한 인사말조차 건네지 못했다. 그사이 만덕을 본 양태 주인이 먼저 입을 열었다.

"지난번 봤을 땐 기생 소리 듣기 싫어 얼굴에 흙칠이라도 하고 다닐 기세더니, 그새 생각이 좀 바뀐 모양일세?"

양태 주인이 여봐란 듯한 얼굴로 만덕을 위아래로 훑어보며 말하자, 만덕의 얼굴이 장작불에 얹힌 솥뚜껑처럼 수치심으로 붉게 달아올랐다. 양태 주인이라는 자가 하필 지난번 객주에서 만덕에게 '콧대 높은 기생' 운운했던 바로 그 장돌뱅이였던 것이다. 허름한 차림새였던 그때와는 달리 더도 덜도 없이 몸에 딱 맞춘 비단 도포에 결고운 진사립을 쓴 모습이 영판 다른 사람 같아 보이기는 했으나 폐부를 찌르는 독설만큼은 변함이 없었다.

만덕은 순간 왔던 길로 횡하니 돌아 나오고 싶었다. 하지만 자리를 마련한 양도수의 입장도 그렇거니와 객주에서 약속한 물건을 기다리고 있을 상인을 생각하니 차마 그럴 수도 없는 만덕이었다.

"두 분이 혹 이미 아시는 사이입니까, 전 행수님?"

미묘한 분위기를 감지했던지 양도수가 나서며 물었다. 그러면서 사내를 향해 전 행수라 칭하는 양도수였다. 그랬다. 지난번 장돌뱅이 행색으로 만덕의 객주를 찾았던 사내는 바로 송상 행수 전길주였던 것이다. 만덕과는 역모 사건으로 인해 악연으로 엮인 사이였다.

"안다면 알고, 모른다면 모르는 사이지."

전 행수는 묘한 미소로 답했다. 그러나 그 말뜻의 절반만을 이해하는 만덕으로서는 갈수록 그 자리가 불편할 따름이었다. 그래도 찾아온 목적이 있는지라 애써 당황스러움을 감추며 침착하게 갈문을 열었다.

"정식으로 인사 드립니다. 저는 무근성에서 객주를 운영하그 있는 김만덕이라고 합니다."

만덕이 고개를 숙이며 인사했다. 그러자 전 행수도 툭 던지듯 대꾸했다.

"알고 있네. 그 유명한 기생 장사꾼이 아니신가?"

작정한 듯 비꼬는 말투였다. 순간 전 행수의 무례한 언사에 만덕은 움찔했다. 덩달아 당황한 양도수도 말을 더듬었다.

"저……저기 전 행수님……!"

"왜? 내가 못할 말을 하였는가? 다들 뒤에선 그리 부르던데. 양 행수 자네도 지난번에 내게 그리 말하지 않았나?"

민망해진 양도수가 연신 헛기침을 해댔다. 그런데도 전 행수는 독설을 멈추지 않았다.

"오늘 보니 왜 사람들이 자넬 그리 부르는지 확실히 알겠군. 손에 낀 호사스런 가락지며 온몸을 칭칭 휘감은 비단옷에 새초롬한 낯빛까지, 어리숙한 사내들의 시선을 끌기엔 아주 적격이야. 지난번처럼 사내도 계집도 아닌 어정쩡한 꼴보다는 차라리 이편이 훨씬 낫구먼."

아뿔사! 만덕은 조소로 비틀린 전 행수의 얼굴을 보며 그제야 스스로 오욕을 자처하였음을 깨달았다. 지금 울긋불긋 한껏 치장을 하고 와서 온갖 아쉬운 소리를 하고 있는 자신은 전 행수의 말게로 기생도 장사꾼도 아니었다.

다급해지면 자신이 가진 것 중 가장 손쉬운 패부터 집어 들게 되는 것이 사람의 간사한 마음인지라, 만덕 역시 그 함정에 빠지고 만 것이다. 머리부터 발끝까지 구정물을 뒤집어쓴 듯한 기분이 들었다.

만덕은 지독한 수치심과 자괴감에 정작 찾아온 목적은 꺼내 보지도 못한 채 질끈 입술을 깨물며 자리에서 일어났다. 그리곤 망설임없이 방을 돌아 나왔다. 그 와중에도 전 행수와 양 행수를 향해 최대한 깍듯이 예의를 차려 작별인사를 한 것은 그녀의 마지막 남은 자존심이었다.

"상인의 자존심이란 것이 고개만 빳빳이 치켜든다고 해서 세워지는 게 아니지. 거래를 시작한 이상 약속은 반드시 지켜내는 것, 그것이야말로 진정 장사꾼의 자존심이 아닌가!"

문지방을 넘어서는 만덕 뒤로 전 행수의 마지막 한마디가 비수처럼 날아와 박혔다.

객주로 돌아온 만덕은 결국 상인과의 약속을 지키지 못한 대가로 계약금을 모두 돌려준 것은 물론이고 꽤 큰 위약금까지 물었다. 그 일 이후로 객주는 천천네에게 맡겨둔 채 벌써 일주일째 이른 아침부터 늦은 밤까지 묵묵히 물만 길어다 나르는 만덕이었다. 그것도 일부러 성에서 먼 용천으로만 다녔다.

"그렇게 밥장사나 열심히 할 것이지 거간은 뭐하러 나서 가지고서는, 속은 속대로 상하고 손해만 잔뜩 지고……, 쯧쯧…….."

만덕이 의기소침한 이유가 거간 일로 큰 손해를 본 때문이라고만 짐작한 천천네는 팔월 염천에 땀을 뻘뻘 흘리면서도 쉬지 않그 허벅을 져 나르는 만덕을 보며 혀 차는 소리를 했다. 그마저도 모르는 척, 만덕은 다시 허벅을 지고 이문간을 나섰다.

바닷가 용천에 도착한 만덕은 바가지로 물을 퍼서 목울대가 울리도록 꿀꺽꿀꺽 들이켰다. 콧잔등에서 흘러내린 땀이 섞여 물맛은 생명의 냄새로 비릿하고도 짭짜름했다. 바가지에 남은 물기를 털어내며 입가를 쓰윽 닦은 만덕은 바다 너머 불어오는 바람에 잠시 땀을 식혔다. 눅지근한 남동풍이었다.

처음 며칠간은 천천네의 말처럼 번다한 속을 달래고자 몸을 굴린 것이 사실이었다. 만덕은 이번 일로 스스로에 대한 자긍심에 큰 상처를 입었던 것이다. 그러나 그것은 비단 전 행수의 언사가 모욕적이었기 때문만은 아니었다. 사실 그런 것으론 십수 년 기방 생활로 다져진 만덕의 자아에 작은 흠집조차 낼 수 없었다. 얼굴에 침을 뱉는다 해도 이슬 맞은 꽃처럼 방긋 웃을 수 있는 사람이 바로 만덕이었다.

다만 내부로부터 시작된 혼돈, 타인이 주는 모욕과는 별개로 그동안 만덕이 품어왔던 의구심, 그 정체성의 혼란이 만덕을 전어 없이 불안케 했다. 그중에서도 가장 견딜 수 없는 것은 자괴감이었다. 스스로에 대한 자긍심이 강했던 만큼 '내가 이리도 부끄러운 인간이었던가' 하는 생각이 만덕을 한없이 작게 만들었다.

하지만 만덕은 부끄러움에 고개를 숙일 만큼 연약하지는 않았다. 오히려 석창포처럼 뻣뻣한 생명력을 지닌 탐라의 여식이었기에 만덕은 땡감처럼 떫디떫은 모멸의 열매를 자분자분 씹어 삼키며 본능처럼 허벅을 져 날랐다. 그러고는 틈틈이 동토를 뚫고 나오는 억센 잡초처럼 생명의 판로를 엿보았다.

숨 붙어 살아 있으니 '왜 사느냐?' 묻는 것은 사치였다. 사는 것은 당연한 일이고, 다만 어찌 살까가 만덕에겐 항상 가장 큰 숙제였다. 그 와중에 만덕은 바람결에 전 행수에 대한 이런저런 소식들을 전해 듣고 있었다.

그저 돈 좀 있는 뭍 상인이겠거니 했던 전 행수는 알고 보니 현 송상 대방의 조카이자 죽은 전 대방의 아들로, 이 바닥에선 꽤나 유명한 자였다. 누대에 걸쳐 조선 최고의 상단을 꾸려온 탄탄한 배경에, 어려서부터 이재에 밝아 서른 안팎의 나이에 벌써 거상 소리를 듣고 있었다. 항간에서는 작은아버지인 현 대방의 아들과 함께 송상의 대를 이을 차기 후계자라는 소문이 자자했다. 그런 자가 탐라에 나타났으니 성내의 한다 하는 장사꾼들이 어떻게든 줄을 대어 보고자 문간이 닳도록 그의 집을 드나드는 것은 당연지사였다.

그러나 얼마 후, 전 행수가 탐라에 직접 송방을 세우기 위해 상단 자리를 살피고 다닌다는 소문이 돌기 시작하자 탐라 상인들의 태도는 180도 바뀌었다.

당시 송상은 탐라뿐만 아니라 전국 각지에 송방松房이라는 지점망을 개설하고 특산품을 직접 수매하여 높은 수익을 올리고 있었다. 그런데 그 자본력이 어찌나 대단한지 송상이 한번 점찍은 물목은 매점매석으로 동이 날 지경이어서 현지의 힘 없는 상인들은 손 한번 써보지 못하고 고사를 당하기 일쑤였던 것이다. 게다가 전 행수가 선대제로 탐라 갓과 양태를 잠식한 양도수 상단의 배후라는 사실이 드러나자 탐라 상인들의 경계심은 극에 달했다.

결국 상인들은 온갖 연줄을 동원하여 전 행수를 음해하는가 하면, 단체로 관에 몰려가 지역 상인을 고사시키는 송상의 자본을 탐라에서 쫓아내달라며 읍소하기에 이르렀다. 하지만 전 행수의 자본과 인맥은 하잘것없는 변두리 섬의 상인들로서는 감히 대적하기 힘든 것이었다.

좁게는 제주 목사로부터 넓게는 중앙 대신들에 이르기까지 구석구석 전 행수의 손길이 미치지 않는 곳이 없었고, 전국 각지에 송상의 자본이 뻗치지 않은 데가 없었다. 결국 변변한 저항조차 해보지 못한 채, 탐라 상인들은 전 행수가 권력의 비호 아래 건물을 사들이고 송방의 현판을 다는 것을 그저 맥 놓고 지켜볼 수밖에 없었다.

"태풍이 불겠군."

온몸으로 바람을 맞던 만덕이 수평선 끝, 먼 하늘을 바라브며 중얼거렸다. 이맘때 습기를 가득 머금은 남풍은 여지없이 큰 비바람을 몰아오곤 했다. 코끝을 스치는 바람 속에서 불온한 기루와 함께 낯선 이방의 냄새를 감지한 만덕은 점점 다가오는 먹구름을 쳐다보며 두려움 속에서도 초조한 두근거림을 느꼈다.

큰 바람은 만덕에겐 언제나 바다 건너 그만큼 더 큰 세상이 펼쳐져 있다는 것을 일깨워주는 각성제였다. 게다가 바람에 심하게 차여 뒤집힌 바다일수록 보다 윤택해진다는 사실을 만덕은 누구보다 잘 알고 있었다.

만덕의 예상대로 탐라에는 연이어 두 번의 큰 태풍이 몰아닥쳤다.

그 바람에 이제 막 영글기 시작한 열매들이 깡그리 피해를 입었다. 땅에 붙은 곡식과 채소들은 해일에 파김치가 되어버렸고, 가지에 매달린 과실들은 바람을 이기지 못하고 가지째 툭툭 부러져 썩어갔다. 발 달린 짐승들도 숱하게 죽어나갔다. 비바람에 축사가 쓰러지고 뿔뿔이 흩어져 얼어죽은 가축도 부지기수였고, 그걸 막아보겠다고 동동대다 쓸리고 깔려 죽은 인명도 만만치 않았다. 하지만 본격적인 고난은 태풍이 물러가고 난 이후부터 시작되었다.

재해가 일어나면 하다 못해 옆 마을로 피난을 가거나 곡식을 꾸어다 먹을 수라도 있는 뭍과는 달리 탐라는 온전히 고립된 섬이었다. 제 목숨은 제 손으로 구해야지 그러지 못하면 멀지도 않은 이문간 밖이 곧 저승이었다. 그리하여 태풍이 휩쓸고 간 자리에 남겨진 탐라민들은 망연자실 주저앉아 있을 틈조차 없었다. 당장의 끼니를 해결하지 못하면 그들 또한 먼저 간 이들을 좇아 황천길로 가야 할 판이었다. 사람들은 살아 남기 위해 끈질긴 목숨을 뱃가죽과 함께 질끈 허리끈에 동여매고 초근목피라도 구하러 산으로 바다로 온통 헤매고 다녔다.

만덕의 객주 역시 기근을 피해 가지는 못했다. 뭍과 거래할 물건은커녕 당장 먹을 양식조차 동이 나자 자연히 객주엔 손님의 발길이 뚝 끊겼다. 그나마 객주 식구들은 그동안 모아두었던 자냥으로 근근이 연명하였으나 그마저 떨어져가고, 아침마다 정주간에서는 빈 쌀독 긁는 소리와 함께 천천네의 긴 한숨 소리가 만덕이 누운 안채 큰구들까지 들려왔다.

객주는 사실상 개점휴업 상태였다. 천천네는 기생들에게서 일감

을 얻어다 삯바느질을 시작하였고, 만재는 날품팔이 일이라도 구해
보고자 만덕 몰래 지게를 지고 날이면 날마다 포구로 나갔다. 그러
나 기근 앞에서는 그마저도 여의치 않았다. 탐라 골골이 끊이지 않
는 곡소리에 기생들의 풍악소리는 멈춘 지 오래였고, 뭍을 오가는
배도 끊긴 지 오래였으니 뉘라 새 옷을 지어 입을 것이며, 뉘라서 일
꾼을 부리겠는가.

"그냥 저냥 심심풀이 삼아 하는 게지, 놀면 뭐하게?"

그 와중에도 혹여 만덕의 마음이 상할까, 되도 않는 핑계를 늘어
놓는 식구들을 보며 측은한 마음을 느끼는 만덕이었다. 게다가 객주
를 연 이래로 그게 누구든지 제집 지붕 밑에 들였으면 적어도 끼니
걱정은 없게 해야 한다고 다짐해온 만덕이었기에 그 책임감은 더했
다. 이젠 더 이상 자존심을 내세울 때가 아니었다. 만덕은 다시 한
번 전 행수와 부딪혀보기로 결심했다.

탐라 송방엔 송방 일꾼들보다 탐라 토박이들이 더 많았다. 마당을
어슬렁거리는 자들도 태반이 전 행수를 만나러 온 탐라 상인들이라
서 만덕은 기별을 넣어놓고도 한참이나 더 뙤약볕 아래 앉아 차례를
기다려야만 했다. 기다리는 사람들의 얼굴은 하나같이 남루하고 피
로해 보여 구차하다는 느낌을 지울 수 없었지만 그 누구도 자리를
뜨는 자는 없었다.

사실 그사이 탐라의 상권은 크게 변모해 있었다. 송방의 기세에
꼬리를 가랑이 사이에 감추고서도 으르렁대기를 멈추지 않았던 탐
라의 토착 상인들이 두 차례의 태풍을 거치며 말아 두었던 꼬리를

꺼내 슬금슬금 전 행수를 향해 흔들어대기 시작했던 것이다. 본래 염치없는 목구멍에 자존심이란 가당치 않은 법.

태풍 후 곡식과 소금 값이 천정부지로 치솟은 데다 바다가 뒤집혀 당장에 어물마저 잡히지 않게 되자 탐라 상인들은 하나둘 눈치를 보며 송방 밑으로 모여들었다. 그늘이 넓으면 그나마 주워먹을 거라도 떨어지는 법, 송방의 하도급을 자청해서라도 먹고살 길을 도모하기 위해서였다. 만덕 역시 그들의 입장과 크게 다르지 않았다.

"양태청의 관리를 맡겨 달라?"

의외라는 듯한 전 행수의 말투에서 살포시 조롱하는 기색마저 느껴졌다.

"맡겨만 주신다면 현 생산량보다 이 할을 높여 드리지요."

모르긴 몰라도 만덕에 앞서 전 행수에게 일감을 구걸하러 온 상단 행수 역시 한둘이 아닐 터, 이 자리에서 무릎을 꿇고 엎어진 자들도 부지기수일 것이었다. 하지만 만덕은 비굴을 자처하고 싶지는 않았다. 송방과 만덕의 처지가 아무리 비교불가로 격차가 진다 해도 자신은 거래를 하러 온 것이지 노비 문서에 손도장을 찍으러 온 것은 아니었으니 말이다. 만덕은 최대한 당당하게 전 행수를 마주 보았다. 하지만 전 행수는 일언지하에 만덕의 제안을 거절했다.

"필요 없으니 그냥 돌아가시게."

"이 할이 적다면 삼 할까지 늘려 드리겠습니다."

조급히 덧붙여 보는 만덕이었다. 그러나 전 행수는 한심스럽다는 듯 피식 웃을 뿐이었다.

"이 할이 적으면, 삼 할이라? 그냥 관두게. 자네는 애초에 장사할 마음을 접는 게 나아."

더 이상은 말할 가치도 없다는 듯 장부를 펼치며 손을 휘휘 젓는 전 행수였다. 그럴수록 만덕은 오기가 치솟았다.

"대체 이유가 무엇입니까? 이래 뵈도 어린 시절부터 장사로 뼈가 굵은 몸입니다. 한데 그런 저더러 애초에 장사를 접으라고 할 때는 그만한 이유라도 설명해주셔야 하는 것이 아닙니까? 지난번 말씀하신 것처럼 제가 기생이기 때문입니까? 아니면 행수께서도 제가 계집이라 상대치 않는 것입니까?"

만덕이 거듭 따지고 들자 전 행수가 정색을 하며 대답했다.

"나는 비천하든 고귀하든 신분 따위는 따지지 않아. 상대가 나에게 이득 줄 자인가, 주지 못할 자인가만을 따지지. 그러니 내가 자네와 거래를 트지 않는다면 그 이유 역시 하나. 자네가 나게 이득을 주지 못할 자이기 때문이야. 과거에 기생이었든 계집이든 그깟 것과는 무관하단 말일세."

쌩 하니 찬바람이 일 정도로 냉정한 대답이었다. 그러나 쉽사리 납득하지 못하는 만덕이었다.

"저는 생산량을 늘려 드리겠다 말씀 드렸습니다. 한데 어찌 제가 행수님께 이득이 되지 못할 자라는 말입니까?"

그 말에 전 행수가 미간을 찌푸렸다.

"참으로 하수 중에서도 하수로구먼. 생산을 늘려주겠다? 대체 누굴 위해서?"

"그야 당연히 행수님을 위한 것이지요. 생산량을 늘려 많이 팔면 행수님께도 그만큼 이득이 아닙니까?"

그러나 만덕의 말에 전 행수는 콧방귀를 뀌었다.

　"많이 팔면 많이 남는다고? 누가 그러던가? 되레 물산이 넘치면 값어치는 떨어지는 것을."

　"하지만 언제 값어치가 떨어질지는 알 수 없는 일 아닙니까? 그때를 대비해서라도 미리 물건을 비축해 두면……."

　"그거야 자네같이 흐름에 이끌려가는 자들의 말이지."

　순간 만덕은 말문이 막혔다. 흐름에 이끌려 가는 자라니……. 그 사이 전 행수의 말은 계속되었다.

　"나는 지금 조선 갓의 구 할을 손에 쥐고 있네. 흐름을 이끌고 가는 자란 말일세. 그러니 물건의 생산량과 그 가치를 정하는 것 또한 나의 권한이지. 지금은 흉작으로 곡식 값이 크게 오른 터라 생산을 늘려봐야 물건의 값어치만 떨어질 뿐 이득이 되지 않아. 오히려 재료값이며 공임 등 지불해야 할 돈만 늘어나지. 한데 지금보다 생산량을 늘려주겠다? 시장의 흐름도 읽지 못하는 좁디좁은 소견을 가지고 무슨 장사를 하겠다는 말인가?"

　망치로 되게 머리를 얻어맞은 듯 얼얼한 느낌이 들었다. 만덕은 자신을 둘러싸고 있던 담장 한 귀퉁이가 무너져 나가는 것 같은 기분을 느꼈다.

　지금껏 장사꾼으로서 물건의 가치를 논한다 하면 쌀 때 사들여 비쌀 때 파는 것만 생각했지, 한번도 제 손으로 물건의 가치를 결정할 수 있다는 생각을 해보지 못했던 것이다. 한데 좁은 탐라 땅도 아니고 넓디넓은 조선의 물가를 내 마음대로 쥐락펴락하다니! 감히 상상키도 힘든 일이었다. 이것이 바로 전 행수와 만덕이 속한 세상의 다름이었고, 규모의 차이였으며, 확연한 시야의 차이였다.

"꽉 막힌 좁은 소견으론 아낙네들 보따리 장사는 할 수 있을지 모르지만 결코 자네가 원하는 큰 장사는 할 수 없을 걸세. 남 뒤꽁무니만 쫓아다니다 결국 진짜 장사꾼들에게 있는 재산도 모조리 털려 빈털터리가 되고 말 테니."

흐름을 쫓기 바쁜 빈상貧商과 흐름을 이끌어가는 거상巨商. 씁쓸한 일이지만 만덕은 지금껏 자신이 해온 장사가 전 행수의 말대로 보따리장수에 지나지 않았음을 인정할 수밖에 없었다. 하지만 그것은 타고난 기반의 차이도 있는 것이 아닌가. 장사의 길이 오직 하나가 아닐진데, 만덕은 자신 또한 상인으로서의 자질이 있다고 반박하고 싶었다.

"행수님 말씀처럼 제가 아직 장사꾼으로서 부족한 것은 사실입니다. 하지만 저는 이 탐라에서만큼은 누구 못지않은 인맥과 정보력을 갖추고 있습니다. 그 또한 상인에게는 넓은 식견만큼이나 중요한 덕목이 아닐는지요?"

"그래서 여전히 자네를 써 달라 이건가?"

만덕이 고개를 끄덕였다. 그러자 전 행수가 들고 있던 장부를 덮으며 말했다.

"자넨 스스로를 꽤나 과대평가하고 있군그래?"

전 행수는 마치 물건을 감정하듯 만덕을 위아래로 훑어보았다.

"좋네. 자네가 스스로의 값어치를 잘 모르는 듯하니 내 상인으로서 냉정하게 말해주지. 인맥과 정보력이라고 했나? 하지만 그래 봐야 어차피 좁은 제주 바닥에서나 통용되는 것일 테고. 자네가 장사를 할 자본이 있나, 그렇다고 신용이 있어 뚫어볼 거래처가 있나? 결국 내세울 거라곤 그 반반한 외모와 교방에서 어깨 너머로 익힌 처세, 그리고 번지르르한 말뿐이질 않은가? 한마디로 주막이나 운영하면 딱 좋을 뒷방 퇴기란 말일세. 억울한가? 하지만 고까워도 어쩌겠는가. 그것이 현실인 것을."

그 말을 끝으로 전 행수는 접었던 장부를 다시 펼쳐들었다. 눈앞의 만덕은 이미 안중에도 없다는 듯한 태도였다. 만덕의 얼굴이 당장 모멸감으로 붉게 달아올랐다.

거래를 트려던 상인들로부터 퇴짜는 맞아보았지만 대놓고 이렇게 무시하다니! 게다가 기껏해야 두어 번 마주친 게 다인 자가 자신을 알아봐야 무엇을 얼마나 안다고!

만덕은 뼈마디가 하얗게 도드라지도록 주먹을 불끈 쥐었다.

"누구나 처음부터 행수님처럼 장사할 기반을 타고나는 것은 아니지요. 그러니 배움이라는 것이 있고, 노력이 가치 있는 것이 아니겠습니까?"

비록 오늘은 이런 모욕을 당했지만 언제까지고 제자리걸음만 할 만덕이 아니었다. 언젠간 반드시 오늘의 치욕을 되갚아 줄 날도 있을 것이었다.

"오늘 제게 적지 않은 깨달음을 주셨으니 저 또한 진심에서 충언을 하나 드리지요. 지금 자신보다 낮게 보인다 하여 함부로 가벼이 대하지 마십시오. 괄목상대라, 세상사 인연이라는 것이 얄궂기 그지없어 언제 입장이 뒤바뀔지 알 수 없는 것이니 말입니다."

자분자분 말을 내뱉은 만덕은 자리에서 벌떡 일어났다. 더 이상 머물러봐야 얻을 것이 없었다. 오늘도 공치고 돌아와 주린 배를 곯고 있을 천천네와 만재를 생각하면 쉬이 발길이 떨어지지 않았지만 누울 자리를 보고 발을 뻗어야 하는 법, 그저 뼈 아픈 충고를 얻은 것으로 만족하고 만덕은 돌아섰다. 그런데 그때 전 행수가 갑자기 만덕을 불러 세웠다.

"정 일거리를 얻고자 한다면 마침 자네에게 맞는 자리가 딱 한군데 있기는 한데……. 혹 그것에라도 관심이 있는가?"

선 채로 고개를 돌리니, 어느새 고개를 든 전 행수가 자신을 빤히 쳐다보고 있는 것이 보였다.

"그것이 무엇입니까?"

만덕이 묻자 전 행수가 만덕의 표정을 살피며 느릿하게 대답했다.

"송방 다점茶店의 다모茶母 자릴세."

순간 만덕의 반듯한 이마에 파드득 핏대가 섰다. 술 대신 차를 따른다 뿐이지 웃음 팔고 손님 접대하기로는 주막의 주모나 다를 바 없는 일이었다.

"왜 싫은가? 역시 자존심이 허락지 않는 모양이지?"

딴에는 배려해주는 척 만덕의 의사를 되묻는 전 행수의 태도가 얄밉기 그지없었다.

'저 자가 끝까지 나를 시험코자 하는가!'

당장이라도 온몸을 태워버릴 듯, 명치 끝에서부터 화르륵 불길이 이는 것이 느껴졌다. 그러나 그것도 잠시. 그보다 더 큰 오기가 만덕의 불길을 삽시간에 잠재웠다. 그러고는 무슨 생각인지 별안간 빙긋 웃어 보였다.

"송방 다점의 다모라고요? 좋습니다. 그 제안 받아들이지요."

만덕은 전 행수를 마주 보며 냉랭한 얼굴에 소름이 끼치도록 화사한 미소를 피워 올렸다. 그러자 전 행수의 얼굴에도 기대감과 함께 얼굴 가득 만족스런 미소가 퍼져나갔다. 거래는 성사되었다.

만덕이 돌아간 후, 집무실 문을 열고 사내 하나가 걸어들어왔다. 그는 지난번 전 행수와 함께 만덕의 객주에 들렀던 자로, 한석도라는 이름의 송방 서기였다.

한 서기는 자못 걱정스러운 얼굴로 주인의 표정을 살피며 물었다.

"다점을 정말 그 여인에게 맡기실 생각이십니까? 그 여인은 지난번 행수님과 대제학 대감의 거래를 망쳐놓은 요주의 인물이질 않습니까?"

그러자 전 행수가 장부에서 눈을 떼며 말했다.

"그러니 더욱 가까이 두는 것이지."

지난 비로 녹음이 짙어진 창밖을 내다보며 알 듯 모를 듯한 미소를 짓는 전 행수였다.

'맴맴 매엠' 우거진 수풀 사이 어디에선가 성난 매미가 여름 한철을 숨가쁘게 울어대고 있었다.

8

송방 다점

‘비비쪅’ 아침 새가 서리 내린 매화나무 위에서 울었다. 아직은 사람들이 깨어나기 전, 평소보다 일찍 일어난 만덕은 이슬처럼 맑은 첫 물에 세수를 하고 오랜만에 반질반질 길이 든 면경 앞에 자리를 잡고 앉았다. 그 면경은 월중선이 오래전부터 쓰던 것을 만덕이 이 월향정을 이으며 함께 물려받은 것이었다.

흰 명주실 두 가닥을 꼬아 먼저 얼굴의 잔털을 제거한 만덕은 향유에 쌀분을 개어 토닥토닥 얼굴에 고루 펴 발랐다. 간만에 하는 화장인지라 그새 피부가 거칠어진 탓인지 평소보다 시간이 배는 길어졌다. 그럴수록 만덕은 화장에 더욱 공을 들였다. 오늘은 만덕이 송방 다점에 첫발을 들여놓는 날이다. 전 행수의 제안을 받아들이고서도 다점이 완성되기까지 한 달여의 시간이 더 흐른 뒤였다.

만덕은 유연먹에 재워두었던 목탄을 꺼내 엄지와 검지로 조심스럽게 잡은 뒤 유연한 손놀림으로 길고 가늘게 눈썹을 그었다. 막 그려진 눈썹은 금방 떠오른 초승달처럼 싱그러웠다. 그리고 마지막으로 꽃이 이슬을 머금은 듯 도톰한 입술에 붉은 홍화 연지를 찍어 발랐다. 그러자 수평선 위로 해가 돋듯 대번에 얼굴에 생기가 감돌았다.

만덕은 거울 속에 떠오른 자신의 모습을 바라보았다. 낯선 듯 익숙한 모습이 막 비쳐들기 시작한 아침 햇살 속에서 새초롬히 미소 짓고 있었다. 만덕은 만족스러운 듯 고개를 끄덕였다. 다점 안주인의 얼굴이 완성되었다.

화장을 마친 만덕은 한 손에 쓰개치마를 든 채 방문을 밀고 나왔다. 조금 일찍 집을 나서려는 참이었다. 그런데 방문을 연 순간 누군가 댓돌 한구석에 쭈그리고 앉아 있는 것이 보였다. 그 익숙한 뒷모습은 만재였다.

"감기 걸리게 왜 그러고 있어?"

만재가 고개를 돌려 만덕을 바라보았다. 대체 언제부터 거기 앉아 있었던 것인지 만재의 어깨엔 새벽 이슬이 앉아 있었다. 만덕이 고운 이마를 살짝 찌푸리며 만재의 어깨를 짚었다. 그러자 만재 역시 슬며시 만덕의 손을 잡아왔다. 얼굴 가득 걱정스러움과 함께 애처로운 빛이 떠올랐다. 만덕은 이 새벽부터 만재가 왜 장승처럼 자신의 방문 앞을 지키고 있었는지 짐작하고도 남았다. 아마도 옛 기억으로 뒤숭숭해진 마음에 밤새 잠도 깊이 이루지 못했으리라.

"걱정마, 오라방. 그때와는 달라. 난 장사꾼이지 더 이상 기생이 아니니 머리를 숙인다 한들 자존심까지 파는 것은 아니야."

딴에는 위로를 건네보았지만 만재의 얼굴은 여전히 밝지 못했다. 입을 닫았다고 하여 귀까지 닫은 것이 아닐진대 벌써부터 수군거리기 시작한 사람들의 입소문을 만재라고 왜 모르겠는가. 하지만 소문 따위 마음껏 지껄이라지. 남들이 뭐라건 만덕의 마음은 굳었다.

"송상은 조선 최고의 장사꾼들이 모인 곳이야. 비록 지금은 다점 다모지만 난 그곳에서 제대로 된 장사를 배울 거야. 그래서 큰 장사 꾼이 될 테니 두고 봐, 오라방!"

만덕이 만재의 손을 도닥이며 자신만만하게 빙긋 웃어 보였다. 그 제야 만재도 마지못해 어색하게 따라 웃었다.

두렵거나 암담할 때에도 만덕은 만재를 보면 항상 웃었다. 그것은 오래된 버릇 같은 것이었다. 마치 스스로에게 주문을 걸 듯, 미소를 지으며 다시 한 번 결의를 다지는 것이었다.

톡톡, 어느새 따스한 아침 햇살에 녹아내리기 시작한 서리가 나뭇 잎을 따라 데구르 굴러 떨어지며 후원 연못에 둥그런 동심원을 그려 놓았다. 그렇게 시작된 파장은 갈수록 넓게 넓게 퍼져나가다 연못 둘레에 쌓은 석벽에 부딪히며 파도처럼 찰랑 소리를 냈다.

송방 다점은 화북포의 초입, 외지 상인들이 많이 드나드는 곳에 자리 잡고 있었다. 이문간을 열고 들어서면 정면 세 칸, 측면 한 칸 짜리 건물 세 동이 ㄷ자 형태로 마당을 둘러싸고 있는 것이 보였는 데, 본래 민가였던 것을 사들여 개축한 터라 그 기본 골격은 탐라의 건축양식을 따르고 있었으나 새로 바른 회벽과 싹 갈아 얹은 기와 덕분에 제법 고상한 모양새를 하고 있었다. 다만 특색있는 점이라면 바닷가와 면한 곳에 자리 잡은 관계로 혹여 거센 바람에 값비싼 기 와가 날아갈까 그물처럼 촘촘이 엮은 억새로 지붕을 얽어매놓았다 는 정도였다. 덕분에 송방 다점은 전통적인 탐라 건축물도 아닌 것 이 그렇다고 뭍의 것도 아닌 묘한 분위기를 풍겼다.

다점 안의 분위기 또한 외관 못지않게 묘한 구석이 있었다. 술집도 아닌 것이 그렇다고 사대부가의 사랑채처럼 시종 엄숙한 것도 아니라서 적당한 품위를 유지하면서도 사람의 마음을 풀어놓는 편안함이 있었다. 그리고 그 아슬아슬한 균형점 위에 이 다점의 안주인인 만덕이 있었다.

"이 은은한 다향, 좋구나! 내 이것 때문에 제주에 올 때마다 송방 다점을 찾는 것이 아닌가. 내 장담컨대 다모 자네의 차 한 잔이면 돌아앉았던 돌부처도 아쉬워서 다시 고개를 돌릴 것이야!"

이른 아침 고즈넉한 상방에 곧추앉아 봉덥화로에 데운 물로 만덕이 차를 우려낼 때면 다점을 둘러친 올레를 넘어 포구에 짐을 실어 나르는 일꾼들의 코끝까지 그윽한 다향이 스며들곤 했다. 그러면 사람들은 '아, 송방 다점이 문을 열었구나' 하고 미루어 짐작하는 것이었다.

"첫 닭이 울기 전 한라산 자락에서 길어온 정갈한 샘물을 하루 동안 옹기에 가라앉힌 후 그 웃물을 떠서 우려낸 것입니다."

"근처에 용천도 있는디 어찌 그리 번거로운 일을?"

"물에 소금기가 섞이면 아무리 좋은 찻잎을 써도 제대로 된 향을 낼 수 없답니다. 반대로 좋은 찻물을 만나면 평범한 찻잎도 다루는 자의 손길에 따라 최고의 향을 내는 법이지요. 사람과 사람 사이의 인연 또한 이와 같지 않겠습니까?"

빼어난 다향과 함께 재치 있고 사려 깊은 만덕의 말솜씨는 거친 항해에 지친 상인들의 객고를 풀어주기에 충분했다. 오죽하면 만덕의 다점에 한번 들르면 세상 그 어떤 뻣뻣한 사내라도 야들야들 풀어져서 나온다는 말이 있을 정도였을까. 덕분에 송방 다점은 오래지 않아 탐라를 찾는 상인들뿐만 아니라 탐라의 실세들이 모여드는 사랑방으로서 자리를 잡아갔다.

전 행수 역시 종종 만덕의 다점을 찾았다. 손님을 접대하거나 중요한 교섭을 할 때뿐만 아니라 가끔씩 다향을 핑계 삼아 오가다 만덕을 만나러 오는 것이었다. 그러면 만덕은 전 행수 앞에서 직접 차를 따라내며 그동안 다점에서 오고 간 손님들의 대화와 그를 통해 수집한 정보들을 찻잔과 함께 은밀히 건네었다. 장사에 필요한 정보를 수집하는 것, 그것이야말로 탐라 송방에 대한 호의적인 인상을 빚어내는 일임과 동시에 송방 다점의 가장 핵심적인 존재 이유였다.

"강경상 이수부를 주의하십시오."

"그 남초(담배)상인 말인가? 본인 말로는 곧 큰 거래가 있을 거라던데, 어째서?"

"아까 행수님과 대화할 때 옆에서 지켜보니, 말하는 중간 중간 손끝으로 갓끈을 주물러대더이다. 그자는 평소 긴장을 하면 갓끈을 만지는 버릇이 있지요. 좋지 않은 신호입니다."

아니나 다를까. 얼마 후 강경상 이수부는 탐라 연안에서 왜국 상인과 남초를 밀무역하려다가 관에 적발되어 치도곤을 당하고 가산까지 모조리 몰수당했다. 그리고 그 여파로 이수부와 거래를 하였던 상단들이 줄줄이 큰 손해를 보았다.

"이수부가 그리 될 줄 어찌 알았는가?"

"관찰이지요. 무릇 몸이란 마음을 담는 그릇, 아무리 용의주도한 자라도 무의식중에 그 마음이 말과 행동으로 배어나오기 마련입니다. 그러니 평소 그들의 습관과 말투, 행동들을 유심히 관찰하다 보면 자연 그들의 진심도 보이는 것이 아니겠습니까?"

기생 시절부터 몸에 익힌 눈치와 처세 덕분이었다. 거기에 타고난 영민함과 사람을 보는 눈까지 더해져 만덕의 다점은 갈수록 전 행수에게 없어서는 안 될 탐라 송방의 비밀무기가 되어가고 있었다.

한편 다점에서의 일들은 만덕 본인에게도 여러 모르 새로운 경험이 되고 있었다.

"그래 봐야 다점이나 주점이나 거기서 거기지. 기생이다, 의녀다, 다모다…… 이름만 달랐지 따지고 보면 모조리 관아의 노비나 마찬가지 아니겠어?"

이른 아침, 만덕이 다점에 나갈 채비를 하자 입을 부루퉁하게 내민 천천네가 투덜댔다. 객주를 닫고 다점에 나갈 바에야 차라리 예전처럼 주막을 열자며 그러는 것이었다. 하지만 만덕의 생각은 달랐다. 겉보기엔 다점이나 주막이나 크게 다를 바 없어 보일지라도 객주 장사로 한번 쓴맛을 본 만덕에겐 다점에서 상인들과 부대끼며 얻는 경험이 적지 않은 자산이 되었기 때문이다.

"한양에서 사발통문이 도착했다네."

"의주 지역에서 보부상들하고 관아 사이에 시비가 붙었다지?"

"그렇다네. 그것 때문에 지금 팔도의 임방들이 의주로 몰려가고 있다는군."

의주에서 발통發通한 통문이 아흐레 만에 탐라에 닿았다. 그리고 다시 전국의 임방들이 의주에 닿는 데는 채 보름이 걸리지 않을 것이었다. 오죽하면 관에서 보내는 파발마보다 보부상의 사발통문이 더 신속하다는 말이 있을까. 그만큼 상인들의 정보력과 결속력은 실로 엄청난 것이었다. 그리고 그 결속은 중앙보다는 변두리로 갈수록, 큰 권력과 재산을 가진 거상보다는 작고 힘 없는 소상들일수록 더욱 단단해졌다. 자신들의 생존권과 직결되어 있었기 때문이다.

누구에게나 열려 있는 기회의 장인 듯하지만 막상 그 안을 들여다보면 수많은 관계의 고리들로 엮인 폐쇄적 공간, 상인들의 세계란 결국 그런 것이었다. 그 안에 끼어들지 못하면 끝내 수박 겉 핥기만 하다가 언젠가는 시장 밖으로 밀려나게 되는 곳. 만덕은 그제야 결속도 도모하기 전에 덜컥 객주부터 시작했던 것이 자신의 결정적인 패착이었음을 깨달았다.

어느 늦은 오후, 만덕은 다점을 찾아온 전 행수에게 그러한 자신의 실수를 담담히 고백했다. 그러자 만덕의 자평을 묵묵히 듣던 전 행수는 마시던 찻잔을 내려놓고 빙그레 웃으며 말했다.

"이제 제법 장사꾼 태가 나는군. 다음달부터는 다점 주인으로서 송방 회의에도 참석하게."

처음엔 다분히 오기로 시작한 일이었다. 그래서 과연 얼마나 갈까 싶기도 했던 그 일이 이제는 전 행수나 만덕 모두에게 의미있는 일이 되어가고 있었다. 만덕은 이른 아침부터 늦은 밤까지 진심으로 전력을 다해 다점을 꾸려나갔고, 그럴수록 만덕에 대한 전 행수의 신뢰 또한 점차 쌓여갔다. 그렇게 모든 일이 순조롭게 풀려가는 듯 보였다.

"이 병신 자식! 밥만 축냈지 도대체 제대로 하는 일이 없어!"

우악스런 점원의 발길질에 이제 갓 열 서너 살쯤 된 사내아이가 눈이 녹아 질퍽해진 흙바닥을 데구르 굴렀다. 겅중한 소매 밖으로 엉겅퀴처럼 드러난 깡마른 팔목이 한눈에 보기에도 아처로웠다.

"무슨 일이오?"

전 행수의 급작스런 연통을 받고 막 송방문을 들어서던 만덕은 마침 밖거리 곁을 지나다 그 광경을 목격하고는 얼굴을 찌푸리며 물었다.

"밤새 잘 지키고 있으라고 그렇게 일렀건만, 글쎄 이 녀석이 굴묵 아궁이의 불을 꺼트리는 바람에 지금 상단 일꾼들이 모조리 몸살을 앓게 생겼지 뭡니까."

굴묵 옆에는 사내아이의 잠자리인 듯 돌로 쌓은 벽체 옆에 개집 같은 작은 구멍이 나 있고 그 안엔 불쏘시개로 쓰다 남은 코릿단이 이불 대신 성글게 깔려 있었다.

"밤새 여기서 잤느냐?"

만덕의 물음에 아이가 변명하듯 대답했다.

"안 자려고 했는데 새벽에 너무 졸려서 깜빡……."

그 말에 점원은 다시 눈을 부라렸다. 그러자 두려워서인지, 아니면 밤새 꽁꽁 언 몸 때문인지 아이는 엎어진 채로 일어서지도 못하고 벌벌 떨었다. 계절과는 어울리지 않는 얇디얇은 홑옷이 흙탕물에 속절없이 젖어갔다. 조금 지나면 엄동 바람에 그마저도 꽁꽁 얼어붙을 터였다.

"이 아이도 이곳 일꾼인가?"

만덕이 묻자, 점원이 가당치도 않다는 듯 손을 내저으며 대답했다.

"보시다시피 비리비리해서 쓸모도 없는 놈을 어찌 상단 일꾼으로 들이겠습니까? 그저 부모도 모르고 갈 곳 없는 고아인지라 간간이 잔심부름이나 하면서 남은 밥술이나 얻어먹고 사는 게지요.”

만덕은 사내아이를 내려다보았다. 돌봐주는 이가 없어 머리엔 하얗게 서캐가 앉았고, 벌겋게 얼어터진 손과 발은 가뭄에 마른 논밭처럼 쩍쩍 갈라져서 피가 스미다 못해 흉하게 딱지가 앉아 있었다. 그리고 그보다 더 눈을 끄는 한 가지가 있었다. 아이의 왼쪽 새끼손가락 옆에는 동굴 천장에서 자라는 석순처럼 자라다 만 듯한 거무죽죽한 손가락이 하나 더 달려 있었다. 아이는 육손이었다. 기근과 질병을 못 이겨 부모가 아이를 버리는 것은 탐라에선 흔하디흔한 일이었다. 더구나 태어나면서부터 장애를 가졌으니 부모로부터 좀 더 쉽게 내쳐졌을 터. 아이가 만덕의 눈길을 느꼈는지 그 와중에도 슬쩍 제 손을 감추었다. 만덕은 쓴 입맛을 다셨다. 이런 아이들을 일일이 신경 쓰자면 한도 끝도 없을 터인데, 왠지 남 일 같지 않아서 쉬이 발걸음을 떼지 못하는 만덕이었다.

“상단 일꾼은 아니라고 하나, 송방 지붕 아래 있는 이상은 이 아이도 송방의 일부분이네. 하다 못해 모커리축사 지붕이 헐벗었데도 저리 방치를 하지는 않을 터, 오가는 손님들 보기에도 좋지 않으니 두툼한 겨울 옷이라도 얻어다 입히게.”

만덕이 이르자, 점원은 민망한 표정으로 고개를 주억거렸다. 정작 점원 자신은 두툼하게 솜을 넣어 지은 옷을 곰처럼 벙벙하게 껴입은 채였다.

“제길, 네놈 때문에 괜시리 나만 지청구를 들었잖느냐!”

만덕이 자리를 뜨자 구시렁대던 점원은 재수 옴붙었다는 듯 아이를 향해 침을 두어 번 퉤퉤 뱉고는 불씨를 얻으러 정주간 쪽으로 사라졌다. 죽은 듯 몸을 웅크리고 있던 사내아이는 그제야 비척비척 바닥에서 일어났다.

고개를 든 아이의 얼굴은 허옇게 버짐이 피어 있었다. 그러나 눈매만은 검은 동자가 눈을 가득 메우고 있어 제법 또렷해 보였다. 사내아이는 옷에 묻은 흙탕물을 대충 손으로 탁탁 털며 만덕이 사라진 안커리 방향을 멀거니 바라보았다. 고개를 숙이고 있느라 얼굴은 자세히 보지 못했지만 자신에게 말을 걸어준 아주머니어 게서 좋은 향기가 났다. 꽃향기처럼 고우면서도 화롯불처럼 다솜한 냄새, 밥 지을 때 솥바닥이 눌어 붙으며 나는 구수한 누룽지 냄새보다도 백배는 더 달콤한 냄새였다. 소년은 태어나서 그런 냄새는 생전 처음 맡아 봤다.

킁킁, 바람결에 그 향기가 아직도 아련히 남아 있을 것 같아 아이는 자리에 선 채로 몇 번이고 깊이 숨을 들이켰다. 그리고 그 냄새는 오래도록 아이의 뇌리에 각인되어 지워지지 않았다.

'토독, 토독, 톡……'

전 행수는 손가락 끝으로 서안을 두드리며 생각에 잠겨 있었다.

'본격적으로 싸움을 시작하시겠다……?'

전 행수의 검지 끝에 반쯤 펼쳐진 서찰의 귀퉁이가 걸리며 틱 소리를 냈다. 그 서찰은 오늘 아침 개성에서 배편으로 도착한 것이었다.

'대방 어르신이 움직였네. 곧 회의가 소집될 걸세.'

전 행수의 작은아버지이자 현 송상 대방인 전상운이 비밀리에 도방 김석환과 장시영을 만났다는 소식이었다. 그들은 송상 내에서도 중립 격에 속하는 자들로 전 대방 전상명과 현 대방 전상운의 세력 사이에서 적절히 줄타기를 해온 이들이었다.

"중립파마저 작은아버님과 손을 잡았음인가……."

전 행수는 눈을 가늘게 뜨며 이번 일로 전 대방이 그들에게 무엇을 약속했을지 가늠해보았다. 하지만 그것이 무엇이든 오랜 시간 지속되어온 송상 내의 세력 균형이 미묘하게 뒤틀리고 있는 것만은 분명했다.

십여 년 전부터 송상 내에는 두 개의 세력이 존재해왔다. 전 대방 전상명과 현 대방 전상운의 세력이 그것이었다. 평소에는 송상을 위해 합심하는 이들이었지만 후계 문제에 있어서만큼은 노선을 달리하며 서로를 극도로 경계하고 있었으니, 그들이 대립각을 세우기 시작한 것은 전 대방 전상명이 사고로 급사急死하면서부터였다.

전 행수의 아버지이자 송상의 전 대방이었던 전상명은 뛰어난 장사 수완은 물론이고 인의를 잃지 않는 의리로 송상 안에서뿐만 아니라 여타 상인들 사이에서도 널리 칭송받았던 인물이었다. 그런 절대적인 지지를 바탕으로 송상의 부흥을 이끌던 전상명이 불행히도 장삿길에 도적 떼로부터 불의의 습격을 받고 말았다. 전 행수의 나이막 이립而立을 넘길 즈음이었다.

당시 전 행수는 아버지의 상재를 닮아 상인으로서 막 두각을 드러내고 있을 때였다. 그러나 당장 후계를 잇기에는 경험이나 지도력 면에서 아직 많이 부족한 상태였다. 그래서 송상의 혼란을 염려한 전상명은 죽기 직전, 자신의 아우인 전상운과 곁에 있던 도방들을 불러 상운에게 대방직을 맡겼으면 한다는 뜻과 함께 아들 길주를 부탁한다는 유언을 남겼다. 이에 상운은 눈물을 흘리며 길주를 자신의 친아들처럼 여기고 훌륭하게 키워 후일 반드시 대방직을 물려주겠노라 약속하였던 것이다. 그리고 그 자리에 있던 도방들 또한 증인으로서 죽은 대방에 대한 의리로 피의 맹세를 나누었다.

하지만 본래 사람의 마음이라는 것이 원체 간사한 것이 아니던가. 뒷간 갈 때와 나올 때 마음이 다르더라고, 막상 대방직에 오른 상운은 전 행수를 경계하였다. 후계자 대접은커녕 이런저런 핑계를 대어 전 행수를 홀대하였던 것이다. 그리고 암암리에 자신의 아들, 전 행수에게는 사촌동생이 되는 전태수를 후계자로 밀어 올리기 위한 작업을 벌였다. 자신의 세력을 규합하는 동시에 여타 도방들을 포섭해 갔던 것이다. 하지만 그 또한 쉽지 않았다. 당시 전상명의 죽음을 곁에서 지켜보고 맹세를 나누었던 도방들은 그들대로 세력을 규합해 전 행수를 지지했다. 결국 두 패로 갈린 세력이 십수 년째 대결국면을 유지하고 있었고, 그사이 각자의 자리에서 경력을 쌓아온 두 후계자는 이제 정면대결을 앞두고 있었다. 바야흐로 본격적인 후계경쟁이 시작되었던 것이다.

"개성에 일이 생겨 행수님께서 당분간 제주 송방을 비우시게 됐습니다."

전 행수를 대신해 한 서기가 회의에 소집된 점주와 서기들을 향해 공표하자 점주들 사이에서 웅성웅성 소란이 일었다. 전 행수는 상석에 자리를 잡고 앉아 그런 소란을 고스란히 듣고 있었다.

"하면, 언제쯤 돌아오시는 겁니까? 곧 한양의 시전 상인들과 갓

매매로 담판이 있을 텐데요.”

“지금으로선 두 달 정도 예상하고 있네만 그 또한 장담할 수는 없네.”

전 행수의 대답에 점주들은 제각각 불안한 표정을 지었다. 매사에 있어 칼로 그은 듯 정확한 전 행수였다. 그런데 갑작스런 소집에다 저리 모호한 대답이라니…….

‘대체 무슨 일이기에?’

다점의 점주로서 회의에 참석한 만덕 역시 조심스럽게 전 행수의 표정을 살폈다. 하지만 아무 일도 아니라는 듯, 덤덤한 얼굴을 하고 있는 전 행수였다.

“별일 아니니 다들 동요하지 말고 각자 맡은 일에 충실해주게. 내가 없는 동안 제주 송방의 일은 평소처럼 여기 한 서기가 맡아서 처리할 것이니, 하던 일들도 모두 차질 없이 진행하고.”

사실 전 행수는 이곳 외에도 팔도 곳곳에 일을 벌여두고 있었기 때문에 자리를 비우는 일이 잦았다. 그래서 별일 아니라는 전 행수의 설명에 오래지 않아 다들 납득하는 분위기였다. 하지만 만덕은 그럼에도 불구하고 왠지 꺼림칙한 기분을 지울 수 없었다. 전 행수의 손이 규칙적으로 서안을 톡톡 두드리고 있었던 것이다. 그것은 뭔가 깊은 생각에 빠져 있다는 증거였다. 보이지 않지만 뭔가 석연치 않은 움직임을 감지하는 만덕이었다.

찻잔을 덥힌 물을 퇴수 그릇에 따라 버린 만덕은 눈처럼 정갈한 마수건으로 물기 묻은 손을 가볍게 닦아냈다. 다회茶會에 참석한 선비들은 잠시라도 놓칠세라 죽순처럼 뽀얀 만덕의 손가락이 빚어내는 유려한 움직임에 눈을 모았다. 만덕의 손가락은 마치 가야금 줄을 농현하듯 하늘하늘 부드러우면서도 순간순간 강하게 퉁겨내듯 절도가 있었다.

"갓 나온 새순을 곡우 전에 따서 만든 우전차입니다."

대접할 차를 설명한 만덕은 차호를 열었다. 방금 개봉한 차에선 맑고 은은한 향기가 피어올랐다. 그러나 싸아한 공기에 아직 닫혀 있었으니. 추운 겨울엔 하투下投가 적당할 터, 머릿속으로 계산을 마친 만덕은 대나무로 만든 차시로 인원에 맞게 찻잎을 덜어 다관에 넣은 후 양손으로 숙우熟盂를 받쳐 들었다. 숙우 안에는 미리 따라 놓은 찻물이 마침 좋게 식어 있었다. 고요하게 숨을 고른 만덕이 숙우에 담긴 물을 다관 아래에서부터 위로 들어올리듯 천천히 부어넣었다. 느리면서도 일정한 움직임, 마치 거미가 실을 잣듯, 허공에 투명한 유리 막대를 걸쳐 놓은 듯, 가느다란 찻물이 끊이지 않고 다관으로 떨어져 내렸다. 그 미려한 동작에 보는 사람들조차 숨을 멈추었다. 다관에는 시종 거품 하나 일지 않았다.

잠시 후, 티끌 하나 없는 내반형內反形의 백자 찻잔에 알맞게 우러난 담녹색의 액체가 담기자 어느새 방 안 가득 그윽한 차 향기가 들어찼다. 벌써부터 기대감에 엉덩이가 들썩이는 자가 있는가 하면 향기에 취해 지그시 눈을 감은 자도 보였다. 하지만 아무리 급해도 차는 기다림의 미학. 여러 번에 나누어 찻잔에 차를 따르던 만덕이 마지막 한 방울을 주빈의 잔에 따를 때였다.

"밖에 무슨 소란이 났는가?"

문 가까이 앉은 선비의 말에 만덕의 얼굴이 살짝 찡그려졌다.

"객실에 손님들이 와 계시거늘 이 무슨 소란인가?"

낭간 밖까지 나온 만덕이 한껏 목소리를 낮춰 꾸짖었다. 마침 마당에는 덩치 좋은 점원 몇과 험상궂은 얼굴을 한 다점 서기가 누군가를 붙잡고 한창 으름장을 놓던 중이었다.

"다름이 아니오라 장부를 정리하다 잠시 일이 있어 밖에 나가는 길이었는데, 글쎄 저 녀석이 고팡곳간 주변을 어슬렁거리고 있지 뭡니까? 안 그래도 요새 찻잎이 자꾸 줄어들어 이상타 싶었는데 지금껏 저 녀석이 손을 댄 게 분명합니다."

댓돌 밑까지 다가온 서기가 만덕을 향해 아뢰었다. 그러자 그제껏 고개를 숙이고 있던 침입자가 고개를 발딱 들며 빽 소리를 쳤다.

"난 손대지 않았어요. 난 도둑놈이 아니에요!"

"이 녀석아 조용히 못해!"

화들짝 놀란 서기가 혹여 고함소리가 객실 안까지 스며들까 얼른 도둑의 입을 틀어막았다. 한데 고개를 든 찻잎 도둑은 예상 외로 아직 변성기도 지나지 않은 앳된 얼굴의 사내아이가 아닌가? 게다가 왠지 낯설지 않은 얼굴이었다.

"어디서 본 듯한 아이인데……."

만덕이 고개를 갸웃하자 서기가 한 걸음 나서며 대답했다.

"송방 객사에서 잔심부름 하는 육손이입니다."

그제야 만덕은 점원의 발길질에 흙탕물 위를 나뒹굴던 앙상한 소년의 얼굴을 떠올렸다. 소년은 그때와 달리 머리도 제법 단정하게 빗고, 낡았지만 두툼한 겨울 옷을 입고 있었다. 하지만 소매 밑으로 드러난 얼룩덜룩한 손만은 그대로였다. 아마도 아이는 제 손을 잘 돌보지 않는 모양이었다.

"손님들 보시기에 좋지 않으니 우선은 고팡에 가둬 두게."

말을 하고 돌아서려는데, 어느새 서기의 손을 떨쳐낸 육손이가 바락 외쳤다.

"전 정말 훔치지 않았어요. 정 못 믿으시겠으면 제 믐을 뒤져보시면 되잖아요!"

아이의 눈은 머루처럼 검고 깊었다. 흔들림 없는 눈동자, 거짓말을 하고 있는 것 같지 않았다. 그러나 어쨌든 말이 나왔으니 무슨 조치라도 취해야 했다. 잠시 아이를 내려다보던 만덕이 나직하게 명했다.

"뒤져보게!"

그 말에 점원들이 그 자리에서 아이의 몸을 뒤졌다. 그러나 온몸을 샅샅이 훑어보았지만 서기의 말과 달리 아이의 몸에서는 차 이파리 하나 나오지 않았다.

"어찌 된 겐가? 저 아이가 정말 고팡에 들어가기는 한 것인가?"

"그게…… 고팡에 직접 들어갔는지는 저도 잘……."

그제야 서기는 머리를 긁적이며 당황하기 시작했다. 심지어 점원을 시켜 확인해보니 고팡엔 자물쇠마저 고스란히 걸린 채였다.

"고팡에 걸린 자물쇠도 그대론데 저 아이가 쥐가 아닌 이상에야 어찌 그 안에서 물건을 빼낸단 말인가?"

"하지만 요 근래 찻잎이 줄어든 것은 사실입니다. 들여오는 찻잎의 양도 평소와 다름이 없고, 손님 수도 크게 변하지 않았는데 벌써 바닥을 보이니, 이는 누군가 손을 댄 것이 아니겠습니까? 그런데 마침 저 아이가 고팡 주변을 어슬렁거리기에……."

"이곳은 수많은 사람이 드나드는 다점일세. 한데 고팡 주변에 있었다는 이유만으로 도둑이라 할 것 같으면, 이곳에 오는 모든 손님을 다 도둑으로 몰 셈인가?"

만덕이 서기의 경솔함을 나무라자 서기는 억울하다는 표정을 지으며 대꾸했다.

"저 근본도 모를 육손이 녀석을 어찌 다점 손님들에 비견하십니까? 저 시커먼 속에 대체 뭔 생각이 들었는지 아무도 모르는 것을요."

아이는 이름이 없었다. 태어나자마자 강보에 쌓인 채 상단 문 앞에 버려져 있었던 탓에 이름이 무엇인지, 부모가 누구인지 아무도 알지 못했다. 그저 손가락이 여섯 개라 '육손이, 육손이'라고 불려왔을 뿐이다. 이름이 아닌 그저 편의에 의해 붙여진 호칭인 것이다. 그러나 그 안에는 노골적인 멸시의 뜻이 담겨 있었다. 애초에 남들과는 다른, 재수없는 운명을 타고 난 아이라는. 하여 부모에게도 버림받고 주인 없는 들개처럼 남의 집 담벼락에 붙어 남은 밥이나 축내며 사는 무가치한 존재라는.

'노란 눈깔! 이 재수없는 계집애!'

만덕의 머릿속 깊숙이 저장되어 있던 기억이 불쾌한 현기증과 함께 썰물처럼 밀려왔다 밀려갔다.

"모두들 따라 오게."

순간 만덕이 단호한 목소리로 명했다. 갑작스런 만덕의 분부에 점원들 모두 어리둥절한 표정이었다. 그러나 곧 성큼성큼 앞장서 가는 만덕을 따라 모두들 걸음을 옮겼다. 점원의 손에 잡힌 육손이도 그 뒤를 따랐다.

잠시 후 그들이 도착한 곳은 고팡 앞이었다. 고팡 믄에는 여전히 어른 주먹만 한 자물쇠가 걸려 있었다. 만덕은 허리춤에서 열쇠를 꺼내더니 닫힌 고팡 문을 활짝 열어 젖혔다.

"이것이 무슨 차인가?"

고팡에 들어서자마자 찻잎을 한 움큼 집어든 만덕이 서기의 눈앞에 그것을 들이밀며 물었다.

"저 그것이⋯⋯."

갑작스런 질문에 당황한 서기가 뒤늦게 장부를 뒤적이자 당장 만덕의 서릿발 같은 호통이 떨어졌다.

"다점 서기라는 자가 찻잎을 눈앞에 두고도 그 이름 하나 구별해 내지 못하여 장부나 뒤적이고 있단 말인가!"

그 서슬이 어찌나 시퍼렇던지 모여 있던 이들의 어깨가 절로 움찔 움츠러들었다.

"5월 중하순에 따서 말린 대작이다. 그 잎사귀가 크고 부피감은 있으나 첫물 차에 비해 맛과 향이 떨어질 뿐만 아니라 잘 우러나지도 않지. 하여 우전, 곡우, 세작 등은 차를 우릴 때 한 사람당 찻잎을 닷 푼 정도만 넣어도 충분한 것과 달리 이 대작으로 차를 낼 때는 찻잎을 일곱 푼 가까이 넣어야 하는 것이다."

"하면 그동안 줄어든 찻잎은⋯⋯?"

"손님께 그만큼 더 내어 갔으니 양이 줄 수밖에."

그제야 상황을 파악한 서기가 당황하여 어쩔 줄 모르고 연신 허리를 굽실거렸다.

"송구합니다. 전 그것도 모르고 그저 도둑이 들었는 줄로만 알고……."

그런 서기를 보며 만덕은 냉랭하게 꾸짖었다.

"사죄를 하려거든 내가 아니라 저 아이에게 하게."

그 말에 서기는 면목이 없어 더욱 고개를 숙였다. 하지만 정작 당사자인 육손은 당황하여 어쩔 줄 몰랐다. 자기 같은 거지새끼에게 사죄라니. 그것도 점방 서기가! 놀란 육손은 휘둥그레진 눈으로 만덕을 올려다보았다. 그러나 만덕은 기다리는 손님들을 접대하러 이미 황망히 자리를 뜬 후였다.

그날 밤 다점 문을 닫을 시각, 마지막 손님을 배웅한 만덕이 피곤한 걸음으로 안커리 쪽으로 향하고 있을 때였다. 반대편에서 만덕을 발견한 서기가 종종걸음으로 다가왔다.

"무슨 일인가?"

"그게 낮에 일이 영 마음에 걸려……."

서기가 민망한 듯 옆머리를 긁적이며 말했다. 그러자 예상 외로 부드러운 미소를 지어 보이는 만덕이었다.

"자네, 다점 일은 이번이 처음이라 했지? 그전까지는 미전에서 일했다던가?"

"예."

서기가 고개를 낮추었다. 그러자 만덕이 고개를 끄덕이며 말했다.

"그래. 낯선 일이라 어려움이 많을 걸세. 차라는 것이 원체 종류가

다양하고 그에 따라 다루는 법도 모두 다르니."

"송구합니다. 소인 아직 찻잎이라야 그것이 다 그것인 듯 보여 그만 낮과 같은 실수를 저질렀습니다."

서기가 거듭 고개를 숙이며 사죄했다. 그런데 만덕은 뜻밖에도 그런 서기를 향해 같이 머리를 숙여 보였다.

"나야말로 윗사람답지 못해 미안했네."

만덕의 말에 서기는 화들짝 놀랐다.

"어찌 제게 고개를 숙이십니까? 제가 부족해 저지른 실수인 것을요."

그러자 만덕이 스스럼없이 말했다.

"아무리 잘못이 있었다 한들 자네는 서기가 아닌가. 따로 불러 일러도 되었을 것을……. 자네가 요새 점원들 단도리한다고 고생이 많은 것을 아네. 나야 보고만 받으면 그만이지만 자네는 점원들과 직접 몸을 맞대며 일하고 있지 않은가. 그것이 소임인 자네를 아랫사람들 앞에서 그리 면박을 주었으니 역시 내가 지나쳤으이."

순간 만덕의 말에 서기는 울컥했다. 지금껏 수많은 주인들 밑에서 장사를 익혀온 그였지만 아랫사람이기에 고생이 당연하다 여겨왔을 뿐, 이처럼 자신의 처지를 헤아려준 이는 난생 처음이었다. 게다가 아랫사람에게 고개를 숙이는 주인이라니. 가슴속에 큰 울림이 일었다.

"아닙니다, 점주님. 그저 모두 제가 수련이 부족한 탓인 것을요. 앞으론 열심히 배우고 익혀, 성심껏 점주님을 보필하겠습니다."

서기는 진심으로 다짐했다. 만덕도 그런 서기를 코며 빙긋 미소 지었다. 만덕이 토닥토닥 어깨를 두드리는데 서기가 문득 생각났다는 듯 고개를 들며 물었다.

"한데 낮에 말씀하신 대작 말입니다. 다른 찻잎보다 빨리 줄어든다 하시면, 앞으로 대작은 매달 얼마나 들여놔야 할는지요?"

송방 다점은 달에 한 번씩 뭍에서 찻잎을 사들여오고 있었다. 그래서 미리 대략의 수량을 헤아려 두어야만 했다.

"하루에 평균 잡아 손님이 마흔 명쯤 되고, 그중 절반 정도가 대작을 주문하니……."

혼잣말을 하며 머릿속으로 계산을 하는데 그때 뒤에서 누군가 불쑥 대답했다.

"마흔 두 냥."

놀란 만덕이 고개를 돌리자 어둠 속에서 빛나는 까만 눈동자 한쌍이 보였다. 육손이었다. 분명 돌려보냈는데 어찌 이 아이가 여기에 있단 말인가. 이상하게 여긴 만덕이 육손을 물끄러미 바라보는데 육손이 다시금 입을 열었다.

"마흔 두 냥입니다."

"방금 뭐라고 했느냐?"

만덕이 되묻자 육손이 다시 차분하게 설명했다.

"한 사람당 일곱 푼씩 스무 명이면 하루에 한 냥 넉 돈이고, 다시 서른 날이면 마흔 두 냥이라고요."

마치 '물은 위에서 아래로 흐르지요'라고 말하듯 너무나 당연하다는 말투였다. 주판을 튕긴 것도 아니고, 그렇다고 종이에 산식을 쓴 것도 아닌데 만덕이 읊조린 말만 듣고 단박에 숫자를 셈해내다니. 게다가 낮에 서기를 꾸짖느라 했던 말까지 모조리 기억하고 있었다. 만덕은 갑작스런 육손의 등장만큼이나 육손의 능력에 적잖이 놀랐다.

"너 혹 산법을 배운 적이 있느냐?"

혹시나 하는 마음에 만덕이 육손에게 물었다. 하지만 육손은 고개를 짤짤 저으며 되물었다.

"산법이 뭔데요?"

오히려 어른들이 기이하게 여겨 캐물을 뿐, 육손은 그저 그 순간 머릿속에 떠오른 것을 대답한 것뿐이었다.

"굼벵이도 구르는 재주가 있고, 서당개 삼 년이면 풍월을 읊는다더니."

기가 막힌 서기가 중얼거렸다. 육손은 숫자에 대해 타고난 감을 지닌 것이 분명했다. 그런 육손을 만덕은 잠시 멀거니 바라보았다.

"그나저나 여긴 또 무슨 일이더냐? 상단에 있어야 할 녀석이 어찌 자꾸 다점을 기웃거리누?"

그러고 보니 낮에도 왜 왔는지조차 묻지 못했다. 혹 심부름을 온 것인가 싶어 물었더니 육손은 전혀 뜻밖의 대답을 꺼내놓았다.

"실은 여기서 살까 하고요. 점주 어르신, 저 여기서 살면 안 돼요?"

육손이 마알간 얼굴을 하고 만덕에게 물었다. 그 말에 만덕이 눈썹을 치켜 세웠다. 그러곤 침묵했다.

언젠가 꿈속에서 이러한 광경을 보았던가? 만덕은 순간 기묘한 기시감에 사로잡혀 막연히 육손의 얼굴을 바라보았다. 동짓달 밤바다처럼 검게 출렁이는 아이의 눈이 만조의 파도가 되어 만덕의 가슴에 부르르 밀려들고 있었다.

탐라의 올레와 달리 바람 한 점 들어올 수 없게 돌 틈틈이 흙을 이겨넣은 탄탄한 담장 위엔 규모에 맞게 기와가 얹혀 있고, 방한을 위해 심어놓은 겨울 나무엔 아직도 푸른 솔잎이 창창했다. 북방의 추운 날씨에 맞춰 언덕을 등에 지고 남향으로 지어진 송상 본점. 자신에겐 고향과도 같은 곳이건만 전 행수는 정작 가슴 가득 스미는 찬바람을 느끼고 있었다.

"오랜만이로구나. 여기까지 어인 일이더냐?"

전 대방이 뜨끈하게 불을 지핀 아랫목에 앉아 담배를 뻐끔거리며 말했다. 털로 지은 마고자 사이로 흑요석처럼 작고 까만 눈동자를 빛내는 모습이 마치 한 마리 족제비 같았다.

"갓 거래로 한양에 올라왔다가 작은아버님께 잠시 안부나 여쭐 겸 들렀습니다."

"그래?"

전 대방은 뻐끔 하고 머금고 있던 담배 연기를 내뿜으며 심상한 목소리로 대답했다. 그러나 그가 그러쥔 담뱃대에서는 의심처럼 자욱한 연기가 끊임없이 피어오르고 있었다.

"한데 막상 개성에 오니 흥미로운 소문이 들리더군요. 이번 동지사冬至使 사행길에 책문에서의 교역을 태수에게 맡기셨다고요."

전 행수가 빙긋이 미소 짓자 전 대방도 한쪽 입술을 끌어 올리며 실쭉 웃었다.

"소문이 아니다. 그 나이 때 너는 사행단을 쫓아 연경까지 다녀오지 않았더냐? 태수도 이제 제 몫을 할 나이가 되었지."

노회한 전 대방은 뱀이 머리를 틀 듯 슬쩍 문제의 핵심을 비껴가

70

며 대답했다. 죽은 아버지와의 약속 따윈 잊은 지 오래임이 분명했다. 아니, 잊었다기보다 외면한 지 오래라는 말이 적합하리라. 하지만 외면하려 하면 할수록 전 행수의 존재는 갈수록 더욱 껄끄러워질 것이니. 겉으론 태연한 척 말을 받는 전 행수였다.

"예, 이 집안의 사내라면 응당 그래야지요. 한데 김 도방과 장 도방을 딸려 보내시기로 한 것은 꽤나 의외입니다. 그들은 국내통인 자들이 아닙니까? 다들 그들보단 청나라와의 교역 경험이 풍부한 한 도방이나 인삼 무역을 꿰고 있는 민 도방이 적합하다 여기고 있는 줄 압니다만."

도방 김석환과 장도영, 오랜 중도파였던 그들이 전 대방과 비밀 회동을 가졌다기에 대체 어떤 밀약이 오갔을까 궁금하던 차였다. 그랬더니 아니나 다를까 그들이 챙긴 것은 바로 '인삼 교역권'이었다. 하기야 그 정도면 혹할 만한 조건일 터. 전 행수는 씁쓸함을 느꼈다.

당시 조선의 인삼은 암말과 함께 조정에서 그 무역을 직접 단속할 만큼 귀하디귀한 물건이었다. 또한 국내는 물론 청나라와 일본 등지에서도 인기가 많아 인삼 교역은 여러모로 큰 이문을 남길 수 있는 장사였다. 그러다 보니 송방 내에서도 서로들 욕심을 내는 것은 당연지사였다. 하지만 이문이 큰 만큼 위험부담 또한 적지 않았다. 그래서 인삼 교역을 나설 때에는 주로 경험이 풍부한 자들로 상단이 꾸려지기 마련이었다. 그런데 이번엔 전례 없는 인사가 이루어졌던 것이다. 전 행수가 그 점을 지적하자 전 대방이 심기가 불편한 듯 연신 쿵쿵 헛기침을 해댔다.

"대체 누가 무슨 말을 하고 돌아다니는지는 모르겠다만 교역에 누

굴 보낼지는 대방인 내가 결정할 문제다. 행수인 네가 관여할 일이
아니란 말이다."

전 대방은 시도 때도 없이 자신이 송상의 대방임을 강조했다. 그
렇지 않으면 남들은 물론 본인조차도 혹여 잊어버릴지 모른다는 듯,
말끝마다 '대방인 내가' '대방인 나는'이란 말을 덧붙이곤 했던 것
이다. 전 행수는 그런 전 대방이 측은하면서도 한편으론 우스웠다.
하여 보란 듯이 더 비꼬고 마는 것이었다.

"그렇고말고요. 한낱 행수 따위인 제가 어찌 감히 대방 어른께서
하시는 일에 토를 달겠습니까? 다만 교역을 이끄는 우두머리로서
태수가 어려움을 겪을까 염려할 뿐이지요."

전 행수는 본인의 깜냥이 아닌 자리를 꿰어 찬 자의 자격지심을
내심 비웃을 뿐이었다.

방을 나온 전 행수는 상단 안뜰에 우두커니 서 있었다. 창고 앞을
지나는데 익숙한 냄새가 전 행수의 발길을 잡았던 것이다. 그것은
커다란 솥에 인삼을 찌는 쌉싸름한 냄새였다.

구증구포九蒸九曝. 개성 홍삼은 아홉 번을 찌고 다시 아홉 번을 말려
만들어졌다. 그렇게 한시도 편할 틈 없이 인삼을 어루다 보면 생삼
은 어느새 피멍이 든 듯 붉은빛을 띠다가 안으로부터 끈끈한 진액이
엉기며 불로명약의 홍삼이 되었다.

'찌고 다져지는 과정일 뿐이다.'

전 행수는 다급해지려는 마음을 다잡았다. 우선은 작은아버지의
세력에 맞서 그들이 부정할 수 없는 공적을 세우는 것이 급선무였

다. 다행히 아직은 시간이 있으니······.

이틀 전 개성에 도착한 전 행수는 자신의 아버지를 추종하는 세력 중 한 사람인 도방 한진언을 만났다. 변화한 송상 내의 움직임을 파악하기 위해서였다.

"그들도 당장에 후계자를 지목할 생각은 아닌 듯허이. 하지만 지난번 서찰에서도 말했다시피 전 대방이 본격적으로 움직이기 시작했네. 태주를 차기 대방으로 내세우기 위한 사전 포석을 까는 게지. 그를 위해 공을 세울 만한 일들은 모조리 태수와 자기 사람들에게 밀어주고 있어. 후계 문제도 문제지만 이리 절차를 무시하고 무리하게 일을 감행하다가 종국엔 송상 전체가 타격을 입는 게 아닐지 걱정일세."

위험부담에도 불구하고 전 대방이 그토록 무리수를 두는 이유는 사실 조카인 전 행수 때문이었다. 이제 겨우 서른 중반의 나이임에도 불구하고 전 행수는 이미 송상 내에서 많은 공적을 쌓아왔던 것이다. 타국과의 교역은 물론 최근 시전 상인들을 따돌리고 제주를 장악해 갓 전매를 성사시킨 일까지 전 행수의 행적은 도방들에게 강한 인상을 남길 만한 것이었다. 그에 비해 전 대방의 아들인 태수는 지나치게 평범했다. 조용한 성격답게 자분자분 맡은 바 일들을 해내고는 있었지만 전 행수처럼 화려한 일면이 부족했다. 오히려 그는 맹맹한 물처럼 그다지 눈에 띄지 않는 인물이었다. 그러니 지는 달이 떠오르는 태양을 두려워하듯, 하루가 다르게 노쇠해가는 전 대방으로서는 갈수록 마음이 다급해질 수밖에. 그때였다.

"길주 형님이 아니십니까?"

부르는 소리에 돌아보니 외출에서 돌아온 태수가 저 멀리서 손을 흔들고 있는 것이 보였다. 중문에서부터 한달음에 달려온 태수는 만면에 미소를 띠며 전 행수의 손을 덥석 부여잡았다.

"안 그래도 시장에 나갔다가 객주 주인으로부터 형님이 오셨다는 말을 듣고 서둘러 돌아오는 길입니다. 오셨으면 진즉 기별이라도 해주시지요. 그랬으면 마중이라도 나갔을 것을."

서운한 투로 말하면서도 얼굴에는 반가운 기색이 역력했다. 하지만 그처럼 거리낄 것 없이 솔직한 태수가 부담스러운 전 행수였다.

태수는 어린 시절부터 전 행수를 친형처럼 잘 따랐다. 젊은 나이에 커다란 상단을 거느리며 동에 번쩍, 서에 번쩍 활약하는 전 행수가 어린 태수의 눈엔 영웅처럼 보였던 것이다. 그런 태수가 귀여워 전 행수도 교역에서 돌아올 때마다 외지에서 겪은 신기한 일들을 재미난 얘기로 전해주곤 했었다. 하지만 그것도 모두 옛 이야기가 되었다.

"이번에는 제주를 다녀오셨다면서요? 거긴 외지인의 접근이 힘든 곳이라던데. 실제 가보니 어떠셨습니까? 정말 여인네들이 벌거벗은 몸으로 커다란 바윗돌을 번쩍번쩍 들어올리고 그러던가요?"

태수는 호기심에 찬 눈동자로 스스럼 없이 전 행수를 향해 다가들었다. 그러나 전 행수는 그러한 태수로부터 한 발짝 물러났다. 마알간 태수의 얼굴이 부담스러웠다.

어찌하여 같은 성姓을 지니고도 서로 다른 길을 가야만 하는 것인지……. 딱 그만큼의 거리, 전 행수는 그 무방비한 순진무구 앞에서 잠시 마음이 흔들렸다. 그러나 전 행수는 이내 마음을 다잡았다. 전 행수는 무표정한 얼굴로 태수의 손을 떼어내며 말했다.

"곧 인삼 교역을 위해 책문에 간다지?"

본래 무뚝뚝한 성격이긴 했지만 속정이 깊은 사촌형이었다. 그런 전 행수가 오늘따라 유독 냉랭하게 굴자 태수도 조금 당황한 모양이었다.

"예. 아버님께서 명하셔서……. 안 그래도 그것 때문에 걱정입니다. 차라리 형님께서 가시면 좋을 것을. 저처럼 경험도 없고 부족한 사람이 나섰다가 괜히 교역만 망칠까봐 벌써부터 밤잠을 설칠 지경입니다."

흡사 터울 많은 큰형에게 응석을 부리는 막내동생 같은 모습이었다. 그러나 그들을 둘러싼 현실은 비정했다.

"전력을 다하거라. 후회하는 일이 없도록 말이다!"

'그래야 나 또한 미련 없이 너를 벨 수 있을 터이니.'

태수를 마당에 남겨둔 채 차갑게 돌아서는 전 행수였다. 그들의 의지와는 무관하게 싸움은 이미 시작되고 있었다.

같은 시각, 탐라의 송방 다점에선 만덕이 다점 일꾼으로부터 보고를 받고 있었다.

"시킨 것은 알아보았느냐?"

"예. 점주님 말씀대로 어젯밤에 강경에서 온 상인을 뒤쫓았사온데, 지켜보니 밤새 은밀히 제주성 근방의 선주들을 만나고 있었습니다."

"선주들을 만나고 다녔다?"

"예, 배를 구하고 있었던 것이 틀림없습니다."

일꾼은 확신에 찬 얼굴로 고개를 끄덕였다. 그 일꾼은 아직 앳된 소년이었는데 다친 사람처럼 왼손을 흰 무명천으로 감싸고 있었다. 하지만 딱히 불편하지는 않은 듯 그 손으로 들고 있던 명부를 바쳐 올렸다.

"역시 심상치 않군!"

소년이 바친 명부를 확인한 만덕은 곧 서둘러 자리에서 일어섰다.

"아무래도 안 되겠다. 내 송방에 다녀올 테니, 익현이 너는 계속 그 상인을 잘 감시하거라. 혹여 이상한 움직임이 보이거든 즉시 보고하고."

그러자 유난히 검고 또렷한 눈동자를 지닌 소년이 대답했다.

"예."

익현이라 불린 소년은 사실 상단의 군식구인 육손이었다.

육손이 다점을 찾아와 다짜고짜 이곳에서 살게 해 달라고 청한 지 며칠. 그에 대해 가타부타 별다른 대답이 없던 만덕은 이레째 되는 날 아침, 무슨 생각에선지 송방으로 직접 찾아가 굴뚝에 웅크리고 있던 육손을 데려왔다. 그 모습을 본 다점 서기가 점잖은 손님들 드나드는 가게에 거지꼴을 한 육손을 들일 수 없다며 펄쩍 뛰었지만 만덕의 결심은 이미 굳었다.

"겉모습이야 다듬으면 그뿐이다. 굼벵이도 구르는 재주가 있다 한 것은 자네가 아니었는가?"

결국 다점의 식구가 된 육손은 그날부터 다점 곁방에 붙어 살게 되었다. 그런 육손에게 만덕이 목욕을 시키고 옷을 갈아입히는 것보다 먼저 한 일이 있었다. 그것은 바로 이름을 지어주는 것이었다.

"더할 익益 자에 어질 현賢 자, 이제부터 네 이름은 익현이다. 남보다 많은 손가락으로 남보다 현명하게 살라는 뜻이니라."

익현은 이름 붙인 대로 자라나는 나무처럼 하루가 다르게 영글어 갔다. 산술에 타고난 자질을 지닌 데다 객식구 시절 돋에 밴 처신으로 익현은 큰 마찰 없이 다점 내에서 제자리를 찾아갔다. 심지어 갈수록 입심이 늘어, 점원들조차 문득문득 '저 녀석이 원래 저렇게 말수가 많은 녀석이었던가?' 하고 기이하게 여길 정도였다.

어쨌든 익현은 더 이상 천덕꾸러기 육손이 아니었다. 제게 맡겨진 일도 제법 똘망하게 해내었다. 그중에서도 특히 눈치가 빨랐다. 익현은 지금도 만덕의 명을 받고 또다시 강경 상인을 감시하러 나갔다.

한편 다점을 나와 송방에 도착한 만덕은 한 서기와 실랑이를 벌였다.

"아예 거래를 끊으라는 말이 아닙니다. 며칠만 시일을 끌어보자는 것이 아닙니까."

그러나 확신에 찬 만덕과 달리 곤란하다는 표정을 짓는 한 서기였다.

"이미 행수님의 재가도 떨어진 사안이오. 마땅한 명분도 없이 거래키로 한 물품의 지급을 어찌 늦춘단 말이오?"

만덕은 지금 송방과 오랜 기간 거래해온 강경 상인의 물품 지급을 늦추기 위해 한 서기를 설득하는 중이었다.

"다점을 드나드는 상인들 사이에서 들리는 소문이 좋질 않습니다. 게다가 어제는 선주들을 찾아다니며 배까지 빌렸다고 합니다. 빤히 자기 배가 있는 자가 본인 소유의 배를 놔두고 어찌 그랬겠습니까? 파선 사고가 난 것이 분명합니다."

탐라와 뭍을 오가는 상선이 파선 사고를 당하는 것은 드문 일도 아니었다. 군데군데 암초가 많아 워낙 뱃길이 험한 데다 날씨 또한 변덕스러워 아차, 하는 사이 배가 난파되기 일쑤였던 것이다. 그때마다 피해는 고스란히 상인들의 몫이었다. 배에 실린 물건들을 죄다 날리는 것은 물론이요, 심하면 상단 자체가 파산에 이르기도 했다.

　"혹여라도 제 짐작이 사실로 드러난다면 어찌실 것입니까? 파산이라도 한다면요? 만일 그리된다면 이번에 우리 송방과 거래키로 한 물품은 모조리 떼일 공산이 큽니다. 하면 그 막대한 손해를 어찌 감당하시렵니까?"

　일리 있는 말이었다. 한 서기 역시 그를 모르지 않는지라 동요되는 마음을 감추지 못했다. 그것을 눈치 챈 만덕이 다시 조곤조곤 한 서기를 설득하기 시작했다.

　"보름입니다. 어떤 핑계를 대든 딱 보름만 지급을 늦춰주십시오. 하면 나머진 제가 책임지겠습니다."

　한 서기는 결국 고개를 끄덕이고 말았다. 안 되면 본인이 책임지겠다는데, 그 정도로 확신에 찬 만덕의 말을 무시하기는 어려웠다.

　그로부터 보름 동안 한 서기는 만덕과 약속한 대로 물품 지급을 미룬 채 강경 상인을 피했다. 덕분에 애가 탄 강경 상인은 직접 어음을 들고 찾아와 물건을 내어 달라며 통사정을 했다. 하지만 그때마다 한 서기는 이런저런 핑계를 대어 상인을 따돌렸다.

　"아직 행수님께서 개성에서 돌아오시지를 않았습니다. 조금만 더 기다려주십시오. 행수님께서 돌아오시는 즉시 약속대로 물건을 내어 드리겠습니다."

하지만 강경 상인은 결국 물건을 인수받지 못했다. 아니, 인수받을 수 없었다는 말이 보다 정확할 터. 보름이 채 지나기도 전에 만덕의 예측대로 강경 상인의 상단이 파산하고 만 것이다. 그와 동시에 그동안 강경 상인이 물품 대금 대신 뿌리고 다녔던 어음도 모조리 휴지 조각이 되고 말았다.

"내 그럴 줄 알았지."

이른 아침 다점에서 그 소식을 전해 들은 만덕은 찻잔을 입에서 떼며 의기양양하게 미소 지었다. 이제 누가 감히 자신을 한낱 다모라 칭할 것인가.

이번 일로 한양의 알 만한 시전 상인들마저 줄줄이 손해를 입었다. 그러나 만덕의 예측 덕에 탐라 송방만은 위기를 모면했던 것이다. 만덕은 머릿속으로 이번 일로 보존한 이익을 재빠르게 계산했다. 그러면서 남몰래 우쭐한 기분을 느끼는 것이었다.

그로부터 며칠 후, 달포 만에 드디어 개성에서 전 행수가 돌아왔다. 돌아오자마자 한 서기로부터 그간의 일들을 보고받은 전 행수는 곧바로 만덕을 불러들였다. 머지않아 이런 일이 있을 것임을 예상했던 만덕은 지체 없이 송방으로 향했다.

방에 들어선 만덕은 오랜만에 만난 전 행수에게 깍듯이 인사를 올리고 자리에 앉았다. 그러면서 흘끗 표정을 보니 갔던 일은 어찌 되었는지 전 행수는 탐라를 떠날 때보다 더 속을 알 수 없는 표정을 짓고 있었다. 그렇게 이런저런 생각을 하고 있는데 전 행수가 먼저 말문을 열었다.

"강경 상인이 파산할 것을 미리 예측하고 거래를 중지시켰다고?"

"예. 의심이 가는 일들이 있어 그리 하였는데, 역시나 파산 직전이었던 것으로 드러났습니다."

칭찬까지는 아니더라도 수고했다는 말 정도는 나올 것이라 내심 기대해온 만덕이었다. 하지만 그건 순전히 만덕의 생각이었다.

"자리를 비운 사이 내 대신 행수 놀음을 하였군?"

그 말에 당황한 만덕이 고개를 들었다. 그러자 얼음처럼 냉랭한 전 행수의 눈이 찌를 듯 자신을 노려보고 있는 것이었다. 어찌 저런 눈으로……. 만덕이 마땅히 대답할 말을 찾지 못하고 있는 사이 전 행수가 차갑게 말을 이었다.

"자네 오만한 것이야 하루 이틀 일이 아니라 치고, 이번엔 한 서기까지 선동하였으니, 그 또한 능력이라면 능력이로군."

그제야 뭔가가 잘못되었음을 만덕은 깨달았다.

"그것이 아니옵고…… 전 그저 송방의 이득을 위해……."

전 행수는 그 말마저 끊어내었다.

"이득? 무슨 이득 말인가? 떼일 뻔한 물건을 보존했으니 그것이 이득이라 그 말인가? 그사이 좀 변했나 싶었더니 그 근본은 여전히 기생 장사꾼이로군. 천박하기가 이를 데 없어!"

"지금 천박이라 하셨습니까?"

만덕은 당혹스러운 마음에 부르르 어깨를 떨었다. 하지만 아랑곳하지 않는 전 행수였다.

"우리가 약속대로 그 상인에게 제때 물품만 지급했던들 그는 파산하지 않았을 수도 있었네. 우리가 약속만 지켰어도 어음을 막고 회생의 기회를 얻었을지도 모른단 말일세."

전 행수는 '약속'이란 말에 힘을 주었다. 그것이 정의든 불의든, 겉모습이야 어떻든 간에 한번 뱉어진 약속은 반드시 지켜져야만 하는 것. 전 행수에게 있어서 상인의 약속이란 그런 것이었다.

"하지만 결국 파산했습니다. 그것도 겨우 열흘 만이었습니다. 어차피 가망이 희박한 상황에서 손해 볼 것이 빤한 약속을 정녕 지켜야 했단 말입니까?"

만덕이 반박하고 나서자 전 행수 역시 응수했다.

"잃은 돈은 언제고 다시 벌면 되지만, 한번 잃은 신의는 희복하기 어려운 법이네."

"하지만 이득을 꾀하는 것은 상인의 본분입니다. 상인으로서 할 일을 한 것뿐인데 그것이 어찌 천박함이란 말입니까?"

전 행수와 만덕이 한 치의 물러섬 없이 팽팽하게 맞섰다. 결국 한참 대치 끝에 질문을 받은 전 행수가 먼저 입을 열었다.

"이득을 꾀하는 것이 상인의 본분이란 말은 옳다. 하지만 그 이득에도 선후경중이 있는 법. 자넨 지금 당장 금전을 지킨 것이 잘한 일이라 여길지 모르겠으나 그것은 작은 것, 오히려 사소한 것을 지키기 위해 오랜 시간 힘들게 쌓아온 상인과의 신의를 저버렸으니 되레 크게 잃은 것이다. 말해 보아라! 자네 같으면 오랜 신의를 저버린 자와 거래를 도모할 수 있겠는가? 그런 자가 과연 후일을 기약할 수 있겠는가?"

만덕은 아무런 대답도 하지 못했다. 전 행수의 말이 그르지 않다는 것을 알면서도 한편으론 '신의'와 '이득' 중 무엇을 택하는 것이 진정 상인으로서 옳은 것인지 확신이 서지 않았던 것이다. 만덕은 결국 고개를 저었다.

"저는 도무지 모르겠습니다. 말로는 상인 간의 신의라 하나, 그것이 대저 적선과 무엇이 다르단 말입니까? 어차피 약육강식인 세상입니다. 상대의 사정까지 일일이 봐줘가며 어찌 돈을 모을 수가 있겠습니까?"

만덕은 돈이란 항상 독하게 모으는 것이라 배웠다. 체면 차려가며 우아하게 사는 것은 양반들의 몫이지, 내가 먹으려면 남이 굶어야 하는 팍팍한 백성들의 삶에선 가당치도 않은 일이라 철썩같이 믿어왔던 것이다. 만덕의 말에 전 행수의 얼굴이 굳어졌다. 그리곤 한동안 무거운 침묵만이 감돌았다.

"송방을 떠나라!"

전 행수의 말에 화들짝 놀란 만덕이 고개를 들었다.

"방금 뭐라 하셨습니까? 떠나라니요?"

"자네와 나는 서로 뜻이 다르다. 뜻이 다른 자와 한 배를 탈 수는 없는 법."

"하지만 아무리 그래도 갑자기 떠나라 하심은……! 전 이대로는 나갈 수 없습니다. 뜻이 달라 떠나는 것이라고는 하나 이것이 폐출과 무엇이 다릅니까?"

만덕의 목소리가 가늘게 떨렸다. 송방에서 쫓겨난다면 만덕은 상인으로서 설 곳이 없었다. 좁디좁은 탐라 바닥에 파다하게 퍼져나갈 소문도 그렇거니와 주인에게서 신의를 잃고 밀려난 장사꾼은 결코 다른 상단에도 발을 들여놓을 수 없는 법이었다. 그리고 앞선 이유들을 다 차치하고라도 만덕은 아직 송방에서 배울 것이 너무도 많았다. 탐라에 송방이 들어온 것은 어찌 보면 만덕에게 있어서는 절호의 기회였다. 자그마한 섬에 갇힌 만덕이 대체 어디 가서 이처럼 앞선 상술을 배울 수 있단 말인가. 순간 만덕은 한 치의 망설임도 없이 고개를 숙였다.

"비록 생각은 다르다 하나 송방이나 행수님께 해를 끼칠 생각은 조금도 없었습니다. 믿어주십시오. 그리고 그것이 송방의 방식이라면 앞으론 제 생각과 다르다 해도 반드시 따르겠습니다. 약속드립니다."

하지만 전 행수의 마음은 이미 냉랭하게 돌아서 있었다.

"자넨 이미 송방에 큰 피해를 입혔네. 신의를 잃어버린 것은 물론이요, 실추된 송방의 명예는 또 어쩔 것인가?"

"책임지겠습니다. 책임을 지라 하시면 어떤 식으로든 책임을 물 터이니 나가라는 말만은 거두어주십시오. 전 꼭 상인이 되어야겠습니다."

기세 높은 양반들 앞에서조차 항상 고고하고 당당하던 만덕이었다. 그러나 자신이 선택한 길 앞에선 자존심도 무의미했다. 만덕은 전 행수 앞에 몸을 수그린 채 미동도 하지 않았다. 그리고 그런 만덕을 물끄러미 바라보는 전 행수였다. 그렇게 얼마나 시간이 흘렀을까, 시종 입을 다물고 있던 전 행수가 한참 만에야 비로소 입을 열었다.

"네 말이 진심이냐?"

"거짓 따위, 마음에 담을 줄 모릅니다."

"좋다. 그 말이 사실이라면 내 자네에게 마지막 기회를 주지."

전 행수의 말에 그제야 만덕의 얼굴에 일말의 희망이 어렸다. 하지만 전혀 생각지도 못한 과업 앞에 다시금 굳어지는 만덕이었다.

"부정한 상단이 쥐고 있는 미역 수매권收買權을 끌어오너라."

미역 수매권이라니! 그것은 조선이 이 땅에 개국하기도 전부터 대대손손 부씨 집안이 장악해온 권한이었다. 전 행수는 지금 만덕에게 그것을 허물라 하고 있는 것이었다.

"왜? 못하겠는가? 그럼 여기서 깨끗이 포기하라!"

전 행수의 말에 만덕은 입술을 앙다물었다. 여기서 포기할 순 없었다. 어찌 되찾은 이름이고, 어찌 결심한 상인의 길인데……. 돌파하는 것 외엔 다른 길이 없었다. 그렇다면 받아들일 수밖에.

"반드시 성사시켜 보이겠습니다."

만덕은 빈 주먹을 불끈 그러쥐었다.

자리에서 물러나온 만덕은 그 길로 곧장 다점으로 돌아와 주섬주섬 자신의 짐들을 챙기기 시작했다. 전 행수가 낸 과업을 성사시킬 때까진 다점을 떠나 있을 작정이었다. 그사이 소식을 전해 들은 다점 식구들이 우루루 몰려왔다. 다들 경황 중에도 얼굴에는 안타까워하는 기색이 역력했다.

"그동안 점주님이 계셔서 흔들림 없이 다점을 이끌어왔는데 이제와 뉘라 그 자리를 대신한단 말입니까?"

서기가 울상을 지었다. 방문 밖에선 제일 먼저 달려온 익현이 히잉히잉 망아지 우는 소리를 내며 연신 소맷부리로 눈물을 훔쳐대고 있었다. 그러나 오히려 만덕은 담담했다.

"저는 반드시 돌아올 것입니다."

84

돌아올 것이다. 반드시 돌아올 것이니 아직은 그 무엇도 끝이 아
니라고 다짐하는 만덕이었다.

9

미역 해경

이여싸나 이여도싸나 /

혼백상지 등에다 지곡 / 가심 앞이 두렁박 차곡 /

한 손에 빗창을 줴곡 / 한 손에 호미를 줴곡 /

한 질 두 질 수지픈 물속 / 허위적 허위적 들어간다

잠녀_{해녀}들의 노 젓는 소리가 힘차게 들려왔다. 음력 3월이었다. 허채_{겨울 동안 금지되었던 미역 채취를 푸는 일}가 내려진 탐라 앞바다가 가슴을 풀어헤치고 출렁, 풍만한 젖무덤을 드러내면, 테우_{제주 전통 방식으로 만든 뗏목 배}를 저어 가까운 바다까지 나선 잠녀들은 어미의 가슴팍에 안기는 젖먹이처럼 겨우 손바닥만 한 물소중이_{물옷} 한 장을 걸치고 풍덩, 넉넉한 바다로 거침없이 몸을 던졌다.

아직은 얼음장처럼 차가운 바다, 그들이 몸에 걸친 삼베 적삼보다 얇은 물소중이는 탐라 땅의 여인네로 태어난 멍에를 감추기 위한 것일 뿐 추위를 견뎌내는 데는 큰 도움이 되지 못했다. 그저 가슴 깊숙이 품어 안은 잉걸불처럼 시뻘건 불덩어리, 어머니의 어머니로부터 이어져 내려온 피처럼 검붉은 한恨만이 그네들을 버티게 하는 힘의 원천일 뿐이었다.

"호오이~! 호오이~!"

마치 빠져나간 혼을 부르듯, 수면 위로 떠오른 잠녀들은 생명줄 같은 테왁박을 햇볕에 말려 만든 해녀들의 부표을 가슴으로 부여잡고 한숨처럼 깊은 숨비소리를 뱉어내었다. 그때마다 미역세풀의 속껍질로 엮은 망사리엔 방금 딴 미역과 해산물이 가득 채워져갔다.

"보릿고개를 무사히 넘기자면 지금부터 바지런히 물질을 해야 합지요. 허채가 풀리자마자 미역을 따 모아야 나중에 나리포로 가져가 곡식과 바꿔 올 수 있으니 말입니다."

길잡이의 설명을 들으며 만덕은 바닷가 언덕 위에 서서 너른 바다 위를 동동 떠다니는 노랗고 까만 테왁을 내려다보았다.

"탐라 여인의 생이란 게 모두 별반 다르지 않구나!"

혼잣말을 중얼거린 만덕은 바람결에 가벼운 한숨을 뱉어내었다.

송방을 나와 벌써 며칠째 해안가 잠녀촌을 돌아다니고 있는 만덕이었다. 다시 송방으로 돌아가기 위해서는 잠녀들로부터 그들이 채취한 미역을 사들여야만 할 터. 하지만 예상했던 대로 그것은 쉬운 일이 아니었다.

"우리 마을에서 딴 미역을 이녁한테 팔라고? 댁이 뉜 줄 알고?"

낯선 이방인을 향한 경계의 눈빛. 그 경계의 눈빛 뒤로 잠녀들이 등을 돌릴 때마다 만덕은 갑갑한 마음에 한숨을 내쉬곤 했다. 부정한 상단이 쥐고 있는 미역 수매권을 끌어올 것, 그와 함께 전 행수가 내건 조건 때문이었다.

"절대로 탐라 송방의 이름을 팔지 말고, 오로지 네 혼자 힘으로 해내야만 한다는 걸 명심하라!"

탐라 송방을 벗어난 만덕은 그저 이름 없는 여인네일 뿐이었다. 그런 만덕에게 목숨 같은 미역을 선뜻 넘길 잠녀는 없었다.

"안녕하십니까, 대상군 어르신. 저는 무근성 사는 상인 김만덕이라고 합니다."

해안가에 돌을 쌓아 만든 불턱_{제주도 사투리로 해녀들이 물 밖으로 나와 불을 피우는 곳}에서 잠녀들이 물질 중간 짬을 내 휴식을 취하고 있는 틈을 타 해안가까지 내려온 만덕은 불턱 가장 안쪽에 자리를 잡고 앉은 삼십대 후반의 여인에게 먼저 다가가 공손히 인사를 건넸다. 그러자 여인은 금방 딴 어른 손바닥만 한 전복을 혓바닥으로 쓰윽 핥으며 만덕을 힐끔 올려다보았다.

"곰새요."

대상군_{잠녀 중 가장 실력이 뛰어난 우두머리}와 통성명을 한 만덕은 내처 불가에 둘러앉은 여인들을 스윽 둘러보았다. 이제 막 초경을 치뤘을 법한 비바리부터 애기구덕_{대나무를 짜서 만든 요람}에서 아기를 안아 올려 젖을 물리는 아낙, 거기에 축 늘어진 쭈글쭈글한 젖가슴을 훈장처럼 저고리 밖으로 늘어뜨린 할망까지 스무 명 가까운 여인네들이 호기심 어린 눈으로 만덕을 쳐다보고 있었다.

이 정도 규모면 잠녀촌치곤 꽤나 큰 축에 속했다. 만덕은 그중 눈이 마주친 젊은 아낙에게 미소를 지으며 눈인사를 건넸다. 그러자 화들짝 놀란 아낙이 얼른 눈을 피했다. 이곳 역시 여느 마을 못지않게 외지인에 대한 경계가 심한 것이 분명했다. 만덕은 더욱 신중히 말을 골랐다.

"다름이 아니옵고, 이곳 김녕골 잠녀계에 거래를 청하고저 합니다만."

그러자 뭉툭한 빗창_{전복 등을 딸 때 쓰는 도구} 손잡이로 소라껍질을 까부순 곰새가 빈 껍데기를 불 속에 휘익 던져 넣으며 퉁명스럽게 대꾸했다.

"뭔 거래 말이오?"

"이곳 마을에서 거둔 미역을 사고 싶습니다."

만덕이 조심스레 곰새의 표정을 살폈다. 이곳 역시 안 된다고 하면 이번엔 대상군 잠녀의 망사리라도 붙잡고 늘어질 심산이었다. 그런데 곰새가 뜻밖에도 만덕의 말에 관심을 보였다.

"얼마나 쳐줄 게요?"

곰새의 말에서 일말의 희망을 엿본 만덕이 재빨리 머릿속으로 셈 속을 따지기 시작했다. 싸게 사들일수록 만덕에겐 이득일 것이나 자칫 잠녀들의 마음을 상하게 했다간 모처럼 얻은 기회마저 놓칠 수 있는 일이었다.

"미역 한 오리에 보리쌀 닷 말 값을 쳐 드리지요."

부러 시세에 비해 후하게 가격을 내놓는 만덕이었다. 하지만 곰새는 만덕의 말을 듣자마자 팩 코웃음을 쳤다.

"닷 말을 뉘 코에 붙이라고. 다섯 섬. 우리 마을 미역을 사려거든 한 오리당 보리쌀 다섯 섬을 내시오."

그 말에 기가 막힌 나머지 만덕이 되물었다.

"예? 지금 다섯 섬이라고 하셨습니까?"

기실 닷 말도 후하게 쳐준 것이었다. 한데 그보다 열 배나 높은 가격이라니!

"지금 농담하시는 겝니까? 뭍 상인들도 미역 한 오리에 보리쌀 닷 말 닷 되 이상은 치르지 않습니다. 이 정도면 부정한 상단은 물론이고 탐라 내의 그 어느 상단보다도 잘 쳐 드리는 것입니다."

곰새는 들은 척도 하지 않았다.

"싫음 말지, 웬 말이 이리 많누?"

그러고는 일말의 망설임도 없이 자리를 털고 일어서는 것이었다. 그러자 불가에 둘러앉아 있던 여인네들도 저마다 테왁과 망사리를 주섬주섬 챙겨들고 그 뒤를 따랐다.

"망사리 채우려면 해지기 전에 두어 번씩은 더 물질을 해야 허니, 퍼뜩퍼뜩 서둡세!"

잠녀들은 물에 쉽게 가라앉기 위해 허리춤마다 무거운 돌추를 매달고 있었다. 하여 육지 위에선 하나같이 거북이처럼 느릿느릿 움직였다. 그런 잠녀들이 작정들을 한 것인지 만덕을 피해 재빨리 바다로 나갔다. 그러자 마음이 급해진 만덕이 서둘러 곰새의 뒤를 쫓았다.

"그러지 말고 조금만 더 흥정을 하시지요. 서로 얘기를 나누다보면 적당한 선에서 합의를……."

그러나 만덕은 미처 말을 맺지 못하고 주춤 걸음을 멈추었다. 곰새가 허리춤에 차고 있던 날선 빗창을 번뜩 뽑아 들었던 것이다. 오랜 세월 바닷물에 절여진 쇠는 누런 이끼가 끼어 시퍼렇게 벼린 칼보다도 더 섬뜩한 느낌을 주었다.

"미역 한 오리에 보리쌀 닷 섬. 그 밑으로 흥정은 없소."

퉤, 거칠게 갯바위에 침을 뱉은 곰새는 그대로 잠녀들을 이끌고 너른 바다밭으로 뛰어들었다.

"비키소. 물찌 놓친께."

키 작은 비바리 하나가 불턱 입구에 멀거니 서 있는 만덕을 밀쳐 내고는 종종걸음으로 어른들의 뒤를 따랐다. 홀로 불턱에 남겨진 만덕은 바닷속으로 사라진 잠녀들 대신 수면 위에 동동 떠 있는 색색의 테왁을 한참이나 노려보았다.

바닷가 근방의 잠녀촌 마을. 골목마다 사람 다닐 공간을 제하고는 빈 땅 한 뼘 없이 거적대기가 깔려 있었다. 그리고 그 위에는 사흘 밤낮 안 감은 머리카락처럼 시커먼 미역이 진득하게 달라붙어 봄 햇살에 꾸덕꾸덕 말라가고 있었다. 잠녀들이 바다에서 건져올린 미역을 한 낫씩 잘라 펼쳐 말리는 것이었다.

이른 봄, 잘 마른 미역에선 소금기가 분처럼 뽀얗게 일어 바람이 불 때면 민들레 홀씨처럼 폴폴 날리곤 했다. 덕분에 잠녀촌에서는 담벼락에서조차 짭쪼름한 냄새가 나고, 장항아리가 뱉어낸 소금기가 주둥이 끝에 졸망졸망 맺혀 뚜껑을 닫을 때마다 서그럭서그럭 눈 밟는 소리를 냈다.

만덕은 행여나 바닥에 깔린 미역을 밟지 않으려고 한 발 한 발 조심스럽게 걸음을 옮겼다. 손에는 다리가 묶인 채 보자기에 싸인 수탉 한 마리가 꼭꼭꼬옥, 비어져 나온 머리를 건들대며 을고 있었다.

"처음부터 거래를 할 마음이 없었던 게 분명합니다. 그렇지 않고

서야 그게 어디 가당키나 한 값이랍니까?"

곰새에게 거래를 거절당하고 돌아오던 길, 만덕을 김녕골 잠녀촌까지 안내했던 길잡이는 미안했던지 제가 더 열을 내며 말했다. 만덕 역시 곰새가 자신을 떠보려 한 것이 아니었을까 생각하던 중이었다. 그게 아니라면 굳이 그렇게까지 할 이유가 없었다. 당장에라도 거래를 할 듯 떠보더니 종국엔 얼토당토않은 가격 핑계라니.

결국 집으로 돌아온 만덕은 하루 밤낮을 꼬박 고심한 끝에 다시 한 번 곰새를 만나보기로 결심했다. 그녀의 속내가 무엇인지 궁금하기도 했거니와 이대로 포기하기엔 만덕의 자존심이 허락지 않았다. 하여 만덕은 집 마당에 놓아 기르던 닭 한 마리를 손수 잡아 들고서 직접 곰새의 집을 찾아나선 길이었다.

"이쯤 어디라 했는데?"

얼마나 걸었을까. 계단 같은 담장을 층층이 쌓아올린 올레길을 따라 마을 가장 깊숙한 곳까지 들어간 만덕이 거기가 거기 같은 집들 사이에서 헤매고 있을 때였다. 흥정을 벌이는 중인 듯 어디선가 카랑카랑한 남녀의 목소리가 들려왔다.

"네 말!"

"에이, 두 말 반."

"뭐요!"

버럭 소리 치는 목소리가 왠지 귀에 익다고 느낀 것도 잠시, 소리를 따라 걸음을 옮기던 만덕은 낮은 담장 너머로 보이는 얼굴에 걸음을 멈추었다. 곰새였다.

"미역 중에서도 최상급 줄기미역이오. 못해도 한 오리당 보리쌀

네 말은 받을 수 있는 것을 어찌 두 말 반밖에 안 쳐준단 말이오?"

그러자 마주 서 있던 사내가 앓는 소리를 해댔다.

"나라고 무슨 힘이 있나? 행수 어르신께서 주머니 끈을 바짝 조이신 것을. 나도 요새 아주 죽을 맛이네."

쥐치처럼 입이 툭 튀어나온 사내는 부정한 상단의 심부름꾼이었다.

"아무리 그래도⋯⋯."

"어허이, 거 사람! 좋소, 서 말! 내 대상군 면을 봐서 특별히 서 말 쳐줌세. 우리 행수 어르신 성격 알잖나? 그 이상은 안 돼!"

그 말에 씰룩, 두툼한 입술을 일그러뜨리는 곰새였다. 하지만 망설이던 것도 잠시. 결국 곰새는 후유 한숨을 내쉬며 뒤로 물러섰다.

"젠장, 가져 가시오."

사내가 지고 온 지게에 미역 바리들을 옮겨 싣는 것을 잠자코 지켜보던 곰새가 끈적한 가래침을 탁 뱉었다. 고뿔도 아랑곳하지 않고 보름 남짓 찬물에 몸을 담가가며 힘겹게 거둔 미역들이었다. 그런데 이리 헐값이라니⋯⋯. 짠 바닷물에 해초처럼 누렇게 바랜 곰새의 머리카락이 바람결에 비듬처럼 힘 없이 우수수 끊겨 떨어졌다.

"애 썼소. 또 봅시다."

잠시 후 미역을 다 실은 사내가 의례적인 인사말을 남기고 곰새의 집을 떠났다. 그리고 그제야 정낭 밖 불청객의 존재를 눈치챈 곰새였다.

"대체 이게 무슨 경우랍니까?"

만덕은 심부름꾼이 떠나자마자 성큼성큼 마당 안으로 지쳐 들어오며 따져 물었다. 그 바람에 보자기에 쌓인 수탉이 꾸룩꾸룩, 붉은 벼슬을 곤추세우며 성질을 부려댔다. 낯색 하나 변하지 않고 만덕을 꼬나보는 쪽은 곰새였다.

"또 뭐요?"

"지난번에 내가 미역을 팔라 할 땐 한 오리당 보리쌀 닷 섬이 아니면 안 팔겠노라고 그리 버티더니! 저자에겐 겨우 서 말이라니! 어찌 사람을 이리 차별할 수가 있단 말입니까?"

가소롭다는 듯 팽, 맨손으로 코를 푸는 곰새였다.

"젠장, 내 손으로 거둔 미역, 내 맘대로 팔겠다는데 어디 와서 행패질이라?"

그리곤 코 묻은 손을 앞치마에 쓱쓱 문질러 닦고는 내처 정주간 앞으로 가서 빈 전복 껍데기를 담아놓은 함지박에 쏴아, 물을 붓는 곰새였다. 만덕의 존재일랑 깨끗이 무시하겠다는 본새였다. 만덕 또한 만만치 않은 성격인지라 그런 곰새의 뒤를 끈질기게 쫓아다녔다.

"아무리 그래도 사람의 도리가 그런 것이 아니지요! 처음부터 날 가지고 놀 요량이 아니었다면 어찌 사람이 한 입 가지고 두말을……."

그 순간 촤아악, 곰새가 들고 있던 바가지로 만덕에게 물을 확 끼얹었다. 그 바람에 만덕은 물론이고 들고 있던 수탉까지 졸지에 물에 빠진 생쥐꼴이 되어버렸다. 창졸지간에 당한 일인지라 어버버 하고 서 있는데, 그사이 허리춤에 손을 얹은 곰새가 버럭 소리쳤다.

"이것이 누구 염장을 지르나. 당장 못 나가냐!"

곰새의 집에서 쫓겨나다시피한 만덕은 분한 마음에 쿵쿵대며 언덕길을 거슬러 내려갔다. 덕분에 미처 닦이지 않고 머리카락에 매달려 있던 물방울들이 툭툭 떨어져 내리며 어깨를 둥글게 적셔갔다. 그때마다 만덕은 신경질적으로 물기를 털어냈다. 그때였다.

"저기……."

누군가 부르는 소리에 팩 하니 뒤돌아보았더니, 이제 갓 스물을 넘겼을까? 웬 젊은 여인 하나가 젖먹이를 들쳐업은 채로 만덕을 부르고 있었다.

"무근성 사시는 상인 맞으시죠?"

경계하듯 주변을 둘러본 여인이 머뭇머뭇 입을 열었다. 그 목소리가 마치 건어물 주위를 윙윙대는 파리처럼 작고 가냘펐다.

"실례지만, 뉘신지?"

"왜 지난번 불턱에서……."

그제야 만덕은 휴식 중에 갓난쟁이에게 젖을 물리던 아기 엄마를 떠올렸다. 눈앞의 여인이 바로 그 잠녀였다.

"예. 제가 무근성에 사는 상인이 맞습니다만, 한데 왜……?"

"실은…… 미역을 팔고 싶은데요."

여인의 집은 마을 안에서도 가장 구석진 곳에 자리하고 있었다. 한눈에 보기에도 남루한 집이었다. 벌써 몇 년째 이엉을 갈지 못했는지 지붕은 썩어서 허물어져가고 있었고, 돌보는 이가 없는지 낭간은 군데군데 푹푹 꺼져 있었다.

"보시다시피 집안 꼴이 이래서 앉으시라 권할 형편이 못 됩니다."

"전 괜찮습니다. 그나저나 제게 파신다는 미역은?"

민망한 듯 치맛자락에 연신 손을 비벼대던 여인은 만덕의 말에 곧 자물쇠도 없는 고팡에서 말린 미역 몇 오리를 들고 나왔다. 딱 보아도 열 오리가 채 되지 않을 만큼 적은 양이었다.

"양이 좀 적지요? 제가 애 낳은 지가 얼마 안 돼 놔서……."

잠녀가 만덕의 눈치를 살피며 말했다. 생각보다 턱 없이 적은 양이었다. 그러나 혹시라도 불편해할까, 살가운 미소를 지어 보이는 만덕이었다.

"괜찮습니다. 적은 양이라도 모이면 크게 되는 법 아닙니까?"

"하지만 양이 적으니까 가격은 아무래도……."

"걱정 마십시오. 지난번 대상군께 제시했던 대로 한 오리당 보리쌀 닷 말 값을 셈해 드릴 터이니."

만덕은 본래 송방이 취급할 수 있을 정도로 큰 규모의 도매를 해야 했다. 이런 자잘한 거래는 물건의 가격만 높일 뿐 별 도움이 되지 못했던 것이다. 하지만 첫 술에 배부를 수 있으랴. 비록 대상군 잠녀의 동의를 얻는 데는 실패했다지만 만덕은 이런 식으로 잠녀들 사이에 조금씩 소문이 퍼져가고 차근차근 거래처를 넓혀갈 수만 있다면 머지않아 뭔가 수가 생길 것이라 생각했다. 게다가 어쩌면 그 호랑말코 같은 대상군을 따돌리고 거래를 틀 수 있을지도 모르는 일이니 따지고 보면 일석이조랄 수도 있었다.

"대신 다음번에 거둔 미역도 잊지 말고 저와 거래를 해주십시오. 제가 그때그때 꼭 합당한 가격을 쳐 드릴 것이니."

만덕이 젊은 잠녀에게 신신당부를 하고 있을 때였다.

"아니, 이것들이!"

어찌 알았는지 집 앞까지 찾아온 곰새가 만덕과 젊은 잠녀를 노려보며 씩씩대고 있었다.

"대상군 어르신!"

젊은 잠녀가 외마디 비명을 지르는 사이, 성난 멧돼지처럼 돌진해 온 곰새는 순식간에 소쿠리에 담긴 미역을 냅다 뒤엎어버리고는 따악, 내처 젊은 잠녀의 따귀를 올려붙였다.

"달기 네 이년! 니 년이 제 정신이냐? 감히 내 허락도 없이 외지 상인과 거래를 터?"

달기라 불린 젊은 잠녀는 뺨을 움켜쥔 채 두려움에 바들바들 떨었다. 눈에선 굵은 눈물 방울이 소리도 없이 연신 뚝뚝 덜어졌다. 그리고 내팽개쳐진 미역은 그사이 흙범벅이 되어버렸다. 옆에서 그 광경을 뜨악하게 바라보고 있던 만덕은 순간 울컥 치밀어오르는 분노를 참지 못했다. 거래고 뭐고 이렇게 된 이상 도저히 그냥 보아 넘길 수가 없었다.

"대체 이게 무슨 짓이오? 패악질도 정도껏 해야지! 어찌 다짜고짜 사람을 친단 말이오? 당장 사과하고 물러나시오!"

그러나 지지 않고 대꾸하는 곰새였다.

"너야말로 외지인 주제에 무슨 참견이냐? 남의 마을 일에 간섭 말고 썩 꺼져라!"

순간 만덕과 곰새의 눈에서 시퍼런 불꽃이 일었다. 팽팽한 긴장감이 가득한 가운데 만덕이 먼저 차갑게 쏘아붙였다.

"모르시나 본데, 방금 그쪽이 손 댄 미역은 이미 내가 사들인 것이었소. 보다시피 내 물건을 이리 망쳐 놓았으니 더 이상 남의 일이 아니지! 게다가 이곳은 내 거래처이기도 하오!"

그 말에 곰새는 콧방귀를 뀌었다.

"거래처? 누구 맘대로 거래처라더냐? 이 마을에선 내 허락 없인 누구도 미역 한 낭 사들일 수 없다!"

제가 대상군이면 대상군이지, 오만을 넘은 독선에 만덕은 심사가 뒤틀렸다.

"팔기 싫으면 본인이나 아니 팔면 되지. 그쪽 말마따나 제 손으로 거둔 미역, 조금이라도 후한 값에 팔겠다는데 대상군이 무슨 권리로 이러시오? 혹 부정한 상단에서 따로이 받아 먹는 것이라도 있는 게요? 그렇지 않고서야 어찌 이리 행패를 부릴 수가 있나."

만덕은 일부러 곰새의 신경을 긁으며 빈정댔다. 그러자 곰새가 금방이라도 터질 듯 눈을 흡뜨며 대꾸했다.

"뭣이 어쩌고 어째? 따로이 받는 것이 있어? 그래, 있다! 있다면 어쩔 것이냐?"

부득, 이를 가는 소리가 만덕의 귀에까지 들려올 지경이었다.

"이 마을 사는 사람치고 부정한 상단에서 곡식 한 되 안 꾸어 먹은 자 있으면 나와 보라 해라. 부정한 상단의 눈치 안 보는 자 있으면 한번 나와 보라 한 말이다!"

그러자 만덕 역시 지지 않고 대꾸했다.

"꾸어 먹은 곡식이 있다면 갚으면 될 일이지. 그 집 막종도 아니고, 겨우 그 때문에 눈치를 봐야 한단 말이오?"

하지만 그 말에 곰새가 별안간 낮은 목소리로 흐흐, 웃는 것이었다. 버려진 동굴에 바람이 불 듯 음산하고 자조적인 웃음이었다.

"차라리 막종이면 낫지. 적어도 세 끼 밥은 얻어먹을 게 아니더냐?"

그러더니 곰새는 내처 버럭, 소리쳤다.

"부씨 상단은 우리 어멍, 어멍의 어멍, 그리고 그 어멍까지 줄곧 거래해오던 곳이다. 너 같은 외지인이 이해할 수 있는 관계가 아니란 말이다!"

그사이에도 훌쩍훌쩍, 달기의 울음소리는 그칠 줄 모르고 이어졌다.

"미역 한 낭 따기 위해 우리 잠녀들은 매일 허리에 돌추를 묶고, 등엔 칠성판을 짊어지고 바다로 뛰어든다. 그러니 우리라고 더 높은 값을 쳐주는 곳과 거래를 하고 싶지 않겠느냐? 그것이 곧 우리 목숨값인데! 하지만 나라가 바뀔 때조차도 살아남은 부씨 상단이다. 그런 부씨 상단을 따돌리고 너 같은 뜨내기 장사꾼이 푼돈 조금 얹어준다고 해서 금년 해경한 미역을 넘겨? 그랬다가 그걸 부씨 상단에서 알게 되기라도 하는 날엔? 그 눈 밖에 나서 영영 판로가 막혀버리면, 내년엔? 후년엔? 니가 우리 마을 잠녀들, 그 부모 자식 포도청 같은 목구멍을 책임질 것이냐? 아니면 급할 때 보리섬이라도 꾸어줄 것이냔 말이다!"

달변인 만덕조차 그 순간만큼은 말문이 막히고 말았다.

부씨 상단은 탐라의 시조인 고, 부, 양 삼성三姓 중 일문이었다. 비록 근자에 와서 그 힘이 약해지기는 했다지만 조선의 역사보다도 오래 탐라를 지배해온 세력이었다. 하여 그것이 든든한 성이든 혹은 거대한 감옥이든, 부씨 상단은 바다밭처럼 그녀들에게 있어선 미우나 고우나 기대어 살 수밖에 없는 울타리였던 것이다. 그러니 만덕으로선 쉬이 깰 수도, 끼어들 수도 없을 수밖에.

"책임질 자신이 없거든 아예 손도 내밀지 마라."

차갑게 잘라 말하는 곰새 앞에서 만덕은 막막함을 느꼈다.

같은 시각, 완만한 구릉을 따라 펼쳐진 드넓은 초지.

이제 막 눈이 녹기 시작한 한라산 중턱엔 연둣빛 새순들이 돋아나고 있었다. 여유롭게 풀을 뜯는 어미 말들, 그리고 그사이로 지난 겨울 태어난 망아지들이 구르듯 뛰어다니고 있었다.

"새로 돋아나는 것들은 그게 짐승이든 혹은 이름 모를 잡초든 사람의 마음을 끄는 구석이 있지."

산마장 한편에 마련된 막사, 곧 있을 말총 수거를 위해 말 목장에 들른 전 행수가 문득 혼잣말을 중얼거렸다. 그러고는 내처 들고 있던 차 한 모금을 마시고는 이내 이마를 찌푸렸다.

"차 맛이 형편없군."

"다시 내오라 할까요?"

수족인 한 서기가 한 걸음 다가서며 묻자, 찻잔을 내려놓은 전 행수가 손을 저었다.

"됐네. 그보다 그 사람은 어찌하고 있다던가?"

"이곳저곳 잠녀촌들을 들쑤시고 다니는 모양인데 결과는 영 신통치 않은 모양입니다. 아직 어느 곳에서도 거래를 성사시켰다는 소식은 없습니다."

"흐응, 그럴 테지."

막사 안에서 고삐에 묶이지 않으려고 발버둥치는 야생마를 내다보며 전 행수가 빙긋 웃었다. 녀석은 일꾼들을 향해 씩씩, 콧바람을 뿜어대며 거칠게 발길질을 해대고 있었다.

"성공하리라 보십니까?"

한 서기의 질문에 전 행수가 되물었다.

"자네 생각은 어떤가? 만일 자네라면 어느 쪽에 걸겠나?"

그러자 한 서기가 대답했다.

"송구하오나, 전 실패하는 쪽에 걸겠습니다."

그 말에 고개를 끄덕이는 전 행수였다.

"그래, 현명한 선택일세. 아마도 성공할 확률은 일 할도 채 되지 않을 테니, 굳이 밑지는 장사에 걸 필요는 없지."

그러자 한 서기가 뜻밖이라는 표정을 지었다.

"혹 행수님께선 처음부터 김 점주가 돌아오지 않기를 바라고 그런 과업을 내리신 겁니까?"

그러나 당치 않다는 듯 전 행수는 손을 내저었다.

"아니, 아니. 그럴 리가! 난 그 사람이 돌아오길 바라고 있다네."

"허면 어째서……?"

야생마는 아직도 일꾼들과 팽팽한 신경전을 벌이고 있었다. 두 겹, 세 겹의 밧줄에 목을 매이고도 야생마는 앞발을 높이 쳐들며 고집을 부렸다.

"세상엔 타인의 의지에 의해 길들여지는 말이 있는가 하면, 오로지 제 자신의 의지에 의해서만 길들여지는 말도 있는 법일세. 그런 말들에겐 아무리 '눈앞의 이 길이 옳은 길이다' 하고 일러즈어도 결코 따르려 들지 않지. 그 자리에서 죽는 한이 있더라도 말일세."

갑작스런 말 얘기에 한 서기도 덩달아 막사 밖으로 고개를 돌렸다. 그러자 훈련받은 말이 제 몸집보다도 작은 말뚝에 매여 제자리를 빙글빙글 돌고 있는 것이 보였다.

"그렇다면 그건 쓸모 없는 말이 아닙니까? 주인의 말을 따르지 않고 천방지축 날뛰는 말이란 결국 주인을 상하게 하는 법, 차라리 베어버림이 마땅치 않을는지요?"

그 말에 전 행수가 또다시 빙긋 웃었다.

"그래, 그게 가장 손쉬운 방법이긴 해. 한데 말일세, 비록 말 안 듣는 천방지축이라도 말이야, 그 녀석들이 제 스스로 마음만 먹었다 하면 그 의지 또한 누구도 꺾을 수 없는 법이거든. 부딪히고, 까이고, 깨져도 제 스스로 길을 찾아야만 직성이 풀리는 녀석들이란 말이지."

그러고는 빈 찻잔을 탁자 위에 내려놓으며 입맛을 다시는 전 행수였다.

"맛있는 차가 마시고 싶구먼."

그 말을 끝으로 전 행수가 입을 다물자 막사 안도 덩달아 고요해졌다. 다만 푸르르, 고집 센 야생마의 콧바람 소리와 '거기 잡아!' 하고 외치는 일꾼들의 소란만이 한층 더 크게 들려올 뿐이었다.

흔들흔들, 어린 오라비는 바다 나간 어멍이 어서 돌아오길 기다리며 바닷가 불턱에 쭈그리고 앉아 하루 종일 애기구덕을 흔들었다. 파도 치는 소리가 쏴아아, 밀려갔다 밀려왔다. 그러면 어느새 아이의 마음속에서 동생을 태운 애기구덕은 출렁출렁 춤추는 일엽편주가 되었다.

'어멍, 소라 전복 많이 따서 혼저옵소게.'

마음이 다급해질수록 출렁임은 빨라지고 아가는 흔절하듯 잠이 들었다.

"꼬마야, 곶감 주련?"

물질 나간 잠녀들이 돌아오길 기다리던 만덕이 작은 대구덕에서 하얗게 분이 앉은 곶감 하나를 꺼내 사내아이에게 내밀었다. 그러나 도로록 눈을 굴리던 아이는 애써 고개를 돌려 만덕이 내민 곶감을 외면했다. 하지만 꿀렁, 목울대가 움직이는 것만은 숨길 수 없는 것이 아이의 순수함이었다. 만덕은 들고 있던 곶감을 쭈욱 찢어 그중 절반을 자기 입안에 넣었다. 그러자 아이의 눈은 뒤통수에도 달렸는지 움찔하는 게 느껴졌다. 아이에게 다시 다가간 만덕은 나머지 절반을 아이의 손에 꼭 쥐어주었다.

"우리끼리 비밀!"

그제야 아이는 반쪽짜리 곶감을 아껴가며 조금씩 입에 밀어넣었다. 달달한 그 맛이 씨익, 하고 얼굴 가득 예쁜 미소로 퍼져나가는 것을 보며, 만덕도 마주 보고 씨익 웃었다. 공범끼리 나눠 먹는 곶감은 더욱 꿀맛이다.

만덕은 벌써 보름째 거의 매일 불턱에 나왔다. 달기의 집에서 그런 소동이 있은 후로 다시는 만덕을 볼 일이 없을 거라 여겼던 곰새는 그러나 다음 날 아침, 마을 잠녀들보다 먼저 불턱어 와서 청소를 하고 있는 만덕을 보고 기가 막혔다.

"책임질 자신 없거든 시작도 하지 말라 했을 텐데?"

"해서, 어쩔까 나도 여기서 생각 좀 해보렵니다. 난 조용히 있을 테니 신경쓰지 마시지요."

만덕이 배시시 웃었다. 옆에는 손수 지고 온 듯, 불을 피울 잘 마른 나뭇가지도 한 짐 놓여 있었다. 그렇게 기묘한 더부살이가 시작되었다.

"머우야, 저기 왜 침을 뱉는 거냐?"

"전복 많이 캐게 머정재수 있으라고 그러는 거잖우."

"머우야, 물질할 때 왜 빈 전복 껍데기를 들고 들어가는 게냐?"

"산 전복은 시커매서 바위랑 구분이 잘 안 가메 표시하려고 들고 가는 거 아니우."

"머우야, 머우야. 잠녀들이 호오이, 호오이 하는 소리는 뉘를 부르는 거냐?"

"부르긴 누굴 불러. 물 밖으로 나와서 숨통 트는 소리지."

만덕은 달기의 일곱 살짜리 큰아들 머우에게 잠녀의 생활을 묻고 또 물었다. 그러면 머우는 귀찮은 척하면서도 자신이 다 큰 어른보다도 똑똑하다는 생각에 짐짓 우쭐해져서 대답해주곤 하는 것이었다. 그러면 만덕은 배시시 웃으며 '우리 머우 참 똑똑하구나!' 하고 치켜세워주곤 했다. 그렇게 만덕은 잠녀들의 일상에 젖어들어갔다.

"오늘은 여섯 물이라고 바다서 좀 재게 나오는 거 같던데, 속들은 괜찮수까?"

물질에 맞춰 평소보다 일찍 불을 지펴놓은 만덕이 불턱에 둘러앉은 잠녀들을 보며 물었다. 안 그래도 잠녀들은 속이 울렁울렁한지 담벼락에 기대앉아 어지럼증을 달래고 있었다.

"뻔질나게 불턱에 드나들더니, 그쪽도 반 잠녀 다 됐소. 이젠 우리 마을 물찌도 다 알고."

초로의 잠녀가 한마디 던지자 만덕이 빙긋 웃으며 대꾸했다.

"서당 개도 삼 년이면 음풍농월한다는데, 훈장 선생보다 무서운 대상군 눈치 보면서 그래도 사람값은 해야 발길질은 면하지 않겠습니까?"

그 말에 불턱에선 와그르르 웃음이 일었다. 덕분에 지쳤던 잠녀들 사이에서도 금세 화기가 돌았다. 평소 같으면 지청구를 했을 곰새였지만 오늘은 평소보다 서두느라 지쳤는지, 불기에 노곤해진 표정으로 별 말이 없었다. 그러자 내처 신명이 난 잠녀 하나가 자리에서 일어나 걸죽한 노랫가락을 뽑아내기 시작했다.

바람이랑 밥으로 먹곡 / 구룸으로 똥을 싸곡 / 물절이랑 집안을 삼앙
설룬 어멍 떼여두곡 / 설룬 아방 떼어두곡 / 부모동싱 이벨하ㄷ
한강 바당 집을 삼앙 / 이업을 하라호곡 / 이 내 몸이 탄생했든가

그럴싸한 악기도 없고 몸 가리기 급급한 물옷 바람이었ㅈ만 손바닥으로 테왁을 두드려 박자를 맞추고 덩실덩실 어깨춤을 추는 것만으로도 절로 신명이 올랐다. 어느새 만덕도 젊은 잠녀의 손에 이끌려 그들 속으로 한 자락 끼어들었다. 그 순간만큼은 만덕도 잠녀들도 너나 없이 모든 설움과 시름을 바다에 던져버렸다. 형식도 구애도 없이 그저 신명으로 추는 춤. 그렇게 한바탕 요란한 살풀이를 끝내고 나면, 어느새 지쳤던 마음은 사라지고 비릿한 생경력만이 불턱 가득 드글드글 끓어오르는 것이었다.

그렇게 하루가 가고, 이틀이 갔다.

　바다는 잠녀들에게 거대한 밭이었다. 하여 그네들이 허리춤에 달고 다니는 장비들은 농부의 농기구와 다를 바가 없었다. 바위에 붙은 오분자기나 성게는 호맹이호미질로 잡고, 미역과 톳은 장개호미낫로 끊었다.

　"숨만 안 쉰다 뿐이지 육지밭과 다를 게 뭐 있누?"

　하지만 그 작은 차이가 때론 생사를 가를 만큼 가장 고달픈 차이기도 했다.

　"호오이~, 호오이~."

　오늘도 잠녀들의 숨비소리가 너른 바다밭을 가득 울렸다. 만덕은 이제 그 숨소리만으로도 누가 누군지 대략 구분할 수 있을 정도였다. 길고 짧음, 높고 낮음에는 마치 지문처럼 다 제각각 성문聲紋이 있었다. 하여 머릿속 시계가 이제쯤 다음번 숨비소리가 들릴 때가 되었다 알려오면 울리기 직전의 자명종처럼 만덕의 마음도 덩달아 조급해지는 것이었다. 그러다 '호오이' 하고 기다리던 목소리가 들려오면 그제야 만덕의 숨도 같이 트이곤 했다.

　"머우야, 어멍이 오늘은 뭘 잡았으면 좋겠니?"

　만덕이 묻자, 제법 진지하게 고민하던 머우가 "문어!" 하고 신이 나서 대답했다. 지금은 미역 해경철이라 잠녀들은 대부분 망사리 가득 미역을 따 올리곤 했다. 그러다 중간중간 바릇해산물이 눈에 띄면 그때그때 잡곤하였는데, 머우는 그중에서도 특히 문어를 좋아했다. 전복이든 문어든 귀한 것들은 잡는 족족 진상품으로 올려지고 어차피 제 입으로 들어가기는 요원하건만, 민둥머리에 미끄덩한 다리로 어느새 좁은 틈새를 비집고 나와 능글능글 도망다니는 모양이 재밌고 신기했던 모양인지 머우는 틈만 나면 문어 타령을 해댔다. 그렇게 잠녀촌 아이들에게 바다는 그 자체로 친구고 놀이터였다.

"그나저나 니 어멍이 정말 문어라도 보았나 보다."

머우 대신 애기구덕을 흔들며 머릿속으로 잠녀들의 숨비소리를 헤아리던 만덕이 예상했던 시간이 훨씬 지나도록 달기의 숨비소리가 들리지 않자 불안한 마음에 중얼거렸다. 그래도 항상 그랬듯이 곧 들리겠지 하며 열을 세고 기다려 보았지만, 열이 다시 스물이 되고, 스물이 다시 서른이 되도록 달기는 물 밖으로 나올 생각을 하지 않았다. 초조해진 만덕은 결국 불턱을 나와 바닷가로 내려갔다.

"달기는? 달기 못 봤소?"

두 손을 입가에 모은 만덕이 큰 소리로 외쳐 물었다. 마침 물 밖으로 나온 것은 달기와 짝을 이뤄 물질을 하던 중군 잠녀 유지였다. 유지는 고개를 저었다. 곧이어 상군 잠녀들과 곰새도 속속 물 밖으로 얼굴을 드러냈다. 그러나 끝끝내 달기의 모습은 보이지 않았다. 다급해진 만덕이 갯바위에 서서 양팔을 흔들어대자 이상한 끈새를 느낀 곰새가 곧 귓속에서 밀귀마개을 빼내고 소리쳤다.

"무슨 일 있소?"

"달기가, 달기가 안 올라왔어요!"

그 말에 놀란 잠녀들이 웅성거리기 시작했다. 그 와중에도 곰새는 침착하게 큰 소리로 유지를 찾았다.

"유지, 유지 어딨나?"

"여…… 여기요!"

유지의 위치를 확인한 곰새는 들고 있던 밀도 팽개치고 재빨리 유지를 향해 헤엄쳐갔다. 본래 짝을 이룬 잠녀들은 위험에 대비해 항상 일정한 간격을 유지하며 물질을 하는 것이 규칙이었다. 때문에 달기 역시 조수에 떠밀려 가지만 않았다면 그 근방 어딘가에 있을 게 분명했다. 그때였다.

"저기! 달기 테왁이 저기 있수다!"

누군가 외치자, 잠녀들이 달기를 찾아 물 밑으로 내려갔다. 그와 동시에 물 위에는 끈 떨어진 연처럼 색색의 테왁만이 남아 혼불처럼 둥둥 떠다녔다. 그렇게 일각이 여삼추 같은 시간이 흐르고, 잠녀들이 번갈아 오르내리기를 몇 번, 드디어 곰새에게 이끌려 달기가 물 밖으로 나왔다. 바위 위에 서서 그저 발을 동동 구르며 모든 상황을 지켜볼 수밖에 없었던 만덕은 그제야 단숨에 해변가로 달려갔다.

"숨은? 숨은 쉬오?"

"대상군이 물을 게워내게 해서 겨우 숨은 건졌소만 워낙 갯물을 많이 먹어서……."

달기의 얼굴은 이미 송장처럼 시퍼랬다. 잠녀들이 달려들어 부지런히 온몸을 비비고 주물러대었지만 한 번 넘어간 정신은 쉽사리 돌아오지 않았다.

"어서 불턱으로 옮깁시다!"

달기를 불턱으로 옮긴 만덕은 서둘러 품 안에 지니고 있던 향합을 꺼냈다. 그때까지도 달기의 혈색은 돌아오지 않고 있었다. 그리고 평소와 달리 시퍼런 어미의 안색을 본 머우는 본능적으로 위험을 감지했는지 '어멍, 어멍' 부르며 서럽게 울어댔다. 더 ㅇ상 지체할 틈이 없었다. 만덕은 곰새의 허리춤에서 빗창을 빼어 들었다.

"뭐하는 게요?"

"사향입니다."

한 치의 망설임도 없이 옥으로 만든 향합을 두드려 깬 만덕은 그 안에서 붉은 종이에 꽁꽁 싸인 사향 조각을 꺼냈다. 그리고는 어미가 젖먹이에게 하듯 사향을 제 입속에 넣어 꼭꼭 씹었다. 입속 가득 비역한 내음과 함께 쓰디쓴 사향즙이 배어나왔다. 꾹 참은 만덕은 잠시 후 으깨진 사향을 마치 달기의 입속에 밀어넣고는 물을 조금씩 흘려넣기 시작했다. 그사이에도 잠녀들은 부지런히 달기의 온몸을 주무르고 있었다. 그렇게 얼마나 지났을까. 간담을 즈이는 초조한 시간이 흘러가고 잠시 후 '후우', 마치 독사과를 게워내듯 달기가 막힌 숨을 뱉어내었다. 얼굴에는 조금씩 혈색도 돌기 시작했다.

"숨이 돌아왔다."

나이 든 잠녀의 외침에 '우리 달기 살았구나!' 하며 김녕골 잠녀들이 일제히 환호성을 올렸다. 순간 긴장이 풀린 만덕은 그 자리에 풀석 주저앉았다. 물에 들어갔다 나온 것도 아닌데 등짝은 땀으로 흠뻑 젖고, 몸엔 힘 한 오라기 남아 있지 않았다. 그래도 어쨌든 무사히 위기는 넘겼으니, 그제야 긴 안도의 한숨을 내쉬는 만덕이었다.

"조심하지 않으면 도새기돼지가 니 고추 확, 따 먹어버린다."

안 그래도 제 어미 일로 놀란 머우는 천천네의 으름장에 눈물을 그렁거렸다.

"애 자꾸 놀리지 마세요."

만덕이 짓궂은 천천네를 나무랐다.

물에 빠진 달기를 성안에 사는 의원에게 데려간 사이 달기 아이들은 잠시 만덕의 객주에서 보살피고 있는 중이었다. 그런데 마침 배가 아픈 머우가 뒷간에 갔다가 통시를 처음 봤던 것이다. 엎친 데 덮친 격으로 꿀꿀꿀, 그때 하필 시커먼 꺼먹돼지 두 마리까지 돗통에서 뛰쳐나와 머우를 향해 달려들었다. 먹이 주는 줄 알고 마중나온 것이었지만 그걸 전혀 알 길 없는 머우로서는 나오려던 똥이 도로 쏙 들어갈 만큼 기겁할 광경이었다.

"우허어엉!"

결국 머우는 통시 위에 서서 앉지도 내려서지도 못한 채 제 고추를 감싸 쥐고 엉엉 울음을 터트려버렸다. 그 모습을 본 천천네는 나 죽는다고 배꼽을 쥐며 웃어대고, 만덕도 난감한 상황에 그저 쓴웃음을 지을 뿐이었다.

"머우는 도새기 처음 보냐?"

만덕이 묻자 머우는 고개를 주억거렸다. 머우는 그새 많이 진정이 되었던지 낭간에 앉아 천천네가 내어준 누룽지를 아껴가며 우물거리는 중이었다.

"우리 마을에선 똥 싸면 고기밥 준다고 그냥 바다에 던져. 아님 삭혔다 밭에 주든가."

그러고 보니 거의 매일 김녕골 잠녀촌을 드나들었지만 가축을 본 적이 없는 만덕이었다. 마을에서도 촌장 집에나 한두 마리 있을까? 돼지며, 말이며 본래 가축 기르기를 좋아하는 탐라 사람들이었지만 연이은 가뭄에 진상까지 해대니 가축의 씨가 말라버린 탓이었다. 하지만 사정을 알 바 없는 천천네는 혀를 끌끌 찼다.

"그 아까운 똥을 왜 그냥 버린데?"

그 똥이면 도새기 서너 마리는 더 기르겠다며 참견을 해대는 천천네였다. 그때였다. 순간 만덕의 머릿속에 불현듯 어떠한 생각이 스치고 지나갔다.

"맞다! 그래, 그런 방도가 있었구나!"

만덕이 무릎을 내리치자, 머우가 무슨 일이냐는 듯 호기심 가득한 얼굴로 눈을 껌벅이며 만덕을 올려다보았다.

"우리 머우 착하다."

그런 머우의 머리를 쓰윽 쓰다듬으며 그저 의미심장하게 웃는 만덕이었다.

곰새가 만덕을 찾아온 것은 그로부터 며칠 후였다. 만덕의 안내로 쭈뼛쭈뼛 큰구들까지 들어온 곰새는 만덕이 직접 내온 물 한 사발을 벌컥 들이키고는 그제야 뻣뻣한 표정을 조금 누그러뜨렸다. 그러나 화난 사람처럼 무뚝뚝한 말투만은 여전했다.

"이번 해경한 미역, 살 텐가?"

거두절미하고 툭 던지는 말은 잘못 알아들으면 마치 시비 거는 것처럼 들릴 지경이었다. 하지만 이미 곰새의 사람됨을 아는 만덕은 속으로 피식 웃었다. 그런 만덕을 보며 여전히 통통대는 곰새였다.

"앞으로 계속 거래하겠단 말은 아니니 착각은 말고. 이번 한 번만 일세. 달기 약값이며 그동안 물질 못해서 손해 본 것까정 충당하려면 목돈이 필요해서 그러는 거니까, 부정한 상단에는 비밀로 하고 지난번 이녁이 말한 그 가격으로다 이번만 거래 넘김세.”

달기의 사정이 딱하게 되었다는 얘기는 만덕도 들어 알고 있었다. 배 사고로 남편을 잃고 혼자 몸으로 가족을 부양하는 달기였다. 한데 얼마 전 갓난쟁이가 열병을 크게 앓는 바람에 빚을 내어 약을 쓴 것이 화근이었다. 본래도 갚아야 할 환곡이 있는 데다 약값까지 충당하려니 아무리 물질을 해도 하루하루 불어나는 빚을 털어낼 길이 없었던 것이다. 결국 무리해서 물질을 하다가 그런 사고를 당하고 만 것이었다.

“쯧쯧, 바다밭서 욕심 내면 종당엔 제 목숨만 단축하는 법인데…….”

씁쓸하게 뇌까리는 곰새였다. 겉으론 무뚝뚝한 척해도 속정은 누구보다 깊은 사람이었다. 하기야 그러니 대상군이 되었겠지만서도. 만덕은 작게 고개를 끄덕였다.

“좋습니다. 그 미역 제가 사지요. 하나 지난번 불턱에서의 흥정은 이미 깨진 것이니, 거래 조건은 새로 정해야겠습니다.”

곰새도 어느 정도 예상하고 있었다는 듯 쩝, 입맛을 다셨다. 그때와는 입장이 바뀌었으니 목 마른 놈이 우물 판다고, 다급한 놈이 한 수 접고 들어가는 수밖에. 곰새가 손바닥을 위로 향하게 펼쳤다. 새 가격을 제시해 보라는 뜻이었다. 하지만 이어진 만덕의 대답에 대번에 얼굴이 굳어지는 곰새였다.

“미역 한 오리당 보리 서 말.”

어느 정도 가격이 까일 것은 예상한 걸음이었으나 이 정도일 줄은 미처 예상치 못했던 곰새였다.

"상황이 바뀌었다고 해서 사람 말이 이리 변하나? 부정한 상단에서도 서 말은 쳐주네!"

곰새는 달기가 물에 빠졌을 때, 그 귀한 향낭을 일고의 강설임도 없이 깨뜨리는 만덕의 모습을 보고 사실 일말의 기대감을 가지고 있었다. 비록 외지 사람이지만 적어도 사람 목숨 귀히 여길 줄 아는 자라면 어느 정도 믿을 수 있겠다 싶어 위험을 무릅쓰고 거래를 청했던 것이다. 기대가 크면 실망도 큰 법이었으니…….

"머리 검은 짐승은 믿을 게 못 된다더니."

눈을 흡뜬 곰새가 손바닥을 뒤집으며 자리에서 벌떡 일어났다. 그때였다.

"자리에 앉으시지요. 아직 제 제안은 끝난 것이 아닙니다."

곰새를 붙잡은 만덕은 내처 말을 이었다.

"'끝까지 책임질 양이 아니면 아예 손도 내밀지 마라.' 이전에 제게 그리 말씀하시지 않았습니까? 이제 그 미뤄두었던 답을 하려 합니다만."

그 말에 곰새가 굵은 눈썹을 꿈틀했다. 갑자기 무슨 뚱딴지 같은 소리인지, 도무지 그 속셈을 알 수가 없었다. 하지만 곰새의 의구심이 커가면 갈수록 알 듯 모를 듯 그저 빙그레 미소만 짓는 만덕이었다.

"거기 도망가지 않게 잘 잡으소!"

"아, 길을 터줘야 들어가지!"

이른 아침, 잠녀촌에 난데없는 소란이 일었다. 마을 잠녀란 잠녀는 죄다 모인 듯 빗창 대신 손에 손에 길다란 나무 막대기를 주워 든 잠녀들이 마을 앞 올레길을 분주하게 뛰어다녔다.

"워이~, 씨돗 들어간다!"

상군 잠녀의 구령에 맞춰 어린 하군 잠녀들이 일렬로 늘어서서 미리 지어놓은 돗통으로 도새기 새끼들을 몰아넣었다. 힘이 펄펄한 도새기들은 제법 날렵해서 꿀꿀대며 이리저리 잘도 도망다니고, 그때마다 계집아이들은 까아, 비명을 지르느라 난리법석이었다. 그래도 누구 하나 얼굴 한 번 찌푸리는 일 없이 시종일관 즐거운 분위기였다. 만덕 역시 한 걸음 떨어져서 그 흥겨운 광경을 뿌듯하게 지켜보았다. 그때였다.

"거 요란스럽기는! 도새기를 모는 건가, 잡는 건가? 혼저 물질을 나가야 담번 집들도 씨돗 받을 차례가 올 거 아닌가?"

고개를 돌려보니 뒷짐을 진 곰새가 어느새 느릿느릿 만덕의 곁으로 다가오고 있는 중이었다. 그런 곰새를 향해 만덕이 빙긋이 웃어 보였다.

"약속대로 도새기 여섯 마리 모두 인계했습니다. 이젠 잘 키워서 불리는 일만 남았군요."

"걱정마소. 돌려 보낼 때는 피둥피둥 찌워서 걸음도 못 걷게 하여 보내줄 터이니."

만덕과 곰새가 서로 마주 보며 미소 지었다. 말은 안했지만 두 사람 모두 그날의 일을 떠올리고 있는 것이 분명했다.

"당장에 미역값 몇 푼 더 쳐준다 하여 그 마을 잠녀들 사정이 나아지지 않을 것은 매양 한가지 아닙니까?"

미뤄둔 답을 내놓겠다며 곰새를 붙잡은 만덕은 미역값을 올려주는 대신 그 값만큼 도새기 새끼를 주겠다고 제안했다. 대신 이 년 후, 성돈으로 키워 새끼 값만 받고 다시 만덕에게 도판다는 조건이었다.

"실컷 키워서 새끼 값만 받을라 치면 그동안 먹이고 기른 값은 공치는 것이잖은가? 한데 누구 좋자고 그런 짓을 하겠나?"

얼토당토 않은 소리라며 비웃는 곰새에게 만덕이 싱긋 미소를 지었다.

"대신 새끼를 치십시오. 전 원래 드린 도새기만 받겠다 했지, 새끼까지 돌려받겠다 하진 않았습니다."

씨돗이 낳은 새끼를 키워 또다시 새끼를 치고, 그렇게 불린 도새기를 내다 팔면 물질이 힘든 겨울에도 안정적인 수입을 기대할 수 있었다. 또한 집안에 큰일이 닥쳤을 때에도 쉽게 목돈을 마련할 수 있으니 일석이조가 아니겠냐는 것이 만덕의 설명이었다.

"저 또한 장사꾼인지라 이득 없는 거래를 할 수는 없습니다. 누군가를 책임진다는 약속 같은 것은 더더군다나 어불성설이지요. 결국 자신과 자신의 가족은 본인 스스로가 책임져야 하는 것 아니겠습니까?"

그러더니 만덕은 긴가민가하는 곰새를 향해 내처 말했다.

"어떻습니까? 저는 그저 씨앗을 빌려 드리는 것일 뿐, 그 씨를 가지고 농사를 짓고 거두는 것은 대상군과 잠녀촌 사람들의 몫입니다. 그래도 자신이 있다면, 한번 해보시렵니까?"

그 말을 하는 만덕의 눈빛은 꽤나 도전적이어서 묘하게 상대의 심기를 건드렸다. 결국 그 말에 도로 자리에 주저앉고만 곰새였다.

돗통 앞에선 여전히 소란이 끊이질 않고 있었다. 그 소리에 만덕과 곰새도 고개를 돌리고 돗통 쪽을 바라보았다.

"이게 대체 얼마 만에 보는 도새기더냐? 니가 진짜 도새기가 맞냐? 어디 얼굴 좀 보자."

눈이 침침한 늙은 잠녀가 반가운 마음에 도새기를 확인하겠다며 면상을 코 앞까지 들이미는 바람에 놀란 도새기가 꾸에엑, 비명을 질러댔다. 그 옆에선 머우가 나름 유경험자라고 똥 싸는 시범을 보이겠다며 바짓가랑이를 풀어내리는 바람에 계집아이들이 질겁을 했다. 사람들이 와그르르 유쾌하게 웃어댔다.

"간만에 사람 사는 동네 같구먼."

곰새의 얼굴에 잔잔한 미소가 걸렸다. 처음 보는 그녀의 미소는 의외로 아이처럼 순진하고 해맑았다. 그 모습에 만덕도 덩달아 미소 지었다.

"혹 불린 새끼들을 처분할 곳이 마땅치 않으면, 그 역시 제게 파셔도 됩니다. 아시다시피 가격은 합리적으로 쳐 드릴 터이니."

그 말에 곰새가 뚱 하니 대꾸했다.

"합리는 개뿔. '책임도 못 지겠다, 지려면 니 목구멍은 니가 책임져라.' 그 잘난 세 치 혀로 슬슬 사람 심사나 건드려 가면서 대대로 내려온 거래처까지 홀라당 갈아타게 꾄 주제에. 그럼 그 정도 책임도 안 지려고 했는가?"

그러자 만덕이 짐짓 정색을 하며 말했다.

"세 치 혀로 꾀다니요? 진심이 통한 게지요."

그러고는 마주 보며 큰 소리로 와하하, 웃는 두 사람이었다. 서로가 최선을 다한 것임을 알고 있었다. 곰새가 먼저 손바닥에 퉷하고 침을 뱉더니 만덕을 향해 내밀었다. 그러자 만덕 역시 손바닥에 침을 뱉어 짝, 소리가 나도록 손을 맞부딪혔다. 이로써 모든 거래가 성사되었다.

곰새까지 가세해 마을 사람들이 왁자지껄 떠드는 사이, 홀로 조용히 자리를 뜬 만덕은 그 길로 전 행수를 찾아갔다. 전 행수는 마을 근처 망루에 서서 이웃 마을 잠녀들을 바라보고 있었다. 마침 바닷가에서는 개닦이어장청소가 한창이었다.

"잠녀촌과의 거래를 성사시켰다고?"

인기척을 느낀 전 행수가 고개도 돌리지 않고 물었다.

"아직은 한 곳뿐이지만 마을 대상군이 옆 마을 잠녀촌과도 다리를 놓아주기로 약조하였습니다."

만덕의 대답에 전 행수가 홀로 '약조라…'라고 읊조리며 피식 웃었다. 마치 만덕의 입에서 그런 말이 나오다니 퍽이나 놀랍다는 듯한 어조였다. 하지만 만덕은 웃지 않았다.

"처음부터 알고 계셨던 겁니까?"

"무엇을 말인가?"

"이번 일을 통해 제가 보고, 듣고, 겪게 될 일들에 대해서 말입니다."

"자고로 사람은 같은 일을 당하고도 자신이 보고자 하는 것을 보고, 듣고자 하는 것을 듣는 법인데 난들 그것을 어찌 알 수 있겠나?"

마치 선문답 같은 대답이었지만 만덕은 여전히 전 행수가 자신을 일부러 이러한 상황에 밀어넣었을 것이라 확신했다.

"송방을 떠나 있는 동안 잠녀들이 어떻게 물질을 하는지, 그네들이 바다밭에서 어찌 살아가는지, 그 방법에 대해 보고 배웠습니다."

"그래, 배워보니 어떻던가? 사는 데 좀 도움이 되던가?"

전 행수가 묻자 만덕이 담담하게 답했다.

"관계를 맺는 법이 보이더이다."

잠녀들은 아무리 자신의 처지가 다급해도 새끼를 밴 바릇은 잡지 않았다.

"과연 그것이 그네들이 자비롭기 때문이겠습니까?"

당장의 이익만을 따져 바릇의 씨를 말리면 어장이 황폐해져 내년, 후년을 기약할 수 없게 된다. 결국 편협한 욕심은 도리어 그들의 목을 조이게 마련인 것이다.

"잠녀에게 바다밭이 평생 기대 살아야 할 터전이듯, 상인에게 손님이란 바로 그러한 존재가 아닐는지요."

그제야 전 행수가 고개를 돌려 만덕을 마주 보았다.

"이전에 자네는 그것을 적선이라 했지. 어디까지 양보하고, 어디까지 이득을 취할 것인가 하는 문제에 대해 말일세. 하여 그것에 대한 답은 찾았는가?"

잠시 고심하던 만덕이 입을 열었다.

"사실 거기까진 잘 모르겠습니다. 하지만…… 아마도 그것을 풀어내는 것이야말로 제대로 된 상인의 몫이 아니겠습니까?"

만덕과 전 행수는 잠시 아무 말 없이 서로를 바라보았다. 철썩이는 파도 소리에 섞여 간간이 '호오이, 호오이' 잠녀들의 숨비소리가 들려왔다.

"그 말인즉, 제대로 된 답을 듣고 싶으면 우선 제대로 된 상인으로 키워야 한다는 뜻이로구먼."

전 행수가 피식 웃었다. 작지만 이번엔 비웃음이 아닌 진심에서 우러나오는 유쾌한 웃음이었다.

"내일부터 다시 송방으로 나오도록 하게."

만덕은 감사의 뜻으로 공손히 고개를 숙였다. 드디어 바람대로 송방으로 돌아갈 수 있게 된 것이었다. 그러나 생각만큼 기쁘지만은 않았다. 전 행수의 의도 때문인지, 아니면 타고난 기질 대문인지. 결과적으로 떠날 때보다 좀 더 많은 과제를 짊어지고 돌아온 만덕이었다.

10

감귤 봉진

"녹미와 녹각 각 스무 근, 우황 아홉 냥, 해표소오징어 뼛가루 닷 말……
삼은? 이번에도 삼은 못 구했는가?"

송방 창고 앞. 부지런히 짐을 지어 나르는 일꾼들 사이로 웬 여인
하나가 바쁘게 오가고 있었다. 부려진 물건들마다 일일이 열어보고
냄새를 맡는가 하면 혀끝에 대어보는 등 깐깐하기 그지없는 모습이
었다. 그때마다 반듯한 이마엔 내 천 자로 주름이 잡히고, 물건을 들
여온 점원은 간이 졸아드는지 굽힌 허리를 펴지 못했다.

"아시다시피 온통 돌산이라 심마니들도 영주 산삼은 쉽게 못 찾는
다 안 합니까?"

그러자 여인이 반듯한 이마를 찌푸렸다. 곱상한 얼굴과는 달리 큰
키에 당당한 거동, 거추장스러운 소매를 짙은 감색 토시로 동여맨
여인은 다름 아닌 만덕이었다.

"그러니 귀한 것이지. 이깟 해표소 수십 섬보다 뭍에선 영주 산삼
한 뿌리가 더 비싸게 팔려 나가는 것을 모르는가?"

만덕은 들고 있던 세필의 뒤꽁무니로 보란 듯이 장부를 탁탁 두드

렸다. 장부에는 그동안 들여온 물건의 목록들이 일목요연하게 적혀 있었다.

"본시 해표소야 바닷가 마을이면 흔히 나는 것. 부피에 비해 제 값어치를 못하네."

"하지만 이번에 들여온 물건은 질이 아주 좋습니다. 보십시오, 이 정도면 뭍에서도 잘 팔리지 않겠습니까?"

점원이 가마니에서 해표소 한 줌을 집어내 만덕의 눈앞에 들이밀며 말했다. 그의 말처럼 손이 많이 갔는지 확실히 물건의 품질은 최상급이었다. 하지만 만덕은 완강히 고개를 저었다.

"우리는 탐라 상인일세. 저 거친 바다를 건너야만 뭍에 닿을 수 있고, 배에 실을 수 있는 만큼만 교역할 수 있네. 뭍 상인들과는 처음부터 처지가 다르다는 뜻일세. 그들은 적은 공임으로도 한 번에 많은 물건을 운송할 수 있지만 우리는 그 배가 넘는 노임을 들여도 물건을 쉬이 운반할 수 없을 뿐만 아니라, 때로는 배가 침몰할 위험마저 감수해야 하네."

만덕의 말에 점원의 얼굴이 점점 굳어졌다.

"하면 어찌해야 합니까?"

"값어치 있는 물건을 찾아야지. 이왕이면 운반이 용이하면서도 뭍에서는 찾아보기 힘든, 탐라에만 있고, 탐라가 자랑하여 뭍사람들이 탐낼 만한 그러한 물건."

점원이 입을 헤벌리고 만덕을 쳐다보았다.

"그게 대체 어떤 물건입니까?"

그러자 만덕이 싱긋, 백옥 같은 이를 드러내며 미소 지었다.

"그것을 찾아내는 것이야말로 수매를 담당하는 자네의 몫이지. 좀 더 열심히 찾아보시게. 비록 고생은 되겠으나 그 땀으로 우리 송방이 더욱 커갈 것이니 보람도 크지 않겠는가?"

만덕의 말에 점원은 두말 않고 해표소 가마니를 도로 창고 밖으로 내어갔다. 그사이 몸을 돌린 만덕은 또 다른 점원이 가져온 물건을 검수하기 시작했다.

전 행수는 사랑채 장지문을 통해 그 광경을 지켜보고 있었다.

"행수님, 듣고 계십니까?"

그 말에 전 행수가 고개를 돌렸다. 서안 건너편에서는 한 서기가 무릎을 꿇은 채 걱정스런 낯빛으로 전 행수를 바라보고 있었다.

"해서, 중도파가 완전히 돌아섰다는 게 아닌가?"

"예. 이번 책문에서의 거래가 제법 잘되었던 모양입니다. 하지만 그보다는 전 대방께서 워낙 태수 도련님의 공을 부풀려대는 바람에……."

"알았으니 그만 나가보게."

뭔가 할 말이 남았는지 잠시 머뭇대던 한 서기는 다시 창밖으로 고개를 돌리는 전 행수를 보고 그만 물러나왔다. 그의 완고하게 닫힌 입술은 더 이상 아무 말도 하고 싶지 않다는 의미였다.

탁, 문 닫히는 소리가 들리자 그제야 꼿꼿하던 전 행수의 어깨에서 슬그머니 힘이 풀려나갔다. 이미 예상하고 있던 일이건만 가라앉는 기분만은 어쩔 수가 없었다. 그때였다.

"거기 양태는 도로 돌려보내게! 조릿대그릇을 지그재그로 엮어가는 아주 가는 대 이음매가 투박하기 짝이 없어."

야단을 늘어놓는 만덕의 옹골진 목소리가 저 멀리서도 쨍하니 전 행수의 귓가를 파고들었다. 여리여리한 체격답지 않게 어찌 저리 강단이 있는지. 전 행수의 시선이 다시금 만덕에게로 향했다.

　다점을 떠났던 만덕이 송방으로 복귀한 지 어느덧 반년. 그사이 만덕은 빠르게 상단에 적응해가고 있었다. 본래도 오랜 세월 장사를 해온 데다 수에 밝고 눈썰미 또한 날카로워 비록 지금은 상단에서 검수 업무만을 담당하고 있지만 오래지 않아 교역에도 참여하게 될 것이라 예측하는 전 행수였다.

　'하기야 같은 하루를 두고도 남들의 두 배를 살고 있으니……'

　벌써 전국의 장시는 물론 물자의 유통과 그때마다 형성되는 가격의 추이까지 줄줄이 꿰고 있는 만덕이었다. 매일 이른 아침부터 늦은 밤까지 틈틈이 공부한 덕분이었다. 혼자서 책을 보며 궁리하기도 하고, 그래도 풀리지 않는 것은 상단 누구에게라도 들러붙어 궁금증이 완전히 풀릴 때까지 묻고 또 물었다. 그런가 하면 서고에 보관된 철 지난 장부까지 모조리 꺼내 정리를 자처하고 나서기도 했다. 심지어 한 서기의 말에 따르면 최근엔 사개송도치부법四介松都治簿法까지 배우기 시작했다고 한다.

　'잠이나 자면서 일을 하는 겐지.'

　늦은 새벽까지 책을 펼쳐 놓고 홀로 고심하는 만덕의 모습을 이미 여러 번 목도한 바 있는 전 행수였다. 하여 배움에 대한 만덕의 열의만은 높이 평가하는 전 행수였지만…….

　"이게 무엇인가?"

　일꾼 둘이 거의 사람 키만 한 물건을 양쪽에서 나누어 잡고 조심

조심 창고 앞으로 옮겨오고 있었다. 네모진 모양새에 두께는 얇지만 두꺼운 헝겊으로 둘둘 말아둔 것이 흡사 어느 집 문짝을 통째로 떼어온 듯한 모양이었다. 그 모습을 본 만덕이 검수를 하다 말고 몸을 돌려 일꾼들에게 물었다. 그때였다.

"거울일세."

어느새 마당으로 나온 전 행수가 대답했다.

"거울이요?"

만덕이 되묻자, 가까이 다가온 전 행수가 대답 대신 물건을 감싼 헝겊을 풀어내렸다. 순간 그 안에서 쨍한 빛이 쏟아져 나왔다.

"청淸에서 들여온 물건일세."

눈앞에 드러난 것은 얼룩 한 점 없이 맑고 투명한 유리 거울이었다. 순간 사람들의 입에서 '오오!' 하는 감탄사가 흘러나왔다. 만덕도 혼을 빼고 그 거울을 바라보았다. 거울이라야 청동 거울이 대부분이던 시절, 그나마 민가에선 물에 비춰보는 것이 전부이던 탐라에 처음 들어온 유리 거울이었다. 그것도 이리 큰 거울이라니…….

"어떤가? 아름답지 않은가?"

명징한 것이야말로 세상에서 가장 아름다운 것이라 믿어 의심치 않는 전 행수가 만족스런 얼굴로 거울을 훑어보며 물었다. 그러자 가까이 다가온 만덕이 거울에 비친 제 모습을 들여다보며 대답했다.

"너무…… 소름이 끼치게 맑습니다."

마치 눈앞에 또 한 명의 만덕이 서 있는 것만 같았다. 어찌나 선명한지 눈 밑의 거뭇한 그늘마저 다 보일 지경이었다.

"왜? 이 거울로 보니 자네 늙은 게 너무 티가 나서 그런가?"

툭 하고 우스갯소리를 던지는 전 행수였다. 사실 아닌 게 아니라 요 몇 개월 상단 일에 적응한다 무리를 하여 만덕의 얼굴은 눈에 띄게 거칠어져 있었다. 그리고 그런 만덕에게 알게 모르게 신경이 쓰이는 전 행수였다. 하지만 만덕의 눈은 거기에 매여 있지 않았다.

"이 거울을 들여다보니 말입니다. 그 안에 또 다른 하늘이 있고, 땅이 있고, 바다가 있고……. 어쩐지 다른 세상이 있을 법도 하지 않습니까? 왠지 거울 속에 있는 제 자신마저 제가 그려온 저와는 사뭇 다른 듯합니다. 어쩌면 저 세상엔 미움도, 슬픔도, 그리움도 없을 듯하여……."

꿈을 꾸듯 아련해지는 만덕이었다. 그리고 그런 만덕의 얼굴을 몇 번이고 물끄러미 바라보는 전 행수였다.

아직은 햇살이 따가운 음력 9월. 더위를 식히는 서늘한 북동풍이 불어오기 시작하면 섬 가득 톡 쏘는 내음과 함께 탐라는 대낮에도 온통 노을빛으로 물들었다. 푸른 잎사귀 사이로 탐스럽게 고개를 내민 귤 알갱이들이 들판을 뒤덮은 탓이었다.

이제 곧 수확을 앞둔 계절. 가지마다 황금빛 과실이 묵직하게 영글어 갈 즈음이면, 작은 바람 한 줄기에도 나무는 만삭의 아낙처럼 휘우 하고 몸을 들썩이고, 그러면 덩달아 농부의 발걸음마저 조심스러워졌다. 조선 땅을 다 뒤져도 오로지 탐라에서만 나고 자라는 귀한 열매. 그해의 첫 귤이 뿌듯이 익어가는 중이었다. 하지만 그 장관을 보면서도 무슨 일인지 깊은 한숨을 내쉬는 만덕이었다.

"무슨 일이십니까? 혹 몸이 안 좋으십니까?"

고개를 돌려보니 익현이 바둑돌처럼 까만 눈동자 가득 걱정을 담은 채 만덕을 바라보고 있었다. 약재로 보낼 귤피橘皮를 거래하기 위해 들른 길에 귤림지기를 기다리다 잠시 멍해져 있었던 모양이었다. 애써 무덤덤하게 고개를 저어보인 만덕은 다시금 공기 중에 자욱한 귤 향기를 폐부 깊숙이 끌어들였다. 그러자 다시금 미약에 취한 듯 아련해지는 기분이 들었다.

자고로 귤 향기는 상쾌하고 청량하여 정신을 맑게 만든다는데, 만덕에게 있어 귤 향기란 땅 밑이 꺼질 듯 아찔하고도 가슴 저린 그 무엇이었다. 그 향기를 맡노라면 호수처럼 잔잔했던 마음이 긴 장대로 아무렇게나 휘저어진 듯 혼미해지곤 했다. 그렇게 바닥 깊이 침잠해 있던 이름 붙이지 못할 무수한 감정이 우우, 비명을 지르며 소용돌이치면 지난 기억들이 만덕의 머릿속에서 한바탕 만화경처럼 펼쳐지는 것이었다.

갖고자 했으나 갖지 못한 것, 가지려 하나 쉽사리 다가오지 않는 것, 잡힐 듯 잡히지 않는 온갖 환상 같은 것들. 하기야 본시 향기란 잠시 머물다 사라질 뿐, 향유할 수는 있으되 소유할 수는 없는 것이었다.

"영시令市에 내놓을 물건을 찾으신다고?"

한참 만에 나타난 귤림지기가 반색을 하며 손바닥을 비벼댔다. 어차피 상급의 귤들이야 몽땅 나라에서 거둬갈 것이고, 그나마 생으로 먹기에는 다소 떨어지는 산귤山橘이나 지각枳殼이라도 팔아야 근근이 용돈벌이라도 할 터였다. 하여 목소리가 더욱 은근해지는 귤림지기였다.

"귤피에도 상·중·하급이 있는데 그중 어떤 것을 찾으시는지?"

"곧 있을 대구 약령시에 보낼 것이오. 하니 특별히 좋은 것을 선별하여 내어보시오."

차분히 대꾸하는 만덕이었다.

약령시는 약재만 전문적으로 매매하는 특수시장으로 그중에서도 대구 약령시는 조선 팔도의 온갖 약재가 모두 모이는 가장 큰 시장이었다. 보통 3일이나 5일마다 열리는 장시와 다르게 약령시는 일년에 봄, 가을로 두 차례만 열렸는데, 만덕이 말하는 약령시는 그중에서도 음력 11월에 있을 추령시를 뜻하는 것이었다.

"아이구, 추령시에 가시는구먼. 하면 진작 말씀을 하시지. 게서 잠시만 기다리시오."

신바람이 난 굴림지기가 이런 날을 위해 꿍쳐둔 최상품 귤피를 보여주겠다며 창고 쪽으로 사라졌다. 그러자 그제껏 침묵하고 있던 익현이 한 걸음 다가서며 물었다.

"혹 이번 추령시를 직접 관할하게 되신 겁니까?"

익현의 얼굴이 기대감으로 밝아졌다. 그러나 만덕은 고개를 저었다.

"본래 물건을 검수하는 것이 나의 일이지 않느냐. 단지 내 일을 하고 있을 뿐이다."

담담히 말했지만 사실 외출 직전, 한 서기를 찾아가 추령시를 맡게 해달라고 부탁했다가 퇴짜를 맞고 나왔던 것이다.

"으리 상단에서 장사를 배우기 시작한 지 이제 겨우 반년이잖소. 이전에 장사를 해보았다고는 하나, 뭍에 나가본 경험조차 없는 사람에게 어찌 추령시를 맡기겠소?"

좀 더 경험을 쌓는 게 좋겠다며 말을 맺었지만 한 서기의 말은 명확한 거절이었다. 어차피 뭍으로 나가지 못할 입장이니 경험을 쌓을 방도가 있을 턱이 없고, 그러니 앞으로도 영원히 그럴 기회는 없을 것이라는 말을 그저 빙 돌려 말한 것일 뿐이었다. 그 일은 결국 다른 이에게 맡겨졌다. 그동안 밤을 새워가며 지독하리만치 상단 일에 매달려왔건만 결국 너무나 쉽게 밀려나버린 것이다.

하기야 새로울 일도 아니었다. 만덕의 인생이란 게 조류에 떠밀리듯, 바람에 휘몰리듯, 뭍에서 나앉은 탐라 땅처럼 항상 주류에서 떠밀려난 변방의 삶이었으니. 벗어나고자 몸부림쳐봐야 종당에는 탐라 땅을 벗어나지 못하는 것이 만덕의 숙명이었다.

'섬을 떠날 수만 있었다면 진즉에 아비를 찾아 세상을 떠돌았을 것이다. 이 섬을 벗어날 수만 있었어도 당장에 그분이 계신 곳으로 달려갔을 것이다. 할 수만 있었다면 반드시 그리 했을 것이다.'

하지만 그 또한 부질없는 가정일 뿐. 하고 싶은 것과 할 수 있는 것, 그리고 해야만 하는 것은 제각기 다른 것이었다. 문득 만덕은 바닷물을 마신 듯 가슴 가득 갈증이 솟구쳐오르는 것을 느꼈다.

그로부터 며칠 후였다.

"탐라의 귤에는 상품 5종, 중품 5종, 하품 5종이 있습니다. 이 중에서 주로 중앙에 진상되는 것은 상품인 유감, 대귤, 당금귤, 동정귤, 당유자 등으로 9월부터 이듬해 2월까지 수확 시기에 따라 총 스무 번에 걸쳐 차례로 진상됩니다."

만덕의 설명이 끝나자 상단 집무실에 모인 이들이 일제히 전 행수의 얼굴을 바라보았다. 침을 꼴깍 삼키며 그저 처분만 기다린다는 표정들이었다. 감귤 봉진. 조정에 진상할 귤을 운반할 상단을 뽑는다는 방이 나붙은 것이었다. 하여 송방의 지원 여부를 결정키 위해 전 행수를 위시한 점주와 서기들이 모두 모인 자리였다.

그때 찬성하는 편에 선 자가 먼저 말을 꺼냈다.

"비록 귤이라는 게 생과실을 운반하는 것이라 어려움은 있습니다만 그만큼 보상이 크지 않습니까? 하니 저희 상단도 이참에 참여하는 것이……."

굳이 설명하지 않아도 전 행수 역시 이번 봉진에 걸린 이득이 적지 않음을 잘 알고 있었다. 탐라 관아에서 받게 될 운임 이외에도 첫 귤을 진상하면 조정에선 으레 수고했다는 의미로 상단에 은자를 내리곤 했다. 게다가 돌아올 배에 실릴 물건들까지…….

보통 상선 한 척을 띄우는 데는 인부들의 품삯이며 오가는 데 필요한 물과 식량 등 많은 부대비용이 들게 마련이었다. 하여 장사에서 이문을 남긴다 함은 얼마나 좋은 값에 물건을 사고파느냐보다 운임을 얼마나 줄이느냐에 달려 있다고 해도 과언이 아닐 정도였다. 그런데 진상의 경우 이 운임을 나라에서 대주니 실어오는 족족 남는 장사가 되는 셈이었다.

"하지만 다른 물건이라면 모를까 귤이지 않습니까? 우리 송방은 아직 경험도 없는 데다 운반 도중에 실수라도 하는 날엔 크게 곤란을 겪을 텐데요."

이번에는 탐라 출신의 다점 서기가 영 불안하다는 표정을 지으면서 말했다. 그러자 반대하는 편에 선 자들이 끄덕끄덕 고개를 끄덕이며 맞장구를 쳤다.

사실 감귤 운송은 꽤나 까다로운 일이었다. 귤이 워낙 쉬이 상하는 과실이기도 한 데다 감귤 봉진은 그 자체로 중요한 국가적 행사라 의미가 남달랐기 때문이다.

탐라에서 그해 첫 수확한 귤을 진상하면 임금은 친히 그 귤을 종묘에 올렸다. 그리고 '황감제'를 열어 선비들을 위무하였다. 선비들이 시를 지어 바치면 그중 우수한 자들을 가려 탐라에서 올라온 귤을 상으로 내렸던 것이다. 그만큼 귤은 조선 팔도의 어떤 물건과도 비교할 수 없는 특별한 진상품이었다.

하여 감귤 봉진을 훌륭히 수행하면 그 공로를 인정받아 상을 받지만 혹여라도 실수하여 진상품이 상하거나 유실되는 날에는 문책을 피할 수 없었다. 심지어 담당관인 제주 목사가 좌천되는 일까지 있었으니 목사가 감귤 봉진에 만전을 기하는 것은 당연지사였다. 따라서 상단을 가려 뽑는 기준 또한 엄격할 수밖에 없었다. 전 행수가 가장 우려하는 부분도 바로 그것이었다.

'이득이 큰 만큼 위험도 크니⋯⋯.'

사실 굳이 위험을 감수할 필요가 없는 송방이었다. 송방이 탐라에 자리 잡은 지 이제 일 년. 그사이 장사도 안정세에 접어들었겠다, 가만히 두어도 탐라 송방은 큰 무리 없이 차분히 커 나갈 것이었다.

'하지만 과연 나에게 그만큼의 시간이 남아 있는가?'

문득 일말의 의심도 없이 자신을 향해 해맑게 웃던 태수의 얼굴이 스쳐 지나갔다. 그 순간 전 행수의 마음엔 이유 모를 짜증이 솟구쳤다. 언제부터인지 자신이 탐라에 너무 오래 붙들려 있다는 생각마저

들었다.

'대체 무엇인가? 이 작은 섬에 틀어박혀 소꿉장난이라도 할 생각이었던가? 이깟 섬이 무어라고.'

저도 모르게 얼굴을 찌푸린 전 행수가 결국 다소 격앙된 목소리로 선언했다.

"감귤 봉진에 참여한다."

그와 함께 방 안의 웅성거림도 멈추었다.

"다른 상단도 하는 일을 내가, 우리 송방이 못할 리 없지."

자신만만한 전 행수의 말에 상단 식구들은 두말 않고 고개를 조아렸다. 하지만 순간 전 행수의 얼굴에서 초조함을 엿본 만덕은 고개를 가웃했다. 그 또한 중요한 일을 앞두고 어찌 보면 당연한 반응이었다. 그래서 만덕은 그저 심상하게 보아 넘기고 말았다.

송방이 감귤 봉진에 지원하기로 했다는 소문은 오래지 않아 탐라 곳곳으로 퍼져 나갔다. 그리고 그 즈음, 수확이 한창인 귤밭에선 일꾼들의 넋두리가 한창이었다.

"젠장, 접시에 담긴 물이나 대접에 담긴 물이나 물맛은 마양 한 가지구먼 왜 넓은 땅 놔두고 유독 탐라 물건들만 탐을 못 내 안달들인지!"

"그러니까 탐라 아닌가? 탐이 나니, 이름도 '탐라'인 게지."

"염병, 그렇게 탐이 나면 지들이 와서 한번 살아보든가!"

광주리 가득 귤을 따 담던 일꾼들이 흘러내리는 땀방울을 연신 닦아내며 구시렁댔다. 태풍이다, 병충해다 해서 안 그래도 소출이 줄

135

어 고심인 판국에 난데없는 불청객까지 들이닥쳐서 더욱 신경이 곤두선 것이었다.

"아랫것들이야 피가 마르고 똥줄이 타서 죽든 말든, 높으신 양반 님네들이야 탐라가 온통 서천 꽃밭이니, 틈만 났다 하면 저리 신선 놀음들이지."

왈칵 울화가 치미는지 침을 탁 뱉은 일꾼 하나가 소처럼 부리부리한 눈을 흘겼다. 그가 노려보는 곳에는 원두막보다 조금 큰 정자가 하나 세워져 있고 그 위에서는 갓에 도포 차림을 한 남자 둘이 태평하게 앉아 술판을 벌이고 있는 중이었다.

단향목의 향기는 코에만 좋고	栴檀偏宜鼻
고기의 맛은 입에만 좋으나	脂膏偏宜口
가장 좋아하는 동정귤은	最愛洞庭橘
코에도 향기롭고 입에도 달도다	香鼻又甘口

대나무 발로 햇살을 가린 정자 안. 술상을 미뤄둔 두 남자는 왕골 돗자리 위에 문방사우를 펼쳐놓고 한창 시담을 즐기는 중이었다. 그중 한 남자가 막 붓을 내려놓자 다른 남자가 크게 감탄하며 말했다.

"안평대군의 시가 아닙니까? 마침 사방에 귤 향기 가득하니 그 흥취가 참으로 특별합니다."

그러자 다른 한 남자가 기꺼워하며 대꾸했다.

"당유자 껍질로 만든 잔에 술을 담고, 소반 가득 금귤로 안주를 삼으니 어찌 절로 흥이 나지 않겠는가. 내 제주에 온 이후로 이처럼 고아한 풍류는 처음이니, 이게 다 부 행수 덕분이지."

"과찬의 말씀이십니다. 외려 판관 나으리를 모시게 되어 제가 더 영광입죠."

부 행수라 불린 자가 몸을 낮추며 한껏 겸양의 말을 늘어놓았다. 그는 바로 탐라에서 가장 오랜 역사를 자랑하는 부씨 상단의 우두머리 부정한이었다. 조상은 대대로 탐라의 왕족이요, 븐인은 탐라의 상권을 쥐락펴락하는 실력자였다. 하지만 지금은 중앙에서 내려온 관리의 비위를 맞추느라 여념이 없었다. 그가 아전들의 주머니에 돈까지 찔러 넣어주며 어렵사리 이 자리를 마련한 데에는 나름의 이유가 있었다.

"이 귤이라는 것이 귀한 만큼 원체 까다로운 과실입죠. 즙이 풍부한 만큼 자칫 잘못했다간 바다를 채 건너기도 전에 썩어버리니 말입니다. 한데 그런 물건을 어찌 귤은커녕 탱자 구경하기도 힘든 북방에서 온 외지인에게 맡길 수가 있겠습니까?"

북방에서 온 외지인. 그것은 의심의 여지없이 송방을 지적한 말이었다. 송방이 이번 감귤 봉진에 참여하기로 했다는 소식을 듣고 송방을 탈락시키기 위해 나선 것이다.

"그 말도 일리가 있군그래."

고개를 끄덕이는 판관을 보며 남몰래 씨익 미소를 짓는 부정한이었다.

부정한은 지난 미역 해경철에 송방으로부터 겪은 치욕을 고스란히 기억하고 있었다. 역모로 섬 전체가 정신을 놓은 사이 스리슬쩍 기어들어와 갓 상권을 모조리 독점해간 것만으로도 거슬리기 그지

없었는데, 감히 누대에 걸쳐 부씨 상단의 몫이었던 미역을 넘보다니! 빼앗긴 거래처는 비록 일부에 지나지 않았지만 그 일로 부정한은 자존심에 크나큰 상처를 입었다. 하여 판관을 불러다 놓고 이번 감귤 봉진에서 송방을 탈락시켜 달라 사주하기에 이른 것이었다.

'내 거울에 금이 갔으면 상대편 거울은 와장창 부숴놓아야 속이 시원한 법.'

그러나 겉으론 우국충정 운운하는 부정한이었다.

"비록 이 몸, 상단을 운영하는 장사치에 지나지 않사오나 그 전에 충성스런 백성입니다. 그저 공납이 성공적으로 이루어지길 바라는 순수한 마음뿐 결코 다른 사심은 없습니다. 부디 제 진심을 헤아려 주십시오."

말과 함께 스윽 술상 밑으로 묵직한 돈궤가 건네졌다. 어차피 감귤 봉진이나 공마 봉진은 워낙 규모가 커서 몇 개의 상단이 나누어 맡게 마련인지라 탐라에서 가장 많은 상선을 보유하고 있는 부정한의 상단이 빠질 리 없었다. 하여 입발림으로 하는 소리가 빤했다. 이미 배가 맞은 사이에 그게 무슨 대수랴. 주머니가 두둑해진 판관은 알면서도 모르는 척 장단을 맞췄다.

"내 어찌 부 행수 자네의 충심을 모르겠는가. 조만간 목사 영감께 잘 아뢰어 감귤 봉진에 적합한 상단을 가려 올림세."

부정한은 내심 쾌재를 불렀다. 처음부터 이렇게 됐어야 했다. 조선 팔도는 몰라도 탐라에서만은 제가 왕이라 여기는 부정한이었다. 하지만 탐라를 제 손바닥 들여다보듯 하는 부정한도 예측하지 못한 것이 있었으니, 그 일은 그로부터 이틀 후 아침에 벌어졌다.

평소와 다름 없이 만덕이 상단 창고에서 하루를 시작하고 있을 때였다. 막 장부를 펼쳐들고 물목을 맞춰보려는데 다급한 발소리와 함께 익현이 황급히 창고 안으로 뛰어들어왔다.

"소식 들으셨습니까?"

"무얼 말이냐?"

"새벽에 서리가 앉았답니다."

그리고 보니 아침에 정주간에 물을 뜨러갔을 때, 풀잎에 하얀 서리가 앉아 있던 것을 본 듯도 했다.

"한데? 그게 무에 어쨌다고?"

만덕이 되물었다. 그러자 익현이 답답하다는 듯 발을 구르며 말했다.

"아직 귤 수확철이잖습니까? 지금 과원마다 덜 익은 귤들이 서리를 맞아 온통 얼어붙었단 말입니다!"

"무어라!"

그제야 사태를 파악한 만덕은 들고 있던 장부를 내려두고 급히 근처 과원으로 달려갔다. 그러자 아니나 다를까, 익현의 말처럼 서리를 맞은 귤들이 허옇게 얼어붙었다가 아침 햇살에 흐물흐물 녹아내리고 있었다. 아직 겉으론 멀쩡해 보이지만 한번 얼어붙은 귤은 즙이 빠져 쭈글대다가 이내 따가운 가을 햇살 아래 고약한 냄새를 풍기며 썩어들어갈 것이었다. 만덕은 얼굴을 찌푸렸다. 이대로라면 감귤 봉진이 정상적으로 이루어질 리 만무했다.

그 시각, 제주관아 역시 발칵 뒤집혀 있었다. 간밤의 서리로 제주관아 소유의 동, 서, 남 과원은 물론이고 민가의 귤나무들까지 냉해를 입었다는 보고를 들은 목사가 긴급히 회의를 소집했던 것이다.

"이걸 대체 어쩐단 말인가! 아직 진상량의 반도 채우지 못했거늘!"

목사가 크게 탄식했다. 그러자 이방이 앞으로 나서며 말했다.

"우선 급한 대로 부족한 양은 삼읍의 민가에서 두루 거두어 들이심이 어떨는지요?"

그러나 목사는 버럭 불호령을 내렸다.

"그걸 지금 말이라고 하는가! 안 그래도 올해 작황이 안 좋아 민간의 귤까지 모조리 차출한 상태가 아닌가. 게다가 이제 첫 서리가 내렸으니 수확이 끝날 때까지 다시 몇 번의 서리가 내릴지도 알 수 없는 일. 그렇다고 알이 차지도 않은 과실을 무작정 딸 수도 없는 노릇이니……."

목사의 얼굴엔 수심이 가득했다. 제주로 발령을 받고 공식적으로 맞이하는 첫 공납이었다. 역모 사건의 뒤끝이라 트집 잡힐 일은 만들지 말라고 그리 신신당부를 받고 왔건만 이래저래 나오느니 한숨이었다. 그때였다.

"상황이 급박하게 되었으나, 우선은 초운初運에 필요한 물량이라도 맞추는 것이 급선무 아니겠습니까? 그러자면……."

아까부터 뭔가를 곰곰이 생각하던 판관이 조심스레 운을 떼었다. 그러자 목사가 재촉하며 물었다.

"그러자면, 무엇인가? 혹 무슨 좋은 방도라도 있는가?"

"제 생각엔 상인들에게 맡기심이 어떨까 합니다만."

"상인들이라?"

"예. 어차피 귤은 조선 팔도 중에서도 오직 이곳 탐라 땅에서만 나는 과실입니다. 하니 밖에서 사들여올 수도 없는 노릇. 결국 이 문제는 오로지 탐라 땅 안에서 자구적으로 해결해야 할 것입니다."

"그야 나도 아네만 그 일에 상인들이 무슨 상관이란 갈인가?"

선뜻 이해할 수 없다는 표정을 짓는 목사였다. 그러자 판관이 대답했다.

"잘 생각해보십시오. 관에서 거두는 귤 이외에 가장 많은 양의 귤을 확보하고 있는 자들이 누구이겠습니까?"

그 말에 무릎을 치는 목사였다. 판관의 말이 옳았다. 귤은 조선 팔도에서도 탐라에서만 나는 물건이었다. 그러다 보니 뭍과의 교역에서 큰 이문을 남길 수 있는 까닭에 상인들은 평소에도 앞다투어 귤을 모아들였다.

"그뿐만이 아닙니다. 상인들은 탐라 전역의 지형과 물산에 대해 누구보다 가장 잘 알고 있는 자들입니다. 그러니 이 문제에 대한 해결책 또한 그들에게서 얻을 수 있지 않을는지요."

듣고 보니 참으로 그럴듯한 묘안이었다. 그러나 그러자면 상인들에게도 그에 상응하는 대가를 지불해야 할 터. 잠시 뭘가를 고민하던 목사가 진상품을 관리하는 예방에게 호령했다.

"듣거라. 지금 당장 이번 진상선 선정에 참여한 상단들에 알려 상해 □□를 해결할 방도를 찾아오게 하라. 기한은 보름, 그 안에 해결책을 가져온 상단에 이번 감귤 공납권을 모두 맡길 것이다."

목사의 분부에 아전들이 술렁였다. 감귤 공납의 독점권이라니!

"영감, 그것은 너무 과한 것이 아닐는지요. 지금껏 유례가 없던 일이옵니다. 다시 한 번 생각해보심이……."

하지만 이미 목사는 결심을 굳혔다.

"유례 없기론 이처럼 때 이른 서리도 마찬가지지. 해결책을 가져 오기만 한다면야 무엇이 아까울까. 그 정도 대가야 당연한 것이지."

목사가 이처럼 공언하니, 그야말로 제주관아가 들어선 이래로 가장 파격적인 제안임이 틀림없었다.

한편 목사의 영을 전해 받은 상단들은 제각기 다른 반응을 보였다. 워낙 손실된 과실 수가 많은지라 지레 포기한 상단이 있는가 하면, 작은 상단 중에는 서로 연합하는 자들도 있었다.

"어떻게든 부족한 양만 채우면 되는 게 아닌가?"

하지만 며칠 후 또 한 번 서리가 내리자 연합도 무용지물이 되었다. 유실수를 감당할 수 없게 된 대부분의 상단이 스스로 나가떨어지고 말았다. 그래도 아직 여유가 있는 곳은 탐라 곳곳에 땅을 소유한 부정한 상단뿐이었다. 하지만 계속되는 서리 피해로 그곳 역시 위태롭기는 마찬가지였다. 소작농들에 대한 수탈이 날로 가중되고 있어 그 또한 언제 터질지 모르는 화약고와 같았다.

한편 송방은 이번 사안에 대해서만큼은 무력하기 그지없었다. 어마어마한 자본력은 물론이고 전국을 아우르는 조직망을 갖춘 송상이었지만 어차피 귤은 탐라 땅에서만 구할 수 있는 물건이었다. 더구나 자연재해로 그 수량마저 한정되고 보니 돈도 무용지물이었다.

"하필 상해를 해결한 상단에 공납권을 몰아주겠다 하니…… 아무래도 이번 일은 우리 송방과는 인연이 닿지 않을 모양입니다."

한 서기의 말은 곧 모든 송방 식구의 생각을 대변하는 것이기도 했다. 노력을 해보려 해도 도무지 힘쓸 방향을 알지 못하는 이상한 줄다리기와도 같은 형국이었다.

　그사이 전 행수는 왜倭에서 귤을 들여오는 방안을 고려해보고 있었다. 언젠가 왜국에 다녀온 사신으로부터 대마도에 귤이 풍부하여 가마를 타고 가는 내내 손만 뻗으면 언제 어디서나 귤을 한 아름씩 따 먹을 수 있었다는 얘기를 들은 적이 있었던 것이다. 게다가 탐라에서 대마도면 배로 하루 거리. 하지만 왜국과의 무역은 극히 일부를 제외하곤 나라에서 엄금하는 일인지라 이 또한 가능할 것 같지 않았다.

　"하지만 포기하기엔 너무 이르지 않습니까? 목사 영감이 제시한 기간은 아직 열흘도 넘게 남았는걸요."

　전 행수마저 포기 쪽으로 가닥을 잡고 있는 와중에도 단 한 사람, 포기해야 하는 이유를 모르겠다며 고개를 젓는 사람이 있었으니, 바로 만덕이었다. 단지 오기나 끈기 때문이 아니었다. 만덕은 오히려 사람들이 어찌 저리 쉽게 마음을 접고 단념할 수 있는지 이해하지 못했다. 그런 만덕을 보며 전 행수 역시 다른 의미에서 설레설레 고개를 저었다.

　"세상 물정 모르고 어리석은 것인지, 대책 없이 긍정적인 것인지 참으로 모를 사람일세."

　전 행수가 뭐라 하든 만덕은 탐라 안을 이 잡듯이 샅샅이 헤매고 다녔다. 귤밭이란 귤밭은 모조리 돌아다니며 혹시 관아나 다른 상단의 손을 안 탄 귤은 없는지, 하다못해 떨어진 귤 중에라도 쓸 만한 것이 없나 하고 뒤지고 다닐 지경이었다. 그런 노력이 효험을 본 것일까? 지성이면 감천이라더니, 그러던 와중에 만덕은 강 진사의 귤밭에 대해 듣게 되었다.

"강 진사라고 꼬장꼬장한 노인네가 하나 있는데, 어디 부정한 상단뿐이오? 관아에서도 그 집 귤밭은 함부로 손 못 댄다오. 그러니 괜히 남 일하는 데 와서 방해되게 썩은 귤이나 휘적댈 양이면 차라리 거기라도 가 보시든가."

만덕이 하는 꼴이 하도 안돼 보였던지 보다 못한 귤림지기가 끌끌 혀를 차며 넌지시 일러준 말이었다. 만덕은 그길로 한달음에 강 진사의 집으로 달려갔다.

강 진사의 집은 애월읍 근방에 자리 잡고 있었다. 마을에서 한 식경쯤 떨어진 곳에 외따로 집 한 채가 서 있었는데, 그 주변 수삼 리가 온통 귤밭이었다.

"이런 곳이 있었던가!"

마침 수확 시기를 맞은 귤들이 나무마다 주렁주렁 매달려 있어, 자칫 가지가 부러질 지경이었다. 어찌 저리 잘 길러냈는지, 그 탐스러운 모습에 만덕은 저도 모르게 침을 꼴깍 삼켰다. 하지만 강 진사의 귤밭에 눈독을 들이는 자는 비단 만덕만이 아니었다.

"진사 어르신, 그러지 말고 밭째로 저희 부정한 상단에 파시지요. 값은 최고로 쳐드리겠습니다."

"이런 쳐 죽일! 내 안 판다 했지? 쳐 맞고 싶지 않으면 썩 꺼져라, 이놈!"

강 진사는 밭을 팔라며 수작을 부리는 부정한 상단의 심부름꾼에게 가차 없이 도리깨를 휘둘러대는 중이었다. 마침 마당으로 들어서 다 그 광경을 목격한 만덕은 입을 떡 벌린 채 그 자리에 멈춰 서고 말았다. 어찌나 살벌한지 말 한번 잘못 꺼냈다가는 자신 또한 요절 이 날 판국이었다. 하지만 예까지 와서 입 한번 떼보지 못하고 그냥 돌아갈 수는 없는지라 만덕은 마음을 굳게 다잡았다.

"저, 실례합니다."

심부름꾼은 이미 도망간 지 오래이건만, 아직도 분이 덜 풀렸는지 강 진사는 여전히 씩씩대고 있었다.

"뉘시오?"

퉁명하기 이를 데 없는 말투에 벌써부터 기가 죽기 시작하는 만덕 이었지만 설마 웃는 얼굴에 침이야 뱉으랴. 미소를 띠며 최대한 공 손하게 인사를 올렸다.

"안녕하십니까? 저는 송방에서 일하고 있는 김가 만덕이라고 합 니다."

하지만 웃는 얼굴에 침 뱉는 이가 바로 여기 있었다. 송방이란 말 을 듣기가 무섭게 표정이 돌변하는 강 진사였다.

"너도 도리깨질을 당해봐야 정신을 차리겠느냐? 어디서 헤실헤 실! 당장 썩 안 나가?"

"어르신! 어르신께선 제가 왜 왔는지 아직 들어보지도 않으셨잖습 니까?"

당황한 만덕이 말려보았지만 강 진사는 이미 도리깨를 집어들고 있었다.

"장사치들 말이야 들어보나 마나지. 너도 내 귤이 탐나서 온 게 아니더냐? 이 승냥이 같은 놈들!"

들고 있던 도리깨 자루로 바닥을 쿵 내리찍는데, 그 기세가 젊은이 못지않았다. 성큼성큼 다가오는 강 진사를 피해 뒷걸음질을 치면서도 만덕은 일정한 간격을 유지한 채 강 진사를 설득하려고 노력했다.

"절대 공으로 갖겠다는 말이 아닙니다. 그에 합당한 값을 치를 것입니다."

"그저 돈, 돈. 장사꾼들 머릿속엔 온통 그 생각뿐이지. 천하의 몹쓸 것들. 누가 너희보고 돈 달라더냐? 그깟 돈 천금, 만금이 있다 한들 사람 목숨 하나 살릴 수 없는 것을! 그저 남이 애써 키우고 거둔 것에 눈독 들일 줄이나 알지, 제 손으로 무엇 하나 길러보지도 못한 것들이!"

만덕은 혀끝으로 바짝 마른 입술을 축이며 대꾸했다.

"예, 어르신 말씀이 옳습니다. 하지만 저도 한때는 제 땅에 농사 지으며 사는 것이 꿈이었던 사람입니다. 다만 형편상 그리하지 못하고, 장사의 길로 들어선 것뿐입니다."

그사이에도 쿵, 쿵 간격을 좁혀들며 강 진사의 도리깨 소리가 계속되었다. 그때마다 만덕은 몸을 움찔움찔하면서도 할 말은 다하였다.

"어르신, 장사도 그리 천박한 것만은 아닙니다. 그 근본은 농사와 상통하기도 하고요."

강 진사의 도리깨가 이미 만덕의 코앞에서 덜렁거리고 있었다. 곧 한 대 맞을 듯한 찰나 만덕이 두 눈을 꼭 감으며 소리쳤다.

"사람과 사람 간의 소중한 것을 키우고 지키기로는 장사도 농사나 마찬가지 아닙니까?"

만덕의 말에 강 진사가 우뚝 걸음을 멈추었다. 잠시 후, 잔뜩 움츠리고 있던 만덕이 빼꼼이 눈을 떠 보니 강 진사가 팔짱을 낀 채 만덕을 노려보고 있는 것이 보였다. 만덕과 눈이 마주치자 강 진사가 대뜸 물었다.

"하여, 무엇을 키우고 지킬 것이냐? 나한테서 굴을 사서 뭘 지킬 거냐 말이다."

그에 만덕이 대답했다.

"우선은 제가 몸담고 있는 송방입니다. 실은……."

만덕은 강 진사에게 자신이 굴밭을 찾아 돌아다니게 된 사연을 설명하였다. 더불어 현재 탐라에서 송방의 위치와 송방 내에서의 자신의 처지에 대해서도 간략하게 덧붙였다.

"이번 공납권만 얻어낸다면 저희 송방은 한 걸음 더 성장할 수 있을 것입니다. 저 또한 제가 하고자 하는 일에 한 걸음 가까워질 수 있을 것이고요. 그러니 어르신, 제발 부탁드립니다. 도와주십시오."

그때였다. 묵묵히 만덕의 말을 듣고 있던 강 진사가 불쑥 입을 열었다.

"네 말이 전부 사실이라면, 너는 방법을 잘못 찾았다."

"예? 그게 무슨 말씀이십니까?"

만덕이 눈을 동그랗게 뜨며 되물었다. 그러자 강 진사가 힐난하는 투로 대답했다.

"냉해로 인해 진상할 굴이 부족해졌으면 앞으로 어찌해야 냉해를 막을 수 있을지 우선 그것부터 고민해야지. 원인을 없앨 생각은 하지도 않고 그저 눈앞의 문제에만 급급하니, 그래 가지고 근본적인 해결이 되겠느냐? 너처럼 하다가는 결국 일이 터질 때마다 뒷수습만 하다가 볼 장 다 보고 말 것이니라. 그뿐이냐? 그 유실수 채우느라 휘는 백성들의 허리는 어쩌고?"

순간 만덕의 머릿속이 번쩍 맑아졌다. 부족한 수만큼 채워넣을 것이 아니라 부족해지지 않게 하라! 그러고 보니 여태껏 그 당연한 생각을 어찌하여 하지 못했는지. 사람이 한 곳만 오래도록 노려보면, 집중력은 높아질지언정 시야는 좁아지는 법이라더니. 공납을 차질 없이 진행해야 한다는 생각에만 골몰하느라 정작 가장 근본적인 부분을 놓치고 있었던 것이다.

"어르신의 말씀이 옳습니다! 어찌 저는 그 생각을 하지 못한 것일까요?"

만덕이 경탄하여 외쳤다. 그러더니 내처 만덕은 강 진사에게 되물었다.

"그러면 어찌해야 냉해를 막을 수 있는지요?"

하지만 답을 구하기도 전에 만덕은 강 진사에게 떠밀려 집 밖으로 쫓겨나고 말았다.

"휘이! 소금 귀한 게 다행인 줄 알고, 썩 꺼지거라!"

만덕을 쫓아내고는 횅하니 도로 집으로 들어가버리는 강 진사였다.

"좀 알려주시지……."

아쉬운 듯 멀어져가는 강 진사를 만덕은 바라보고만 있었다. 마침 강 진사의 어깨 위에 반쯤 걸쳐진 도리깨가 보란 듯이 이리저리 머리채를 꺼떡대고 있었다.

꺼떡대던 도리깨의 환영이 아직도 눈앞에 선한데⋯⋯. 강 진사로부터 소 잃고 외양간 고칠 인간이란 야단을 듣고 쫓겨난 지 사흘 만에 만덕은 결국 다시 강 진사의 집을 찾았다. 하지만 지난번 일도 있는지라 쉽사리 안으로 들어서지 못하고 벌써 한 식경째 멀찌감치 귤밭 밖에서 서성이는 중이었다.

사실 그사이 냉해를 막을 방도를 찾기 위해 만덕은 제 나름으로는 백방으로 수소문을 하고 다녔다. 귤림지기를 찾아가 물어보기도 하고, 십몇 년째 최상품 귤만 키워낸다는 소문난 농부에게 비법을 묻기도 했다. 하지만 그때마다 서리 문제에 관해서만은 한결같이 똑같은 대답뿐이었다.

'하늘의 뜻.'

퇴비를 뿌려 땅의 기운을 북돋우고, 가지를 쳐서 좀 더 실한 귤을 얻을 수는 있으나 날씨만큼은 사람의 힘으로도 어쩔 수 없는 일이니 포기하라는 것이었다.

'그저 하늘만 쳐다보는 수밖에 없다니⋯⋯.'

아직 거두지 못한, 알알이 푸른빛을 띠는 귤들을 보면서 만덕은 억울한 마음을 금할 길이 없었다. 사람의 인생은 물론이고 하다못해 귤 하나까지 하늘이 내리는 변덕 앞에선 그저 속수무책일 수밖에 없다니. 그 사실이 못내 받아들이기 거북스러웠다.

'피할 수 없다면 적어도 견뎌낼 수 있는 방법은 있어야 하는 것이 아닌가.'

그렇게 밤새 고심을 거듭하던 만덕은 결국 다시 강 진사를 찾아왔다. 맨 처음 냉해를 극복할 방법을 찾아보라 한 것도 강 진사였으니 혹 그라면 뭔가 방도를 알고 있을지도 모른다 생각했던 것이다. 그러나 워낙 괴팍스런 양반이니…….

'그래도 설마 사람을 패기야 하겠는가?'

애써 마음을 다잡은 만덕은 심호흡을 한 번 하고는 내처 기세 좋게 강 진사의 집으로 밀고 들어갔다. 그런데 눈앞에 펼쳐진 예상치 못한 광경에 그만 그 자리에 우뚝 멈춰 서고 말았다.

"하나, 둘, 셋… 열세 개 다 담았지?"

"예, 어르신. 틀림없습니다."

"자, 그럼 여기 장부에 지장을 찍게."

마당 안에는 사람들이 손에 손에 빈 광주리를 들고 길게 줄을 지어 늘어서 있었다. 그리고 그 줄 끝에선 강 진사가 일일이 사람들에게 귤을 세어주고 있는 중이었다. 대체 이게 무슨 일인지. 만덕은 지나가던 아낙 하나를 붙들고 물었다. 아낙은 막 강 진사에게서 귤을 받아 가지고 나오는 길이었다.

"이보시오, 말 좀 묻겠습니다. 그 귤 혹 여기서 산 것입니까?"

그러자 아낙이 대답했다.

"이 귤 말입니까? 당장 먹고 죽을 돈도 없는 형편에 이 귀한 귤을 어찌 산단 말입니까?"

"그러면 그 귤은 왜 가지고 나오는 겁니까?"

만덕의 말에 뭘 모른다는 듯 손을 젓는 아낙이었다.

"그야 공짜로 받았으니 가져가는 거지요."

"공짜라고요?"

만덕은 듣고도 이해가 가지 않는다는 듯 거듭 물었다.

'대체 이 사람들은 다 누구고, 귤을 공짜로 나눠준다는 것은 또 무엇인가?'

그때 옆에 있던 사내 하나가 대신 대답했다.

"유실수를 채워주시는 겁니다."

"유실수요?"

"예. 우리 집에 빌어먹을 귤나무가 한 그루 있는데, 과실이 열릴 즈음이 되면 관에서 득달같이 나와서 개수를 세어간단 말입니다. 그런데 그 놈의 귤이 어디 꼼짝 않고 매달려 있어 준답디까? 새가 와서 쪼아 먹어, 비바람에 떨어져, 어느 때는 이유도 없이 시들시들하다가 썩어버리니. 그리되면 그 빈 개수만큼 내가 채워넣어야 한단 말입니다. 말이 좋아 채워넣은 것이지, 돈이 있어도 구하기 힘든 것을 어찌 메우겠습니까?"

사내뿐이 아니었다. 거기 모인 이들의 사정은 별반 다르지 않았다.

"해서 그 유실수를 아무 대가도 없이 저분이 채워주신단 말입니까?"

만덕이 강 진사를 가리키며 묻자 모인 사람들이 입을 모아 대답했다.

"그러니 부처님 같은 분이시지요. 개수가 모자라면 관아에 끌려가서 영락없이 장을 맞아야 할 판인데 진사 어르신께서 매년 이리 보살펴주시는 덕에 우리 같은 무지렁이 백성들이 목숨을 부지하고 사는 게 아닙니까?"

새삼 강 진사를 다시 보는 만덕이었다.

'그래서 귤을 팔지 않겠다 한 것이었는가?'

생각해보면 그 탐스러운 과실이 열매 맺기까지 얼마나 많은 고생을 하였겠는가. 그리 힘겹게 거둔 열매를 아무런 대가 없이 타인들과 나누다니. 그러고 보니 여름내 뙤약볕 아래서 고생한 탓인지 강 진사의 얼굴은 촌부의 얼굴처럼 시커멨다. 게다가 선비라지만 붓보다는 호미나 괭이가 더 어울릴 법한 거친 손까지. 문득 만덕은 자신의 깨끗한 손이 민망해졌다. 순간 무슨 생각이 들었는지 만덕은 강 진사를 향해 성큼성큼 다가갔다.

"아니, 네가 여긴 또 왜……?"

만덕을 알아본 강 진사가 귤을 세다 말고 한마디하려는 찰나였다. 별안간 만덕이 강 진사의 손에 들려 있던 장부를 뺏어 들었다.

"그래 가지고 오늘 안에 끝나겠습니까?"

만덕은 툭 내뱉더니 탁자 위에 놓인 붓을 집어 들고 사람들을 향해 큰 소리로 외쳤다.

"장부는 이쪽입니다. 지장을 찍어야 하니 일렬로 서주세요."

처음엔 어리둥절하던 강 진사도 그쯤 되자 결국 피식 웃고 말았다.

"장부는 이쪽이라는구먼."

그 말에 사람들이 빠른 눈으로 만덕을 바라보았다. 피곤에 절어 있을지언정 아직은 희망이 살아 있는 눈동자들. 만덕은 그런 사람들을 향해 쑥스럽지만 배시시 웃어 보였다.

어느덧 해가 저물고, 마당 가득 길게 늘어섰던 줄도 모두 사라졌다. 사람들은 목숨 같은 귤을 안고, 이고, 지고 제각기 안도의 한숨처럼 길게 늘어진 그림자를 끌며 집으로 돌아갔다. 만덕 또한 집으로 돌아갈 채비를 서둘렀다. 그 전에 낭간에 걸터앉아 장부를 마무리하고 있는데, 강 진사가 다가와 만덕의 옆에 털썩 주저앉으며 말했다.

"이 귤밭의 귤은 여전히 팔 수 없다. 그건 나라님이라도 안 돼."

누가 뭐라 했다고 뜬금없는 말을 툭 던지는 강 진사였다. 하지만 말과는 달리 내심 마음에 걸리는지 흘끔 만덕의 눈치를 살폈다. 아마도 오늘 하루 힘들게 일을 도와준 만덕에게 미리 선수를 치고 있는 것이리라. 그 마음을 아는 만덕이 피식 웃으며 대꾸했다.

"그 때문에 찾아온 것이 아닙니다."

"하면, 왜?"

"지난번에 하신 말씀 말입니다. 냉해를 막을 방도를 찾으라 하지 않으셨습니까? 실은 요 며칠 그 방도를 찾으러 백방으로 수소문을 하고 다녔습니다만 결국 아무것도 알아내질 못했습니다. 이리저리 고심하다 혹 진사 어르신이라면 뭔가 알고 계실까 하여 찾아왔습니다."

강 진사는 대답 대신 기가 막히다는 듯 바람 빠지는 소리를 내었다.

"허! 나도 괴짜 소리 좀 듣고 산다만, 너도 퍽이나 독특한 종자로구나."

그러더니 껄껄 웃는 것이었다. 한참 만에야 웃음을 멈춘 강 진사가 말했다.

"안된 일이다만 나도 그 방법은 모른다. 그걸 알았으면 내가 진작에 써먹었지. 저기, 썩어 문드러진 귤이 안 보이느냐?"

그러면서 강 진사는 마당 한쪽을 가리켰다. 그러고 보니 후미진 귀퉁이의 덤불 위에서 한 무더기의 귤이 썩어들어가고 있었다. 냉해를 입은 귤들이었다.

"저 귤만 멀쩡했던들 몇 사람 목숨은 더 건질 수 있었을 게다. 하지만 어쩌겠느냐? 미련 갖지 말고 어서어서 골라내야지. 안 그러면 주변에 있는 멀쩡한 귤까지 다 상하고 말아."

강 진사는 혀를 끌끌 찼다. 그 말에 만덕은 고들빼기를 씹은 듯 쓰디쓴 표정을 지었다.

"어르신께서도 방도를 모르신다니……그러면 정녕 서리를 피할 방도가 없단 말입니까?"

어차피 귤을 구하지 못하면 공납엔 참여할 수가 없다. 그래도 강 진사의 말처럼 그 근본적인 해결책을 찾아낼 수만 있다면 일말의 가능성은 있지 않을까 기대하고 있었다. 그런데 방도가 없다니……. 실망감을 감추지 못하는데, 그 순간 강 진사가 뭔가 떠오른 듯 자리에서 벌떡 일어났다.

"그러고 보니 그게 있었구나!"

"예? 무엇 말입니까?"

"당장의 냉해를 막을 방도는 나도 모른다만, 그래도 혹 실마리가 될 만한 것이라면 하나 마음에 짐작되는 일이 있다."

그러더니 따라오라며 먼저 방으로 들어서는 강 진사였다. 잠시 멈칫했던 만덕도 이내 그 뒤를 따랐다. 그렇게 방으로 들어온 만덕에게 강 진사가 내민 것은 뜻밖에도 철 지난 장부였다.

"이건 아까 제가 적은 것과 같은 분배 장부가 아닙니까? 이걸 왜 제게……?"

"이것은 제작년과 작년 것이다. 그보다 여기 이곳과 이곳을 한번 보거라. 그리고 오늘 네가 적은 것까지."

강 진사는 장부를 펼쳐 그중 몇 군데를 손가락으로 가리켰다. 그곳엔 해는 다르지만 모두 같은 사람의 이름이 적혀 있었다.

강 진사의 집에서 멀지 않은 바닷가. 해안 절벽 위로 파도가 밀려올 때마다 철썩, 바다가 절벽에 몸을 부딪는 소리와 함께 하얗게 부서진 포말이 은빛 물고기처럼 튀어올랐다. 오랜 시간 서 있다간 풀이고 사람이고 배추처럼 절여져버릴 듯한 그곳에 담 하나를 사이에 두고 두 개의 밭이 있었다. 강 진사가 일러준 범조와 택길이란 자들의 귤밭이었다.

'이 두 집은 이웃사촌지간이거든. 밭도 담장 하나를 사이에 두고 있어서 한 밭이나 매한가지지.'

강 진사의 말처럼 두 밭은 위치나 조건이 한 밭을 나눠놓았다고 보아도 무방할 만큼 거의 흡사했다.

"그런데 어째서……."

만덕은 혼잣말을 중얼거렸다. 내친 김에 밭 안까지 들어간 만덕은 수확을 앞둔 귤들을 조심스레 만져보았다. 그러자 다시금 강 진사의 말이 떠올랐다.

'조건이 같으면 그 결과도 비슷해야 하는 법인데 말이야. 이상하게도 어찌 된 일인지 택길이네 밭은 매년 냉해를 입어서 곤란을 겪는데, 범조네 밭은 멀쩡하거든.'

'그거야 택길이란 사람이 방비를 게을리 해서 그런 것이 아니겠습니까?'

만덕의 대구에 강 진사는 고개를 저었다.

'아니, 오히려 그 반대지. 가서 보면 알 게야.'

직접 와서 보니 강 진사의 말이 무슨 뜻이었는지 알 수 있었다. 범조라는 자의 밭엔 추위와 바람을 막기 위해 심어놓은 방풍목이 생선 가시처럼 볼품없이 자라 있었다. 아마도 심어놓고 관리를 안 한 탓인지 빈약한 나무는 그나마도 듬성듬성 자리를 잡고 있었다. 반면 택길이라는 자의 밭엔 방풍목이 빽빽이 둘러쳐져 있었다. 한 그루, 한 그루 가꾼 정성 또한 보통이 아닌 듯 가지도 울창했다.

"이리 튼튼히 방비를 해놓았는데 어찌 냉해에 시달린단 말인가?"

택길의 밭엔 찬바람이 들지 않아 조금 전 범조의 밭보다는 확실히 따스한 기가 느껴졌다. 그럼에도 불구하고 군데군데 냉해를 입어 쭈글해진 귤들이 보이니 참으로 기이한 노릇이었다. 내처 손끝으로 상한 귤들을 어루만져보는데, 마침 집 밖으로 고개를 내민 택길이 만덕을 보고 소리쳤다.

"거기 뉘시오? 지금 남의 밭에서 뭐 하는 거요?"

그런 밭 주인을 향해 만덕이 차분히 인사를 건넸다.

"강 진사 어르신의 소개를 받고 왔습니다."

만덕으로부터 자초지종을 들은 택길은 그제야 한결 우호적인 표정을 보였다.

"그러고 보니 낮에 뵌 분이로구먼."

그러나 냉해의 원인을 밝히고자 한다는 만덕의 말에 금세 소용없는 짓이라며 고개를 젓는 택길이었다.

"나라고 노력을 안 해봤겠소? 이웃집은 멀쩡한데 매년 우리 밭만 냉해를 입어대니 매번 어르신께 손 벌리기도 송구하고. 하여 보다시피 안 해본 일이 없소이다. 주변에 나무도 가져다 심어보고, 지기가 약해 그런가 싶어 흙도 돌아보고. 그런데 귀신이 씐 건지 도통 아무런 소용이 없습디다."

한숨을 내쉬는 택길은 자포자기한 듯, 이미 지친 기색이 역력했다. 하지만 쉽게 포기할 만덕이 아니었다. 오히려 만덕은 그런 택길을 거듭 설득했다.

"어르신께선 분명 뭔가 원인이 있을 것이라 하셨습니다. 그러니 그 원인만 알아낸다면 냉해를 막을 방도 또한 찾을 수 있지 않겠습니까?"

그러나 택길은 여전히 회의적이었다. 그러자 만덕이 한 걸음 나서며 말했다.

"그러면 차라리 제게 한번 맡겨보십시오. 며칠만 말미를 주신다면 제가 왜 이 밭에만 냉해가 드는지 그 원인을 한번 밝혀보겠습니다."

거듭 부탁하는 만덕에게 결국 택길은 허락하고 말았다.

"대신 밭일에는 방해되지 않게 해야 하오!"

그러마고 고개를 끄덕이는 만덕이었다. 그렇게 만덕의 조사가 시작되었다.

"만덕이 그 사람은 대체 어딜 간 게냐? 네 그 차림새는 무엇이고?"

상단 앞마당을 지나다 익현과 마주친 전 행수가 익현을 위아래로 훑어보며 물었다. 익현이 한 손엔 가래를 들고, 반대편 어깨에는 괭

이와 호미며 온갖 농기구가 든 망태기를 맨 채 막 이문간을 나서려던 참이었다.

"실은 점주님께서 이것들이 급히 필요하다고 하셔서……."

냉해를 해결할 방도를 찾겠다고 나서더니 벌써 며칠째 보이지 않는 만덕이었다. 그래도 얼마 전까진 뭔가 실마리라도 잡은 듯한 눈치더니만 지금은 대체 어디서 무엇을 하는지 통 알 수가 없었다. 게다가 오면 온다, 가면 간다 말도 없으니 지켜보는 사람으로선 그저 답답할 수밖에. 이문간 밖으로 멀어져가는 익현을 보며 쯧 하고 쓴 입맛을 다시는 전 행수였다.

사실 그 시각 만덕은 택길의 귤밭에 있었다.

마치 바둑판을 얽어놓은 듯 군데군데 금을 그어놓은 택길의 밭, 그 한편에서 나뭇가지로 막 새로운 금을 그은 만덕은 하늘을 올려다보는 중이었다.

"햇빛의 문제는 아니라는 말인데……."

혹시 방풍목이 너무 웃자라서 햇빛을 가리는 게 문제가 아닐까 싶어 시간마다 햇살이 닿는 위치에 금을 긋던 만덕이었다. 하지만 그것은 아닌 듯했다. 만덕은 나뭇가지에 기대어 또다시 깊은 생각에 빠져들었다. 그 꼴을 본 택길이 귤을 따다 말고 쯧쯧 혀를 찼다.

"그러게 쓸데없는 짓이라니까."

그러고는 도로 모른 척 밭일에 열중하는 택길이었다. 괜한 일에 끼어들어 시간을 낭비하고 싶지 않았다. 차라리 그럴 양이면 그 시간에 조금이라도 밭을 더 돌보는 편이 낫지. 하지만 잠시 뒤, 만덕이 땅을 파겠다고 곡괭이를 들고 나서자 이번만은 택길도 참지 못하고 펄쩍 뛰었다.

"그게 무슨 큰일 날 소리요? 땅 함부로 건드렸다간 돋터 나오!"

탐라에서 땅은 함부로 파고 덮고 할 수 있는 대상이 아니었다. 화산으로 만들어진 섬은 그 지층이 워낙 복잡미묘하여 잘못 건드렸다간 땅이 폭삭 가라앉을 수도 있었다. 더구나 택길의 밭이 위치한 곳은 바닷가라 자칫 물이 솟아나올 수도 있는 일이었다. 그렇게 되면 밭이 엉망이 되는 것은 순식간일 터였다. 하지만 말린다고 들을 만덕이 아니었다.

"실은 그래서 파보려는 겁니다. 혹 이 밑으로 수맥이 흐르는 것이라면 그게 원인일 수도 있지 않습니까?"

"원인이고 나발이고, 안 돼요, 안 돼! 벼룩 잡으려다가 초가삼간 태운다더니, 서리는 둘째치고 대체 누굴 죽이려고 이러오?"

의견을 좁히지 못하고 팽팽하게 맞서던 두 사람은 결국 한참의 실랑이 끝에 지관을 불러 알아보는 선에서 일단 합의하였다. 잠시 후 도착한 지관은 한참 동안 밭 이곳저곳을 둘러보았다. 그러더니 이내 두 사람을 향해 말했다.

"응, 맞소. 수맥이 있구면."

그 말에 옳다구나 하는 만덕이었다. 하지만 이어진 지관의 말에 다시금 맥이 빠지고 말았다.

"저기 밭머리로 들어와서 이 집 밭하고 옆집 밭 사이를 이리 구불, 저리 구불 흐르다가 바다 쪽으로 빠져나가누면."

"양쪽 밭 모두 말입니까? 어느 한쪽만 흐르는 것은 아니고요?"

"양쪽 다 똑같아."

결국은 이 밭이나 저 밭이나 별 차이가 없다는 말에 적잖이 실망하는 만덕이었다. 하지만 어차피 쉬이 풀리리라 예상치 않았던 일, 다시 기운을 회복한 만덕은 이번엔 양쪽 밭의 흙을 퍼다가 만져보고, 물을 뿌려보고, 심지어 쿰쿰한 두엄 냄새를 풍기는 흙을 집어서 입에 넣어보기까지 했다.

"소금기는 조금 있는 듯하나 토질에는 별반 차이가 없는 것 같은데요?"

덩달아 맛을 보던 익현이 에퉤퉤 흙을 뱉어내며 말했다.

"이래 가지고 정말 뭔가 찾을 수 있긴 할까요?"

반나절 만에 지쳐버린 익현이 흙더미 위에 주저앉아 만덕을 올려다보며 물었다. 사실 뭔가 찾아낼 수 있을지 미심쩍기는 만덕도 마찬가지였다. 하지만 원인 없는 결과란 없는 법.

"찾지 못한다면 우리가 뭔가를 놓쳤기 때문일 뿐, 답은 분명 이 밭 어딘가에 있다."

손에 잡힐 듯 잡히지 않는 해답이 그곳 어딘가에 웅크리고 있기라도 한 듯, 두 주먹을 불끈 쥔 채 너른 귤밭 곳곳을 보고 또 보는 만덕이었다.

그날 밤, 상단으로 돌아온 만덕은 밤새 서고의 책을 뒤졌다. 지금 만덕이 보고 있는 것은 『농가집성』, 그 옆에는 『색경穡經』과 『산림경제』가 놓여 있었다. 하지만 책 속에 답이 있다는 옛 성현의 말이 무색하리만치 그 안에선 아무런 단서도 찾아낼 수가 없었다.

"이리도 탐라의 실정에 맞는 책이 없단 말인가?"

책장을 넘기던 만덕은 답답한 마음에 곧 책을 덮어버렸다. 국내외의 농서를 구해다 읽은 지 벌써 며칠째. 벼농사며, 양잠, 목양에 대한 내용은 넘치는데 정작 만덕이 찾는 내용은 그 어디에서도 찾아볼 수 없었다. 가끔 과수에 대해서 설명하는 글이 있기는 했으나 그 양도 적을 뿐 아니라 그나마 귤농사에 대한 지식은 전무했다. 하기야 조선을 통틀어 오직 탐라에서만 나는 귤이었으니, 뭍의 관리나 선비들이야 귤을 신기하고 귀히 여기는 마음만 있지 귤이 어찌 자라는지, 어떤 고초가 있는지 알 리 만무했다. 그러니 체계적인 농서 또한 없을 수밖에.

 '그리 모두 거두어가면서도 정작 생산엔 이리도 무심하니……'

 그렇다고 누구를 원망하겠는가. 탐라 땅에 살면서도 제 일 아니라고 무심하기는 만덕 자신도 마찬가지였던 것을. 한숨을 내쉰 만덕은 고개를 들어 창밖을 바라보았다. 제법 쌀쌀한 가을바람이 소슬하니 불어오고 창밖 수풀 속에서는 밤을 잊은 귀뚜라미가 외로이 울고 있었다. 어느새 기울어가는 보름달. 이제 목사가 공언한 날짜가 채 이틀도 남지 않았다. 이대로라면 공납권이 부정한 상단에게로 넘어가는 것은 불 보듯 뻔한 일이었다. 만덕은 의자에서 일어나 조용히 방문을 열고 밖으로 나왔다.

 완연한 가을밤의 정취. 낙엽이 쌓이기 시작한 마당은 쓸어도 쓸어도 금세 낙엽이 쌓이기 마련이었다. 밤의 정막을 깰까, 만덕은 가을바람에 여기저기 뒹구는 낙엽을 피해가며 발을 디뎠다. 무심히 즈려밟기엔 그것들이 인내한 여름이 너무 길고 고되지 않았던가 하는 부질없는 생각이 든 탓이기도 했다. 그래 봐야 내일 아침이면 부지런한 상단 일꾼의 비질에 쓸려 결국 한 줌 연기가 되고 말 테지만.

　'이대로라면 이틀 후엔 내 바람 역시 허무하게 끝이 나겠지.'

　처음엔 그저 공납권을 따오고자 시작한 일이었다. 남들보다 좀 더 열의를 불태운 것은 타고난 성정과 살아오며 굳어진 습관에 다름 아니었다. 그런데 어느 순간부터인가 만덕은 자신이 해답 자체에 목말라 있다는 사실을 깨달았다.

　목적을 달성하기 위해 수단으로 삼았던 것이 어느새 그 자체로 목적이 되어버리는 것. 그것은 본인이 깨닫든, 깨닫지 못하든 간에 만덕이 탐라 백성들의 삶에 젖어들고 있다는 증거였다.

　"반드시 올해가 아니더라도 계속되는 냉해를 막을 수만 있다면……."

　만덕은 국화가 심어진 화단 앞에 멈춰 서더니 홀린 듯 혼잣말을 중얼거렸다. 그 소리에 전 행수 역시 발길을 멈췄다. 전 행수는 서고에서부터 말없이 만덕을 뒤따르는 중이었다.

　사랑채에서도 서고의 불빛이 보였다. 벌써 며칠째 꺼질 줄 모르는 불빛은 어둠이 짙어질수록 더욱 또렷하게 떠오르다가 동틀 무렵이 되면 희미하게 사라져갔다. 그러면 밤새 뒤척이던 전 행수는 왠지 모를 서운함을 느끼는 것이었다.

　'저기 저 반짝이는 별이 보이느냐? 저것이 바로 북극성이다. 한 치 앞을 분간할 수 없는 어둠 속에서도 저 별만 찾으면 길을 잃지 않고 앞으로 나아갈 수 있지. 그래서 북극성은 여행자들의 별이라 불린단다. 지금은 이 아비의 별이지만 앞으론 길주 너의 별이 될 게다.'

전 행수는 문득 어린 시절, 아버지가 자신을 데리고 누대에 올라 밤하늘을 가리키며 했던 말을 떠올렸다. 그때 아버지는 무척이나 힘든 교역을 마치고 돌아온 직후였다.

왜 그 순간 그 일이 떠올랐는지 설명할 길은 없었다. 그저 며칠째 이런저런 생각 때문에 잠을 못 이룬 탓이라 치부할 뿐. 하지만 바람도 쐴 겸 생각을 모으러 밖으로 나온 전 행수의 발길은 어느새 자연스럽게 서고가 있는 후원 쪽을 향하고 있었다. 그러다 마침 산책을 나온 만덕을 쫓아 이곳까지 이른 것이었다.

얼핏 냉해 운운하는 것을 보니 여전히 감귤 봉진 때문에 고심하고 있는 것이 분명했다. 순간 먼 발치에서 가만히 만덕을 지켜보던 전 행수가 살짝 이마를 찌푸렸다.

'어찌 저리 외골수일까.'

한번 잡았다 하면 무엇 하나 쉽게 놓는 법이 없는 여인이었다. 그게 무엇이든 납득이 가지 않으면 부딪히고 깨지기를 수십, 수백 번. 그렇게 까이고 차이다 보면 뭣 모르는 어린아이도 상처 입는 것에 대한 두려움을 갖기 마련이건만, 그 본심이야 어떻든 만덕은 해가 뜨면 더 단단해진 얼굴로 한껏 치마끈을 동여맸다. 장하고도 안쓰러운 모습이었다. 어쩌면 그것이야말로 태초로부터 그녀가 품어온 탐라의 슬픔이고 힘인지도 모를 일이었다.

'그래서 탐라가 아름다운 게지.'

홀로 이런저런 생각에 잠겨 있는데, 문득 전 행수의 눈에 만덕이 털썩 무릎을 꿇고 주저앉는 모습이 보였다.

'혹 무리를 해서 그런 것인가?'

급히 다가가려던 전 행수는 그러나 이내 걸음을 멈추었다. 자세히 보니 만덕은 화단에 앉아 뭔가를 뒤적이고 있었다. 그러더니 순간 몸을 벌떡 일으키는 것이었다. 그와 동시에 중문을 열고 급히 말팡_마구간 쪽으로 사라지는 만덕이었다. 모든 것이 너무나 순식간에 벌어진 일이었다. 창졸지간인지라 불러 세울 생각도 하지 못한 전 행수는 뒤늦게 만덕이 서 있던 화단 쪽으로 다가갔다.

"대체 무엇을 보았기에……."

화단을 살피던 전 행수는 멍하니 만덕이 사라져간 방향을 바라보았다. 하지만 이미 만덕은 사라지고 없었다. 화단에는 부윰한 달빛 아래 향기를 내뿜는 가을 국화만이 나 역시 영문을 모르겠다는 듯 고개를 까딱이고 있을 뿐이었다.

동트기 직전, 하늘과 땅이 하나로 뒤엉킨 채 한 치 앞도 분간하기 힘든 어둠 속. 그사이를 가르듯 칼날처럼 위태롭게 펼쳐진 해안 절벽 위를 만덕의 말이 숨가쁘게 달리고 있었다. 하아! 하아! 날카로운 호령 소리. 자칫 잘못하면 말과 함께 낭떠러지로 굴러떨어질 수도 있는 위험한 상황임에도 불구하고 만덕은 좀처럼 속도를 늦추지 않았다. 그 기세에 푸르륵, 흥분한 말이 허연 콧김을 쏟아냈다.

그저 화단일 뿐 전 행수의 눈엔 별다를 것이 없어 보였을 테지만 지난 보름 동안 오로지 한 가지 일에만 천착해 있던 만덕에게는 은빛으로 반짝이는 그것이, 그 작은 변화가 또렷이 눈에 들어왔다. 새벽 풀잎에 서리가 내려앉고 있었다.

'서리가 앉는 광경을 지켜볼 수만 있다면, 어쩌면 해답을 찾을 수

있을지도 모른다!'

그 생각이 든 순간, 만덕은 한 치의 망설임도 없이 말에 올라탔다. 지금껏 땅을 파고, 금을 긋고, 할 수 있는 것은 뭐든 다 해보았지만 정작 서리가 앉는 광경은 직접 눈으로 확인해보지 못했던 것이다.

'해가 뜨기 전에 도착해야만 한다.'

말을 재촉하는 만덕의 손길이 더욱 다급해졌다. 그렇게 얼마나 달렸을까. 드디어 목적지에 도착한 만덕은 서둘러 말에서 내려 귤밭으로 뛰어들어갔다. 하지만 하필 달빛이 구름에 가려 사방은 짙은 먹물을 뿌려놓은 듯 컴컴하였다.

어둠 속에서 만덕은 급한 대로 더듬더듬 잎이며 과실을 만져보았다. 그러자 역시 예상대로 범조의 귤은 아직 멀쩡한데 택길의 귤은 서서히 얼어가고 있는 것이 느껴졌다.

"어째서! 대체 어째서!"

서둘러 홰에 불을 붙인 만덕은 신발이 벗겨져 나가고 검은 그을음에 옷이 더러워지는 것도 아랑곳하지 않은 채, 밭 이곳저곳을 뒤지고 다니기 시작했다. 흙을 만져보는가 하면, 얼음장처럼 차가워진 돌벽에 볼을 대어보기도 했다. 하지만 아무리 둘러보아도 만덕은 두 밭 사이에서 그 어떤 뚜렷한 차이도 찾아내지 못했다. 그 와중에도 택길의 귤 위엔 밤의 입김처럼 허연 서리가 내려앉고 있었다. 결국 다급해진 만덕은 우직, 낭창한 귤나무 가지를 움켜쥐었다.

"똑같다! 똑같이 춥고 어두워! 같은 밭이고, 같은 귤이니 당연하지 않은가. 그런데 왜……!"

바로 그 순간이었다. 나뭇가지를 쥔 만덕의 손끝에서 어떤 오싹한 감촉이 느껴졌다. 뭔가 축축하고 미끈미끈한 무엇. 그것이 손바닥에 고이더니 이내 주르륵 손목을 타고 흘러내렸다.

"이것은?"

그것은 물이었다. 혹시나 싶어 혀끝에 대보자 차갑고 밍밍한 맛이 났다. 의심의 여지가 없는 담수淡水였다. 그제야 귤나무 가까이 불을 비춰보았다. 그러자 잎이며 과실 표면에 이슬처럼 송골송골 맺혀 있는 물방울들이 눈에 들어왔다. 그곳은 범조의 밭이었다.

"이제는 이곳마저 얼어가는 것인가!"

탄식한 만덕은 서둘러 물기가 맺힌 귤을 손끝으로 눌러보았다. 그런데 얼어붙기는커녕 범조의 귤들은 방금 세수를 한 계집아이의 얼굴처럼 탱글하고 싱싱하기 그지없었다.

"이럴 수가! 어째서?"

만덕은 곧바로 담 너머 택길의 밭으로 달려갔다. 그리고 그곳의 얼어붙은 귤들을 매만져보기 시작했다. 차가운 느낌은 범조의 귤과 다를 게 없었으나 어디에도 물기는 없었다. 오히려 서걱서걱 메마른 느낌. 당연한 일이었다. 가을바람이 이리 부는데 나무고 풀이고 건조할 수밖에. 그제야 만덕은 불현듯 범조의 밭에 고인 물기가 이슬 치고는 그 양이 과하다는 사실을 깨달았다.

"그러면 누군가 일부러 물을 뿌리기라도 했단 말인가? 대체 누가?"

하지만 밤의 적막에 휩싸인 바닷가 과원에는 인기척은커녕 작은 들짐승의 발자국 소리조차 들리지 않았다. 오로지 들리는 것이라곤 휘이익, 나뭇가지를 흔드는 거센 바람 소리와 짝을 지어 철썩 부서지는 파도 소리뿐이었다.

만덕은 파도 소리를 따라 빽빽한 방풍림을 헤치고 해안가 좁은 길목으로 나왔다. 그곳은 가끔씩 방풍목을 손보기 위해 다져놓은 곳으로 바로 옆이 해안 절벽이라 사람이 다니는 길은 아니었다. 혹시나 싶어 만덕은 횃불로 길 양편을 비춰보았다. 하지만 푸르스름한 새벽빛에 윤곽을 드러내기 시작한 것은 온통 바람막이로 심어놓은 나무들뿐이었다.

'하기야 이 시간에 이런 곳까지 누가…….'

만덕이 막 발걸음을 돌리려는 찰나였다. 갑자기 만덕이 들고 있던 횃불이 파드득, 바람에 크게 요동쳤다. 그 순간 후르륵 불꽃이 졸아들며 어디선가 차가운 물방울이 만덕의 얼굴 위로 후드득, 떨어져내렸다.

"헉!"

처음엔 그저 바람이 거세 바닷물이 튀어오른 줄만 알았다. 안 그래도 바위에 부딪힌 파도가 처얼썩, 처얼썩 요동을 치며 흰 포말을 뿌려대고 있었기 때문이다. 하지만 우연히 만덕의 입술에 흘러든 물의 맛은…… 달았다!

"이것은 혹, 민물?"

그때 뒤엉켜 있던 하늘과 바다 사이로 금빛 실금이 그어지는 듯하더니 그 틈이 점점 벌어지며 동편 하늘로 붉은 기운이 비쳐들기 시작했다. 해가 떠오르고 있었다. 그리고 그 순간 만덕은 보았다. 바위에 부딪혀 흩어지는 금빛 포말들, 그 부서진 물방울들이 바람에 실려 쏟아지는 광경을. 빽빽한 방풍목에 막혀 그 자리에 떨어지고 마는 택길의 밭과 달리, 마치 금빛 발을 친 듯 반짝이는 물방울들은 허술한 범조의 방풍목을 지나 과원 안까지 떨어져 내리고 있었다.

잠시 멍하니 그 광경을 지켜보던 만덕은 무슨 생각을 했는지 갑자기 느슨한 허리띠를 단단히 고쳐 매었다. 그러더니 조금의 망설임도 없이 바닷가 절벽을 한 발, 한 발 기어 내려가기 시작했다. 후두둑, 중간중간 연약한 지반이 떨어져 나가는 바람에 몇 번이고 발을 헛디뎠지만 만덕은 끝내 제 키보다 서너 배는 됨 직한 절벽을 무사히 기어 내려갔다. 그렇게 바닥에 도착한 만덕은 거칠어진 숨을 고르며 주변을 둘러보았다.

절벽 밑은 탐라 어디서나 흔히 볼 수 있는 검은 바위가 병풍처럼 넓게 둘러쳐져 있었다. 하지만 그뿐이었다. 별다를 것이 없어 보였다. 그런데 자세히 살펴보니 바위 안쪽으로 꽤나 넓은 웅덩이가 보이는 것이 아닌가. 마치 용이 몸부림치며 지나간 듯 깊은 고랑이었다. 그리고 그 안쪽으론 한눈에 보기에도 맑은 물이 찰랑찰랑 고여 있었다. 가까이 다가간 만덕은 두 손으로 물을 떠 입에 머금어 보았다. 역시나 만덕의 예상대로 민물이었다. 과원 옆 바닷가 절벽 밑은 거대한 용천이었던 것이다.

"물! 물이었습니다!"

만덕이 문을 두들겨대는 바람에 잠에서 깬 택길이 부시시한 얼굴로 문을 열었다. 그러다 만덕의 꼴을 보고는 화들짝 놀라 외쳤다.

"어이쿠야! 대체 그 꼴이 뭐요? 설마 밤새 여기 있었던 게요?"

만덕은 온몸이 흙투성이에, 바다에서 멱이라도 감고 온 것인지 온통 물에 빠진 생쥐꼴을 하고 있었다. 그럼에도 불구하고 뭐가 그리 좋은지 얼굴만은 활짝 웃고 있었다.

"드디어 냉해를 막을 방도를 찾았습니다. 어서 와서 보십시오."

택길은 얼떨떨한 얼굴로 만덕을 따라 밭으로 나왔다. 그리고 만덕이 가리키는 곳을 바라보았다. 나무마다 알알이 이슬에 젖은 귤들이 아침 햇살을 받아 보석처럼 반짝이고 있었다.

"귤 위에 골고루 물을 뿌렸습니다. 그랬더니 심한 경우 물은 얼어 붙었어도 귤은 얼지 않았습니다. 자세히는 알 수 없지만 아마도 물이 귤을 대신해 냉기를 막아주는 것 같습니다."

물의 상태 변화. 영하점 아래에서 물이 얼어들면 반대로 자신이 가지고 있던 열을 내뿜어 주변을 따뜻하게 만드는 간단한 열역학이었다. 만덕은 범조의 밭에 떨어져내린 물방울을 보고서 막연하게나마 그것을 착안해내었던 것이다. 그리하여 직접 시험해보고자 새벽 내내 물을 길어다 택길의 밭에 뿌린 것이었다.

한편 얼떨결에 만덕에게 이끌려 나온 택길은 눈앞의 광경을 보고도 도저히 믿기지 않는지 연신 마른 얼굴만 문질러댔다. 그러다 조심스레 손을 뻗어 귤을 만져보았다. 놀랍게도 촉촉한 껍질 아래로 말랑한 과육의 감촉이 느껴졌다.

"어떻게 이럴 수가!"

서리가 내릴 때마다 한꺼번에 수십 개씩 얼어붙는 귤 때문에 늘 가슴 졸이며 살아왔던 택길이다. 그런데 서리를 맞고도 이리 멀쩡할 수 있다니! 놀라움으로 벌어졌던 입꼬리가 순간 주욱 올라가더니 별안간 너털웃음을 터트렸다.

"으하하! 이럴 수가! 어떻게 이럴 수가!"

신이 난 택길은 남녀 간의 내외고 뭐고 만덕의 두 손을 덥썩 잡았다.

"고맙소! 고맙수다!"

거듭 인사를 하는 택길이었다. 만덕 역시 그동안 가슴을 무겁게 짓누르던 돌덩이 하나를 덜어낸 듯 유쾌한 기분이기는 마찬가지였다. 오랜만에 아이처럼 환하게 미소 짓는 만덕이었다.

만덕이 서리를 막아낼 방도를 찾아낸 날로부터 다시 며칠이 흘렀다.

만덕이 간만에 강 진사의 과원에 도착했을 때, 강 진사는 이슬로 소맷자락을 흠뻑 적시며 막 그해의 마지막 귤을 따는 중이었다. 꼭지가 떨어진 귤에선 갓 벤 풀처럼 싱그러운 내음이 피어오르고, 공기 중엔 달콤한 향기가 은은하게 퍼져 나가고 있었다.

"내 송방이 감귤 봉진을 맡았다는 소식은 들었네. 한참 바쁠 터인데 예까진 어인 일인가?"

강 진사가 환한 얼굴로 만덕을 맞아들이며 물었다.

"좋은 찻잎이 생겼기에 어르신 생각이 나서 좀 가져왔습니다."

만덕이 들고 온 보따리를 내어 보이며 생긋 미소 지었다. 그 찻잎은 이번 감귤 공납권을 따내는 데 큰 공을 세운 만덕에게 전 행수가 특별히 내린 상이었다.

"청에서 들여온 보이차네. 조부 때 만들어 손자가 마신다고 할 만큼 오랜 세월을 내다보고 숙성시켜 완성하는 차이지. 이번에 감귤 봉진과 관련하여 자네가 내놓은 해답에 대한 내 대답일세."

좋은 차는 세월의 깊이와 함께 그 향기가 더해간다던가? 만덕이

제 몫을 다하는 상인이 될 때까지 차분히 지켜보고 귀히 쓰겠다는 뜻이었다. 그 말과 함께 전 행수는 만덕에게 감귤 봉진의 선납을 총괄하는 중책을 맡겼다. 일부에서는 우려하는 시선도 없지 않았으나 부정한 상단에 넘어간 것이나 마찬가지였던 감귤 공납권을 가져온 것은 전적으로 만덕의 공이었기에 전 행수의 결정에 토를 다는 이는 아무도 없었다.

감귤 봉진을 수행함에 있어 여타의 상단들이 작금의 어려움에만 골몰하여 있을 때, 송방은 일의 본질을 밝혀 후일의 어려움까지 해결하였다. 하여 기쁜 마음으로 이번 감귤 공납권을 송방에 맡기노니, 송방은 감귤 봉진을 수행함에 있어 한 치의 소홀함도 없게 하라.

목사가 동헌 앞마당에서 공납권의 주인을 발표하던 날, 부정한은 소태 씹은 얼굴로 한참을 씩씩대다 결국 빈손으로 물러났다. 그리고 부정한의 눈치를 보던 나머지 상단들은 그동안 모아들였던 귤을 적당한 값에 팔겠다며 속속 송방을 찾아왔다. 덕분에 송방은 큰 어려움 없이 감귤 봉진을 착착 진행해가고 있었다.

"마침 잘 왔구먼. 이 녀석 맛 좀 한번 보게."

그동안의 일들을 떠올리고 있는데, 방 안으로 들어온 강 진사가 들고 온 소반을 만덕에게 내밀며 말했다. 소반 위에는 잘 익은 귤 몇 알이 담겨 있었다.

"이 귀한 걸 제게 주셔도 괜찮겠습니까?"

강 진사가 어떤 목적으로 귤을 키우는지 잘 알고 있는 만덕이었다.

“괜찮네. 이건 자네가 구한 귤이라 내 부러 자네 몫으로 남겨둔 게야.”

그 귤들은 만덕이 알아낸 방법으로 냉해에서 늦게까지 살아남은 녀석들이었다. 강 진사는 그 귤을 따두었다가 마침 찾아온 만덕에게 내놓은 것이었다.

“자네 덕에 앞으로 더 많은 탐라민들이 곤경에서 벗어날 수 있을 걸세. 물론 감귤을 탐하는 손길이 어디 서리뿐이겠는가마는.”

강 진사가 한숨 끝에 말끝을 흐렸다. 만덕은 그런 강 진사에게 그동안 마음속에 품고 있던 의문을 조심스레 꺼내놓았다.

“진사 어르신, 한데 어르신께선 양반의 신분으로 벼슬을 마다하시고 어찌 감귤 농사를 짓고 계시는지요?”

그러자 강 진사가 쓰게 웃었다.

“양반 따위가 다 무엇인가? 그저 허울뿐, 사람 목숨 하나 구하지 못하는 것을······.”

짙은 회한에 빠져드는 강 진사였다.

강 진사는 젊은 시절을 오롯이 과시 준비에만 매달려 살았었다. 하지만 뭍에 비해 글 스승도 마땅치 않은 데다 과시마저 드문 섬인지라 기회가 쉬이 오지 않았다. 결국 강 진사의 곁에 남은 것은 어수룩한 처와 곤궁한 살림뿐이었다.

“당장 먹고살기도 힘든 판국에 과거가 다 무엇인가?”

그러나 사람들이 비웃을 때에도 강 진사는 양반의 뿌리라는 자존심 하나만을 부여잡고 그 시간들을 버텨내었다. 그리고 착하고 순박한 그의 아내 유씨는 그런 강 진사의 곁에서 묵묵히 그를 뒷바라지했다.

그렇게 십수 년의 세월이 흐르고 드디어 강 진사에게도 기회가 왔다. 섬에서 도과島科가 열리게 된 것이었다. 그리고 그간의 집념이 빛을 발한 덕분이었는지 강 진사는 그 시험에서 우등합격하여 전시殿試를 보기 위해 한양으로 상경하게 되었다.

"조금만 기다리시오. 내 꼭 시험에 합격하여 그동안 고생만 한 당신을 호강시켜 주리다."

떠나기 전 아내와 굳은 약속을 한 강 진사는 그 약속을 지키기 위해 한양에 도착해서도 한눈 한번 팔지 않고 공부에만 대진했다.

그렇게 계절이 바뀌고, 드디어 강 진사는 진사시에 합격하였다. 그 순간 강 진사는 탐라를 떠나던 날 하염없는 눈물로 자신을 배웅하던 아내를 떠올렸다. 그동안 얼마나 애를 태우며 기다렸을까? 강 진사는 한시라도 빨리 이 기쁜 소식을 전하기 위해 서둘러 집으로 향했다. 하지만 반년 만에 돌아온 그를 반긴 것은 청천벽력 같은 아내의 부고였다.

"장독杖毒을 이기지 못하고 그만……."

이웃 아낙이 옷고름으로 눈물을 찍어내며 말했다.

원흉은 마당 한쪽에 있던 귤나무였다. 늙은 귤나무는 무슨 바람이 불었는지 그해 유독 많은 열매를 맺었었다.

"저리 열매가 풍성하게 맺히는 것을 보니, 올해는 서방님께도 좋은 소식이 있으려나 봐요."

나무를 올려다보며 복사꽃처럼 수줍게 웃던 아내의 모습이 눈앞에 선하건만 늦은 태풍으로 그 많던 과실이 절반 넘게 떨어져버리

고, 초여름 과실 수를 세어갔던 관에서는 가난한 살림에 유실수를
채워넣지 못한 유씨를 잡아다 그 수만큼 장을 쳤던 것이다.

"으아아아아악!"

광분한 강 진사는 당장 도끼를 들고 나와 마당의 귤나무를 찍어
베어버렸다. 그리고 그대로 몇 달을 술에 취해 미친 듯이 살았다. 자
신을 보며 환하게 웃던 아내의 얼굴이 떠올라서 맨 정신으론 도저히
살아갈 자신이 없었다. 그렇게 얼마의 시간을 허송세월하였을까.

그날도 대낮부터 술에 취해 마당 한가운데 대자로 뻗어 있을 때였
다. 이른 봄날, 한낮의 태양이 내리쬐자 얼음이 풀리기 시작한 땅에
서 아지랑이가 꾸물꾸물 피어올랐다. 그 열기 때문인지 강 진사는
전에 없이 세상이 빙글빙글 도는 것을 느꼈다. 순간 울컥 구역질이
치밀어 오른 강 진사는 마당 구석으로 달려가 정신없이 토악질을 해
댔다. 나중엔 더 이상 나올 것이 없는지 누런 위액이 나올 정도였다.

그렇게 한참 만에야 벌벌 떨리는 무릎으로 엉금엉금 풀밭을 기어
나오는데, 문득 강 진사의 눈앞에 연둣빛 여린 새싹 하나가 봄바람
에 살랑이는 게 보였다. 그것은 지난겨울 강 진사가 홧김에 베어버
린 귤나무의 새순이었다. 순간 강 진사는 왈칵 통한의 눈물을 쏟아
내었다. 마치 저승에 간 아내가 살아 돌아온 듯, 죽은 나무의 둥치에
서 자란 새싹은 곱고 순하기만 했다.

"미안하네. 미안해……."

여린 새순을 어루만지며 강 진사는 거듭 되뇌었다. 그리고 그 순
간 강 진사는 결심하였다. 비록 아내는 죽었지만 제이, 제삼의 유씨
는 없게 하겠다고.

그해 봄, 강 진사는 그 여린 귤나무의 새순을 밭에 옮겨 심었다.

"이제 와 지난 일을 후회한들 무슨 소용이 있겠나. 살아남은 것, 그것이 죄라면 그 죄를 갚는 길은 오직 사는 것, 그 길뿐인 것을."

세월에 주름진 강 진사의 눈이 젖어들었다. 어느덧 만덕의 눈가에도 이슬이 맺혀 있었다.

"한양까지 조심히 옮겨주게. 그 작은 열매 하나가 누군가에겐 눈물이고 목숨이니."

세상 사람들은 그 빛과 향기에 마음을 빼앗기지만 탐라 사람에게 그 열매는 알알이 눈물이요, 한숨이었다. 강 진사의 부탁에 그저 조용히 고개를 끄덕이는 만덕이었다.

"거기 널에 부딪히지 않게 조심히 운반하게! 귤 하나라도 절대 상처가 나게 해선 안 되네!"

감귤 봉진을 준비하는 선착장에는 일꾼들이 짐을 나르는 소리와 함께 일꾼들을 재촉하는 호령 소리로 어느 때보다도 활기가 넘쳐났다. 노동의 힘이 빚어내는 생생한 땀과 생명력. 방금 한양에서 돌아온 전 행수는 잠시 멈춰 서서 물끄러미 그 광경을 바라보는 중이었다.

"이제 돌아오십니까, 행수님? 여행길은 평안하셨는지요?"

돌아보니 감귤 봉진을 지휘하던 만덕이 어느새 다가와 있었다.

"자네들 덕분에 아무 걱정 없이 잘 다녀왔네. 감귤 진상은 잘 준비되어 가는가?"

"예, 차질 없이 계획대로 진행하고 있습니다. 일관 말로는 바다가 잠잠해 이틀 후 출항에도 큰 무리는 없을 것이랍니다."

"그래도 첫 출항이니 소홀함이 없도록 하게. 배고사 준비도 서운치 않도록 넉넉히 하라 이르고. 더구나 자네에게는 송방에서의 첫 소임이 아닌가?"

전 행수의 말에 만덕이 고개를 끄덕였다. 다부진 얼굴엔 생생한 미소가 떠올라 있었다. 아마도 처음 맡은 상선 일에 신명이 난 것일 터. 그러나 그 모습을 바라보는 전 행수의 마음은 편치 않았다. 남몰래 쓴 입맛을 다시는 전 행수였다.

머나먼 탐라 땅까지 한성판윤 홍계희의 밀서가 전해진 것은 전 행수로서도 매우 뜻밖의 일이었다. 근일간 자신을 찾아오라는 서신. 뭔가 꿍꿍이가 있는 것이 분명했으나 지난번 역모 사건이 흐지부지되는 바람에 관계가 소원해졌던 전 행수로서는 간만에 홍계희가 내민 손을 굳이 쳐낼 이유가 없었다. 하여 전 행수는 결국 감귤 봉진을 만덕과 한 서기에게 일임하고 홍계희를 만나기 위해 한양으로 향했었다.

"지금 무어라 하셨습니까?"

"감귤 봉진을 망쳐주게. 기왕이면 주상께서 진노하실 만큼 확실한 방법이면 더 좋겠지."

홍계희는 제주 목사의 관복을 벗길 작정이었다. 그는 홍계희와 정적 관계인 남인 출신 중신의 천거를 받은 인물이었기 때문이다. 해서 제주 목사를 제물로 삼아 홍계희는 이참에 정적을 조정에서 찍어낼 심산이었던 것이다. 하지만……

"이번 감귤 봉진은 저희 상단으로서도 사활이 걸린 문제입니다. 자칫 실수하였다간 돌이킬 수 없는 위험을 초래할 터. 송구하오나 그 명만은 거두어주시지요."

순간 전 행수는 만덕의 얼굴을 떠올렸다. 그동안 이번 공납권을 따내기 위해 밤낮 없이 얼마나 동분서주하였던가. 꼭 그것이 아니더라도 전 행수는 굳이 위험천만한 도박을 벌이고 싶지는 않았다. 더구나 제 안방에서 불장난이라니. 잘못했다간 초가삼간까지 다 잃는 수가 있었다. 하여 정중히 거절하는데 홍계희가 탕, 장죽 끝에 담긴 담뱃재를 화로 위로 털어내며 말했다.

"명을 거두어 달라? 그 말은 내 부탁을 들어줄 수 없다는 말이렷다."

덕분에 후르륵 마른 재가 날리며 화로 속에 감춰져 있던 불씨가 들짐승의 눈처럼 희번덕 섬뜩한 빛을 발했다.

"결국 제주에서 전해온 풍문이 사실이었던 게로군?"

불편한 심기를 감추지 않는 홍계희였다. 그 말에 전 행수가 조심스레 되물었다.

"풍문이라니요? 어인 말씀이신지……."

그러자 홍계희가 전 행수를 서늘한 눈빛으로 바라보며 말했다.

"만덕이라던가? 그 기생 말일세. 듣자하니 자네 밑에 있다지?"

순간 움찔하는 전 행수였다. 홍계희가 어찌 만덕의 이름을? 그사이 홍계희의 말은 계속되었다.

"지난번 조영득을 비롯한 역적들의 징치懲治를 방해한 자가 있었지. 알다시피 그 덕분에 나는 황공하옵게도 세손 저하와 독대를 하였고 말일세."

홍계희가 세손에게 불려갈 당시 그 자리에 함께 있었던 전 행수였다. 그러니 어찌 모르겠는가. 그 노기등등하던 기세를.

"어차피 세손의 눈 밖에 난 것이야 하루 이틀 일이 아닌지라 나도 크게 개의치는 않네. 다만 그 일로 불필요한 트집을 잡혔단 말이지. 그러니 내가 어찌하였겠는가?"

결벽증이라 할 만큼 체면과 명분을 중시하는 홍계희였다. 그런 홍계희가 그 일로 세손 앞에서 망신을 당하였으니. 결국 자신의 정보 망을 이용해 일의 주범인 만덕을 찾아낸 홍계희였다. 덕분에 만덕과 전 행수의 관계가 홍계희에게 드러난 것이다.

"처음부터 날 기망할 생각이었는가?"

홍계희가 서슬퍼런 눈으로 전 행수를 건너다보며 물었다. 순간 전 행수의 등엔 식은땀이 고였다. 어떤 식으로든 홍계희의 추궁을 피하긴 어려울 듯 보였다. 하기야 누가 보아도 의심할 만한 상황이었다. 맨 처음 홍계희에게 역모의 움직임을 알린 것도 전 행수였고, 과정이야 어찌 됐든 일을 훼방놓아 홍계희를 곤란케 한 자 역시 현재는 전 행수의 수하이니. 전 행수는 황급히 고개를 조아렸다.

"제가 어찌 감히 그런 무도한 생각을 하였겠습니까? 다만 일이 공교롭게 되어……."

사실 전 행수가 맨 처음 만덕의 객주를 찾아간 것은 홍계희가 만덕을 찾은 이유와 별반 다르지 않았다. 대체 제 앞길을 가로막은 자가 누구인지, 자신의 심기를 건드린 자를 찾아 응분의 대가를 치르게 하고 싶었다. 그러나 상황은 의도치 않은 방향으로 흐르고 말았다.

난감해하는 전 행수를 본 홍계희가 혀를 차며 말했다.

"그 계집이 듣던 대로 참으로 요망한 모양이군. 소문엔 판관을 조종하여 그 도움으로 기적에서 빠져나왔다더니, 이젠 전 행수 자네마저 그 계집에게 미혹된 것인가?"

그러더니 전 행수를 향해 실망스럽다는 표정을 짓는 홍계희였다.

"내 지금껏 자네와 송상을 믿어 의심치 않았건만…… 내 이런 자와 앞으로 어찌 더불어 일을 도모할까?"

그 말은 앞으로 전 행수를 모든 일에서 배재하겠다는 일종의 협박이었다. 그러나 그 정도로 끝난다면 차라리 다행이었다. 조정을 장악하고 있는 홍계희와 척을 진다는 것은 조선 전체를 적으로 돌리는 것과 진배없는 일이었다. 게다가 이번 일과 관련해 어떤 식으로든 책임을 물 게 자명했다. 그렇게 되면 후계 경쟁은 둘째치고 자신뿐만 아니라 송상까지 큰 타격을 입게 될 게 뻔했다. 더불어 만덕 또한…….

전 행수는 초조한 마음에 소맷자락 밑으로 주먹을 꽉 말아쥐었다. 그사이에도 홍계희의 눈은 집요하게 전 행수에게 디답을 요구하고 있었다.

'어찌 할 텐가? 지금이라도 내 손을 잡을 겐가? 아니면 손 놓고 송방이 무너지는 꼴을 지켜볼 텐가?'

더 이상은 선택의 여지가 없었다. 전 행수는 누가 뭐래도 송상의 사람이다. 결국 정해진 대답을 내놓을 수밖에 없었다.

"대감의 명을…… 받들겠습니다."

그러자 지금껏 냉랭한 표정을 짓고 있던 홍계희가 한쪽 입술 끝을 들어올리며 씽긋 웃었다.

"잘 생각했네. 한 번 실수는 병가지상사라. 무릇 사내 대장부라면 잘못을 깨닫고 고칠 줄 알아야지.”

그러더니 홍계희가 전 행수를 향해 은밀히 속삭였다.

“그러자면 우선 일이 비롯된 근본부터 바로잡는 것이 좋을 게야. 마침 자네의 수하에 책임을 물을 자가 있질 않은가? 이번 감귤 봉진을 그 계집에게 맡기는 것도 나쁘지 않을 테지.”

홍계희는 감귤 봉진을 망치고, 그 책임을 만덕에게 뒤집어씌우라고 말하고 있었다. 그리되면 정적을 곤경에 빠트리려는 본래의 목적을 달성하는 것은 물론이요, 감히 자신을 욕보인 만덕을 사지로 몰아넣을 수도 있을 테니.

“이번 일이 성공하기만 한다면, 그깟 감귤 봉진 따위가 문제겠는가? 내 앞으로 자네와 자네의 상단을 중히 쓸 것이야.”

음흉한 미소를 짓는 홍계희였다. 그럴수록 전 행수는 번민이 깊어만 갔으니…….

만덕을 선착장으로 돌려보낸 전 행수는 포구를 바쁘게 오가는 일꾼들을 바라보았다. 그리고 잠시 후, 자신을 마중 나온 한 서기에게 넌지시 일렀다.

“원덕소를 불러오게. 다른 사람들 눈에 띄지 않도록 은밀히.”

늦은 밤, 인적이 끊긴 선착장엔 순라군들이 켜놓은 횃불만 군데군데 밝혀져 있을 뿐 사방이 적막했다. 별빛마저 까무룩 잠이 들 시각. 배고사로 저녁내 술과 음식을 배불리 얻어 먹은 파수꾼들이 뱃전에 기대어 꺼져가는 호롱불 심지처럼 깜박깜박 잠이 든 사이, 아까부터 바닷가 억새밭과 선착장 사이를 바쁘게 오가는 사람이 하나 있었다.

그는 다름 아닌 익현이었다.

"아이구, 배야. 안 먹던 음식을 먹었더니 뱃속의 회들이 진동을 하나?"

간만에 기름진 음식을 양껏 먹은 탓인지 배탈이 난 익현은 벌써 세 번째 거사를 치르는 중이었다. 그만큼 쏟아내었으면 이제 더는 나올 것도 없을 터이건만, 이놈의 기승스런 뱃속은 ㄱ 어이 창자라도 뽑아낼 작정인지 잠시 앉았다 하면 이내 부글부글 끓어올랐다.

"에잇! 내 다시는 고사밥 먹나 봐라."

아픈 배를 살살 달래며 힘을 주는데, 문득 어둠 속에서 부시럭하는 인기척이 느껴졌다.

"누구⋯⋯!"

입을 열려던 익현은 순간 눈앞을 스치고 지나가는 검은 복면의 사내를 보고 얼른 제 입을 틀어막았다. 일행과 떨어져 홀로 어둠 속에 숨어 있는 상황이었다. 섣불리 나섰다간 쥐도 새도 고르게 일을 당할지도 모를 일이었다. 대신 얼른 바지를 추켜올린 익현은 사내가 사라진 방향을 따라 몰래 뒤를 밟기 시작했다. 사나는 선착장으로 향하고 있었다.

선착장에 도착한 복면의 사내는 조용히 감귤 공납선에 올랐다. 어차피 파수꾼들 모두 술에 취해 곯아떨어진 터라 은밀히 배에 숨어드는 것쯤은 일도 아니었다. 게다가 이미 사전답사까지 마친 모양이었다. 복면의 사내는 거침없이 배의 창고로 향했다. 그리고는 곧 철커덕, 창고 입구에 걸린 묵직한 자물쇠를 열었다. 사내의 손에는 창고 열쇠가 들려 있었다.

'너는 그저 이 귤들을 섞어놓고 오기만 하면 된다. 나머지는 내가 알아서 할 터이니.'

명을 떠올린 사내는 꿀꺽 침을 삼키고는 품 안에서 자루를 꺼내들었다. 자루의 주둥이를 열자 그 안에 든 귤이 보였다. 바로 그때였다.

"웬 놈이냐!"

고함 소리에 돌아보니, 어느새 잠에서 깬 파수꾼들이 방망이를 휘두르며 달려오고 있었다. 화들짝 놀란 사내는 들고 있던 자루를 팽개치고 달아나려 했다. 그러나 어찌 된 일인지 방금 전까지만 해도 열려 있던 창고 문은 이미 걸쇠로 잠긴 후였다. 실은 복면의 사내를 몰래 뒤따라온 익현이 밖에서 문을 걸어 잠그고 그사이 파수꾼들을 불러온 것이었다. 결국 익현의 기지로 침입자는 독 안에 든 쥐 꼴이 되고 말았다.

잠시 후 익현의 보고를 받은 만덕이 서둘러 선착장으로 달려왔다. 늦은 밤까지 서류를 정리하느라 마침 상단에 남아 있던 터였다.

"침입자는 어디 있느냐?"

"우선 포구 창고에 가둬두었습니다."

"가자!"

창고에 갇힌 침입자는 밧줄에 묶인 채 파수꾼들의 감시를 받고 있었다. 그리고 그 옆에는 그자가 몰래 들여온 귤들이 어지럽게 흩어져 있었다.

"일부러 상처를 내어 바닷물에 담가두었던 귤입니다. 아직은 멀쩡해 보이지만 곧 썩어들어갈 터. 만약 모르고 그냥 두었다면 아마 진상할 다른 귤들까지 모조리 상했을 것입니다."

만덕은 눈을 가늘게 뜨고 침입자를 노려보았다. 침입자는 고개를 떨군 채 얼굴을 숨기고 있었다.

"복면을 벗겨라."

만덕이 명하자 파수꾼 중 하나가 사내의 복면을 벗겨내었다.

"어랏, 저자는……."

"아는 자인가?"

만덕이 묻자 파수꾼이 아뢰었다.

"저자는 대정현의 아전이었던 원덕소입니다."

마침 파수꾼은 역모 사건 때의 일을 기억하고 있었다. 이미 그 일이 알려져 탐라 백성들의 원한을 산 원덕소였다. 만덕 또한 그 이름을 모르지 않았다.

만덕은 원덕소를 향해 성큼성큼 다가갔다. 그러고는 무릎을 굽혀 원덕소의 얼굴을 가만히 마주 보았다. 숨을 조금만 크게 내쉬어도 입김이 닿을 만큼 가까운 거리에 이르자 만덕은 원덕소의 눈을 응시하며 물었다.

"널 보낸 자가 누구냐?"

침을 꿀꺽 삼키자 원덕소의 목울대가 꿀렁 움직였다. 그러나 입술을 꼭 깨문 원덕소는 끝내 아무런 대답도 하지 않았다. 그러자 옆에 있던 익현이 대신 대답했다.

"뻔한 걸 뭐 하러 물으십니까? 부정한 상단에서 보낸 놈이 분명합니다. 그냥 날 밝으면 관아로 보내시지요."

익현은 이번 공납권을 뺏긴 일로 원한을 품을 이는 부정한 상단밖에 없다며 열을 올렸다. 만덕 역시 이치상으론 그럴 확률이 높다는 것을 알았다. 하지만 미심쩍은 기분만은 지울 길이 없었다.

"차라리 그렇다면 다행이련만……."

그러나 진실이란 참으로 얄궂은 것이었다.

어두운 창고 안, 파수꾼들에게 붙잡히는 와중에 온몸에 작신작신 매질을 당한 원덕소는 실신하다시피 쓰러져 있었다.

'사사로운 형벌은 나라에서도 금하는 일이네. 내일 아침 관아에 넘길 것이니 우선은 가두어두게. 그 전에 행수님께 보고를 드려야 할 테니.'

원덕소는 만덕에 대해 잘 알고 있었다. 대정현 아전 시절, 관에서 연회가 열릴 때마다 먼 발치에서나마 행수 기녀였던 만덕을 본 적이 있었던 것이다.

기녀들 사이에서 들리는 말로는 엄격하지만 공평무사한 성격이라 했던가. 어쨌든 만덕이 전 행수에게 사실을 고한다고 했으니 오래지 않아 이곳을 빠져나갈 수 있을 것이라고 기대하는 원덕소였다. 실패하기는 했지만 어찌 됐건 일의 전말을 알고 있는 자신을 전 행수가 이대로 내팽개쳐둘 리 없다고 믿었다.

"암, 그럴 리 없고말고. 그러면 내 목이 떨어지기 전에 제 놈들 목도 댕강일 테니."

그때였다. 창고 밖에서 잠시 소란스러운 발자국 소리가 들리더니 이내 무슨 일인지 순식간에 다시 잠잠해졌다. 왠지 모를 불길함을 느낀 원덕소가 숨을 죽이고 있는데, 잠시 후 덜커덕 걸쇠 풀리는 소리와 함께 삐걱 하고 창고의 문이 열렸다. 그런데…… 창고 문을 열고 들어온 사람은 만덕도, 기다리던 전 행수도 아닌 검은 복면의 자객이었다.

"뉘…… 뉘시오?"

자객은 아무런 대꾸도 없이 다짜고짜 품 안에서 날카로운 단도를 뽑아들었다. 잘 벼려진 칼날이 횃불에 비쳐 소름 끼치는 이기를 뿜어냈다.

"사…… 살려주시오. 제발 목숨만 살려주시오!"

원덕소는 부들부들 떨리는 목소리로 자객을 향해 애원했다. 그러나 자객은 원덕소를 향해 똑바로 칼을 겨눈 채 서서히 거리를 좁혀올 뿐이었다. 도망치려 발버둥쳐보았자 밧줄에 묶인 두 다리는 여전히 제자리였다. 원덕소는 고치에 갇힌 애벌레처럼 꿈틀대며 비명을 질러댔다.

"아악! 살려주시오! 살려주시오, 제발! 전 행수!"

순간 번뜩, 칼날이 섬뜩한 빛을 발하고 겁에 질린 원덕소는 그만 질끈 눈을 감아버렸다.

밤이 길었다. 전 행수는 오늘 따라 유난히도 밤이 길다고 생각하는 중이었다. 지난밤 새로 갈아두었던 초는 일렁일렁 녹아내려 어느새 손가락 한 마디 정도밖에 남아 있지 않건만 창밖은 아즉도 짙은 어둠이었다.

'해 뜨기 직전이 가장 어둡다 했던가?'

그러나 해가 뜨기 직전까지는 앞으로 닥쳐올 시간이 밝은 아침인지, 아니면 끝도 없는 어둠일지 함부로 짐작할 수 없는 법이었다.

톡톡, 전 행수는 아까부터 손가락 끝으로 빈 서안을 두드리고 있었다. 지금쯤이면 한 서기가 일을 마치고 돌아왔어야 할 시간이었다. 하지만 포구에서는 아직 아무런 소식이 없었다.

'차라리 모든 것을 사실대로 털어놓는 것이 좋았을까?'

전 행수는 문득 생각해보았다. 그러나 때로는 살아 날뛰는 진실이 죽음 같은 침묵보다 더욱 잔인한 것이었다. 만덕에게 모든 사실을 고백하려면 그에 앞서 탐라를 덮친 역모 사건과 그녀의 양모 월중선의 죽음에 대해 설명해야만 했다.

'그 참혹한 죽음의 배후에 내가 있었다는 것을 알게 된다면……'

전 행수는 마른 얼굴을 쓸어내렸다. 그렇게 조금씩 초조함이 커져 갈 무렵, 방문 밖 잘 닦여 있는 마루 위로 사륵사륵 옷자락 스치는 소리가 들려왔다. 드디어 한 서기가 도착한 것인가 생각하는 찰나, 익숙하지만 지금 이 순간만큼은 결코 듣고 싶지 않은 목소리가 들려왔다.

"행수님, 만덕입니다."

순간 규칙적으로 서안 위를 오르내리던 전 행수의 손가락이 허공 중에서 딱 멈추었다. 곧 손아귀를 꼭 말아쥔 전 행수가 천천히 입을 떼었다.

"들어오게."

방에 들어온 만덕은 전 행수에게 목례한 후, 서안을 사이에 두고 사뿐히 전 행수의 앞에 마주 앉았다. 손에는 보자기에 쌓인 함이 들려 있었다.

"이 늦은 시각에 어인 일인가? 아니지, 이른 시각이라고 해야 하나?”

　시각은 어느새 오경五更. 전 행수와 만덕은 밤도 새벽도 아닌 묘한 시간의 경계 위에 위태롭게 서 있었다.

　“행수님은 이 늦은 시각까지 어찌 잠 못 들고 계십니까? 아니면 너무 일찍 깨신 겁니까?”

　만덕은 빙그레 웃었지만, 전 행수는 만덕의 표정을 읽을 스 없었다. 웃는 것인지, 혹은 걱정하는 것인지, 찡그린 것인지, 그것도 아니면 우는 것인지.

　“오랫동안 상단을 비운 탓인지 그새 확인할 것이 많더군. 그러는 자네야말로 밤을 샜나 보군. 감귤 봉진 때문인가?”

　“예, 그렇습니다. 행수님께서 처음으로 제게 맡기신 일이니 부끄럽지 않도록 최선을 다해야지요.”

　만덕의 눈이 순간 촛불에 비춰 기이하게 반짝였다. 황금빛 중동重瞳. 불빛 아래서 더욱 옅어지는 만덕의 눈동자는 자세히 들여다보면 홍채가 좁아들며 두 개의 눈동자를 차례로 겹쳐놓은 듯 겹눈으로 보였다. 전 행수는 애써 눈을 피하며 만덕이 들고 온 함으로 고개를 떨구었다.

　“한데, 그것은 무엇인가?”

　“행수님께 돌려드릴 물건입니다.”

　만덕이 들고 있던 함을 서안 위에 올려놓았다. 그러자 데구루, 안에서 뭔가 묵직하게 구르는 소리가 났다. 만덕이 천천히 함을 쌌던 보자기를 풀어내리자 전 행수가 살짝 얼굴을 찌푸렸다. 함 안에서는 얼핏 비린내가 풍겨 나오고 있었다.

"왜 이리 비장한가? 누가 보면 흡사 적장의 수급이라도 베어온 줄 알겠군."

전 행수가 쓰게 웃었다. 그 순간 뚜껑이 열리고, 드디어 함 안에 든 물건이 촛불 아래 또렷이 제 모습을 드러냈다. 그것은 원덕소가 품고 왔던 썩은 귤이었다.

"원덕소의 머리가 아니라서 실망하셨습니까?"

서늘한 만덕의 말에 전 행수의 얼굴이 일그러졌다.

"예. 차라리 그놈의 목을 베어서 영영 입을 다물게 할까도 생각하였지요. 그자가 지니고 있던 창고 열쇠, 두 개 중 하나는 책임자인 제가 지니고 있고, 다른 하나는 상단 깊숙이 보관되어 있는 그 열쇠가 어찌하여 그자의 몸에서 나온 것일까…… 제 귀가 더럽혀지기 전에 차라리 영영 어둠 속에 묻어버릴까도 하였습니다. 아니, 그자가 끝까지 함구만 하였던들 모르는 척 묻어두었을 것입니다."

한밤중 창고에 든 자객은 기실 만덕이 보낸 것이었다. 죽일 생각이었다기보다 겁을 주어 배후를 불게 하려는 속셈이었다. 일을 사주한 자가 실패의 책임을 물어 원덕소를 제거하려는 듯한 인상을 준 후, 적당한 시점에 구해내 구슬려 보려고 했건만…….

'살려주시오, 제발! 전 행수!'

그 순간 만덕은 질끈 눈을 감았다. 차라리 원덕소가 끝까지 함구하기를 바랐다는 만덕의 말은 진심이었다. 지난밤 내내, 배후를 밝혀야 한다는 생각과 함께 진실을 회피하고픈 마음이 만덕의 내부에서 격렬히 부딪쳤다. 어쩌면 그것은 예정된 운명에 대한 불길한 예감 때문이었는지도 모른다. 하지만 이제는 이미 늦어버린 이야기.

진실은 저 열린 함처럼 예기치 못한 순간에 그들의 눈앞에 적나라하게 그 모습을 드러내고 말았다.

"탐라를 팔아 권력을 얻고자 하셨습니까?"

"난 상인으로서 그저 거래를 했을 뿐이네."

"예, 그러셨겠지요. 거래를 위해서라면 자존심보다 더한 것도 던져넣을 수 있는 분이 바로 행수님이시니까요. 하지만 거기서 멈추셔야 했습니다. 그 도박판에 탐라 백성들의 목숨까지 밀어넣는 짓은 하지 말았어야 했단 말입니다."

"하지만 이득을 위해서라면 신의쯤은 버릴 수도 있다는 게 자네의 생각 아니었나?"

"그 신의가 장사꾼이 발 딛고 설 토양이란 것을 알려준 것은 바로 행수님이셨습니다!"

순간 분노인지, 원망인지 주체할 수 없는 감정이 만덕의 가슴 가득 차오르더니, 이내 눈꼬리를 타고 허망하게 떨어져 내렸다. 동시에 애써 침착함을 가장하던 전 행수의 눈동자가 미세하게 떨렸다. 그러나 그것을 알 바 없는 만덕이었다.

"행수님껜 그저 잠시 들렀다 지나가는 작은 섬일지 몰라도, 저와 탐라 백성들에게는 평생 뿌리를 내리고 살아가야 할 터전입니다. 행수님께는 거래의 대상일 뿐일지 몰라도, 탐라 백성에게는 그 작은 열매 하나가 신이고, 나라님이고, 목숨이란 말입니다!"

와락 소리치는 만덕이었다. 그러나 어차피 처음부터 떠날 자와 남아야 할 자의 이상理想이란 궤적을 달리하는 바퀴처럼 그 운명부터 다른 것이었다. 만덕은 애써 감정을 추스르며 말했다.

"언젠가 행수님께서 제게 신의와 이득의 경중에 대해 물으셨지요? 오늘 그 답을 하려 합니다."

그러더니 만덕은 자세를 고쳐 앉았다. 그 모습이 슬픈 듯, 비장해 보였다.

"제게 있어 신의와 이득이란 그저 이름만 다를 뿐 그 본질은 다르지 않습니다. 그것은 바로 이 탐라 땅에 필요한 밥이고, 곡식이고, 소금이고, 목숨입니다. 그동안 안개가 낀 듯 불분명하였는데, 오늘에야 행수님 덕분에 분명히 깨닫게 되었습니다."

그러면서 만덕은 정면을 똑바로 응시했다.

탐라가 살아야 자신이 산다. 그것은 이 척박한 땅에 뿌리 박힌 자들이 짊어진 피하려야 피할 수 없는 공동의 숙명이었던 것이다. 만덕은 그 사실을 지금 이 순간처럼 명징하게 깨달은 적이 없었다. 그러나 전 행수가 오리혀 버럭 소리를 쳤다.

"어리석은 소리! 자네는 송방의 사람이다. 송상은 이 조선의 자본을 움직이고, 그 힘은 바다 건너 넓은 세상까지 뻗어 나간다. 한데 어찌 송방의 사람이 이 작은 탐라 땅에 연연하여 대세를 거스른단 말인가."

이치에 맞지 않는다는 것쯤은 그도 이미 알고 있었다. 지금껏 자신이 지켜온 신의, 장사꾼으로서의 철학과도 궤가 달랐다. 그럼에도 불구하고 지키고 싶었다. 그까짓 탐라야 어찌 되든 만덕은 송방의 사람이니 지켜야 한다고 믿었다. 그러나……

"저는 송방의 사람이기 이전에 탐라의 여식입니다!"

만덕은 단호하게 잘라 말했다. 순간 전 행수의 얼굴이 움찔 굳어졌다. 방 안에는 한동안 깊은 침묵만이 감돌았다. 그렇게 얼마나 흘렀을까. 줄곧 전 행수를 똑바로 응시하던 만덕이 먼저 입을 떼었다. 어느새 눈물은 말라 있었다.

"언젠가 제게 '뜻이 다른 자는 한 배에 탈 수 없다' 하셨지요?"

만덕의 곧은 시선이 흔들리는 전 행수의 눈동자를 좇아매었다. 그러더니 마치 긴 문장 위에 방점을 찍듯 만덕은 말을 맺었다.

"행수님의 그 뜻을 오늘에야 받들까 합니다."

말과 함께 자리에서 일어난 만덕은 두 손을 모으고 전 행수를 향해 절을 했다.

"부디 평안하십시오."

순간 꼿꼿하던 전 행수의 어깨에서 탁 힘이 풀렸다.

그저 장사에서 손을 떼고 은둔하도록 하고자 하였을 뿐이었다. 감귤 봉진을 망친 데 대한 책임은 자신의 선에서 감당하면 그만이었으니, 다만 홍계희의 눈에 띄지 않도록, 그 음험한 손길이 닿지 않도록 담장을 치려 하였을 뿐이었다. 그런데 그마저 욕심이었던가?

그때였다. 전 행수가 떠나는 만덕을 향해 거칠게 갈라진 목소리로 외쳤다.

"이대로 떠나면……!"

그 말에 만덕이 걸음을 멈춰 섰다.

"지금 이곳을 나가면 송방은 자네를 칠 수밖에 없다."

꼭 말아쥔 전 행수의 손이 서안 밑에서 부르르 떨렸다. 그러나 만덕은 아무런 대답도 하지 않았다. 다만 멈췄던 발길을 옮겨 느리지만 흔들림 없이 앞으로 걸어 나아갈 뿐이었다.

'만덕아, 너는 네 이름 석 자, 김만덕으로 살거라.'

어디선가 환청처럼 스승의 목소리가 들려왔다.

전 행수를 남겨둔 채 드르륵 장지문을 열고 나온 만덕은 그대로 마당 위로 발을 내디뎠다. 그러자 하얀 버선발 위로 눈물처럼 새하얀 빛이 고였다. 어느새 긴 어둠을 뚫고 새벽의 미명이 밝아오고 있었다.

11

황포 돛배

누가 나를 가두었는가.

세 평 남짓한 방 안. 일어서면 정수리가 서까래에 닿을 듯 가까워지는 공간은 작은 호롱불 하나만으로도 가득 찼다. 심지어 일렁이는 불빛에 부풀어 오르는 그림자마저 버거울 지경이었다. 만덕은 숨을 몰아쉬었다.

송방에서 나온 만덕은 월중선에게서 물려받은 월향각을 팔아 치우고 화북포 근처에 작은 주막을 사들여 새로 객주를 차렸다. 부지는 전과 비교할 수 없을 만큼 좁았지만 포구에서 제주성으로 들어가는 초입에 있어 그나마 목은 좋은 편이었다.

"목이 좋으면 뭐 하나? 그 집이 어떤 집인데. 돌아간 그 양반이 어찌 생각할꼬……."

미처 옮길 수 없는 세간들은 모조리 팔아넘기고, 얼마 되지도 않는 이삿짐을 꾸리며 천천네는 장탄식을 뱉었다. 만덕이라고 서운치 않은 것은 아니었다. 싫든 좋든 유년의 추억과 월중선의 손길이 곳곳에 담긴 곳이었으니. 하지만 장사를 다시 시작하자면 돈이 필요했고, 지금 만덕이 손에 쥔 것이라고는 추억과 인연 그리고 꿈뿐이었다. 머리냐, 꼬리냐, 배냐? 그중에 가장 먼저 팔아야 할 것이 있다면 그것은 결국 추억이었다.

하지만 추억이라고 해서 모두 과거에만 머물러 있는 것은 아니다. 지금 만덕이 대면하고 있는 것 또한 추억의 단편이었다. 그러나 동시에 여전한 현실. 줄어가는 호롱불의 심지가 시간이라면 만덕의 눈앞에 펼쳐져 있는 것은 공간이었다. 곤여만국전도. 좁은 방 안의 한쪽 벽면을 모조리 차지하고 있는 것은 이조웅의 곤여단국전도였다.

'보이느냐? 이것이 바로 네가 살고 있는 탐라다.'

바라보고 있으니 아련히 스승의 목소리가 들려오는 듯도 했다.

이조웅이 탐라를 떠난 지 반년쯤 뒤, 이 두루마리가 만덕에게로 돌아왔다. 만덕에게 전해지기까지 얼마나 많은 이들의 손을 거쳤던지 겉을 싼 종이가 너덜너덜해져 있었지만 그의 반듯한 글씨만은 또렷이 알아볼 수 있었다.

'김만덕.'

그 세 글자 외엔 그 흔한 인사말 한 마디 적혀 있지 않았다.

그날, 이른 새벽 목사의 살수청을 들고 돌아온 기생 영주는 두루마리를 껴안고 짙은 분가루와 붉은 연지가 모두 씻겨나갈 때까지 울고 또 울었다.

누가 나를 가두었는가.

바다 위의 작은 점, 탐라에 머물던 만덕의 눈길이 남해를 지나 전라를 거쳐 경기도 어디쯤에 가서 멈추었다. 만덕에게 두루마리를 전해준 낯선 이에게 듣기로, 이 지도는 경기도에서 왔다고 했다. 아직도 저곳에 계실까? 연통을 넣자면 못할 것도 없었지만 만덕은 그러지 않았다. 여백에 이름 석 자만 적어 보낸 정인의 마음을 모르지 않았다. 그들은 각자가 짊어진 만큼의 이름을 살아야 한다.

송방을 나온 후, 만덕을 향한 세인들의 손가락질은 한동안 계속되었다.

"배은망덕한 것. 기껏 키워놨더니 결국 뒤통수를 치는구면."

"잘한다, 잘한다 했더니 지가 정말 잘나서 그런 줄 아는가 보지. 어디 전 행수의 뒷배 없이도 잘해 나가나 두고 보자고."

사정을 알 바 없는 이들의 혀는 본래 무지할수록 더 날카로운 법이다. 그러나 만덕은 설명도 변명도 하지 않은 채 그날의 사건을 함구했다.

"왜 혼자 다 뒤집어쓰려고 그러십니까? 전 행수 그자가 무슨 짓을 하려고 했는지 탐라 사람들도 알아야 한다고요!"

만덕과 전 행수를 제외하고 유일하게 사건의 전말을 알고 있는 익현은 여차하면 자신이라도 나서서 다 까발리겠다며 날뛰었으나 만덕은 그때마다 단호하게 고개를 저을 뿐이었다. 아무리 뜻을 달리하기로 했다지만, 송방은 만덕을 상인으로 키워준 곳이다. 침묵은 만덕이 그 빚을 갚는 마지막 보은이었다. 그리고 사실 만덕은 송방에서 잃은 것보다 얻은 것이 더 많았다. 만덕보다 더 흥분하여 펄쩍펄쩍 날뛰는 익현도 그렇고, 곰새와 잠녀마을 사람들, 강 진사 그리고 다점 식구들까지. 송방이 아니었다면 얻지 못했을 인연들이었다.

"송방인지 뒷방인지 내가 알 게 뭔가. 난 만덕이 자네 보고 거래를 튼 것이지 어느 상단인지, 배가 몇 대인지는 관심도 없으니 우리 미역은 그쪽이 알아서 하게."

"그럼 그렇고말고! 우리는 만덕 객주를 믿으니까."

장사꾼에게 자신을 믿어주는 이들이 있다는 것은 희망이 있다는 것과 같은 말이다. 그러나 그 믿음은 동시에 책임감을 수반하는 것이기도 했다.

"어찌 값을 그것밖에 안 쳐준단 말입니까?"

"곡식 값이 많이 오른 것을 낸들 우짜겠소? 정 억을하믄 그 짝이 배를 띄우든가?"

미역이며 전복 등 섬의 물건들은 남해에 닿으면 그 값이 배가 되고, 다시 육지를 거쳐 한양에 이르면 적게는 서너 배에서 많게는 여섯 배까지 가격이 뛰었다. 하지만 탐라 안에서는 곡식 한 되 받기도 힘든 실정이었다. 장사의 이문은 결국 큰 바다를 건너는 자들의 몫이었다.

만덕 또한 그 사실을 모르지 않았다. 송방에서 배으고 익힌 것들이 있었다. 만덕은 눈을 감고도 저 지도 위에 있는 각 장시의 위치, 날짜와 그 이름까지 줄줄 외울 수 있었다. 하지만 만덕의 시선이 드넓은 세상 위를 떠돌 때조차 만덕의 육신이 자리한 곳은 여전히 파도 소리 가득한 세 평 남짓의 방 안이었다.

누가 나를 가두었는가.

달빛이 이지러지고 호롱불마저 가뭇해질 때까지 만덕은 면벽하는 수도승처럼 벽에 걸린 곤여만국전도를 보고 또 보았다.

"배를 사야겠어."

만덕의 말에 나뭇짐을 부리던 만재가 기우뚱 중심을 잃고, 새끼를 꼬던 익현은 애꿎은 귀를 후벼댔다.

"하루 종일 저 지도인지 넝마인지만 들여다보더니 기어이 사단을 내는구먼."

걸레질을 하던 천천네가 고개도 들지 않고 엉덩이를 들썩거리며 구시렁댔다.

"그게 참말이셔요?"

익현도 휘둥그런 눈을 굴리며 물었다. 어지간히 당황한 모양이었다. 말이야 바른 말이지, 그들이 나앉은 객주 꼴만 두고 보자면 장삿배는 개발의 편자요, 그들 형편에 가당치도 않은 일이었다.

"그동안 모아둔 돈하고 월향각 판 돈을 합치면 얼추 퇴역선退役船 한 척은 마련할 수 있을 게다."

만덕의 말에 그제야 천천네가 휘떡 돌아앉았다.

"뭐, 겨우 한 척? 것두 퇴역선을?"

천천네는 월향각이 얼마짜리 집인데 그깟 퇴역선 한 척에 쏟아부으려 하느냐부터 시작해 그 돈이면 차라리 새 배를 건조하고도 남겠다며 먼지 묻은 걸레로 방구들을 탕탕 두들겨댔다. 그러나 만덕의 생각은 달랐다.

"큰 바다를 건너자면 풍선風船으로는 안 됩니다. 그보다 더 크고 단단한 배여야 해요."

탐라의 전통 배는 테우와 풍선이었다. 테우는 주로 탐라 근해에서 고기잡이를 하는 어부들이 쓰는 뗏목 배이고, 풍선은 말 그대로 바닷바람을 이용해 좀 더 먼 곳으로 나갈 때 쓰는 돛배다. 탐라의 장사꾼들은 주로 이 풍선을 교역에 이용하였는데, 선폭이 좁고 이음매가 허술하여 짐을 많이 실을 수도 없었을 뿐 아니라 큰 파도에 쉽게 뒤집히곤 했다.

"참으로 이상한 일이 아닌가? 바다에 둘러싸인 섬이면 필요 때문에라도 선박 짓는 솜씨가 뭍보다 뛰어나야 이치에 맞을 터인데, 배들이 전부 이리 조악하니……."

언젠가 탐라인이 만든 풍선을 본 전 행수가 혀를 차며 말했었다. 하여 송방에서는 풍선 대신 남해 인근에서 공수해온 교역선을 사용했다.

'가두어만 두니 자꾸 퇴보하는 것이다, 배든 사람이든.'

만덕은 우선 오래된 군선軍船을 사들일 생각이었다. 배는 그 뼈대가 중요한 법. 많은 짐을 싣고 높은 파도를 넘자면 적어도 튼튼한 군선 정도는 되어야 할 터였다. 그리고 낡은 몸체야 그 후에 수리하면 그뿐이니. 만덕의 이상은 이미 남해를 넘어 저 북으로, 북으로 향하고 있었다.

"나리포에 사람을 보내야겠습니다. 전라좌수영 쪽에는 퇴역한 군선 중에서도 종종 쓸 만한 배가 매물로 나온다니까요."

아직 이곳 분위기에 익숙지 못한 익현만 어른들 눈치를 볼 뿐이었다. 삐죽 입을 내민 천천네는 다시 걸레질에 몰두하고, 만재는 마당 한쪽에서 어푸어푸 세수를 해댔다. 어차피 더 이상 뜯어말려봐야 소용없는 일임을 알기 때문이었다. 한번 결심하면 끝내 하고야 마는 만덕이었으니.

음력 4월, 집집마다 아이들 울음소리가 요란스러웠다. 된똥을 누느라 지친 아이들이 나뭇가지를 부여잡고 '어명, 어명' 우는 것이었다. 가난한 이들은 찢어지게 가난해지는 계절. 탐라에 보릿고개가 시작되자 만덕은 창고 가득 미역 바리를 쌓아놓고도 날로 시름이 깊어만 갔다.

"보릿고개에 어려운 이가 어디 우리뿐이던가. 그나마 우리사 자네가 가져다준 씨돗 덕분에 곡기는 이어가고 있으니 저들지^{저들다 : 걱정} 이 되는 일로 매우 근심하다 말게."

마을 아낙들과 함께 미역 바리를 지고 온 곰새는 짐짓 심상하게 말했으나, 실상 부씨 상단에 밉보여 돼지를 팔아 치울 판로조차 마땅치 않다는 것을 잘 알고 있는 만덕이었다. 게다가 만덕이 송방을 나오면서 송방과의 거래마저 끊긴 상황이었다.

"고되겠지만 조금만 기다리십시오. 내 이 미역들 꼭 제값 받아줄 터이니."

만덕은 굳게 약조할 뿐이었다.

사실 고팡의 미역들은 팔려면 지금 당장에라도 팔 수 있었다. 하지만 보릿고개가 심해 곡식값이 천정부지로 뛰어오른 참인지라 뭍에서 온 상인들은 곡식 자루를 움켜쥔 채 배짱을 놓았다.

"삼남이 다 보릿고개라 나리포 곡식도 바닥이 났을 거인디? 아, 이 가격이 싫으면 삼시 세 끼 미역국이나 끓여 자시든가?"

결국은 팔아넘길 수밖에 없다는 것을 아는 뭍 상인들의 횡포였다. 그럴수록 만덕의 마음은 초조해지기만 했다.

'강경까지만이라도 가져갈 수 있다면 손해는 보지 않을 터인데.'

아무리 급하다고 해도 잠녀들이 목숨 걸어가며 건져 올린 미역을 차마 헐값에 팔아넘길 수는 없었다.

　그러던 와중에 드디어 순천에서 기다리던 연락이 왔다. 만덕의 부탁을 받고 나리포에 갔던 외숙 고씨로부터 쓸 만한 배를 찾았다는 소식이 도착한 것이다.

　"꼼꼼히 살펴보았는데 뼈대가 워낙 튼튼해서 갑판만 좀 손보면 십 년도 거뜬하겠더라. 군선이라 기본적으로 비싸긴 하다간, 가격도 그 정도면 적당하고, 흥정이야 하기 나름이니."

　평생을 뱃사람으로 살아온 외숙의 말이니 믿을 만한 정보였다. 하여 배의 도면을 확인하자마자 만덕은 그동안 모아둔 돈을 몽땅 갈무리하여 외숙에게 들려보냈다. 마음이 급했다.

　"이번에 배를 못 구하면 창고에 쌓인 미역이며 바릇들의 처분이 난감해집니다. 흥정에서 적당히 양보하는 한이 있더라도 반드시 그 배를 사오세요."

　만덕은 거듭 외숙에게 신신당부했다. 배를 찾았다는 말을 듣고 당장 외지 상인들과의 거래마저 모조리 물러놓았던 것이다. 하여 더욱 배가 절실했다. 그러나 다급한 만덕과 달리 자신만만한 고씨였다.

　"걱정 마라. 그 큰 배가 어디 하룻밤 새 사라진다더냐? 요즘 같은 시기에 그리 큰 배를 살 사람이 어디 있다고."

　그러나 말이 씨가 된다더니, 하룻밤 새 그 큰 배가 사라지겠냐는 고씨의 농담 같은 말이 곧 사실이 되고 말았다. 겨우 닷새 사이에 만덕이 점찍어 놓았던 배가 다른 이에게 팔려버린 것이었다.

　"그러게 좀 서두르시지. 우리야 한 푼이라도 더 쳐준다는 사람한테 팔 수밖에. 돈을 궤짝째로 들고 와선 에누리도 없이 그 자리에서 현금으로 치러주는데, 누가 그걸 마다하겠소?”

딱하다는 듯이 혀뿌리를 차는 선주의 말에 고씨가 펄쩍 뛰며 물었다.

“대체 그게 누구요? 어떤 자가 돈을 궤짝째로 들고 와서 흥정을 한단 말이오?”

그러자 선주가 넌지시 대꾸했다.

“생각을 해보시오. 조선 팔도에 그만 한 자본 가진 자들이 몇이나 되겠소?”

“설마……?”

결국 난감한 표정을 짓고 마는 고씨였다.

포구에 새 선박이 들어왔다는 소식에 만덕은 객주에서 몇 걸음 안 되는 그 길을 성큼성큼 걸어갔다. 치맛자락을 부여쥔 주먹이 저도 모르게 부르르 떨려왔다.

‘선주한테도 신신당부를 해두었는데, 그 잠깐 사이에 채어갈 줄 누가 알았겠느냐? 그쪽도 배를 구하고 있었다고는 하지만, 아무래도 부러 그러지 않았나 싶기도 하고…….’

아침 첫 배로 돌아온 외숙은 만덕 앞에서 면목이 없다며 바닷바람에 주름진 이마를 연신 문질러댔다. 그런 외숙을 의식해 그 자리에선 애써 침착한 척한 만덕이었지만 그 기가 막힌 소식을 들은 지 불과 몇 시진. 눈앞에서 날치기 당한 배를 마주하고 보니 울컥하는 마음을 금할 길이 없는 만덕이었다.

“아이구, 저 배 큰 것 좀 보게. 본래 군선으로 만든 거라지?”

"그러게. 튼실하게 생긴 것이 탐라에서 만든 배하고는 비교가 안 되는구면."

수군대는 구경꾼들을 헤치며 앞으로 나아가기를 얼마, 드디어 선착장 앞에 선 만덕의 눈앞에 그림으로만 봤던 거대한 배가 그 위용을 드러냈다.

복층 구조로 된 판옥선. 갑판 아래쪽엔 창고가 있고, 그 위에는 금방이라도 바다로 달려갈 듯 전후로 커다란 두 개의 흰 돛이 부풀어 있었다. 그리고 뱃머리에 매달린 깃발, 오방기五方旗와 함께 장대 위에서 펄럭이고 있는 것은 두말할 것 없이 탐라 송방을 상징하는 깃발이었다.

"전 행수……!"

앙다문 입술 사이로 오도독 이가 갈렸다. 저 배를 구하기 위해 전 재산을 다 던져넣을 각오도 불사했건만! 말로는 우연이라고 하지만 만덕이 이 배에 관심을 두고 있다는 것을 알고 손을 쓴 것이 분명했다. 외숙이 만덕을 대신해 뭍과 탐라를 오가는 사이 전 행수 쪽에서 선수를 친 것이다.

'내가 이 섬을 나갈 수만 있었던들!'

지난 일을 가지고 안타까워한들 무슨 소용일까마는 분한 마음만은 억누를 길이 없었다. 그때였다.

"아직도 부질없는 미련을 버리지 못한 겐가?"

귀에 익은 목소리에 고개를 돌려보니 격군들을 줄줄이 대동한 전 행수가 선착장 가까이 다가오고 있는 것이 보였다. 만덕은 금세 표정을 감추며 새치름히 대꾸했다.

"미련이라니요? 언제 제 것이기나 했었답니까?"

"꼭 제 것이었어야만 미련이 생긴다던가. 가질 수 없는 것을 갖고자 하는 인간의 어리석은 욕망, 미련이란 대저 거기서부터 비롯되는 것을."

"그렇군요. 하여 전 행수님께서는 그리 권력에 대한 미련을 버리지 못하시나 봅니다."

말 속에 박힌 가시를 굳이 숨기려 들지 않는 두 사람이었다. 그런 두 사람을 지켜보는 구경꾼들이 있었으나 그사이에도 두 사람의 신경전은 계속되었다.

"어차피 배를 구했다고 해도 섬 밖으로 나가지도 못했을 텐데?"

"저는 나가지 못한다 하더라도 제 물건들을 밖으로 내보낼 수는 있었겠지요."

"자네 물건들이라? 아! 그 탐라 백성들의 피와 땀 말인가? 듣자하니 창고에서 썩어나가고 있다 하던데? 더구나 요새는 오는 장사꾼마저 죄다 마다하고 있다지? 그래도 되는 겐가?"

순간 만덕의 얼굴이 굳어졌다. 그러자 빙긋 미소를 지은 전 행수가 만덕의 귓가에 대고 속삭였다.

"괜히 자네 때문에 애꿎은 사람들까지 다 죽이지 말게. 깜냥도 되지 않는 자가 사공이 되면 배가 뒤집히기 마련이야. 단념할 것은 빨리 단념하는 게 상책이란 말일세."

그 말에 만덕의 눈가가 파르르 떨렸다. 그사이 전 행수는 만덕을 그 자리에 남겨둔 채 차갑게 지나쳐갔다. 그렇게 몇 걸음이나 떼었을까. 돌연 돌아선 만덕이 전 행수의 등에 대고 큰 소리로 외쳤다.

"두고 보십시오. 아무리 막아서도 전 제 길을 가고야 말 것이니!"

순간 전 행수의 입가에 쓴웃음이 어리었다. 그러나 그도 잠시, 어느새 다시 냉정을 되찾은 전 행수는 격군들을 이끌고 새로 들인 선박을 향해 성큼성큼 나아갔다. 포구에 모인 사람들은 웅성대며 그런 전 행수와 만덕을 번갈아 쳐다보았다. 그러나 만덕은 개의치 않았다. 다만 저만치 앞서 멀어져가는 전 행수의 뒷모습을 바라보며 빈 주먹을 꼭 말아쥘 뿐이었다.

그러나 그날의 일은 전혀 예상치 못한 방향으로 번지고 말았다. 그로부터 며칠 후, 만덕은 뜻밖의 난관에 부딪치고 말았다.

객주 문을 열기 전, 그날 아침도 평소와 다름없이 창고의 물목들을 정리하고 있을 때였다. 익현이 헐레벌떡 이문간으로 뛰어들어오며 외쳤다.

"행수님, 행수님!"

뭐가 그리 다급한지 익현의 이마와 등은 온통 땀 범벅이었다.

"대체 무슨 일인데 그러느냐?"

안 그래도 요 근래 상인들과의 거래가 줄어 신경이 날카로운 만덕이었다. 거기에 날씨마저 더워져서 고팡에 쌓인 바릇들이 상하지 않을까 걱정하고 있던 차였는데, 아침부터 익현이 소란을 피워대자 결국 이마를 찌푸리는 만덕이었다. 그러나 지금은 그런 걸 신경 쓸 때가 아니었다.

"큰일 났습니다! 포구가 지금 시끌시끌하단 말입니다."

"그게 무슨 말이냐? 차근차근 말해 보아라."

"그러니까 그게……."

이른 아침 포구로 손님을 끌러 나갔던 익현이었다.

"밥 먹었수까?"

"어어…… 그래. 너는…… 그쪽은 별일 없고?"

평소 안면 있던 상인들에게 인사를 건네는데, 그날따라 상인들의 낌새가 뭔가 이상했다. 왠지 모르게 쭈뼛대는 듯한 인상이랄까? 다른 이라면 그저 심상하게 보아 넘겼을 테지만 평생이 군더더기 신세였던 익현은 그 미묘한 공기의 변화가 못내 찜찜했다. 하여 익현은 선착장으로 가려던 발길을 돌려 인근의 투전판으로 몰래 숨어들었다. 날벌레들이 횃불 주위로 모여들듯, 대부분의 경우 온갖 소문이 돌고 돌다가 결국 이곳으로 흘러들기 마련이었기 때문이다.

"그 소문 들었나?"

"뭘 말인가?"

"송방에서 뛰쳐나온 만덕이 객주를 차렸잖나."

"그래, 바로 저 건너편 주막터지 아마? 근데 왜?"

익현의 짐작대로 둘러앉은 투전꾼 중 패를 섞던 장돌뱅이 하나가 입을 열었다.

"글쎄 이번엔 배를 들이려 했다는군."

"배? 상선 말인가? 계집이 대단하군!"

"그러게 난 언제 한번 선주가 되어볼까나?"

좌중이 저마다 한 마디씩 하는데, 좀 전의 장돌뱅이가 콧방귀를 뀌며 말했다.

"뭘 모르는 소리! 지금 배를 들이는 게 문제가 아닐세."

"아니, 그럼?"

"들리는 소문에, 탐라로 들어오는 뭍 상인들 사이에서 만덕의 물건을 팔아주지 않기로 담합을 한 모양이더군."

"뭐? 아니 왜?"

"왜긴. 물으나 마나 괘씸죄지!"

"괘씸죄?"

"왜, 지난번에 송방에서 새 배를 들여왔을 때 말일세."

"아! 그 커다란 군선 말인가?"

누군가 아는 척을 하자, 장돌뱅이가 바로 그거라며 손가락을 튕겼다.

"실은 만덕이 그 배를 가로채려 했다는 게야. 한데, 생각을 해보게. 가진 거라고는 기껏해야 주막인지 객주인지, 꼴랑 다 쓰러져가는 집 한 채가 다인 만덕이 감히 천하의 송방하고 대적이 되겠는가? 결국 송방에서 배를 사버리니까 지 분에 못 이겨서 전 행수한테 그 악다구니를 했다는 게야."

그 말에 모여 앉은 투전꾼들이 너나없이 쯧쯧 혀를 차댔다. 개중엔 더럽다며 탁 침을 뱉는 자도 있었다.

"어쩐지! 눈을 까뒤집고 덤벼든다 했더니!"

분위기에 휩쓸려 좌중은 금세 만덕을 은혜도 모르는 금수 같은 계집으로 몰아가고 있었다.

"지금껏 키워준 제 주인을 문 것도 모자라서 이제는 뭍 상인들의 이득까지 넘보려고 한 게야. 사실 말이야 바른 말이지 뭍 상인들이야 탐라에서 싸게 사서, 뭍에 가져가 이윤을 붙여 먹을 양으로 이 험한 곳까지 드나드는 것이 아닌가? 한데 제깟 게 직접 고역을 하겠다고 나섰으니……."

거기까지 들은 익현은 투전판을 박차고 나왔다.

"혹시나 하여 오는 길에 정만수 어르신 선단에 들러보았는데, 정말 앞으로는 저희와 일절 거래를 하지 않겠답니다. 이유를 물어도 아무런 대답도 없고요."

익현이 울상을 지으며 말했다. 정만수 선단은 마량과 탐라를 정기적으로 오가는 상단으로 만덕이 송방에서 독립한 후 처음으로 거래를 텄던 단골이었다. 만덕으로선 상당히 공을 들여온 상단이었건만, 그들마저 돌아섰다면 소문이 사실임이 분명했다. 그사이 분을 이기지 못한 익현은 만덕을 향해 하소연했다.

"대체 왜 우리가 이런 곤욕을 치러야 합니까? 배를 가로챈 것도 전 행수 그자이고, 우리가 송방을 나온 것도 따지고 보면 전 행수 그자 때문인데요!"

눈에는 눈, 이에는 이라며 지금이라도 당장 전 행수를 관아에 발고해야 한다며 펄펄 날뛰는 익현이었다. 그러나 만덕은 이번에도 그런 익현을 만류하였다.

"어차피 아무도 믿어주지 않을 것이다."

감귤 봉진 이후로 탐라에서 모습을 감춘 원덕소였다. 아마도 전 행수 측에서 손을 쓴 것일 터. 그러나 그 전에 원덕소를 심문하는 과정에서 전 행수의 배후에 상상도 할 수 없을 만큼 엄청난 세력이 도사리고 있다는 사실을 어렴풋이 알게 된 만덕이었다.

'지금의 나로선 도저히 그들을 감당할 수가 없다.'

또한 이젠 의지할 곳마저 없으니, 오로지 스스로 헤쳐나가는 수밖에 없다고 생각했다.

　그 시각, 전 행수는 상단 뒤뜰을 거닐고 있었다.

　"포구며, 저자에 소문이 파다하게 퍼지는 바람에 상인들과의 거래도 끊긴 지 오래고, 그야말로 낙동강 오리알 신세랍니다."

　한 서기의 보고에 전 행수는 '소문이라……' 하며 혼자 읊조렸다.

　이미 여러 경로를 통해 저자에 떠도는 만덕에 관한 소문을 전해 들은 전 행수였다. 들기론 주인을 배반하고 감히 이빨을 드러낸 금수만도 못한 인간이라 하던가? 전 행수는 피식 쓸쓸하게 웃었다.

　'정작 신의를 저버린 자는 나이건만…….'

　만덕이 억울한 누명을 쓰고 있다는 사실을 누구보다 잘 알고 있는 전 행수였다. 게다가 그 애먼 소문 때문에 만덕이 장사에 큰 곤란을 겪고 있다는 사실도 들어 알고 있었다. 그러나 그런 소문에 대해 나서서 해명을 하거나 만덕을 두둔해줄 생각은 조금도 없었다. 오히려 만덕이 수세에 몰리면 몰릴수록 전 행수는 더욱 냉정하게 침묵을 지킬 뿐이었다.

　'네가 장사를 그만두는 것만이 모두가 살 길이니.'

　전 행수는 철저히 만덕을 망하게 할 심산이었다. 다시는 일어설 엄두도 낼 수 없도록 뿌리까지 밟아놓아야 만덕은 비로소 장사를 그만둘 것이기 때문이었다. 아니면 만덕은 타다 만 불꽃처럼 다시 살아날 것이 분명했다. 전 행수는 그것을 막아야만 했다.

　그럼에도 불구하고 때때로 약해지는 마음만은 어쩔 수가 없었다. 그런 마음을 추스르고자 만덕의 앞에선 일부러 더 잔인한 언사를 쏟아내는 전 행수였다.

'내가 위악僞惡을 하여 너를 멈출 수만 있다면……'

홍계희는 비록 머나먼 한양 땅에 있지만, 마음만 먹는다면 언제고 만덕을 죽일 수 있는 자였다. 그저 손짓 한 번, 은밀한 언질 한 마디만으로도 그의 명을 대신해줄 자들이 도처에 널려 있었으니.

그나마 전 행수이기에 굳이 어려운 길을 돌아가고 있는 것이었다. 그래도 한때나마 수하였던 점을 감안해 목숨을 거두는 대신, 장사를 망쳐 만덕을 이름 없는 필부匹婦로 살게 하려는 것이었다. 그렇게만 된다면 만덕이 홍계희의 눈을 피하는 것은 물론이고, 전 행수와 송방 또한 안전할 수 있을 터였다. 어쨌든 명분상으로는 송방이 만덕을 파멸케 한 것이 될 테니.

반면 만덕이 지금과 같은 행보를 계속한다면 앞으로의 일은 아무도 장담할 수 없었다. 더구나 만덕이 뭍까지 나가고자 한다면 홍계희의 귀에 그 소식이 전해지는 것 또한 시간문제일 터.

"만덕의 이름이 탐라 바다를 넘지 못하도록 해야 한다."

중얼거리고는 곧 뒤뜰에 핀 여리여리한 꽃을 무작스럽게 꺾어버리는 전 행수였다.

동기童妓 시절 가끔씩 울며 돌아온 날이면, 이조웅은 만덕에게 맹자의 '고자장구 하편告子章句 下篇'을 암송시키곤 했다. 괜찮냐며 머리나 한번 쓰다듬어주면 좋으련만 무뚝뚝한 스승은 섬세한 소녀의 마음 따위는 영 몰라주었다. 그게 서운해 또 울먹울먹하고 있으면 흘끗 만덕을 쳐다본 스승이 먼저 첫 운을 떼고, 그러면 이내 만덕도 못

이긴 척 스승을 따라 암송을 시작하였다. 그렇게 한 자, 한 자 소리를 맞춰 글을 외워가다 보면 어느새 눈물이 걷히고 ㄱ짓말처럼 마음이 모아지곤 하였다.

평소보다 일찍 객주 문을 닫은 만덕은 홀로 방 안에 앉아 이제는 입에 붙어버린 글귀를 천천히 읊어나갔다.

"……그러므로 하늘이 큰 임무를 그 사람에게 내리려 하실 적에는 반드시 먼저 그 심지를 괴롭히며, 그 근골을 수고롭게 하며, 그 몸과 피부를 굶주리게 하며, 그 몸을 궁핍하게 하여 그의 하는 것을 어그러뜨리고 어지럽히는 것이니, 그렇게 함으로써 마음을 분발시키고 성질을 참게 하여 그 능하지 못한 부분을 증익시키기 위한 것이다.

天將降大任於是人也 必先苦其心志 勞其筋骨 餓其體膚 空乏其身 行拂亂其所爲 所以動心 忍性 曾益其所不能"

글귀를 모두 외고도 만덕의 마음은 여전히 심산하였다.

'지금 이 시련은 하늘이 내린 시험입니까? 그도 아니면 그저 천길 낭떠러지입니까? 아니, 과연 끝이 있기는 한 것입니까?'

선현의 말씀은 변함없건만 묻고 싶어도 대답해줄 이는 더 이상 곁에 없었다. 그저 호롱불 빛 아래 일렁일렁 드러나는 낡은 지도의 네 귀퉁이만이 '내가 여기 있다. 보이지 않아도 내가 여기 있다' 하고 일러줄 뿐이었다.

그러나 묻지 않아도 만덕은 이미 알고 있었다. 산길을 가는 중에는 그 길이 설혹 내리막길처럼 보이더라도 정상으로 향하는 길인지, 하산하는 길인지 그 끝에 닿아보기 전에는 가늠할 수 없는 것처럼, 이 어려움 또한 지나기 전에는 누구도 그 결말을 예측할 수 없다는 사실을. 다만 만덕은 거듭되는 시련에 지친 것뿐이었다.

상선을 마련하려 한 일로 뭍 상인들로부터 외면을 당하는 와중이었다. 한데 엎친 데 덮친 격으로 부정한 상단이 미역 값을 터무니없이 내려버리는 바람에 만덕은 궁지에 몰렸다. 싼값의 물건이 대량으로 풀리자 더 이상 아무도 만덕의 물건을 사려 들지 않게 된 것이다. 결국 그전엔 종종 찾아들던 등짐장수들의 발길마저 뚝 끊겨버렸다.

"아무리 미역 값이 여물 값이 됐기로서니, 미역 한 오리에 보리쌀 한 말이라뇨? 이게 말이나 되는 소립니까?"

낮에 포구에 나갔다 허탕을 치고 돌아온 익현이 눈에 쌍심지를 돋우며 말했다. 물론 당연히 말도 안 되는 소리였다. 그 가격이면 현지 상인은 물론이고 잠녀들까지 모조리 죽자는 소리나 마찬가지였다. 한데 다른 이도 아니고 탐라의 미역 시장을 쥐고 있는 부정한 상단이 그것을 모르진 않을 터, 그럼에도 불구하고 그들이 그리 무리한 행보를 하는 것은 바로 만덕 때문이었다. 이 기회에 만덕을 고사시키기로 작정한 것이다.

"만덕이 송방에 있을 때나 만덕이었지, 혼자 떨어져 나와서도 그 위세가 여전할 줄 알았더냐?"

실제로 송방을 나온 후, 만덕에게 바람막이가 되어줄 것은 세상천지에 아무것도 없었다. 가진 거라곤 언젠가 전 행수가 지적했던 대로 그저 몸뚱아리 하나뿐.

"차라리 내 몸뚱이 하나로 족하면 다행이련만……."

부정한의 칼날은 비단 만덕만을 향한 것이 아니었다. 오랜 세월을 주종관계처럼 지속돼온 부씨 상단과 잠녀들 간의 관계. 부정한의 응징은 감히 그 묵계를 깨트린 자들에게까지 뻗쳐 있었다. 그러니 만덕이 쓰러진다면 잠녀촌 또한 무사할 리 없을 터. 답답한 마음에 만덕은 긴 한숨을 내쉬었다.

"배만 있었어도 이리 답답치는 않았을 것을……."

만덕은 송방에 빼앗긴 배가 못내 아쉬웠다. 송방에 가로채이지만 않았던들 지금쯤 만덕의 배는 창고 가득한 미역과 바릇들을 싣고 저 망망대해를 헤치며 뭍으로, 뭍으로 나아가고 있었을 것이다.

추자도를 거쳐, 전라도의 임피, 그리고 다시 원산과 안흥을 지나 당진포와 더 멀리 승전포까지. 만덕의 눈길이 일엽편주가 되어 지도 위를 떠돌았다. 그러다 한양을 감싸고 도는 한강에 이르렀을 때, 순간 만덕의 머릿속에 퍼뜩 한 가지 생각이 스치고 지나갔다.

"한강…… 한강이라!"

언뜻 불가능해 보이지만 어차피 궁지에 몰린 상황이었다. 가능성이 조금이라도 있다면 모험을 걸어보기로 결심했다.

.

아침부터 만덕의 객주는 사람들로 북적였다. 간만에 마당엔 큰 솥이 걸리고, 요 근래 찾는 손님이 없어 꼭 닫혀 있던 고팡문도 활짝 열렸다. 굴뚝에선 아침저녁 할 것 없이 하루 종일 뿌연 연기가 솟아오르고, 가마솥마다 물이 펄펄 끓었다. 누가 보면 마을 잔치라도 벌어진 줄 알겠지만, 마당 안에는 온통 잠녀들뿐이었다. 그나마 손님이 아니라 일하러 온 이들이었다.

"거기 말전복은 너무 되게 삶지 말게. 말리면 너무 꼬딱해지니."

곰새가 잠녀들 사이를 오가며 지시를 내리면, 상군에서부터 하군에 이르기까지 온 동네 마을 잠녀들이 일사천리로 손발을 맞춰가며 바릇들을 성질에 따라 씻고, 삶고, 두드리고, 말렸다. 상하기 쉬운 바릇들을 보관이 용이하도록 손질하는 것이었다.

"탐라에서 뭍까지는 먼 뱃길, 값지기로는 생물이 제일이지만 그것은 현실적으로 쉽지 않은 일입니다. 대신 잘 가공하여 보관과 운반을 용이하게 만들 수만 있다면 지금보다 찾는 사람도 많아지지 않겠습니까?"

만덕의 말에 곰새가 고개를 끄덕였다.

"그야 그렇지. 우리 잠녀촌에서도 바로 먹을 것이 아니면 잡은 바릇들을 찌고, 말리고 하니. 보게, 이 전복만 해도 산 것은 생복이요, 통째로 말린 것은 건복, 삶은 것은 숙복이라 하고, 납작하게 펴서 말린 것은 장인복長引鰒, 얇게 저며 말린 것은 인복引鰒이라 안 하나?"

만덕은 곰새가 가리키는 곳을 보았다. 그러자 막 가공이 끝난 전복들이 종류별로 소쿠리에 담겨 있는 것이 보였다. 그 모양새만도 천차만별인 데다 성질도 제각각이었다. 그러고 보니 문득 궁금해졌다.

"그런데 이것들은 모양도 다르고 무게도 각기 다른데 어찌 값을 받습니까?"

"그거야 같은 잠녀촌이라 해도 손질하는 방법이 마을마다 다르고 집집마다 조금씩 다르니, 장사꾼이 그때그때 무게를 재기도 하고, 길이며 모양을 살펴 대충 눈짐작으로 셈하여 주는 게지."

곰새의 말처럼 당시의 거래라는 것은 정확한 기준이 있다기보다는 파는 자와 사는 자 간의 흥정을 거쳐 적당히 가격을 맞추는 것에 가까웠다. 그러다 보니 사는 사람이나 파는 사람 모두 상대방을 믿고 거래를 하는 수밖에. 그렇지 않으면 '옆집은 닷 냥 주고, 우리집은 왜 넉 냥 반이냐' 하며 껄끄러운 말다툼이 이어지기 일쑤였던 것이다.

곰새의 말을 들은 만덕이 잠시 곰곰이 생각하더니 입을 열었다.

"그렇다면 무게와 크기를 맞추면 어떻겠습니까? 미역도 기준을 정해 한 냥의 폭과 길이를 맞추어 잘라 말리고, 전복은 곶감처럼 크기별로 꼬치에 꿰어 대, 중, 소를 나누어 값을 받는 것입니다. 그리고 그보다 작은 소라나 고동들은 되나 홉처럼 기준이 되는 통에 담아 팔면 계량도 되고 동시에 운반도 용이하니 편리하지 않겠습니까?"

듣고 보니 그럴듯한 말이었다. 그렇게만 된다면 기준이 명확하여 가격을 매기기도 훨씬 수월해질 테고, 보기에도 좋고, 운반하기도 용이하니 상인들의 호응을 얻을 수 있을 것 같았다.

"좋네, 그리하세. 우리야 어차피 손질하는 거 조금씩만 더 신경 쓰면 되지. 그리해서 잘만 팔린다면야 그깟 일이 무에 어렵겠나. 그저 장삿길 뚫느라 이녁이 고생이지."

흔쾌히 대답하며 외려 만덕을 걱정하는 곰새였다. 그런 곰새를 보며 고맙고도 미안한 마음에 만덕은 씁쓸히 미소 지었다.

부정한이 고의적으로 해산물의 가격을 떨어뜨리고 어느덧 한 달, 헐값으로라도 고팡에 쌓인 물건들을 내놓을 줄 알았던 만덕은 의외로 고팡문을 걸어 잠그고 꿋꿋이 버텨내는 중이었다. 대신 창고에 모아두었던 자냥을 풀어 잠녀촌에 치러야 할 물건 값을 일부 대신하였다. 그나마 물건을 팔지 못한 탓에 자금이 돌질 않아 온전한 값을 치르지도 못하고 그저 근근이 입에 풀칠이나 할 정도의 곡식을 보내는 게 전부였지만, 그럼에도 불구하고 잠녀촌 아낙들은 여전히 만덕을 지지하였다. 물론 사람살이인지라 가끔씩 터져나오는 불평불만도 없지 않았지만 그때마다 곰새는 한마디로 잠녀들의 불만을 잠재웠다.

"우리 목숨 값 아는 이는 오로지 만덕뿐이다."

곰새는 그저 묵묵히 만덕의 행보를 지켜볼 뿐이었다.

그러나 그런 마음을 아는지 모르는지, 만덕은 지난 한 달간 상인들에게 줄을 대어 어떻게든 판로를 뚫어볼 생각은 않고, '어찌하면 물건의 저장을 길게 할까', '보관과 운반을 용이하게 할 방도는 없을까' 하는 문제를 가지고 온종일 고민하고 연구하는 데 시간을 보냈으니, 오죽하면 '만덕이 하다하다 못해 고팡에 쌓인 물건을 백 년, 천 년 쟁여두려 하나 보다.'는 우스갯소리가 돌 정도였다.

"보관도 좋지만 우선은 팔아야 살 것 아니냐? 당장 자냥도 간당간당한데!"

보다 못한 천천네가 잔소리를 해대도 만덕은 들은 척도 하지 않았다. 사실 만덕은 창고에 쌓인 물건들 중 미역 한 낭, 전복 한 접도 팔 생각이 없었다.

"좀 더 버텨야 합니다. 아직 약속한 날짜가 남았으니."

"약속은 무슨 약속? 대체 누구랑 무슨 약속을 했다는 건데? 혹, 뭍에 간 만재랑 익현이를 기다리는 게냐?"

아무리 캐물어도 만덕은 묵묵부답이었다.

사실 천천네가 궁금해하는 것도 당연지사였다. 같이 살던 남정네들이 둘씩이나 벌써 한 달 가까이 사라져 감감무소식이었으니……. 그런데도 만덕은 둘의 행방을 철저히 비밀에 부친 채, 여전히 함구 중이었다.

'딱 한 달이오, 오라방. 그때까지 꼭 돌아와야만 하오.'

만덕은 만재가 떠나던 날 밤의 일들을 떠올렸다. 그때 만재와 익현은 줄줄이 짚신을 매단 괴나리봇짐을 메고 있었다. 그리고 만덕은 그런 만재의 손을 꼭 쥐고 거듭 당부했었다.

'오라방의 손에 우리 객주와 잠녀촌 사람들의 목숨이 달려 있소.'

만재는 긴장한 기색이 역력했지만 애써 빙긋 웃으며 만덕의 손을 맞잡아주었다. 그 듬직한 손이 전해주던 온기는 참으로 따뜻하였다. 하지만 이젠 그 온기마저도 희미해져가고 있었다.

양손을 맞잡은 만덕은 마당에 선 채로 멀리 북녘 하늘을 타라보았다. 바람은 마침 북서풍이었다.

"어서 돌아오시오, 오라방. 어서…….”

오라비 만재가 좋은 소식을 가지고 하루빨리 돌아오기를 간절히 바라는 만덕이었다.

하지만 약속했던 한 달 하고도 다시 보름이 지났지만 만재는 돌아오지 않았다.

그사이 창고에 쌓여 있던 자냥도 거덜이 나고, 보릿고개는 점점 절정으로 치닫고 있었다. 그리고 만덕의 객주에 드나들며 바릇을 가공하며 저장하는 일을 돕던 잠녀들도 산으로 들로 뿔뿔이 흩어졌다. 풀뿌리라도 캐고, 나무껍질이라도 벗겨야 터럭처럼 가는 목숨을 이어갈 것이기 때문이었다.

217

"이녁이 고팡 걸어 잠그고 혼자 배불리 먹고사는 것도 아니고, 시절이 박해 다같이 주린 것을 누구 탓을 하겠나."

이미 솥덕에 불 꺼진 지 오래인 만덕의 객주. 직접 잡은 옥돔 한 마리를 정주간에 놓아둔 곰새는 오히려 만덕을 위로하였다. 그러나 곰새 또한 이번 일로 마을에서의 입지가 위태롭기는 마찬가지였다. 결국 대상군 자리를 내놓았다는 소식에 차마 고개를 들지 못하는 만덕이었다.

그동안 용케 참아왔던 천천네도 기어코 폭발하고 말았다. 입 가볍고 엉덩이 날래기로는 둘째 가라면 서러워할 천천네가 사실 이 정도 참았으면 정말 많이 참은 것이었다.

"대체 뭘, 언제까지 기다리겠다는 게냐? 만재랑 익현이는 어딜 보낸 게고? 뭔 대답이 있어야지, 무조건 '아직은 안 된다', '조금만 기다려라' 그렇게 세월아 네월아 미루고 미루더니만, 봐라! 이 꼴이 뭐냐? 이젠 미역 한 오리에 보리쌀 한 말은 고사하고, 한 되라고 써 붙여놔도 아무도 안 사간다. 다같이 쫄딱 망하게 생겼단 말이다!"

만덕은 뭐라 변명도 하지 않은 채, 그저 쓰게 웃었다. 마지막 희망이라 생각하고 모험을 감행했건만 결국은 막다른 길목이었던가? 차라리 결말을 알고 나니 홀가분한 마음마저 들었다. 하지만 이제는 결단을 내려야 할 때. 더 이상 미뤄두었다가는 모두가 위험해질 터였다.

만덕은 안방 서랍 깊숙이 보관해두었던 문서를 꺼내들었다. 최악의 결과를 가정하여 준비해두었던 외통수였다. 문서를 챙겨넣은 만덕은 신세 한탄을 늘어놓는 천천네를 남겨둔 채 객주를 빠져나와 제주성 쪽으로 길을 잡았다. 그렇게 걷기를 한참. 만덕은 한눈에도 으리으리해 뵈는 기와집 앞에 멈춰섰다. 그곳은 바로 부정한 상단의 본거지였다.

"예가 어디라고 제 발로 찾아왔나? 반쯤 미쳤다더니, 저자의 소문이 사실이었나 보군."

부정한이 클클 웃어댔다. 날카로운 어금니를 드러닌 멧돼지처럼 거칠고 탐욕스러운 자. 만덕은 부정한의 성품을 잘 알고 있었다. 기녀 시절부터 온갖 연회에서 그의 행실을 보아왔다. 그는 강자에겐 배알이라도 빼내어줄 듯 비굴하게 굴지만 약자 앞에선 포악하기 그지없은 자였다. 한번은 술을 쏟았다는 이유로 그가 던진 슬잔에 동기의 코뼈가 내려앉은 적도 있었다. 자신보다 약한 자들을 짓밟고 그 위에 군림하며 희열을 느끼는 자, 그게 바로 부정한이었다.

"그나저나 니가 내 상단엔 무슨 볼일이더냐?"

웃음을 멈춘 부정한이 한쪽 입꼬리를 삐딱하게 들어올리며 물었다.

"거래를 청하고자 왔습니다."

애간장이 바짝 타들어가고 있을 거라 예상했건만, 막상 마주 대한 만덕의 얼굴은 시종 침착하기 그지없었다. 그런 만덕의 모습에 되레 부정한의 얼굴이 실쭉 비틀렸다.

"거래? 지금 거래라고 했느냐? 이 천하의 부정한에게 한낱 천한 기생년 따위가?"

태연한 척 일부러 더 으르렁대는 부정한이었다. 하지만 만덕은 담담히 대꾸했다.

"기생이 아니라 사람 백정이라 한들 무슨 상관이겠습니까? 어르

219

신께서 진정 탐라 제일의 상인이시라면 상대가 누구든 이득에 따라 거래를 틀 수 있는 게 아니겠습니까?"

만덕의 도발에 부정한이 씹어뱉듯 내뱉었다.

"맹랑한 년."

그러나 부정한은 만덕을 내쫓지도, 그렇다고 서안 위에 놓인 연적을 집어던지지도 않았다. 만덕의 말처럼 타고난 성정이야 어떻든 그역시 장사꾼이다. 상대의 손에 들린 패가 무엇인지 확인하기도 전에 판을 뒤엎을 자는 아니었다.

"좋다. 어디 한번 그 잘난 입을 지껄여보아라. 어차피 내 손으로 갈기갈기 찢어 죽일 년, 죽이기 전에 원일랑 없어야겠지."

부정한은 누런 송곳니를 드러내며 협박했다. 그러나 부정한이 포악을 떨면 떨수록 만덕은 더욱 냉철해질 뿐이었다.

"미역 값을 감히 상상도 할 수 없을 만큼 낮추셨더군요. 그런데도 상단은 이리 변함없이 번성하시다니 정녕 대단하십니다."

"수백 년을 이어온 상단이다. 근본도 모르는 조무라기 장사치와 비교할까?"

부정한이 팩하니 콧방귀를 뀌었다.

"예, 그렇지요. 하지만 벼룩 잡으려다 초가삼간 태운다고, 언제까지고 제 살 깎아먹기를 할 수 없는 노릇 아닙니까?"

그 말에 음흉하게 웃는 부정한이었다.

"흐흐흐, 그것이라면 걱정 말거라. 네년이 망하고, 김녕골 잠녀들까지 모조리 숨통을 끊어놓고 나면 미역 값은 언제고 다시 올릴 것이니."

참으로 잔인한 자였다. 그런 자에게 자비를 구한다는 것 자체가 어불성설이었으나 지금으로선 몸을 굽힐 수밖에 없었다. 만덕 혼자의 안위와 관련된 문제라면 모르겠으나 수많은 사람의 생계가 걸린 일이었다. 비위를 억누른 만덕은 품에서 문서 하나를 꺼내어 부정한의 앞에 밀어놓았다.

"이것이 무엇이냐?"

"객주 매매 문서입니다."

"아! 그 포구 근처에 있는 다 쓰러져가는 주막 말이냐? 그깟 움막을 뭐 하라고?"

부정한은 문서를 손끝으로 툭 튕겨내며 빈정댔다. 순간 울컥 분노가 솟구쳤지만 만덕은 그 분노를 자분자분 씹어 삼키며 말했다.

"그곳 고팡에 옮기기 쉽게 가공한 미역과 전복, 소라 등이 손끝 하나 대지 않고 그대로 있습니다. 그것 모두에다 김녕골과의 미역 거래권까지, 제가 가진 모든 것을 내놓겠습니다. 대신 김녕골 잠녀들에 대한 제재를 거둬주십시오. 그들을 예전처럼 다시 받아주신다면 제 스스로 장사에서 손을 떼고 물러날 것입니다."

만덕으로선 걸 수 있는 모든 것을 건 셈이었다. 어쩌면 다시는 장사꾼으로서 재기할 수 없을지도 모를 상황이 된 것이다. 그러나 부정한의 탐욕은 거기서 멈추지 않았다.

"흥! 그것들은 원래 내 것이었다. 내 것을 도로 찾는 것뿐인데, 그게 어찌 거래가 된단 말이냐? 좀 더 가치 있는 것이라면 모를까."

"가치 있는 것이라면……?"

"탐라이묘라! 내, 동기 시절부터 널 눈여겨보아왔지."

부정한의 얼굴에 능글능글한 미소가 떠올랐다. 뱀처럼 징그러운 혓바닥이 스윽 번들거리는 입술을 핥자 순간 만덕의 눈썹이 파르르 떨렸다.

"어떠냐? 니가 내게 몸을 던진다면 내 김녕골 잠녀들에 대한 보복을 멈추고, 니 말처럼 그들을 다시 받아주지."

만덕은 긴 옷소매 밑으로 주먹을 꽈악 말아쥐었다. 순간 만덕의 머릿속에 김녕골 잠녀들의 순박한 얼굴과 도새기를 보고 놀라 글썽 거리던 머우의 눈물 그리고 바닷물에 부스러진 곰새의 누런 머리카락 등이 한꺼번에 스치고 지나갔다. 만덕은 그들의 믿음을 진심으로 지키고 싶었다.

"어서 대답을 해라. 어쩔 테냐? 거래를 할 테냐?"

만덕이 부정한의 재촉에 악물었던 입술을 막 떼려는 순간이었다. 갑자기 문 밖에서 왁자하니 소란이 일었다.

"이놈이 안 된다니깐! 당장 나가지 못하겠느냐?"

"아, 우리 행수님이 저 방 안에 계신다니까요! 행수님! 행수님!"

'저 목소리는 설마?'

퍼뜩 정신을 차린 만덕이 벌떡 자리를 박차고 일어났다. 순간 부정한이 당황한 낯빛을 보였지만 알 바 아니었다. 그대로 방문을 열어 젖히고 밖으로 나와 보니 덩치 큰 상단 일꾼들 사이에서 몸싸움을 벌이고 있는 사내아이가 보였다.

"익현아!"

소리쳐 부르자, 만덕을 발견한 익현이 함박꽃처럼 활짝 미소를 지었다.

"행수님! 저희가 돌아왔습니다! 만재 아주방이 배를 몰고 돌아왔다고요!"

만덕은 포구까지 어떻게 왔는지 기억도 나지 않았다. 그저 익현의 손에 이끌려 어찌 어찌 달려왔을 뿐. 막상 화북포 초입에 오르니 정신이 번쩍 드는 만덕이었다. 멀리서부터 웅장한 배의 모습이 보였다. 그것은 누런 황포돛을 펼친 경강선京江船이었다.

"오라방!"

한달음에 선착장까지 달려간 만덕은 만재를 보자마자 양손을 덥석 거머쥐며 눈물을 글썽였다. 그새 만재의 손은 바닷바람에 거칠어져 있었다.

"몸은? 어디 다친 데는 없소?"

만덕이 묻자 만재가 대답 대신 싱긋 웃었다.

'괜찮다.'

만덕을 바라보는 만재의 눈이 그렇게 말하고 있었다. 그러나 쉽사리 손을 놓지 못하는 만덕이었다. 몇 번이고 만재의 몸 이곳저곳을 확인 또 확인하고 있는데, 때마침 뒤쪽에서 카랑카랑한 목소리가 들려왔다.

"아니, 이게 우리 배라니? 이게 무슨 말이냐?"

어느새 소식을 듣고 달려나온 천천네였다.

"경강 선인들한테서 사온 배입니다."

"경강? 한강을 오르내리는 그 경강 상인 말이냐? 여기서 게가 어디라고?"

익현의 대답에 천천네는 머리가 어지럽다는 듯 이마를 짚었다.

한 달 전, 전 행수와 부정한의 잇단 공격으로 곤경에 처해 있던 만덕은 지도를 보다가 문득 한강을 중심으로 활약하고 있다는 경강 상인들을 떠올렸다. 그들은 배를 이용해 저 멀리 강원도에서부터 한양의 마포와 서강 그리고 한강 하류의 서해안 일부 지역에 이르기까지 미곡과 어염, 목재의 유통을 책임지며 그 일대의 상권을 틀어쥐고 있는 자들이었다. 게다가 그들은 오랜 세월 축적된 경험과 기술을 바탕으로 자신들의 배를 직접 건조하였는데, 그들이 건조한 배는 군선으로 납품될 만큼 튼튼하고, 한 번에 쌀 천 가마를 실어 옮길 만큼 거대하다는 얘기를 들은 적이 있었던 것이다. 만덕은 순간 이거다 싶었다.

"경강에 가서 배를 구하는 것까지는 행수님이 일러주신 상인을 통해서 그럭저럭 일정대로 되었는데요. 한강에서 탐라까지 오는 뱃길을 아는 사람이 어디 있어야 말이지요. 길잡이를 구하느라 지체하다 보니 예정보다 늦어지고 말았습니다. 그나마도 길을 통째로 아는 사람이 없어서 중간중간 장시마다 내려주고 새로 태우고 하다 보니……. 그래도 임피에서 탐라까지는 만재 아주방이 단번에 달려왔다고요. 행수님 기다리신다고 어찌나 서둘렀던지, 아휴!"

익현이 너스레를 떨며 말도 말란 듯이 고개를 저었다. 그 모습을 본 만덕은 그저 고개를 끄덕일 뿐이었다. 말하지 않아도 그 어려움은 익히 짐작하고도 남았다.

기녀 시절부터 친분이 있던 한양 상인을 통하기는 했다지만 과연 경강 선인이 배를 호락호락 내어줄지 의문이었다. 게다가 다행히 배를 구한다 해도 그 큰 선박을 이끌고 한양에서 탐라까지 돌아와야 했으니. 기나긴 여정에 날씨며 뱃길까지 곳곳에 산재한 위험이 너무 컸다. 그래서 만덕은 이번 일을 모험이라 했던 것이다. 그것도 만재와 익현, 두 사람이 없었다면 불가능했을 일이다.

"두 사람 모두 고생 많았소. 그리고 무사히 돌아와줘서 고맙소. 정말 고마워!"

만재와 익현의 손을 맞잡은 만덕은 사람들과 함께 배 구석구석을 둘러보았다. 어느새 소식을 들은 곰새와 잠녀촌 사람들도 한달음에 포구까지 달려왔다.

한바탕 축하의 인사가 오가고, 흥을 이기지 못한 사람들은 내처 배 주위를 빙빙 돌며 신명나게 어깨춤을 추어댔다. 덕분에 포구 주변이 웃음소리로 가득 차고, 간만에 만덕의 얼굴에도 화색이 돌았다.

하지만 한 발짝 떨어진 언덕 밑에서 그 모습을 물끄러미 지켜보고 있는 자가 있었다. 그는 한 서기를 대동하고 나타난 전 행수였다.

"기어코 교역선을 마련한 모양입니다. 설마 경강까지 갈 줄은……."

"막았어야 했다. 막았어야……."

전 행수의 표정이 무겁게 가라앉았다. 그것을 본 한 서기가 걱정스럽게 물었다.

"어찌 할까요?"

한 서기의 물음이 막연하게 느껴졌다. 저 멀리 웃고 떠드는 이들의 모습이 마치 봄날 한때의 아지랑이처럼 아득히 멀어 보이기도 했다.

"때를 놓치면 더 크게 후회하게 될 테지."

혼잣말인지 대꾸인지 알 수 없는 말을 마지막으로 전 행수는 발걸음을 돌렸다. 그때 해가 구름 밖으로 마알간 얼굴을 내밀며 선착장과 언덕 사이에 또렷한 산그림자를 그어 놓았다. 흑과 백, 밝음과 어둠, 이성과 욕망은 마치 운명처럼 둘로 갈리었으되 서로의 등을 맞댄 채 떨어지지 못하고 있었다.

12

무혼굿

해 뜨기 전, 먹을 덜 먹은 붓에서 떨어져내린 먹물이 화선지 위에 연연하게 퍼져나가듯 푸른 새벽의 기운이 점점이 깨어나는 시각. 만덕은 높은 돌담에 둘러싸인 안뒤에 홀로 서 있었다. 방금 세수를 마친 듯 마알간 얼굴은 촉촉이 젖어 있고, 귀밑머리엔 이슬 같은 물방울이 방울져 있었다.

"비나이다, 비나이다! 우리 상단 장삿배가 큰 바당을 지날 적에 파도 잠잠 잠이 들고, 바람 순풍 돛을 도와 무사 안위, 무사 귀환 대길하게 하옵소서."

밧칠성뒤뜰의 신을 모신 칠성눌집안의 부를 수호하는 신을 모신 눌, 오곡을 얹고 기왓장을 올린 후, 주저리를 덮어놓은 것은 집안의 재신財神인 뱀신을 모시는 작은 신체神體였다. 지난 정월, 이곳 화북포구 근처로 이사를 오면서 만덕은 예전에 부모님과 함께 살던 집 안뒤에서 이 밧칠성을 모셔왔다. 그 당시 오랫동안 사람의 손이 닿지 않았던 안뒤에는 가슴께까지 수풀이 우거져 있어서 어딘가에 정말로 업이 똬리를 틀고 있을 것 같은 분위기를 풍기고 있었다.

'어멍이 모시던 밧칠성은 그 딸이 받는 게다. 그러니 알겠느냐? 내가 죽으면 밧칠성님은 만덕이 네가 모셔야 한다.'

풀꽃처럼 가녀린 만덕의 어멍은 용천에서 목욕을 하고 돌아오는 날이면 어김없이 칠성눌 앞에 허리를 꼬부리고 서서 아비의 무사 귀환과 재운을 빌었다. 그러다 문득 상방 뒷문에 걸터앉은 만덕을 돌아보며 신신당부를 하곤 했다. 그러면 만덕은 어미가 하는 양을 지켜보다 말없이 고개를 끄덕이는 것이었다. 그러고 나서 하늘을 보면 밤하늘엔 갈 길 바쁜 새벽별이 유난히 총총했었다. 그때는 몰랐는데 지금 생각해보니, 어쩌면 그때 순간순간 어멍의 몸엔 칠성신이 올라 있었는지도 모를 일이었다. 결국엔 어멍의 말이 모두 현실로 이루어졌으니.

그 또한 영험함이라면, 만덕은 지금 이 순간 자신에게도 칠성신이 내려주길 간절히 기원하고 있었다. 비나이다, 비나이다. 비념을 하는 만덕의 두 손이 한층 간절해졌다. 오늘은 출선을 앞두고 만덕의 배에 첫 고사를 지내는 날이다.

만재와 익현이 경강에서부터 아슬아슬하게 배를 대어온 그날로부터 출항 준비는 순조롭게 착착 진행되었다. 그동안 잠녀들과 만덕이 언제든 바릇을 실어 나를 수 있도록 준비를 해둔 덕도 있었지만, 그보다는 전에 없이 활기 넘치는 상단의 분위기가 만덕을 비롯한 일꾼들의 어깨에 절로 신바람을 불어넣어 준 덕분이었다.

"기왕이면 좋은 날 받아 배고사도 성대하게 치러야지. 요왕님께 잘 보여야 뱃길도 순탄한 법이니."

형편상 천천네의 말처럼 성대하게 고사를 치르기는 힘들겠지만,

만덕 역시 심방을 불러 굿판을 열고 정성을 다해 치성을 드릴 작정이었다. 그러나 그보다 중요한 것은 출항 날짜를 정하는 일이었다.

탐라 사람들은 이사를 할 때도 함부로 날짜를 정하지 않았다. 대한大寒의 닷새 일 후부터 입춘立春의 사흘 일 전까지, 신구간이라 불리는 일주일 사이에만 이사와 집수리를 했다. 워낙 신에 대한 믿음이 광범위한 섬인지라 지상의 온갖 신들이 일 년에 한 번, 상제께 보고를 드리러 하늘로 올라가는 이 기간이 아니고서는 신의 눈을 피할 길이 없다고 믿었던 것이다. 오죽하면 탐라엔 일만팔천의 신들이 산다고 하였을까? 하여 그 외에 함부로 이사를 하거나 집을 고쳤다간 대번에 동티가 난다고 했다.

일 년에도 몇 번씩 배를 띄워야 하는 상인들이야 이를 다 지킬 수 없는 일이었지만 어쨌든 사정이 이러고 보니, 출항 날짜를 정하는 것 또한 쉬운 일이 아니었다. 날씨가 흉흉해서도 안 되지만, 손이 들어서도 안 되고, 무엇보다 부정을 타서는 더더욱 안 되었다.

"왜 지난번에 난파된 관운선 말입니다. 알고 보니, 전날 목사 영감이 방에 애첩을 불러들였다지 뭡니까? 그러니 부정을 탄 게지요."

성안에 다녀온 익현이 저잣거리에 파다한 소문이라며 말을 전했다. 관운선이면 목사가 선주船主나 다름없는데 부정 탈 짓거리를 했으니 그리 되었다는 뜻이었다. 하지만 정말 배가 목사의 방중지사 때문에 가라앉았는지, 어쨌는지는 알 수 없는 일이었다. 다만 사람들은 일의 인과를 설명해줄 그 무엇을 필요로 하는 것뿐이었다. 그래야만 사람들 마음속에 자리 잡은 불안감, 무질서하고 무자비한 운명이 언제 자신을 덮칠지도 모른다는 공포를 이겨낼 수 있었다.

230

만덕 또한 탐라의 사람이었다. 운명이라 말하는 일들 앞에서 '왜?'라는 의문을 화두처럼 지고 살아가는 여인이었지만, 동시에 영등할망이 실어온 씨였고, 설문대할망의 배꼽에서 자라난 탐라의 아이였다. 그렇기에 되도록이면 금기를 지키며 살아왔다. 본래 크든 작든 정도의 차이만 있을 뿐, 탐라인의 핏줄 속에는 누구나 아득한 원시의 신화가 흐르고 있었다. 때때로 그것이 자신을 옭아매는 덫이 된다 할지라도.

사단이 일어난 것은 그날 오후, 만덕이 막 바다의 요왕께 소지를 올린 직후였다.

"이 소지 요왕에 올리건 바다처럼 깊은 덕을 내립서!"

흰 쌀이 그득 담긴 밥그릇에서 소지를 뽑아든 만덕이 불 붙인 소지를 하늘 높이 띄워 올리려던 찰나. 굿당 한쪽에서 우우, 하고 소란이 일었다. 고사를 집관하던 수심방首神房이 난데없이 거품을 물고 쓰러진 것이었다.

"이보시오, 심방! 정신 차리시오!"

한달음에 달려간 만덕이 심방의 어깨를 흔들며 찰싹찰싹 뺨을 때려보았지만 쓰러진 심방은 눈을 까뒤집은 채 몸을 벌벌 떨어댈 뿐 정신을 차리지 못했다.

"어이구, 저게 무슨 흉한 일이래?"

어느새 모여든 구경꾼들이 만덕과 심방을 둘러싸그 쑥덕거렸다. 그러나 입방아만 찧어댈 뿐 누구 하나 섣불리 움직이려 들지 않았다.

"뭣들 하는 겐가? 어서 와서 좀 돕게. 심방을 안으로 옮겨야 할 것 아닌가?"

버럭, 소리쳤지만 구경꾼들은 말할 것도 없고, 선원과 일꾼들까지 하나같이 눈치만 살필 뿐이었다. 그들의 얼굴엔 두려움이 마치 역병처럼 번져가고 있었다. 그때였다.

"심방이 살을 맞았다! 부정이 들었다!"

멀찍이 누군가 크게 외치는 소리가 들렸다. 그러자 이내 그 소리는 웅성거림이 되어 고사장 곳곳으로 퍼져나갔다. 만덕은 입술을 잘근 깨물었다. 일이 틀어지고 있었다.

다행히 수심방은 한 시진쯤 후 정신을 차려 소미小巫들의 부축을 받으며 당집으로 돌아갔다. 문제는 그때부터였다. 상단의 배를 몰기로 한 사공과 격군들이 한꺼번에 일을 그만두겠다고 나섰던 것이다.

"누구 명줄을 재촉할라고? 천만금을 준대도 부정 탄 배는 탈 수 없소."

만덕은 단지 우연한 사고였을 뿐이라며 선원들을 설득해보려 했지만 그들의 고집은 완강했다. 원래도 신에 대한 믿음이 강한 탐라 사람들이었다. 그중에서도 미신에 약한 뱃사람들인지라 고사를 지내려다 심방이 살을 맞고 보니 그 배에 타려는 사람이 없었다.

"살이라뇨? 그 배는 경강상인들이 탈 때도 사고 한 번 없이 말짱한 배였습니다. 한데 무슨 살이 붙었단 말입니까? 정 못 믿겠으면 선박 매매증이라도 보여드릴까요?"

답답한 마음에 목소리를 높이는 만덕에게 사공이 불편한 듯 큼큼 헛기침을 했다.

"누가 배가 문제라고 했소?"

"그럼 대체⋯⋯."

이어진 사공의 말에 기가 막힌 만덕이었다.

"나도 이런 말까진 하고 싶지 않았소만, 선주한테 들에 빠져 죽은 귀신이 씌었다는 흉문이 자자하오. 거 왜, 선주 아방 달이오. 시체도 못 건졌담서?"

성안 가득 삽시간에 퍼진 소문에 의하면, 만덕에게 죽은 아비의 귀신이 씌었다는 것이었다. 평소 즐겨 입는 바지저고리 차림새도 그렇고, 잘나가던 기생질을 때려 치우고 갑자기 남자들이나 하는 장사를 하겠다고 나선 것 모두 남자 귀신이 씐 탓이라는 거였다. 문제는 그뿐만이 아니었다.

"사실 말이 나왔으니 말이지만, 처음부터 선주가 여자라는 것도 영 마음에 걸렸소. 선주 달거리 때마다 부정탈까 봐 쿨안해서 배를 띄울 수가 있길 하나, 이거 원 남세스러워서⋯⋯."

만덕은 떠나겠다는 선원들을 더 이상 막지 못했다.

머릿속이 혼란스러웠다. 정말 자신에게 귀신이라드 씐 것일까? 그렇지 않고서야 어떻게 벌이는 일마다 이렇게 사사건건 문제가 터지는 것인지.

"귀신은 무슨 귀신. 바다 나갔다가 흔적도 없이 빠져 죽은 이가 탐라에 어디 한둘이라더냐? 그렇게 따지면 이 섬 절반은 머리 꼭대기에 귀신을 이고 지고 살고 있을 것이다."

외숙 고씨는 탐라 사람들에게 바다는 뗏장 없는 무덤이라며 만덕을 위로하였다. 하지만 그러면서도 한편으로는 외숙 역시 찜찜해하는 기색을 지우지 못했다. 그 역시 오랜 세월을 바닷일로 뼈가 굵어온 뱃사람이었던 것이다.

"그러지 말고 이번 참에 차라리 무혼굿을 하는 것이 어떠냐?"

외숙의 제안에 만덕이 미간을 찌푸리며 되물었다.

"무혼굿이라뇨?"

"니 아방 말이다. 그땐 너희 형제도 어리고, 우리 사는 형편도 워낙 다급해서 넋 건짐도 못하고 니 어멍 무덤 옆에 대충 가묘만 짓질 않았니? 그러니 이번 기회에 니 아방 넋도 건지고 혼백을 좋은 곳으로 인도하면 이런 흉흉한 소문도 사라지지 않을까 해서 말이다. 그럼 격군들도 별 수 없이 돌아올 테고."

무혼굿은 물에 빠져 죽은 이의 영혼을 뭍으로 끌어올리는 의식이었다. 보통 물에 빠져 죽은 이의 시신은 되찾기가 힘들었다. 하여 대신 그 영혼을 건져 장례를 치러주는 것이었다. 그래야만 죽은 자가 구천을 떠돌지 않고 편히 극락왕생한다고 믿었다. 만덕 역시 그 사실을 모르지 않았다. 그러나 그럼에도 불구하고 외숙의 말에 단호하게 고개를 젓는 만덕이었다.

"안 됩니다. 굿은 하지 않을 것입니다."

"아니, 대체 왜?"

시간을 끌수록 상황이 어려워질 것은 불을 보듯 뻔한 일인데도, 만덕은 이상하리 만치 고집을 부렸다. 더구나 왜 싫다는 것인지조차 말하질 않으니, 주위 사람들로서는 그저 답답할 밖에. 만덕은 조가비처럼 입을 꼭 닫은 채 방 안에 틀어박혔다. 그렇게 뾰족한 방도도 찾지 못한 채 날이 저물고 있었다.

그 시각, 탐라 송방에선 전 행수가 한 서기로부터 낮에 있었던 일에 대한 보고를 받고 있었다.

"주변에선 급한 대로 넋 건짐이라도 하자고 하는 모양인데, 무슨 이유에선지 당사자는 입을 꾹 다물고 있는 상태입니다."

전 행수는 손을 들어 가지런히 정리한 수염을 쓸어내렸다. 넋 건짐이라. 이제 와서 그게 무슨 소용일까만은 고개를 든 전 행수가 한 서기를 향해 물었다.

"하여 사공이 우리 상단을 찾아왔다고?"

"예. 그쪽 배는 불안해서 도저히 탈 수가 없다며 같이 있던 격군 몇을 이끌고 왔습니다. 마침 새로 들여온 배도 있고 하여 그것을 한번 맡겨볼까 합니다만……."

평소라면 결코 받아들이지 않았을 것이었다. 아무리 흉흉한 일이 있었다고는 하지만 그리 쉽게 원주인과의 계약을 파기하고 온 자라면 마찬가지로 언제든 자신도 배신할 수 있는 법이기 때문이다. 그리고 무엇보다 귀가 얇은 자를 무척이나 싫어하는 전 행수였다.

"부정이라? 겨우 그깟 얼토당토않은 미신에 휘둘리는 자라니……."

탐탁찮았으나 한 서기를 굳이 만류하지도 않는 전 행수였다. 지금으로선 우선 만덕 상단의 출항을 막는 것이 급선무였으니.

"우선은 받아들이되 잘 살펴보도록 하게. 처음부터 중한 일은 맡기지 말고."

"예."

선선히 한 서기는 고개를 조아렸다. 하지만 전 행수가 모르는 것이 있었다.

방을 나온 한 서기는 마당 한쪽에 서서 방금 자신이 물러나온 전 행수의 집무실을 바라보았다. 날이 저물어 불을 밝힌 탓에 창호문을 통해 밝은 빛이 새어 나오고 있었다. 그사이로 전 행수의 그림자가 보였다.

'그림자…… 소인은 행수님의 그림자가 될 것입니다.'

사실 낮의 사건은 한 서기가 꾸민 짓이었다. 미리 사공을 포섭하여 수심방이 마실 물에 미약을 섞어두었던 것이다. 아무것도 모르는 수심방은 막 굿판을 끝내고 더운 김에 그만 그 물을 꿀꺽꿀꺽 마셔버렸다. 결국 수심방은 미약에 취해 거품을 물고 쓰러졌던 것이다. 하지만 영문을 모르는 사람들 눈에는 그저 귀신이 들린 것으로만 보였으니…….

비겁한 짓이란 생각을 하지 않은 것은 아니었다. 그러나 만덕이 송방을 나간 이후로 수심이 깊어진 주인이었다. 밤에도 쉽게 잠을 이루지 못했고, 뭔가에 쫓기듯 가끔씩 초조한 낯빛을 보였다. 지금까지 그 어떤 큰 거래 앞에서도 항상 당당했던 주인이었다.

한 서기는 이 모든 것이 만덕 때문이라고 생각했다. 상세한 사연은 모르나 만덕이 송방을 떠나기 직전 전 행수를 찾아왔던 사실을 알고 있었다. 그때 뭔가 큰 사단이 있었던 게 분명했다. 그리고 얼마 전 뒤뜰에서 전 행수가 했던 말은 이러한 한 서기의 추측에 확신을 더해주었다.

'만덕의 이름이 탐라 바다를 넘지 못하도록 해야 한다.'

그런 말까지 듣고 나니, 한 서기는 감히 송방에 대적하려 드는 만

236

덕을 도무지 용납할 수가 없었다. 하여 남몰래 일을 구민 것이었다. 그러나 전 행수는 그와 같은 사실은 꿈에도 몰랐다.

한 서기가 물러가고 난 후, 홀로 집무실에 앉은 전 행수는 이런저런 생각에 빠져 있었다. 주로 낮에 있었던 일에 관한 것들이었다.

"결국 장사를 할 팔자가 아니었던 겐가?"

부정이니, 살이니, 미신 따위는 믿지 않는 전 행수였다. 하지만 일이 결국 이렇게 된 것을 보면 운이 부족했다고 생각할 수밖에. 미신은 둘째치고라도 선원을 구하지 못하면 배는 띄울 수가 없는 법이었다. 출항을 막아야 하는 전 행수로서는 다행한 일이었으나 한편으론 만덕의 안위가 걱정되었다.

"실의가 클 테지……."

그러나 전 행수는 이내 고개를 저었다. 이런 나약한 감정에 빠져 있을 때가 아니었다. 지금으로선 이런 감정은 누구에게도 도움이 되지 않을 것이다. 그러면서도 서안 위에 올려진 전 행수의 손가락은 어느새 규칙적으로 또르락 소리를 내고 있었다.

그날 밤, 만덕은 홀로 선착장에 서 있었다.

낮의 소란스러움이 가신 선착장은 밤의 장막을 두른 듯 적막하였다. 다만 발밑에서 철썩철썩 파도가 칠 때마다 만덕의 배는 포구에 묶인 자신의 처지를 한탄이라도 하듯 덩달아 끄억 소리를 내며 몸을 뒤척이는 것이었다.

"답답하냐?"

만덕은 마치 배가 알아듣기라도 하는 양 다정하게 말을 붙였다.

하지만 들려오는 대답이라곤 펄럭펄럭 바람에 돛이 들썩이는 소리뿐이었다. 어쩌면 그마저도 답답하다는 뜻으로 들리는지 한숨을 푹 내쉬는 만덕이었다.

"미안하다. 나 같은 주인을 만나 너마저 매인 신세로구나."

두 발로 걷는 것이 인간의 본능이라면, 한껏 돛을 부풀리며 저 푸른 바다를 향해 미끄러져 나가는 것이 배의 본능일진데. 본능마저 거세당하고 살 수밖에 없는 운명이 만덕은 문득 서글퍼졌다.

'무혼굿을 하거라. 지금으로선 사람들 입을 막을 길은 그 방법뿐이다. 그래야 너도 살고, 상단도 살 게 아니냐?'

외숙의 설득에도 불구하고 만덕이 여전히 묵묵부답으로 일관하자 상단 식구들은 대체 까닭이 무엇이냐며 너 나 없이 성화를 부려댔다. 익현은 귀신이 씌었단 말에 기분이 상해서 그러느냐며 만덕의 눈치를 살폈고, 천천네는 심방이 또 재수없는 소리를 할까 봐 저러는 게 아니겠느냐며 지레 아는 척을 했다. 그러나 실상 만덕의 본심을 아는 이는 아무도 없었다.

'어찌 혼백을 건진단 말인가? 어쩌면 살아계실지도 모를 분을……!'

동기 시절, 비록 사기꾼임이 밝혀졌지만 박시열이란 자로 인해 만덕은 어쩌면 자신의 아비가 세상 어딘가에 살아 있을지도 모른다는 희망을 가졌었다. 그리고 그 희망은 스승이 보여준 지도로 인해 몸뚱이를 갖춘 실체가 되었다. 그렇게 십수 년, 만덕은 비록 아비의 소식을 듣지는 못하였지만 한 번도 희망을 놓아본 적이 없었다. 한데 무혼굿이라니. 넋 건짐을 한다는 것은 그 자체로 아비가 살아 있을지도 모른다는 사실을 온전히 부정하는 일이었다.

"북풍이 불면 돌아온다고 하지 않으셨습니까? 고운 댕기 사가지고, 신기한 세상 얘기 한 보따리 품어서 그리 돌아오겠다고 약조하지 않으셨습니까?"

만덕의 눈에 얼핏 눈물이 고였다. 돌이켜보면 그때가 만덕의 생애에서 가장 행복하고 햇살 가득하던 날들이었다. 바다에서 돌아온 아방이 무거운 세상마저 거뜬히 들어올릴 듯 크고 넓은 어깨로 번쩍 만덕을 들어올려 무등을 태워주던 그때가.

'한양까지 보이느냐?'

'보이는 것도 같습니다.'

'금강산까지 보이느냐?'

'예, 예! 잘 보입니다.'

'백두까지 보이느냐?'

'금방 호랑이가 어흥 하고 울었습니다!'

하늘에 닿을 듯, 아비의 단단한 팔이 높이높이 만덕을 들어올리면, 만덕은 까르륵 세상을 다 얻은 듯 환하게 웃었다. 그 순간만큼은 세상에 그 무엇도 두려울 것이 없었다. 하지만 지금은…… 기대고 싶어도 세상 어디에도 만덕이 의지할 곳은 없었다.

"아방……."

만덕은 소리 죽여 그리운 이름을 불러보았다.

그때였다. 뒤에서 저벅저벅, 발걸음 소리가 들렸다. 얼른 눈가를 훔친 만덕이 뒤돌아보니 어느새 그림자처럼 만재가 조용히 다가와 있었다. 만재는 물끄러미 만덕의 얼굴을 바라보았다. 아마도 붉어진 눈가를 눈치채었으리라.

"늦은 밤에 왜 나왔어? 어서 자지 않고."

만덕이 짐짓 아무렇지도 않은 척 입을 열었다.

"밤바람이 꽤 차네. 들어가자."

혹여 들킬세라 지나쳐 가려는데, 만재가 만덕의 손목을 움켜 잡았다. 고개를 드니 다정한 다갈색 눈동자가 만덕을 내려다보고 있었다. 걱정스러움이 가득한 눈. 그리고 보니 만재의 눈은 아방을 참 많이 닮아 있었다. 만덕은 아련한 눈길로 잠시 우묵한 만재의 눈을 들여다보았다. 아마도 위로를 하고 싶은 듯했다. 그러나 위로를 건네고 싶어도 말 한마디 할 수 없는 오라방은 그저 힘주어 만덕의 손을 꼭 쥐어줄 뿐이었다. 그 마음을 아는 만덕은 힘겹게 미소를 지었다. 해가 뜨면 사라질 듯, 안개처럼 희미한 미소였다.

"나도 알아. 아버지가 돌아오시기 힘들 거라는 거. 어쩜, 사람들 말처럼 이미…… 이미 오래전에 돌아가셨을지도 모른다는 것도."

만덕은 말을 잇기가 힘든지 꿀꺽, 침을 한 번 삼키고는 잠시 숨을 가다듬었다. 서러움이 밀물처럼 북받쳐 올랐다.

"기대고 싶었나 봐. 이 세상에 내가 기댈 구석 하나쯤은 만들어놔야 숨이라도 트일 것 같아서. 그래야 덜 무서울 것 같아서. 그래서 그랬나 봐. 내 나이가 몇인데. 못났다, 정말. 나 진짜 바보 같지?"

억지 미소를 짓는 만덕의 입가가 파르르 떨려왔다. 그 모습이 안쓰러워 만재는 만덕을 꼭 당겨 안았다. 어린 시절부터 만덕은 늘 그랬다. 울어야 할 때 웃어버리던 아이. 마치 그것이 못난 자신의 탓인 것만 같아서 만재는 가슴이 쓰렸다. 지금도 만덕은 들썩이는 오라비의 등을 토닥이며 오히려 위로를 건네고 있었다.

"괜찮아, 오라방. 난 괜찮아. 우린 괜찮을 거야. 내가 괜찮게 만들
거야. 그러니까 울지 마."

달도 별도 잠든 밤. 오누이는 서로의 어깨에 기대어 눈물을 삼켰
다. 두 사람의 눈물을 더하지 않아도 탐라의 바다는 이미 짜디 짰다.
다만 세상 어딘가에서 불어오는 바람만이 두 사람을 대신해 웅웅거
리며 가슴을 할퀴며 울어댈 뿐이었다.

무혼굿은 김웅렬이 떠났던 화북포구 인근의 바닷가에서 열렸다.

아침부터 검은 너럭바위 위에는 천막을 친다, 당들을 맨다 하여
한바탕 소란이 일었다. 이윽고 준비를 마친 굿당엔 중앙의 사젯상을
필두로 하여 대령상, 보답상, 공싯상, 영겟상과 영혼이 먹고 갈 영혼
제삿상, 저승시왕을 대접할 시왕사젯상, 그리고 사젯상 아래쪽에 작
은 도렛상과 액막이상까지 두루 제물이 갖추어졌다.

"날이 좀 끄무레한데, 괜찮을까요?"

"본래 날 받고 그러면 귀신이 동해서 액막음하느라고 좀 궂고 그
런 것이니까는 괜찮을 것이다."

하늘을 올려다본 익현이 걱정스러운 듯 묻자, 경험이 많은 천천네
가 짐짓 별거 아니라며 대꾸했다. 그러나 초조하기는 천천네도 마찬
가지였다. 말마따나 그저 별일 없기를 바랄 수밖에.

그사이 심방들이 굿당 옆에 큰 대를 세웠다. 긴 장대 끝에 소나무
가지와 요령을 묶고 그 아래로 대통기와 나비줄전기를 달았다. 그러
자 바람이 불 때마다 장대가 흔들리며 떨렁떨렁 요란한 소리를 냈
다. 한쪽에선 미리 마련해둔 기메와 지전을 군데군데 배치하였다.

그것들은 중간중간 영혼을 위로하고 저승문을 여는 데 쓰일 것들이 었다.

"오늘 무혼굿을 하자하와 영그릇을 요왕국龍王國에 묻습니다. 요왕님께옵서 불쌍한 영신靈神, 김응렬의 신체를 못 올려보낼지라도 삼동낭 용얼레기머리빗에 머리꺼럭이라도 올려보내 주신다면, 자손들 보기에 '내 아방이 왔는가' 생각하겠습니다."

심방이 쌀을 가득 채운 밥그릇을 광목천으로 둘둘 묶더니 그 옆에 얼레빗과 함께 술병 하나를 엮었다. 죽은 자의 넋을 건질 영그릇이었다. 심방이 사설과 함께 긴 광목천의 끝을 잡고 바다에 풍덩 던지자 영그릇은 이내 꼬르륵, 바다 깊이 잠기었다. 광목천이 팽팽히 당겨지는 모습이 어쩌면 낚시를 하는 듯, 바다 밑에서 누군가 잡아당기고 있는 듯도 보였다.

"자손덜 하도 원통하난 요왕국에 영그릇 묻어 불쌍한 영신의 초혼, 이혼, 삼혼을 불러다가 저승 왕생극락, 천당, 옥당으로 보내려 하니, 초혼 올려보내줍서, 이혼 올려보내줍서, 삼혼 올려보내줍서!"

쟁쟁, 징소리와 함께 본격적인 무혼굿이 시작되었다.

수심방이 춤을 추었다. 소미들의 북, 설장구 장단에 맞추어 철릭을 갖춰 입은 심방이 좌우로 뱅글뱅글 돌다 다시 위아래로 쿵쿵 뛰며 천지사방을 뒤흔들 듯 영신무를 출 때마다 손에 들린 신칼이 허공을 가르며 날카로운 이기異氣를 뿜어냈다. 마치 날선 작두에라도 올라탄 듯 시종 쭈뼛하게 곤두선 분위기에 굿당엔 허튼 숨소리조차 들리지 않았다. 지난번 제의 도중 살을 맞은 일로 심방은 물론이고 구경꾼들까지 바짝 긴장한 탓이었다. 편치 않기론 제주祭主인 만덕 또한 마찬가지였다. 창백하다 못해 파리한 얼굴은 금방이라도 쓰러질 듯 위태로워 보였다.

"안 좋아 보이는군."

"긴장한 탓이겠지요."

먼 발치에서 굿의 진행을 지켜보던 전 행수가 중얼거렸다. 그러자 뒤에 서 있던 한 서기가 무심히 대꾸하였다. 하지만 살포시 이마를 찌푸리는 전 행수였다. 무슨 이유에선지 평소답지 않은 만덕의 모습이 영 신경 쓰였다.

사실 만덕은 오늘 아침 막 달거리를 시작한 참이었다. 평소보다 보름이나 느렸다. 미루고 미루다 비친 이슬이라 그런지 허리가 쑤시고 아랫배가 우리하였다. 혹시나 남이 알면 또다시 부정 끼었다 떠들어댈까 봐 참고 있었더니 어느새 저고리 등짝이 땀으로 흥건히 젖어왔다. 밑이 빠질 듯 아파 제의 내내 한자리를 지키고 섰는 것도 쉽지 않았지만, 그럼에도 이를 악물고 참고 있었더니 사정 모르는 구경꾼들은 만덕의 몸에 실린 귀신이 드디어 동하는 모양이라고 수군대는 것이었다.

"괜찮은 거냐? 왜 이리 식은땀을 흘려대어?"

옆에서 비손을 하던 천천네가 만덕의 안색을 살피며 걱정스레 물었다. 그러나 만덕은 그저 고집스럽게 고개를 저을 뿐이었다. 참아야 했다. 적어도 굿이 끝날 때까지는. 계집으로 태어나 섬어 갇힌 것만도 서러운데, 다시 제 몸에 갇혀 부정 소리까지 들을 수는 없는 노릇이었다. 빠르게 붓기 시작하는 몸에서는 더운 열기가 확 하고 치솟았다.

"요 새를 다리자쫓자, 저 새를 다리자, 천왕새 다리자, 지왕새 다리
자!"

새다림을 시작한 심방이 제주인 만덕을 젯상 앞에 꿇어앉혀놓고
손으로 휘이휘이 새를 쫓는 시늉을 했다. 온갖 부정하고 삿된 것들
을 쫓아내는 의식이었다. 심방이 내처 만덕의 등짝을 투닥투닥 내리
치기 시작하자 만덕의 여윈 몸이 심방의 손길에 따라 바람에 흔들리
는 억새처럼 이리저리 휘청댔다. 아파야 하는데 이상하게도 시원했
다. 마디마디 쑤신 몸이 시원하고 덩달아 마음까지 시원하였다. 만
덕은 눈을 감은 채 그 흔들림에 몸을 맡겼다. 그러자 멀미를 하듯 아
찔해져가는 의식 속에서 바다에서 죽은 자들을 인도한다는 거북사
자들이 물보라를 일으키며 헤엄쳐오는 것이 보였다. 커다란 등껍질
을 인 그들은 발길 닿는 곳이 곧 저들의 집이라는 듯, 무거운 짐을
지고도 우쭐우쭐 잘도 춤을 추어댔다.

"천금상님 요왕문이여, 백금상님 요왕문이여, 요왕황제국 태자님
문 열려줍서, 열려줍서."

심방의 비념이 간절해질수록 징징 바닷가 가득 징소리가 요란하
게 울리고, 덩달아 바람까지 떠르르 떠르르 떨렸다. 장대에 묶인 신
줄이 흔들리는 것이 바람 때문인지, 징소리 때문인지, 그도 아니면
정녕 신명 때문인지 사방 경계가 모호해졌다. 어느새 하늘마저 어둑
해지고, 바야흐로 굿이 절정으로 치닫고 있었다.

심방이 드디어 짚으로 만든 김응렬의 메치메장가짜 시신을 이고 바
닷가로 나오자, 굿당에 모여 있던 사람들이 너 나 할 것 없이 심방을
따라 바닷가로 내려왔다. 넋 건짐이 시작되려 하고 있었다. 만덕 역

시 천천네의 부축을 받아 바닷가로 나왔다.

"에휴, 이 열 봐라! 이래 가지고 영그릇이나 당길 수 있겠냐?"

열에 들떠 가뭄 난 논바닥처럼 쩍쩍 갈라진 입술을 본 천천네가 화들짝 놀라며 만덕의 이마를 짚었다. 펄펄 끓는 것이 영 심상치가 않다며 혀를 찼다. 그러나 정작 당사자인 만덕은 담담했다. 통증과 쾌락은 맞닿아 있다든가. 극한에 이른 몸은 어느 면에선 신기神氣에 휘둘리고 있는 듯도 했다. 만덕은 휘청이면서도 바닷가 너른 바위 위에 버티고 섰다. 그때였다. 범상치 않은 파도가 쓸려 왔다, 쓸려 가기를 몇 번. 투둑 투둑 하늘에서 빗방울이 떨어지더니 이내 쏴아 하고 차가운 빗줄기가 쏟아지기 시작했다.

"어이쿠, 소나기다!"

당황한 사람들이 우왕좌왕 흩어지고, 그 결에 비틀, 밀려 넘어질 뻔한 만덕이 엉겁결에 큰대를 움켜잡았다. 옆에선 천천네가 '사람 똑바로 못 보냐'며 버럭 고함을 치는 소리가 들렸다. 그 소리에 자리를 피하던 전 행수가 멀찍이 서 있는 만덕을 돌아보았다. 단덕은 신대를 움켜쥔 채 몸을 지탱하며 가쁜 숨을 몰아쉬고 있었다.

"이대로는 굿을 진행할 수가 없소. 혼쒬혼부름을 하려면 타당에 들어가야 하는데, 파도가 너무 세서 이대로는 들어갈 수가 없으니, 바람 자거들랑 다시 합시다."

비에 흠뻑 젖은 수심방이 다가와 제주인 만덕을 설득했다. 수심방은 아직도 등에 메치메장을 진 채였다.

"듣고 있소? 비 개거든 새 날 잡아 다시 하잔 말이오!"

벌겋게 달아오른 살갗에 차가운 빗줄기가 날카로운 바늘처럼 따갑게 내리꽂혔다. 그러더니 점점 굵어지는 빗방울은 북채처럼 후둑후둑 전신으로 떨어지며 만덕을 두들겨 깨웠다. 열기가 식자 깨어나는 정신은 온몸의 통증을 미쳐 날뛰게 하고, 날 선 몸의 감각들은 평소보다 몇 배는 더 민감해졌다. 그 순간 만덕은 깨달았다. 손바닥을 통해 전해오는 진동을. 큰대가 울고 있었다.

"내가⋯⋯."

"뭐요? 방금 뭐라 했소?"

빗소리에 막혀 이제는 거의 소리를 지르다시피 대화를 주고받아야만 하는 상황. 만덕이 힘겹게 팔을 들어올리더니 수심방이 둘러맨 메치메장의 어깨끈을 덥썩 움켜쥐었다.

"내가⋯⋯ 들어가겠소!"

점점 또렷해지는 의식 속에서 만덕은 직감하였다. 지금이 아니면 아니되었다.

어디서 그런 힘이 났는지 수심방의 어깨에서 끈을 낚아챈 만덕은 아비의 메치메장을 둘러메고 첨벙첨벙 바다로 걸어 들어갔다. 소나기까지 내리고, 너무 순식간에 일어난 일인지라 차마 말리지도 못한 사람들은 해안가 바위 위에 서서 속수무책으로 그 광경을 내려다보았다. 뒤늦게 여기저기서 비명소리가 터져나왔다.

"행수님!"

와드드 달려나오다 빗물에 미끄러져 넘어지는 익현의 시야 너머로 만덕의 머리 꼭대기가 바다 밑으로 가뭇 사라지는 광경이 보였다. 파도가 허연 이빨을 드러내며 만덕을 집어삼키고 있었다.

"안 돼!"

만덕을 묶은 하얀 광목천의 끄트머리가 순간 나풀. 흰 나비처럼 애처롭게 허공 중에 흩날렸다. 바로 그때였다. 누군가의 굳센 손이 광목천의 끝을 아슬아슬하게 움켜쥐었다. 전 행수였다. 가뭇없이 파도 속으로 사라지려는 끈을 붙잡느라, 전 행수는 이미 허리께까지 바닷물에 몸을 담근 상태였다. 그나마도 파도가 칠 때마다 수위는 점점 높아져 순간순간 바닷물이 머리끝까지 튀어올랐다. 이대로라면 전 행수마저 휩쓸려 들어갈 상황.

"흡!"

하지만 전 행수는 더욱 이를 악물며 광목천의 끝을 팔목에 단단히 휘감았다. 그사이 따라 들어온 만재도 전 행수를 도와 힘을 합쳐 끈을 당기기 시작했다.

그 시각, 만덕은 이미 이승과 저승의 경계를 표류하고 있었다. 아버지의 메치메장을 메고 바다로 들어간 만덕은 어미의 태胎로 기어드는 아이처럼 거침없이 바다를 가르며 나아갔다. 그때다다 찬물에 소름이 돋듯 두려움도 함께 일었으나 어느 순간 파도에 떠밀려 발이 바닥에서 둥실 떠오르자 그 익숙하고도 다정한 느낌에 만덕의 불안은 서서히 잦아들었다. 그리고 만덕은 깨달았다. 그 익숙한 느낌의 정체를. 어린 시절의 한때처럼 아비의 손이 자신을 떠받치고 있었다.

'저기 저 한양이 보이느냐?'

'아니오, 아방. 보이질 않습니다.'

'저기 저 금강산이 보이느냐?'

'아니오, 아니오. 제 눈엔 안 보입니다.'

'저기 저 백두는 보이느냐?'

'안 보입니다. 아무것도 보이질 않습니다!'

만덕은 통곡하였다. 가슴속을 차고 오르는 시퍼런 그리움의 덩어리가 그대로 서러운 울음이 되어 터져나왔다.

'차라리 저도 데려가셔요.'

이승은 지치고 외로웠다. 이승의 찬바람보다 어미의 양수를 닮은 바다가 훨씬 따스하고 안온하였다. 만덕은 차라리 아비를 따라 바다 건너 다른 세상으로 가고 싶었다. 아방, 어멍, 양모인 월중선까지. 저 멀리 그리운 이들이 만덕을 향해 손짓하고 있었다. 그러나 오라는 것인지, 가라는 것인지 만덕은 도무지 알아들을 수가 없었다.

'네? 지금 뭐라 하셨습니까? 한 번만, 다시 한 번만 더 말씀해주셔요!'

그 순간, 강하게 이끌리는 느낌과 함께 어푸 만덕의 폐 속에 차디찬 공기가 비어져 들어왔다. 그리고 멀리서 애타게 부르는 소리가 들려왔다.

"복復! 초혼 복! 이혼 복! 삼혼 복!"

'그래 알고 있었지. 돌아가야 한다는 것을. 내 아버지 가시던 날 내 어깨에 지어주신 그림자를 거두려고 이리 찾아오셨던고.'

쿨럭. 만덕은 폐 속에 들어찬 짜디 짠 바닷물을 울컥 뱉어내었다. 해안가에는 광목천을 손에 쥔 만재와 전 행수가 뜨거운 입김을 뿜어내며 가쁜 숨을 몰아쉬고 있었다.

사나사나 사니나 사나 / 날로 달로 사낭갑서 /

맺힌 간장 맺힌 설움 / 날로 달로 사낭갑서 /

저승 갈 때 맺힌 간장 맺힌 설움 / 사나사나 사낭갑서 /

불쌍한 영신 / 열시왕ㅓㅌ 앞으로 질치건 /

청나비 몸으로 환생합서 / 백나비 몸으로 환생합서 /

청새 몸으로 환생합서 / 백새 몸으로 환생합서 /

저승길을 여는 심방의 노랫소리가 아득히 밀려오는 가운데, 어디선가 '넋 건졌다!' 외치는 소리가 들려왔다. 소미의 손에 끌려나온 영 그릇은 밥그릇도 술병도 깨져 있었건만 유독 멀쩡한 얼레빗에는 누구의 것인지 모를 햇살에 바랜 갈색 머리카락 두 올이 걸려 있었다.

혹자는 그것이 귀신이 만족하여 제물을 거두고 대신 제 머리칼을 남기고 간 것이라 했고, 혹자는 비바람으로 바다가 뒤집히는 바람에 바위에 부딪혀 그릇은 깨어지고 그 와중에 바다를 떠돌던 해초 나부랭이가 끼인 것이라고도 했다.

진실이야 무엇이든 정신줄이 까무룩해져가는 와중에도 만덕은 오래전, 이제는 잊고 지냈던 바람의 속삭임을 들었다.

'기억하렴, 아이야. 너는 영등이 주신 씨앗. 영등의 아이란다.'

태울 듯 휘감아 오르던 지독한 열꽃이 가시자 어느새 만덕의 떨림도 거짓말처럼 사그라들었다. 비단 요람에 누워 꽃잠 자는 아기처럼, 그렇게 만덕은 간만에 혼곤한 잠에 빠져들었다.

무혼굿 이후 대부분의 격군들은 만덕의 상단으로 돌아왔다. 여전히 찜찜한 감이 없지 않았지만 목구멍이 포도청이라고, 부정의 원인으로 지목됐던 원혼까지 천도된 마당에 더 이상 뻗댈 명분이 없었다. 본래가 뱃일이란 한 발은 이승에, 나머지 한 발은 저승에 걸쳐 놓고서야 가능한 일. 어차피 그들도 겨울을 나자면 한 푼이라도 부지런히 벌어야 했기 때문이다. 그러나 이미 송방으로 넘어간 사공만은 예상대로 끝끝내 돌아오지 않았다. 결국 당장 아쉬운 만덕이 새 사공을 물색하기 위해 섬 바닥을 훑고 다녀야 했다.

"도근내 박씨는 어떠냐? 탐라 근해 바닷길 꿰기론 그만 한 뱃사람도 없는데?"

"그분은 술광질다리술주정뱅이가 아닙니까?"

"하면, 산지물 정씨는?"

"덕망이 없다 들었습니다. 바다 위에서 며칠이고 격군들을 통솔해야 하는데 입절림말다툼 일어서야 쓰겠습니까?"

외숙인 고씨가 떠오르는 대로 이 사람, 저 사람을 천거해보았지만 처음부터 깜냥되는 이치고 공으로 노는 자가 있을 리 만무하였다. 형편되는 이는 흠결이 있게 마련이었고, 괜찮다 싶은 이는 이미 다른 상선의 소속일 밖에. 결국 사공 찾는 일은 맘처럼 쉬이 진척이 없었다.

"하루하루 날만 가는데 정녕 큰일이다. 이래 가지고 사리 전에 출선은 할 수 있으려는지……."

무혼굿을 치르고 나서 크게 놀란 탓인지 며칠간 몸져누웠던 천천네는 자리를 털고 일어나자마자 빈 사공 자리부터 걱정했다. 상단 일은 걱정 말고 몸조리나 잘하라고 자못 태연한 척 말은 하였지만, 초조하기로는 만덕만 한 사람이 없었다. 날짜까지 다 정해놓고 출선이 취소되면서 이만저만 손해를 본 것이 아니었기 때문이다. 게다가 무혼굿을 올린다고 들인 비용까지. 거기에 이젠 사공 문제까지 겹쳐 이래저래 출항 일자가 늦춰지자, 상선 구입으로 겨우 콩합하두었던 거래처들과의 신용 문제가 다시금 수면 위로 떠오를 태세였다.

"원래 좋은 일일수록 일이 될라 하면 마가 많이 끼는 법이지. 지금껏 기다려왔는데 며칠 더 못 기다릴까? 저들지 말게."

객주를 찾아온 곰새는 외려 만덕을 격려하였다. 하지만 언제까지고 자신의 부족함 때문에 같은 편이 되어준 사람들에게까지 고통을 분담시킬 수는 없는 일. 이제 자신의 사람들은 자신이 지켜야 한다고 결심하는 만덕이었다. 그러나 그것 또한 마음일 뿐. 세상사란 게 마음먹은 대로만 흘러가는 것은 아니었다.

"오늘도 허탕이냐?"

"쉽질 않네요."

그날도 만덕은 사공을 구하기 위해 아침 일찍 객주를 나섰다가 오후가 되어서야 돌아온 길이었다. 피곤한 몸을 이끌고 방으로 들어갔던 만덕은 얼마 지나지 않아 다시 방문을 박차고 나오며 다급히 천천네를 찾았다.

"아주머니! 혹, 제 방에 있던 출선기 못 보셨습니까?'

집을 나서기 전에 잠시 확인하고 서안 위에 올려두었던 출선기가 한나절 새 사라진 것이었다. 천천네도 당황했는지 머리를 긁적이며 대답했다.

"글쎄다. 좀 전에 만재가 잠시 들어갔다 나온 것 같기도 하고……."

그제야 만덕은 퍼뜩 며칠 전 일을 떠올렸다.

"괜찮아. 내 사람들은 내가 지켜야지. 이젠 더 이상 투정 부릴 아방도 없잖아?"

아직도 사공 자리가 비어 있는 출선기를 펼쳐 들고 남몰래 한숨을 내쉬고 있는데, 그때 마침 만재가 들어왔다. 하도 걱정 어린 표정으로 자신을 바라보기에 빙긋 웃으며 아무렇지 않은 척 그리 대답하였건만, 보는 사람이 민망할 정도로 만재의 표정은 급격히 어두워졌었던 것이다. 그러고 보니 뭔가 다른 말을 하려 했던 것도 같은데…….

'대체 무슨 생각인 거야?'

만덕의 미간이 좁아졌다. 그러나 그리 오래 궁금해할 것도 없이 만재의 계획은 곧 밝혀졌다. 그날 저녁, 만재가 관의 허가가 난 출선기를 들고 돌아왔던 것이다.

"오라방이 사공이라니? 이 무슨……!"

출선기의 앞머리에는 '사공沙工 김만재金萬在'라는 이름이 떡 하니 박혀 있었다.

"대체 어쩌자고 이런 거야? 출선기가 애들 장난도 아니고……!"

당시 탐라에선 고깃배든, 장삿배든 섬을 나가려면 반드시 관에서 발급한 출선기를 갖춰야만 했다. 그 출선기에는 선주船主와 사공沙工의 이름은 물론이고 격군과 승선자 전원의 이름이 기재되어 있어야 했다. 그래야만 관에서 허가가 떨어졌다. 출륙금지령으로 탐라민의 관리가 엄격한 탓이었다. 한데 만재가 빈 사공의 자리에 자신의 이름을 채워서 허가를 받아온 것이다.

"안 되겠어. 군관 나으리께 내 당장 가서 착오가 있었다고 말할 거야."

출선기를 채어 든 만덕이 자리에서 벌떡 일어섰다. 그런데 만재가 그런 만덕의 팔목을 붙잡고 놓지 않았다. 만재는 만덕을 향해 그러지 말라며 고개를 젖고 있었다.

"그럼 어쩌자고? 정말 이대로 오라방이 사공을 맡겠다고? 아무리 오라방이 탐라 물길을 잘 안다지만, 지금껏 한 번도 사공을 맡아본 적이 없잖아."

그러자 만재는 방 안에 걸린 지도를 가리키며 손으로 배 젓는 시늉을 했다.

"그래, 지난번에 경강에서부터 배를 몰아왔지. 하지만 그땐 길잡이가 있었잖아. 오빠를 무시하는 게 아냐. 하지만 그래도 이건 너무 무모한 짓이라고!"

사실 경험으로만 치자면 만재가 사공을 못할 것도 없었다. 아주 어려서부터 외숙인 고씨를 따라 뱃일을 해온 탓에 탐라 바다를 손금 보듯 잘 아는 만재였다. 게다가 원체 꼼꼼하고 성실한 성격이라 만덕으로선 누구보다 믿을 수 있는 사람이기도 했다. 갈을 못한다는 것이 좀 아쉽긴 했으나 그마저 배 위에서는 수신호로 대부분 웬만한 의사소통은 가능했으니 그리 큰 흠결은 아니었다. 하지만 그럼에도 불구하고 만덕은 만재를 사공으로 보내는 일이 내키지 않았다.

"바당에 나가면, 내 손이 닿질 않잖아. 궁금해도 알 수 없고, 돕고 싶어도 도울 수가 없어. 그러다가 혹 또 무슨 일이라도 생기면……!"

만덕은 얼마 남지 않은 자신의 혈육을 또다시 바다로 밀어넣고 싶지 않았다. 만에 하나라도 또다시 힘 한 번 써보지 못하고 허무하게 혈육을 잃게 된다면, 만덕은 스스로를 용서할 수 없을 것 같았다.

그때였다. 만덕의 머리 위로 묵직하니 뭔가 내리누르는 느낌이 들었다. 고개를 들어보니 만재가 자신의 두툼한 손을 만덕의 정수리에 대고 있었다.

"오…… 으…… 으……."

마치 키를 재듯 만덕의 정수리에서 한 뼘쯤 손을 들어올리더니 다시 자신의 정수리에 가져다 댄 만재는 힘겹게 뭔가를 말하려 하고 있었다. 소리는 거의 나오지 않지만 입 모양만으로 전해진 그 말에 만덕은 울컥 눈물을 터트리고 말았다.

오라방.

'내가 니 오라방이야.'

그 한마디를 전하기 위해 만재는 오만상을 찌푸리며 입을 벙긋대고 있었다. 그 모습이 슬프기도 하고, 또 한편으론 우습기도 하여 만덕은 눈물을 흘리면서 웃었다.

"바보. 나보다 키도 작은 게."

만덕이 밉지 않게 눈을 흘기며 볼멘소리를 했다. 그제야 만재도 입꼬리를 들어올리며 활짝 웃었다. 그리고 이튿날, 만재를 사공으로 삼은 만덕의 배가 드디어 첫 닻을 올렸다.

첫 항해는 비교적 순조로웠다. 화북포구를 출발한 배는 순풍을 타고 하루 만에 추자도에 닿았고, 다시 사흘 후 목적지인 강진에 도착했다.

"그곳에서 손질한 전복이 아주 인기가 좋았던 모양이오. 내놓은 지 한나절 만에 다 팔리고, 이제 그 돈으로 쌀과 소금을 바꿔서 며칠

안에 출발할 거라더군."

먼저 돌아온 다른 상단의 일꾼으로부터 소식을 전해들은 천천네는 쾌재를 불렀다.

"아이고, 우리 만재가 해냈구나! 장하다, 장해!"

천천네처럼 내놓고 표현을 하진 않았지만 만덕도 남몰래 안도의 한숨을 내쉬었다. 출항 전에 벌어졌던 온갖 사단들을 비웃기라도 하듯 교역은 그야말로 일사천리였다.

"다 일이 잘될라고 그랬던 게다. 액땜한 게야. 암, 암. 그렇고 말고."

처음이 어렵지, 그 다음부턴 별것 아니라는 천천네의 말이 간만에 현실적으로 들려왔다. 지금까지 단 한순간도 녹록지 않았던 인생길이었지만 만덕은 이제야말로 모든 것이 잘될 것 같은 예감마저 들었다. 그러나 그 예감은 채 하루를 버티지 못했다. 그날 밤부터 갑작스런 폭우가 쏟아지기 시작했던 것이다.

"정확히 언제 떠난다는 말은 없었습니까?"

"글쎄…… 우리 배가 강진을 출발한 것이 그러니까…… 엿새 전이었으니까, 며칠 상간으로 출발한다고 하면, 엊그제쯤 출탈했을라나? 거래가 늦어졌으면 아직 출발 안 했을 수도 있고."

아침 일찍, 지난번 만재의 소식을 전해주었던 일꾼의 집을 찾은 만덕이었다. 오히려 초조한 마음만 더해졌을 뿐 만덕은 별 다른 소득도 얻지 못한 채 일꾼의 집을 나와야 했다. 밖엔 여전히 비가 쏟아지고 있었다. 만덕은 객주로 돌아가기 위해 방향을 잡았다. 그러나……

폭우가 쏟아지는 길을 따라 한참을 멍하니 걷던 만덕은 주로에서 벗어나 좁은 샛길로 들어섰다. 인적이 드문 외딴 골목, 담장에 기댄 만덕은 미끄러지듯 주르륵 그 자리에 주저앉았다. 세찬 빗줄기가 도롱이 사이로 파고들었지만 그마저 개의치 않았다.

"오라방……."

폭우로 뱃길이 막힌 지 이틀째. 간간이 뭍에서 오던 소식도 끊기고 덩달아 만재의 행방마저 묘연해졌다. 어딘가에 피해 있을 거라고, 바다 날씨에 훤한 만재가 속수무책으로 변을 당했을 리 없다고 생각하면서도 불안한 마음은 좀처럼 가라앉질 않았다. 만덕의 머릿속에서는 만재가 떠나던 날, 손을 흔들며 멀어져가던 그 모습이 끊임없이 반복되었다. 그때 얼핏 돌아서던 만재의 뒷모습은 잊고 싶은 잔영을 자꾸만 떠오르게 했었는데…….

파랗게 질린 만덕의 입술이 파르르 떨려왔다. 눈물은 흐르지 않았다. 다만 쏟아지는 빗줄기가 창백하게 여윈 볼을 타고 끊임없이 흘러내릴 뿐이었다.

"독하다, 독해. 어찌 제 오라방이 행방불명이 됐다는데도 저리 눈 하나 깜짝 안 할꼬?"

"그러니 드센 팔자라는 거 아냐? 행수기생까지 해먹었던 구력인데. 게다가 여자 몸으로 장사는 아무나 하나?"

이문간 밖에서 쑥덕대는 소리가 만덕의 귀에까지 들려왔건만 만덕은 모른 척, 새로 들어온 물건들을 장부와 맞춰볼 뿐이었다. 오히려 옆에서 일을 돕던 익현이 눈치를 보느라 더 안절부절이었다.

태풍이 지나고도 다시 이틀. 뭍과 탐라 사이의 뱃길이 열리자 추자도에 발이 묶여 있던 상선들이 하나둘 돌아왔다. 그러나 그 속에도 만재의 배는 없었다.

"만재 형님이오? 강진에서 우리 배보다 한나절은 족히 먼저 출발했는데, 아직 도착 안 했어요? 이상타…… 추자도에서도 못 봤는데……."

들려오는 소식이라곤 온통 불길함을 더하는 것들뿐이었다. 상황이 이러고 보니 만덕의 상선을 타고 나갔다가 함께 행방불명이 된 격군의 식솔들은 하나같이 안절부절못했다. 개중엔 만덕의 객주를 드나들이로 찾아와 소란을 피우는 자도 있었다.

"아이고, 그러기에 내 아무리 급해도 저년 배는 절대로 타지 말라고 그렇게 말렸건만! 어쩔 것이냐, 이년! 내 왕바리 살려내라, 이년아!"

멱살잡이를 당하면서도 만덕은 눈 하나 깜짝하지 않았다. 오히려 그럴수록 더욱 객주 일에만 매달리는 것이었다.

"삼베 한 필에 두 냥씩 쳐드리지요. 그 이상은 안 됩니다."

"뭐, 그러시게. 한데, 오라비가 행방불명됐담서? 자네, 정말 괜찮은가?"

"두 냥입니다. 팔 생각이 없으시면 돌아가시든지요.'

만덕은 만재의 일에 대해서만큼은 지나칠 정도로 함구하였다. 심지어 뭐가 그리 바쁜지 하루 종일 객주에 틀어박혀서는 선착장엔 나가볼 생각조차 하지 않았다.

"너는 불안하지도 않으냐? 다들 아침저녁으로 나가서 요왕님전에 비는 모양이던데, 엎어지면 코 닿을 거리에 살면서도 너는 어찌 선 착장 근처에도 나가보질 않냐?"

"가서 손이 발이 되게 빌면, 뭐가 달라진답니까? 노는 입에 쌀이 들어와요?"

되레 천천네를 타박하는 것이었다. 사실이었다. 한시라도 가만히 있으면 손발이 후들후들 떨리는 만덕이었다. 자꾸만 불길한 예감이 들어서 잠시도 몸을 놀릴 수가 없었다.

해가 지고 밤이 되면 그 불안은 몇 곱절이 되었다. 어둠이 내려앉 듯 가슴속이 온갖 끔찍한 상상들로 시커멓게 물들어서 만덕은 잠조 차 이룰 수가 없었다. 그러면 만덕은 일부러 방 안 가득 훤히 불을 밝혀놓고 계산 끝난 장부를 맞춰보고 또 맞춰보는 것이었다. 그러다 보면 어느새 날이 밝고, 새벽 첫닭이 울었다. 그러길 벌써 일주일째. 결국 탈진한 만덕은 새벽녘에 까무라치듯 잠이 들었다.

꿈속에서 만덕은 사라봉을 오르고 있었다. 그 옛날 아비를 기다리 며 매일을 하루같이 오르던 길이었다. 한데 나무 한 그루, 풀 한 포 기까지 낯익은 그 길이 어찌 된 일인지 꿈속에선 가도 가도 끝이 보 이질 않았다. 하지만 이를 악문 만덕은 발이 까지고 무릎이 휘도록 걷고 또 걸었다.

정상에 올라야만 했다. 그래야 만재 오라방이 보일 터였다. 땀이 비 오듯 쏟아지고, 어느 순간부터는 땀인지 눈물인지조차 구분이 되 질 않는 극한의 상황이 닥쳐왔지만 만덕은 여전히 발을 멈추지 않았 다. 그렇게 헐떡임이 훌쩍임이 되고 그 훌쩍임이 다시 통곡으로 변 할 즈음, 드디어 하늘이 열리더니 만덕의 눈앞에 정상이 나타났다.

하지만 눈앞에 펼쳐진 것은 바다가 아니었다. 드넓게 펼쳐진 우주. 저 멀리 북극성이 반짝이는 무한한 공(空)의 세계였다!

"사라봉이 왜 사라봉인 줄 아니? 간 사람은 간 사람이고, 산 사람은 살아야 한다 해서 사라봉이란다."

모습은 보이지 않으나 어디에선가 나이 든 여인의 목소리가 들려왔다. 왠지 그립고도 서글픈 목소리. 그 목소리가 어딘지 귀에 익다고 느낀 순간, 만덕은 밖에서 들리는 소리에 퍼뜩 잠에서 깨었다.

"행수님, 좀 나와보셔요!"

얼마나 혼절해 있었던 것일까. 장지문 밖은 벌써 환하게 밝아 있었다. 잠시 꿈과 현실의 경계가 모호하여 멍하니 앉아 있던 만덕은 다시금 밖에서 들려오는 익현의 목소리에 자리에서 벌떡 일어났다.

"배가 들어옵니다! 만재 아주방이 돌아온다고요!"

버선발로 선착장까지 내달려 나온 만덕의 눈에 수평선 저 멀리 작은 점 하나가 들어왔다. 그 작은 점이 손톱만 해지고, 이내 수박만 해지고 나서야 만덕은 비로소 막혔던 숨을 토해내었다. 그것은 쌀과 소금을 잔뜩 실은 황포 돛배였다.

"저기 만재 맞지? 아이고, 우리 만재 무사했구나!"

어느새 나와 있었는지 천천네가 눈물을 글썽이며 말했다. 갑판 위에는 그새 얼굴이 까맣게 그을린 만재가 포구를 향해 손을 흔들며 서 있었다. 조금 마른 듯하지만 다행히 건강한 모습이었다. 순간 만덕은 휘청, 무릎이 꺾이는 것을 느꼈다. 그동안의 긴장이 일시에 풀린 탓이었다. 옆에 있던 익현이 얼른 그런 만덕을 부축했다.

"오라방……."

만덕은 만재를 향해 손을 흔드는 대신 천천히 자신의 가슴을 쓸어내렸다. 밤새 고여 있던 불안이 한숨이 되어 흘러나올 때까지 만덕은 그렇게 가슴을 쓸고 또 쓸어내렸다.

13

갓
일

이른 아침부터 만덕의 객주는 사람들로 북적였다. 팔을 걷어붙인 일꾼들은 어엿차, 지게 가득 짐을 싣고 창고에서 선착장으로, 다시 선착장에서 창고로 잰 발걸음을 옮겼다. 한쪽에선 물건을 떼러 온 봇짐장수들이 둥글게 모여서서 흥정을 벌이느라 여념이 없었다. 오고 가는 인파에 신이 난 동네 누렁이가 자기도 한자리 낄 요량으로 컹컹 짖으며 뛰어다니는 바람에 거들먹거리며 이문간을 들어서던 외지 상인이 체신을 잃고 비틀거렸다.

"어이쿠, 이런 이런…… 여기 객주 안 계시오?"

옷에 묻은 먼지를 탁탁 털어내는데 마침 이문간 앞을 지나던 상단 일꾼이 대꾸했다.

"객주 어른께선 안에서 회의 중이십니다만, 저쪽 객사에 앉아 잠시만 기다리시지요."

갈옷 위에 쪽빛 등거리를 받쳐 입은 일꾼은 새로 올린 객사 쪽을 가리키고는 도로 종종걸음으로 멀어져갔다. 객사는 이미 먼저 도착한 손님들로 장사진을 이루고 있었다.

"뱃길을 터 재미 좀 봤다더니만, 과연 왁자하니 정신이 없구먼."

입맛을 쩝쩝 다시는데, 어느새 객사 쪽에서 푸짐한 덩치의 아낙 하나가 곰살맞은 미소를 흘리며 달려나왔다. 천천네였다.

"아이구, 어서 옵소. 먼 길 오느라 고생하셨수다. 우리 객주는 처음이신갑소?"

너스레를 떠는 천천네였으나, 정작 상인은 정신이 하나도 없어 보였다.

"여기 미역과 전복이 좋다기에 내 소문을 듣고 한번 와봤소만, 손님이 원체 많아서…… 난 그냥 가려오."

하고는 왔던 길을 도로 돌아가려는데, 덥썩 상인의 소맷자락을 붙잡는 천천네였다.

"아이, 초면에 왜 이리 서두르실까?"

샐샐 눈웃음을 머금은 천천네는 변죽 좋게 상인의 옆구리를 쿡 찔렀다.

"그러지 마시고, 객고에 노곤하실 터인데 우리 객주에서 직접 담근 오합주 한잔 하셔요. 이 탐라 오합주가 남자들 정력에는 최고라 안 합니까? 돈은 받지 않을 터이니 이 천천네가 올리는 술 한잔 자시고, 물건 구경도 하시면서 천천히 있다 가셔요."

솜씨 좋게 상인을 주물러 객주로 들여보내는 천천네였다. 그러고는 정작 자신은 익현을 찾아 바삐 걸음을 옮겼다.

"익현아! 익현아!"

익현은 마침 마당 한쪽에서 봇짐장수들을 상대로 한창 흥정을 벌이는 중이었다.

"소금 한 되에 단돈 닷 푼! 이 가격이면 거저나 다름없지요. 머리를 탈탈 털어서 비듬을 쌓아놓아 보십시오. 과연 이보다 싸겠습니까?"

그러면서 마당 가득 쌓인 소금 자루를 열어 보이는 익현이었다. 하지만 봇짐장수들의 반응은 영 시큰둥했다.

"이거 혹 자염煮鹽 아닌가? 진짜배기 천일염이 어찌 이리 쌀 수가 있어?"

외려 의심을 하는 봇짐장수들이었다. 그도 그럴 것이 탐라에서 소금은 미곡 다음으로 귀한 물건이다. 그런 물건이 산지나 다름없는 가격으로 나오고 보니 쉽사리 믿기지 않는 것이었다.

"어허! 이분들이 속고만 사셨나? 우리 상단이 산지까지 직접 가서 배로 떼어온 물건입니다. 품질은 말할 것도 없고 중간 마진까지 쫙 뺀, 진짜 알짜배기라 이 말입니다!"

익현의 해명에도 불구하고 곧이 듣지 못하는 봇짐장수들이었다.

"거참…… 싸도 너무 싸니 외려 더 찜찜한 것이……."

익현은 그 말에 발끈했다.

"찜찜이라니! 우리 객주님 하면 첫째도 신의, 둘째도 신의이신 분입니다. 외지 상단도 아니고, 우리가 같은 탐라 사람 등이나 쳐먹을 상단으로 보이십니까?"

"그야, 만덕 객주가 탐라 사람 손해보게 할 이는 아니지만서도……."

여전히 슬슬 눈치만 보는 상인들 앞에서 익현은 보란 듯이 팔짱을 척 꼈다.

"좋습니다! 만에 하나라도 이 천일염이 가짜라면, 우리 상단에서 책임지고 두 배로 물어드리지요. 내, 우리 행수님 이름을 걸고 약속합니다. 그래도 정 못 미더우시면 거래고 뭐고 여기서 그만들 두시든가요!"

그제야 봇짐장수들은 너 나 할 것 없이 돈 꾸러미를 던지며 서로 달려들기 시작했다.

"믿지, 믿고 말고. 탐라에서 만덕 상단 안 믿으면 누굴 믿겠나? 하면 우선 난 닷 말 주게!"

"난 한 가마니 사겠네!"

"이거 왜 이러나? 내가 먼저일세!"

이제는 서로 더 사겠다며 몸싸움을 벌이는 봇짐장스들이었다. 덕분에 그 사이에서 익현은 즐거운 비명을 질렀다.

"자, 자 물건은 창고에 얼마든지 있으니 다투지들 마시고 줄을 서십시오!"

상단 일꾼들이 봇짐장수들에게 차례차례 물건을 나눠주는 사이, 익현은 인파를 뚫고 먼 발치에서 자신을 향해 손짓하고 있는 천천네에게 다가갔다.

"어이구, 여기도 만만치가 않구나. 객주도 손님이 어찌나 많은지 정신이 하나도 없다."

앓는 소리를 하면서도 천천네의 얼굴에선 좀처럼 미소가 떠나질 않았다. 바쁜 만큼 더 신명이 나는 것일 터였다.

"한데 무슨 일이십니까?"

익현이 묻자 그제야 용건을 떠올린 천천네가 무릎을 쳤다.

"아 참, 행수님께서 부르신다. 어서 들어가봐라."

하며 안채 쪽을 가리키는 천천네였다.

바깥채에서 마구간을 지나 중문 하나를 넘어서면 다시 작은 마당
이 이어지고, 거기서부터는 안채였다. 안채는 만덕의 살림집이자 동
시에 만덕 상단의 본채였다. 객주를 운영하면서 동시에 상단을 통해
뭍과의 교역을 지휘하고 있는 만덕은 객주의 소란을 피해 이곳에서
회의를 소집하고 대부분 중요한 결정들을 내렸다. 또한 만덕은 이곳
에서 아침저녁으로 상단 식구들과 함께 식사를 했다.

'식구食口가 무엇인가? 같이 둘러앉아 밥 먹는 사이가 아닌가? 내
지붕 밑에 모여든 이상 먹더라도 함께 먹고, 굶더라도 함께 굶을 것
이다.'

처음으로 다 함께 식사를 하던 날, 만덕은 상에 둘러앉은 상단 식
구들을 향해 그렇게 말했다. 그리고 그날 이후로 한 번도 자신의 말
을 어긴 적이 없는 만덕이었다. 익현은 유독 먹는 일에 의미를 두는
것은 아마도 만덕이 책임감을 드러내는 자신만의 방식일 거라고 생
각했다.

익현은 막 유채꽃이 피기 시작한 마당을 지나 안채 댓돌 앞에 섰
다. 방 안에는 이미 사람이 들었지, 댓돌 위에는 신발 두 켤레가 가
지런히 놓여 있었다.

"행수님, 익현입니다."

두 손을 모은 익현이 방을 향해 고하자 곧 안쪽에서 만덕의 목소
리가 들려왔다.

"들어오너라."

장지문을 열고 안으로 들어서니 먼저 도착한 만재와 만덕이 대화를 나누고 있는 것이 보였다. 대화라고 해봐야 한 사람은 벙어리인지라 손짓 발짓의 연속이었지만 신기할 정도로 두 사람은 서로의 마음을 잘 읽었다. 아마도 피를 나눈 혈육이기 때문일 터. 그런 생각을 하고 있는데 만덕이 방석을 가리키며 말했다.

"앉거라. 마침 막 본론을 얘기하려던 참이었다."

그러더니 말을 이어가는 만덕이었다.

"실은 요 며칠, 지난 일 년간의 교역을 정리해보았습니다. 그 결과 이젠 뭍과의 교역도 웬만큼 자리를 잡은 듯하더군요. 이 모두가 두 사람이 애써준 덕분입니다."

그러면서 만덕은 만재와 익현을 향해 고개를 끄덕여 보였다.

경강에서 배를 들여온 지 일 년. 그동안 최일선에서 만덕 상단의 상선을 이끌어온 만재와 익현이었다. 바닷길에 밝은 만재는 첫 항해에서 태풍을 피해 위기를 모면한 이후로 주욱 상선의 사공을 맡고 있었고, 올해로 열일곱이 된 익현은 벌써 반년째 만재를 따라 탐라와 뭍을 오가며 타고난 말솜씨로 내거간內居間 일을 도맡고 있었다.

"허나……."

만덕이 서안 위에 놓인 장부를 들어 보이며 말했다.

"계절에 따라 수익의 격차가 큰 것은 여전히 해결해야 할 문제입니다."

차분히 문제점을 지적하는 만덕이었다.

만덕 상단이 주로 취급하는 물품은 여전히 미역과 해산물이었다.

물론 우황과 녹각 같은 약재나 귤 같은 과일도 종종 다루기는 했지만 극히 일부분일 뿐이었다. 대부분의 교역은 잠녀촌에서 건져 올린 해산물에 의지하였던 것이다. 하여, 자연히 계절에 많은 영향을 받을 수밖에 없었다. 물질은 봄부터 가을까지만 가능했고, 그나마 가장 큰 수익을 내는 미역은 봄 한철에만 채취가 가능했기 때문이다. 게다가 뭍의 곡식 사정과 맞물리면 상황은 더욱 복잡해졌다.

"장부를 확인해보니, 보릿고개라 곡식 값이 크게 오른 탓에 이번 거래에선 거의 이문을 남기질 못했더군요. 이대로라면 이익은 고사하고 상단의 존망마저 위태로울 것입니다."

그러면서 큰 우려를 드러내는 만덕이었다. 그에 익현이 고개를 갸웃하며 물었다.

"하지만 이문을 적게 남기더라도 '바지런히 움직여서 좋은 물건을 싸게 공급한다'는 것이 행수님의 방침이지 않았습니까?"

그래서 지금껏 그 뜻에 따라 상인들에게 박리다매나 다름없이 물건을 넘겨온 익현이었다. 그런데 지금에 와 이익이 너무 적어서 문제라니. 그러자 만덕이 대답했다.

"그래. 그동안 그랬지. 손님들이 이득을 보게 해야 그 발길이 끊이지 않는 법이고, 그래야 우리 상단 또한 앞날을 기약할 수 있으니. 지금도 그 기본 방침에는 변함이 없다."

그 말에 익현이 다시 고개를 갸웃했다.

"하면 어찌하라는 말씀이십니까? 이윤을 크게 남기자면 그만큼 마진을 붙여야 하는데 그러자면 당장 손님들의 발길이 줄어들 테고, 그렇다고 손님들의 발길을 붙잡자면 다시 우리 쪽 마진을 줄일 수밖에 없으니……. 어차피 이 둘은 따로 움직이는 것이 아니고, 바둑판 위의 흑돌과 백돌처럼 어느 한쪽이 늘면 다른 한쪽이 줄 수밖에 없는 것이 아닙니까?"

익현이 좀처럼 이해할 수 없다는 표정을 짓자, 만덕이 그제껏 들고 있던 장부를 탁자 위에 내려놓으며 말했다.

"그래 지금까지의 판에서만 보자면 그러하겠지. 하지만 그것은 어디까지나 좁은 바둑판 위에 한정지었을 때의 이야기다."

그러더니 만덕은 보란 듯이 탁자 위에 내려놓은 장부를 펼쳤다. 그러자 장부의 크기가 금세 두 배로 넓어졌다.

"판을 키운다면…… 혹은 판이 뒤바뀐다면 얘기는 또 달라지는 것이 아니겠느냐?"

그러면서 만덕은 빙긋 웃어 보였다. 그러나 익현은 선뜻 만덕의 뜻을 이해하지 못했는데…….

"판을 키운다……?"

익현은 그저 펼쳐진 장부와 만덕의 얼굴을 번갈아 바라보며 혼잣말을 되뇌일 뿐이었다.

그 일이 있은 지 얼마 후. 뭍으로 장사를 나온 익현은 깊은 시름에 잠겨 있었다.

"에휴, 손님은 끌어모으되 마진은 올려라?"

금강 하구의 은진. 넓은 평야와 바다가 맞물린 강경장은 아홉째 날 장시를 보기 위해 몰려든 사람들로 인산인해를 이루고 있었다. 아까부터 주막 평상에 퍼져앉아 지나가는 사람들을 멀거니 바라보던 익현은 답답한 마음에 탁배기 한 사발을 주욱 들이켜고는 그새 알맞게 식은 국밥을 훌훌 삼켰다. 벌써 시장 바닥을 휩쓸고 다닌 지 반나절째. 빈 손으로 탐라에 돌아가지 않으려면 날 저물기 전에 어서 적당한 물화 주인을 찾아야만 했다. 하지만 그것이 영 생각만큼 쉽지 않았다.

'만덕 상단 미역 좋은 거야 내 잘 알지. 한데 보릿고개잖나? 당장 끼니 걱정하며 사는 판국에 미역을 사려는 손님이 있을는지 원…… 그러지 말고, 내 담달에 보리 수확 끝나고 나믄 꼭 살 테니, 그때 거래함세.'

아직은 햇보리가 나기 전이라 너른 평야가 펼쳐진 삼남의 장터에서도 곡식은 가장 귀한 물목이었다. 그러다 보니, 미역이며 해물을 팔아 쌀과 바꿔가야 하는 만덕 상단으로서는 거래 자체가 용이치 않은 상황이었다. 어쩌다 가끔 들어오는 흥정도 터무니없이 낮은 가격을 부르기 일쑤여서 미역 팔기는 고사하고, 그 귀한 전복은 아직 꺼내보지도 못한 처지였다. 이런 판국이니 손님은 끌어모으되 마진은 높이라는 만덕의 말이 요원하기만 할 수밖에. 결국 오전 내내 공을 치고 늦은 점심을 먹으러 주막에 들렀던 익현은 나오느니 연방 한숨뿐이었던 것이다.

다시 한 번 한숨을 푹 내쉰 익현은 개다리소반 위에 엽전 몇 닢을 던져놓고는 자리에서 일어났다. 퍼져앉아 있어봐야 무슨 소용이 있으랴. 조금이라도 더 부지런히 돌아다녀봐야지. 바랑을 짊어지고 주막을 나서려는데, 마침 주막 사립문으로 들어서던 한 사내가 익현을 보고 먼저 아는 척을 해왔다.

"너 혹시 탐라동이 아니냐?"

탐라동이란 말에 고개를 돌린 익현은 사내의 얼굴을 바라보았다. 그리고 보니 어딘가 낯익은 얼굴이었다. 이내 사내를 알아본 익현의 눈이 반가움에 커졌다.

"경선 아재 아니세요?"

경선이라 불린 사내는 한강과 금강을 오가는 선상船商으로, 지난번 경강에서 배를 들여올 적에 한강 하구에서부터 금강의 마량항까지 만재 일행의 길잡이를 해주었던 이다. 익현과는 항해 도중 배 위에서 이런저런 얘기를 나누다 친해진 사이였다.

"한양에 계신 줄 알고 있었는데, 예까진 어쩐 일이셔요?"

"나야 물건 보러 왔지. 그러는 너야말로 예까지 무슨 일이냐? 혼자 온 것이야? 만재 그 사람은?"

나가려던 발길을 돌려 다시 주막으로 들어온 익현은 경선 아재에게 탐라로 돌아가 객주를 구한 일이며, 만재가 사공을 맞게 된 사정, 그리하여 본격적으로 무역을 시작한 일까지 그동안에 있었던 사연들을 간략하게 설명해주었다.

"해서, 배에 미역과 전복을 싣고 왔단 말이지?"

"예. 만재 아주방이 사공이고 제가 거간으로 왔습니다."

경선 아재는 참말로 잘되었다며 마치 제 일처럼 기뻐해주었다. 그러다 잠시 뭔가를 곰곰이 생각하더니 익현에게 뜻밖의 제안을 하는 것이었다.

"그 싣고 왔다는 미역하고 전복 말이다. 값은 제대로 쳐줄 터이니 전부 내게 팔면 어떠하냐?"

그 말에 익현의 눈이 왕방울만큼 커졌다.

"전부요? 그게 참말이십니까?"

"참말이고 말고."

적당한 물화 주인을 찾지 못해 이러다 장이 파하도록 마수걸이조차 못하는 게 아닌가 싶어 애를 태우고 있던 익현이었다. 한데 전매라니! 그리만 된다면 익현으로서는 더 바랄 것이 없었다. 게다가 배에 싣고 온 물건을 통째로 넘기는 것이니 어느 정도 흥정도 가능할 듯싶었다.

"하면, 값은 어느 정도를 생각하고 계십니까?"

익현이 신중하게 흥정을 하고 들었다. 그러자 경선 아재가 소맷단 밑으로 손가락 두 개를 펼쳐 보였다.

'미역 한 오리당 두 냥이라……?'

그 정도면 약간 헐하다 싶은 가격이기는 했으나 그 많은 물량을 단번에 처리할 것을 생각한다면 그리 나쁜 값은 아닌 성싶었다. 하여 합의의 뜻으로 막 고개를 끄덕이려는데, 경선 아재가 불쑥 입을 열었다.

"시세의 두 배! 강경장 시세의 두 배를 쳐주마."

"예에?"

거간 일이란 것이 원체 속내를 감추는 일인지라 평소 웬만해선 감정을 드러내지 않는 익현이었건만, 그 순간만큼은 너무 놀란 나머지 입을 쩍 벌리고 말았다.

"시세의 두…… 두 배요?"

"그래, 두 배."

고개를 끄덕이는 경선 아재였다. 하긴, 이런 일로 허튼 말을 할 사람이 아니었다. 익현이 놀란 가슴을 부여잡는데, 뜻밖의 조건을 덧붙였다.

"대신 물건을 한양의 마포나루까지 가져다줘야 한다."

경선 아재는 따로 배를 대어오지 않았기 때문에 물건을 직접 옮길 수 없다고 말했다.

'한양이라니……'

구미가 당기기는 했으나 익현은 섣불리 대답할 수가 없었다. 혼자 결정할 수 있을 만한 성격의 문제가 아니었던 것이다. 우선 만재와 상의해보기로 한 익현은 경선 아재에게 다음날 확답을 주기로 약조하고 주막을 나왔다.

배로 돌아온 익현은 만재의 뒤를 귀찮게 졸졸 쫓아다녔다.

"대체 왜 안 된다는 겁니까? 한양까지만 물건을 옮겨주면, 값이 두 배인데! 이만큼 남는 장사가 또 어딨다고요."

툴툴대는 익현을 모른 척하고 선미에서부터 뱃머리까지 선박 점검에만 열심인 만재였다. 결국 부아가 치민 익현이 빽 소리를 질렀다.

"아주방!"

그제야 흘긋 돌아본 만재가 왼손 손바닥 위에 오른손 날을 세워 구불구불 물고기처럼 꼬리 치고 나가는 흉내를 내더니 다시 오른손을 왼손 손바닥 밖으로 툭 떨궈내는 시늉을 했다.

'사고 나!'

뱃길이 위험해서 안 된다는 뜻이었다. 하지만 포기하지 못하고 발을 동동 구르는 익현이었다.

"세상에 안전한 뱃길이 어디 있어요? 어차피 위험하기는 거기서 다 거기지. 그래도 한양은 예전에 한 번 다녀와봤잖아요."

익현의 말에 만재는 미간을 찌푸렸다. 뱃길도 뱃길이지만 실은 그 래서 더 내키지 않는 것이었다. 동생의 간곡한 부탁으로 태어나 딱 한 번 가보았던 한양. 그곳은 온갖 욕망으로 이글거리는 거대한 용 광로 같아서 섣불리 다가섰다가는 등불을 보고 달려드는 부나방처 럼 흔적도 없이 사라지고 말 것만 같았다. 게다가 아무리 조건이 좋 다지만 한양행은 예정에도 없던 일이지 않은가.

'만덕이 탐라에서 기다려. 늦어지면 걱정할 거야.'

만재가 손짓 발짓으로 설명하자 익현도 곧 알아들었는지 금세 시 무룩해졌다. 장삿길에서는 행수의 명령이 곧 생명. 허락도 없이 정 해진 행로를 이탈하는 것은 용납할 수 없는 일이었다. 그리고 그 명 에 따르자면 늦어도 내일 아침까진 강경장을 떠나 탐라로 돌아가야 만 했다. 하니 아쉽지만 그때까지 처분할 수 있는 물건들은 최대한 처분해야 할 터. 끝물 장에라도 내놓을 양으로 하역 준비를 서두르 는데 갑자기 뭔가가 떠오른 듯 고개를 번쩍 치켜드는 익현이었다.

"판을 넓혀야 한다고 하지 않았습니까? 행수님은 우리 상단이 앞 으로 성장하자면 판을 넓혀야 한다고 했습니다. 어쩌면 이번이 그 기회일지도 모르는데, 만약 만재 아주방의 선택으로 그 기회를 아깝 게 놓치는 거라면요?"

순간 익현을 바라보는 만재의 눈빛이 움찔 흔들렸다. 익현의 말처 럼 정말 기회가 눈앞에 왔는데 자신 때문에 놓치는 거라면 어쩌나

하는 망설임이 언뜻 스치고 지나갔다. 눈치 빠른 익현은 그 찰나를 놓치지 않고 얼른 만재를 설득하고 나섰다.

"행수님께는 제가 서신을 띄우겠습니다. 탐라로 먼저 돌아가는 배편에 전하면 문제없을 겁니다. 그리고 뱃길은 경선 아재가 있으니 괜찮을 거고요. 그러니 아주방, 예?"

만재는 비록 자신의 동생이기는 하였으나 만덕의 머릿손에 어떠한 생각들이 오가는지 다 알지 못했다. 그 작은 가슴속에 얼마나 큰 포부를 품고 사는지 미처 다 가늠하지 못했기에 만재는 동성을 염려하고 사랑하면서도 동시에 경외하였다. 뿐인가. 혹 어리석고 부족한 자신이 걸림돌이 되어 훨훨 날아가야 할 만덕이 시궁창 같은 현실에 처박혀 구르는 것은 아닐까 항상 염려하며 살아온 만재였다. 그리고 그런 만재의 약점을 누구보다도 잘 아는 익현이었다.

익현은 경선 아재로부터 한양 얘기를 들은 순간부터 이미 심장이 두근거렸다. 태어나 평생을 변방에서만 떠돌던 자신이 조선의 모든 물산이 모이고 흩어지는 심장부로 당당히 걸어 들어갈 수 있다니! 그 생각만으로도 마치 바람을 맞받은 돛처럼 가슴이 부풀어올라 견딜 수가 없었던 것이다. 그런데 이제 와서 포기라니. 도저히 있을 수 없는 일이었다. 하여 다소 비겁한 방법이기는 하지만 만재의 약점을 이용한 것이다. 수단이야 어떻든, 모로 가도 한양으로만 가면 그만이었으니.

"아주방, 가요! 네?"

익현은 다시금 처량한 얼굴을 하고 만재를 졸라대었다. 재촉에 못 이긴 만재가 힐끗 익현을 쳐다보자, 익현은 열망이 그득한 눈으로 만재를 올려다보았다.

'만덕이도 항상 저리 열망하곤 했지.'

그 눈길을 차마 외면하지 못한 만재는 결국 마지못해 고개를 끄덕였다. 하지만 마음은 여전히 무거웠다. 익현은 그 마음을 아는지 모르는지 마냥 신이 나서 갑판 위를 펄쩍펄쩍 뛰어다닐 뿐이었다.

"짐 내리지 마세요. 내일 아침 한양으로 출발합니다. 한양, 한양이라고요!"

놀란 격군들이 눈을 꿈벅이며 그런 익현을 멀뚱히 바라보았다.

한양으로의 첫 출항이었다.

익현이 보낸 서신은 이레 만에 탐라에 있는 만덕에게 닿았다. 이제나저제나 배가 돌아오길 기다리던 객주 사람들은 인편에 편지 한 장만 달랑 전해오자 다들 어찌 된 영문인지 궁금했다.

"뜸들이지 말고 어서 읽어봐라. 혹 무슨 사고가 난 것은 아니겠지?"

뱃일이라고 하면 우선 사고부터 떠올리고 마는 천천네는 방까지 쫓아 들어와 만덕을 재촉했다. 만덕 역시 겉으론 태연한 척했으나 걱정되는 마음은 마찬가지인지라 방에 들자마자 얼른 서신을 펼쳐 들었다.

"한양 마포나루? 만재랑 익현이가 그 먼 곳을 갔다고? 눈 뜨고 코 베어 가는 곳이라던데!"

천천네는 예정대로 얼른 일만 보고 돌아올 것이지 젊은 것들이 겁도 없다며 끌끌 혀를 찼다. 이러다간 다음번 교역 일정에까지 차질을 빚겠다는 것이었다. 하지만 만덕의 생각은 달랐다. 만덕은 서신의 말미에 적힌 글귀를 다시 한 번 눈으로 훑어내렸다

'판을 넓히고 오겠습니다.'

만덕은 빙긋 웃었다. 익현은 확실히 상재商才가 있는 아이였다. 자신이 슬쩍 던진 말 한마디에 이렇게 곧장 대범하게 나서다니, 덩달아 자극을 받는 만덕이었다.

사실 만덕은 최근 새로운 사업을 구상 중이었다. 잠녀들의 도움으로 미역과 해산물 교역에서 나쁘지 않은 성과를 거두고는 있었으나 거기에는 한계가 있기 때문이었다.

해산물은 기후와 시세에 지나치게 영향을 많이 받았다. 일 년 중 거둘 수 있는 기간이 정해져 있고, 날씨가 궂으면 그마저도 불가능이었다. 애써 거둔다 해도 문제는 거기서 끝나지 않았다. 흔하지는 않지만 그렇다고 필수품도 아닌지라 미곡과 소금의 값이 오르면 상대적으로 미역과 해산물의 가격은 속절없이 폭락하였던 것이다. 여러 모로 불안 요소를 떠안고 있는 셈이었다. 실제로 그 때문에 최근 만덕 상단은 줄어드는 수입으로 골머리를 앓고 있었다. 게다가 좁은 시장도 문제였다. 만덕 상단의 상권이라 해봐야 삼남을 벗어나지 못했다. 그러다 보니 위기의 상황에서도 선택의 폭이 좁을 수밖에 없었다.

'그러니 차라리 잘되었다. 이번 일을 계기로 시장을 넓힐 수만 있다면 상단에도 새로운 기회가 열릴 터……'

만덕은 머릿속으로 여러 가지 가능성에 대해 타진해보았다. 일정 부분 위험은 감수해야겠지만 시도해볼 만한 가치는 있는 일이었다.

"그렇다면 나 또한 가만히 앉아 있을 수만은 없는 일."

어차피 탐라를 벗어날 수 없는 만덕이었다. 그런 만덕을 대신해 만재와 익현이 만덕의 날개가 되어준다면, 비록 탐라 안에서라도 더 큰 꿈을 품어볼 수 있으리라 기대하는 만덕이었다.

얼마 후, 장사를 마친 만재와 익현이 무사히 탐라로 돌아왔다. 실로 금의환향이었다. 별 탈 없이 새 뱃길을 뚫었을 뿐만 아니라 기대 이상의 성과까지 거뒀던 것이다.

"이게 정말 모조리 쌀이냐? 내 살아생전 이렇게 많은 쌀을 보기는 처음이구나!"

창고가 부족해 갑판까지 그득 쌓인 흰 쌀을 양손 가득 쥔 천천네가 흥에 겨워 말했다. 신이 나기는 한양에서 온갖 구경을 하고 돌아온 익현도 마찬가지였다.

"이 정도는 아무것도 아닙니다. 한양의 마포와 서강 나루에는 성산 일출봉만 한 배들이 줄줄이 늘어서 있고, 곳곳마다 세워진 창고는 제주목 관아만 한데, 쌀을 실은 수레들이 밤낮으로 줄을 잇는 바람에 오죽하면 그 바큇자국으로 돌바닥이 패일 정도랍니다!"

익현의 설명에 눈을 휘둥그렇게 뜬 객주 사람들은 보지 않고서는 차마 믿을 수 없는 광경이라며 혀를 내둘렀다. 한편 만재와 익현을 방으로 불러들인 만덕도 익현이 쏟아내는 한양 이야기를 흥미롭게 들었다.

"도성 안의 시전 말고도 나루터마다 난전이 서는데, 어찌나 사람이 많은지 한 걸음 걸을 때마다 등과 어깨가 부딪히고, 선비들은 갓

278

이 부딪혀서 갓을 손으로 잡고 다녀야 할 정도였습니다. 한데 이보다 더 놀라운 것은 그게 오일장이나 삼일장이 아니라 매일 열리는 상설장이라는 것입니다."

익현은 아침저녁으로 모이고 흩어지는 사람들이 마치 한 무리의 구름 같다며 왜 운종가雲從街라고 불리는지 알 것 같았다고 말했다. 그러면서 그 많은 사람들에게 두당 미역 한 낭씩만 팔아도 곧 부자가 되지 않겠냐며 흥분한 기색을 감추지 못했다.

"그래, 그렇구나. 그나저나 가져간 물건들은 어찌 처분하였느냐?"

만덕이 묻자 익현이 보따리 속에서 장부를 꺼내 올리며 대답했다.

"마포에서 한꺼번에 넘겼습니다. 약속대로 강경장 시세의 두 배를 받았고요."

자랑스럽게 말하고는 덧붙여 설명하는 익현이었다.

"한데 경강상인들은 거기에 다시 두 배의 이문을 쿨여 팔지 뭡니까? 그런데도 며칠 만에 물건은 모두 팔려나갔습니다. 심지어 전복은 반 나절 만에 모두 동이 났고요."

"겨우 반 나절 만에 말이냐?"

만덕의 눈이 반짝 빛났다.

"예. 한양은 역시 양반들이며 부자들이 많아서 그런지 비싸고 귀한 물건일수록 없어서 못 파는 듯했습니다."

익현은 다음번엔 전복을 좀 더 챙겨가야겠다며 만덕에게 허락을 구했다. 만덕은 익현에게 고개를 끄덕여주면서도 머릿속으론 이미 빠르게 주판을 튕기고 있었다. 얼마 전부터 골몰하기 시작한 새로운 상품 확장에 관한 생각이었다.

'기후와 시세에 영향을 덜 받으면서도 가치가 높은 귀한 물건이라면…… 역시 그것인가?'

익현의 이야기로 더욱 확신을 갖게 된 만덕이었다. 하지만 문제는 역시 위험부담이 크다는 것이었다. 만덕은 그 부분에 있어서 잠시 망설였다.

'하지만 언제고 결판을 봐야 할 일이었으니…….'

드디어 오랫동안 고심해오던 일을 실행에 옮기기로 결심하는 만덕이었다.

"혹 사내가 생긴 게냐?"

아까부터 종잇장처럼 가벼운 입술을 풀썩이며 슬슬 눈치만 살피던 천천네가 슬며시 운을 떼자 들창문을 활짝 열어놓고 햇빛에 물건을 비춰보던 만덕이 양미간을 찌푸리며 천천네를 돌아보았다. 만덕은 방금 통영에서 도착한 진사립을 꼼꼼이 살펴보는 중이었다.

"그게 무슨 말입니까? 사내라뇨?"

"아니…… 집안에 딱히 갓 쓸 사내가 있는 것도 아닌데 양반들이나 쓰는 진사립을, 것도 몇 개씩이나 주문하니 그런 것이 아니냐? 그렇다고 팔 것도 아니라 하고."

천천네는 얼마 전 만덕이 전국 각지의 내로라하는 입자장笠子匠들에게 사람을 보내 갓을 주문한 일을 두고 말하는 것이었다.

"또 무슨 소문이라도 도는 모양이군요."

만덕이 묻자, 에둘러 대꾸하는 천천네였다.

"아무래도 나이 차도록 여자 혼자 몸이니 그런 게 아니겠냐?"

하지만 이젠 별스럽지도 않다는 듯 코웃음을 치는 만덕이었다. 만덕은 다시 돌아앉아 내처 갓을 살피는 데만 열중했다.

대나무로 만든 갓양태 위에 명주실을 한 올 한 올 올려 붙여 만든 진사립은 햇빛에 비추자 기름칠을 한 것처럼 윤기가 자르르 흐르는 것이 한눈에 보아도 최상품임이 틀림없었다. 땀대와 뒤새를 붙인 모양새며, 총모자 안쪽에 여덟 마리의 학이 날개를 펼친 모양으로 정꽃을 오려 붙인 솜씨까지, 예사 손놀림이 아닌 것은 분명했다. 그런데 갓을 뒤집어 햇살에 비춰보던 만덕의 눈가가 살짝 이지러졌다.

"왜 또?"

아까부터 애꿎은 갓집만 열었다 닫았다 하며 만덕의 눈치를 살피던 천천네가 '설마 이번에도?' 하는 표정으로 만덕을 바라보았다. 그러나 만덕은 가타부타 대답 없이 천천네를 향해 되물었다.

"이제 몇 개나 남았지요?"

천천네도 답을 기대한 것은 아니었던 듯, 손가락으로 개수를 꼽아보더니 대답했다.

"이번 것까지 세 개 도착했으니, 아직 네 개 남았다만은……."

그러자 만덕은 한 치의 미련도 없이 진사립을 천천네에게 내밀며 말했다.

"고팡에 치워두십시오."

이번 것도 역시나 꽝이라는 뜻이었다. 만덕에게서 갓을 받아 든 천천네는 한숨을 내쉬고는 '그러면 그렇지' 하는 표정으로 갓집째 챙겨들고 방을 나섰다.

몇 달 전, 익현을 시켜 고팡에 쟁여두었던 말총을 찾아오게 한 만덕이었다. 그 말총은 대정현에 군부로 가 있는 만덕의 큰오라비 만석이 벌써 몇 년째 테우리 편에 보내오고 있는 물건이었다.

"그동안은 팔자 해도 팔지도 않고 내처두시더니, 그 말총은 뭐하시려고요?"

그새 꽤 모인 말총을 들고 궁금한 마음에 익현이 용처를 물었지만 만덕은 무슨 속셈인지 아무런 대답도 하지 않았다. 대신 그 말총을 솜씨 좋은 총모자장에게 보내어 갓에 쓰일 총모자 일곱 개를 만들어달라며 직접 치수까지 정해 보냈다. 덕분에 좁디좁은 탐라 바닥에 금세 소문이 퍼져나갔다.

"크기까지 정해 보낸 것을 보면 필시 임자 있는 물건이 아니겠는가?"

하지만 그러거나 말거나 관심 밖인 만덕은 곧장 양태장에게도 사람을 보내 갓에 쓰일 양태 일곱 개를 정성껏 만들어달라며 주문을 넣었다. 이번에도 직접 정한 치수를 종이에 적어 심부름꾼에게 들려 보낸 것은 말할 것도 없었다.

"대체 무슨 심산이래?"

"이러다 새 바깥주인이라도 맞아들이는 거 아닌가 몰라?"

그때부터 객주 사람들의 궁금증은 극에 달했다. 그러나 누구 하나 속 시원히 대답해주는 사람이 없었다. 그렇게 달포가 지나고 총모자장과 양태장에게서 주문했던 물건이 도착했다. 그러자 만덕은 이번엔 그 물건들을 다시 한 쌍씩 포장해 조선 팔도 각지의 소문난 입자장들에게 보냈다.

"양태며 총모자 모두 각별히 신경 써 만든 것이니, 서찰에 적힌 대로 반드시 내가 보낸 물건들을 써서 갓을 만들어달라고 하시게. 값은 배로 쳐줄 테니 기한을 두지 말고 정성껏 만들어야 한다고 말일세."

만덕은 거듭 신신당부한 연후에 심부름꾼들을 각지로 흩어 보냈다. 그리고 얼마 후, 드디어 완성된 갓들이 하나둘 돌아오기 시작했다.

"아이구, 소문난 명장이 만든 거라더니 이 때깔 좀 보게. 곱기는 참 곱네!"

천천네를 비롯한 객주 사람들은 그때마다 앞다투어 입에 침이 마르게 칭찬을 하였다. 하지만 정작 만덕은 뭐가 그리 마음에 차지 않는지 도착한 갓을 이리저리 둘러 보다가는 이내 휙 내팽개쳐버리는 것이었다.

딱히 무슨 불평이 있는 것도 아니었다. 맘에 안 드는 구석이 있으면 돌려보내 손을 보게 하든지, 그마저도 귀찮으면 탐라에도 입자장이 있으니 수선을 보내 고쳐 쓰면 될 텐데 대체 무슨 생각인지 그저 오늘처럼 천천네를 시켜 광에 처박아두고 마는 것이었다.

"한두 푼 들인 것도 아닌데, 안 쓸 거면 차라리 남이라도 줘버리든지……."

방을 나서며 구시렁대는 천천네였다. 그러나 서안 앞에 앉은 만덕은 장부를 넘겨볼 뿐 미동도 없었다. 그러다 문이 완전히 닫히고 나서야 고개를 들어 창문을 바라보는 것이었다.

아(亞)자 무늬로 깎은 장지문 사이로 은은한 햇살이 스며들고 있었다. 비칠 듯 비치지 않는 아름다움, 투명하면서도 노골적이지 않고, 수줍게 속내를 가리운 듯한 그 은근함이 조선 갓의 미학일진데.

사실 세상 천지 어디를 간들 이런 기이한 형태의 모자를 찾아볼 수가 있을까. 비바람에 취약하고, 작은 물리적 충격에도 망가지기 쉬워 보호의 기능이라곤 없다시피한 이 모자는 오로지 미학의 극치에 가치를 둔 권위의 상징이자 고고한 선비정신의 정수라 할 만한 것이었다. 하여 선비가 갓을 벗는다 하면 처지가 낮아진다는 의미가 있었고, 강제로 갓이 벗겨진다 함은 씻을 수 없는 오욕을 의미했다. 선비에게 있어 갓이란 자존심이자 명예인 것이었다.

'그러니 함부로 건드릴 수는 없는 일. 그러나 잘만 이용한다면……'

그러나 일이 생각처럼 잘 풀리지 않는지 만덕은 나지막이 한숨을 내쉬었다.

그렇게 도착한 갓마다 퇴짜만 놓아대기를 다시 달포. 드디어 만덕의 눈을 번쩍 뜨이게 할 만한 물건이 도착했다. 그 물건은 한양에서 온 것이었다. 물건을 본 만덕은 눈치만 보고 앉은 천천네에게 당장 익현을 불러오라 명했다.

천천네의 표현에 따르자면 '돈 지랄, 시간 지랄' 하기를 벌써 몇 달째. 그러다가 처음으로 반응다운 반응을 보인 만덕이 정작 익현을 불러오라 하자 천천네의 얼굴은 소태 씹은 것 같은 표정이 되었다. 그도 그럴 것이 도착한 물건이라는 것이 물건이라 부르기는 영 뭣한 꼬락서니를 하고 있었기 때문이다. 그 점에 관해선 익현도 천천네와 같은 생각이었다.

"정말 진심이십니까?"

방에 든 익현은 눈앞에 놓인 물건을 빤히 바라보며 물었다. 미간

사이에 굵은 내 천 자가 새겨지는 것으로 보건데, 만덕의 말이 진담인지 농인지 진지하게 고민하고 있는 듯했다. 그러나 만덕의 대답은 변함이 없었다.

"물론 쉽지는 않겠지. 다른 곳도 아니고 머나먼 탐라 땅이니. 하지만 무슨 일이 있어도 이 갓을 지은 입자장을 반드시 모셔와야만 한다."

만덕의 말에 익현은 헛웃음을 웃었다.

"차라리 잡아오라면 어떻게든 해보겠습니다만, 모셔오라뇨? 저 갓 꼴을 보고도 그런 말씀이 나오십니까?"

익현이 가리키는 곳에는 찢어진 총모자와 반쪽이 돈 갓양태가 보냈던 상자에 아무렇게나 꾹꾹 눌러 담겨 있었다. 그리고 그 위에 대충 던져넣은 것으로 보이는 엽전 몇 닢까지.

"저 가위질 해놓은 거 보십시오. 일부러 망가트린 겁니다. 그래 놓고는 미안하다 사과 한마디가 없질 않습니까. 게다가 행수님께서 일부러 공을 들여 마련해 보내신 물건들인데……. 이게 엽전 몇 닢으로 해결될 일이랍니까? 차라리 제가 직접 그놈 공방으로 찾아가서 팔다리를 작신작신……."

흥분한 익현이 당장에라도 요절을 낼 듯 주먹을 불끈 쥐는데, 만덕이 손을 들어 그런 익현을 말렸다.

"경거망동하지 말거라."

그 말에 금세 자세를 고쳐 앉는 익현이었지만 여전히 못마땅한지 입은 삐죽 튀어나와 있었다. 작게 한숨을 내쉰 만덕은 그런 익현을 향해 다시 한 번 당부하였다.

"명심하거라. 반드시 최대한 공손히 모셔와야 한다. 알겠느냐?"

"예."

명은 명인지라 대답을 하면서도 익현은 도무지 종잡을 수가 없다는 표정이었다.

"그런데 대체 저런 망나니 같은 인사는 데려다 뭣 하려고 그러십니까?"

그러자 만덕은 알 듯 모를 듯한 의미심장한 미소를 지었다.

"탐라의 판세를 뒤집어놓을 것이다. 그러자면 우리에겐 저 입자장이 반드시 필요하다."

그 말을 끝으로 만덕은 열린 상자 뚜껑을 지그시 바라보았다. 덩달아 익현도 상자 뚜껑을 바라보았다. 그곳엔 붓으로 대충 휘갈겨 쓴 듯한 이름 석 자가 적혀 있었다.

'입자장笠子匠 김세휘金世輝.'

한양의 김세휘는 나라에 큰 행사가 있을 때마다 도감에 차출될 만큼 뛰어난 입자장이었다. 총모자와 대우를 틈새 하나 없이 매끈하게 잇는 솜씨는 말할 것도 없고, 갓 챙과 은각 부분에 말총 한 가닥, 대오리 한 올 빠져나오는 일이 없을 정도로 마무리 또한 완벽했다. 특히 갓 챙의 중간 부분을 인두로 지져가며 둥글게 공글리는 작업을 트집잡기라 하는데, 그 솜씨가 어찌나 뛰어난지 '김세휘가 트집을 잡으면, 트집잡을 구석이 없다'는 말이 있을 정도였다. 그러나……

"솜씨만 좋으면 뭐하누? 성격이 개떡 같은 것을! 내가 다시는 이곳에 발길을 하나 봐라. 그땐 내가 사람이 아니라 개할애비다!"

튀튀, 침을 뱉으며 상인 하나가 도포 자락을 털며 사립문을 나섰다. 그러자 기다렸다는 듯이 마당 안쪽에서 걸걸한 사내의 목소리가 터져나왔다.

"나라고 반길 줄 아느냐? 너 같은 놈한테는 거지 벙거지 하나도 아깝다, 이놈아!"

그러고는 곧 쫓아나와 굵은 소금까지 좍좍 뿌려대는 사내가 있었다. 바로 차분한 일솜씨에 비해 욱 하는 성정이 늘상 사단인 김세휘였다. 지금도 여전히 성이 가라앉질 않는지 통 넓은 가슴을 들썩이며 씨근거리고 있는데, 그 모습을 보다 못한 아들이 공방 안쪽에서 걸어나오며 한마디했다.

"이제 그만 좀 하세요. 어찌 만날 소금 팔매질이야. 소금은 어디 땅 파면 나온데요?"

그 말에 버럭하는 김세휘였다.

"시끄러, 이 녀석아!"

그러고는 들고 있던 소금 그릇을 마루 위에 휘딱 던져놓고는 평상 위에 벌렁 드러누워버렸다. 그 바람에 애꿎은 소금이 이리저리 튀었다. 그 모양을 본 아들이 한숨을 쉬며 말했다.

"눕긴 왜 누워요? 어서 일해야지. 지난달에 정태 아재네 가게서 가져다 쓴 말총 값도 아직 못 치렀단 말이에요. 그뿐이에요? 양태전에선 밀린 외상값 갚기 전에는 더는 물건 못 대주겠대요."

그 말에 김세휘의 입이 부뚜막에 엎어놓은 죽그릇처럼 부글댔다.

"젠장, 승냥이 같은 것들! 내 공조에 있을 때는 배알이라도 빼줄 것처럼 샐샐 대더니, 처지 좀 안 좋아졌기로서니 물건을 끊어?"

그러자 그 아들이 퉁 하니 대꾸했다.

"그러게 누가 제 발로 뛰쳐 나오래요? 하여간 그 성질 좀 죽이시지 않고."

갓 짓는 솜씨는 가히 조선 최고였지만 원래 성질이 까탈스럽고 괴팍한 김세휘였다. 덕분에 공조며 상의원 공관직을 들고 나길 여러 차례. 결국 상관과 대판 싸우고 사설 공방으로 나앉은 참이었던 것이다. 그러나 여전히 당당한 김세휘였다.

"아, 그놈이 명주실 한 올 한 올 올리기 귀찮으니까 대충 천을 뒤집어씌우겠다잖아! 상관이면 다야? 관장이란 놈이, 그게 할 말이냐고."

"그야 그게 일이 훨씬 빠르니까 그렇죠. 등사登絲하려면 못해도 이레에서 열흘은 걸리는데, 언제 그걸 기다리고 있어요?"

"난 닷새면 할 수 있어! 시간에 맞출 수 있었다고!"

"아버지 혼자 일해요? 다른 사람들 사정도 생각을 좀 해야지요. 아까 그 상인만 해도 그래요. 사는 사람이 그렇게 하겠다는데 적당히 타협도 하고, 요구대로 맞춰주면 되지. 무슨 예술을 할 거라고 들어온 일도 마다하고 고집을 피워요, 피우길. 외상값 못 갚는 건 둘째치고라도, 쌀독에 쌀 떨어진 지가 언젠데. 피죽만 먹고 뽐칠해대다 보면 힘이 달려서 하늘이 다 노래진다고요!"

누가 그 아비에 그 아들 아니랄까봐 한풀이하듯 다다닥 쏘아대는 아들이었다. 덕분에 발끈한 김세휘가 평상에서 벌떡 일어나 앉았다.

"이놈이 어디서 지 애비한테 눈을 부릅뜨고! 머리에 피도 안 마른 놈이. 눈 안 깔아, 이놈아!"

그러나 그 아들 역시 지지 않았다.

"버랑일을 하도 많이 했더니 머리에 피 마른 지 옛날이우다! 누가 겁 먹을 줄 알고!"

만만치 않은 아들의 반항에 헉 하고 뒷목을 잡은 김세휘가 마침 씻어서 그늘에 말려놓은 골덩이를 집어들었다.

"이 버르장머리 없는 놈! 저 주둥이를 먼저 요절을 내놔야지! 그게 그렇게 불만이면 너도 당장 나가거라, 이 싹수없는 놈아!"

김세휘는 아들을 향해 나무로 깎은 골덩이를 휙 집어던졌다. 그런데 힘이 달려 그랬는지 일부러 빗맞힌 것인지 골덩이는 전혀 엉뚱한 방향으로 날아갔다. 골덩이는 마침 사립문을 밀고 들어오던 방문객의 발에 맞고 툭 떨어졌다. 덕분에 잠시 어색한 침묵이 흐르고, 낯선 방문객의 등장에 동작을 멈춘 김세휘가 더듬거리며 입을 열었다.

"뉘시오?"

그러자 발치에 떨어진 골덩이를 주워 든 방문객이 공손히 허리를 굽히며 대답했다.

"탐라 김만덕 상단에서 왔습니다."

고개를 든 청년은 바로 만덕의 명을 받고 온 익현이었다.

잠시 후, 마루에 마주 앉은 김세휘는 감정하듯 익현을 건너다 보며 물었다.

"나를 데리러 왔다고?"

"예. 저희 행수님께서 뵙기를 청하셨습니다."

나이는 어려 보이는데도 장사꾼이라 그런지 좀처럼 얼굴에 감정이 드러나질 않았다. 그것이 왠지 탐탁지 않아 괜히 더 불퉁대는 김세휘였다.

"볼일이 있으면 본인이 직접 오면 될 것을……. 어쨌든 대체 날 보자는 이유가 뭔가?"

그러나 익현은 대답 대신 봇짐 속에서 함 하나를 꺼내놓을 뿐이었다.

"저희 행수님께서 지난번 장인께서 보내주신 갓을 잘 받았노라 하시면서 이것을 전해드리라 하셨습니다."

"내가 갓을?"

잠시 곰곰이 생각하던 김세휘가 그제야 뭔가 떠올랐는지 미간을 찌푸렸다.

"어째 이름이 낯익다 했더니만. 지난번에 나한테 그 해괴한 물건을 보냈던 치들이로구먼!"

그제야 익현도 빙긋이 웃었다. 무언의 긍정이었다. 그에 김세휘는 삐죽, 입술을 내밀었다.

"내 분명 그 물건을 다시는 못쓰게 반쪽을 내서 보냈건만 잘 받았다고? 그 주인 성정 한번 유별나구먼. 하면 이 함엔 뭐가 들었을라나? 비상이라도 들었나? 먹고 죽으라고."

빈정대는데도 익현은 그저 또다시 빙그레 웃을 뿐이었다.

"열어보시지요."

불만이 있으면 대놓고 고함이라도 지르든가. 이것은 또 무슨 장난질인가 싶어 김세휘는 쭈뼛거리며 함을 당겨 열어보았다. 그랬더니 그 안에서 나온 물건은…….

"아니, 이게 무슨……! 이게 무슨 짓인가? 대체 내게 바라는 게 뭐야?"

당혹감에 버럭 소리치는 김세휘였다. 그러나 익현은 표정 하나 바뀌지 않았다.

"저희 행수님께선 꼭 입자장 어르신을 뵙고자 하십니다. 함께 탐라로 가시지요."

거듭 요청하는 익현이었다. 그에 난감해진 김세휘는 그저 상자 안에 담긴 물건과 익현을 번갈아 바라보며 침을 꼴깍 삼킬 뿐이었다.

그 시각. 만덕은 제주목의 서쪽, 도두골에 있었다.

사실 만덕은 상단을 일신할 복안으로 갓 사업을 계획하고 있었다. 그 때문에 주인 없는 일곱 쌍의 갓 소동을 벌이고, 또다시 익현을 시켜 김세휘를 데려오라 한 만덕은 이번엔 일에 필요한 사람을 얻기 위해 직접 총모자장들이 모여 사는 동네를 찾아온 길이었다.

"어려서부터 니 어멍하고는 아래 윗집으로 절친했던 동무라 도움은 될 것이다만, 왜 하필 또 갓이더냐?"

벌써 여러 번 갓 사업에 손을 댔다가 이런저런 이유로 고배를 마신 만덕이었다. 하여 만덕이 다시 갓 사업을 시작하려 한다는 말에 외숙모 장씨는 당장 마뜩잖은 표정을 지었다.

"그 정도면 너와는 인연이 없는 일인데도 어찌 그리 미련을 못 버리누? 정말 알다가도 모를 일이로구나."

쯧쯧 혀를 차는 장씨였다. 비단 장씨뿐만이 아니었다. 만덕을 아는 사람들 대부분이 왜 하필 갓이냐며 의아해했다. 그도 그럴 것이, 찾자면 갓 외에도 돈 되는 물건이 많은데 굳이 왜 위험천만하게 송방이 차지하고 있는 갓을 넘보는 것인지 그 까닭을 이해하기 어려웠던 것이다. 그러나 사실 명확한 이유를 알지 못하기는 만덕 본인도 마찬가지였다. 다만 만덕에게 있어서 갓이란 언제고 궁극적으로 도달해야 할 과업과도 같은 것이었다. 그리고 그 근본에는 항상 익숙한 그림자 하나가 드리워져 있었다.

'어머니……'

아련한 추억에 젖어 있는데, 문득 올레 너머 어디에선가 아낙의 모자 좆는 소리가 돌림노래처럼 들려왔다.

졸앙졸앙 졸앙졸앙 모자 졸아사 / 우리 집의 식구덜은 한한허곡

애기덜이영 멕여살리젠 허난 / 눈이 빠지게 허당 보아도 살길은 막연호고

졸앙졸앙 모자 졸앙 / 혼저 졸아사 우리 집 식구덜

술 먹는 서방도 술값도 주곡/ 허여사 헐로구나

아기덜도 저레 고만이 못아시라 / 혼코나 걸려사 모자 졸앙 생활허느네

졸앙졸앙 혼저 졸앙 / 요 모재 졸아사 우리 집 살길이 솟아난다

아이고 어느 제랑 / 우리도 부재로 살앙

요놈의 모자 아니 졸아도 살아질 것고 / 모자 졸앙졸앙 어서 좆자

골막골막 골막골막 / 모자 좆는 소린 골막골막

아이고 요 모자야 혼저 넙으라 / 넙지도 아니허곡 붓지도 아니허곡

언제나민 요 모재 졸앙 / 우리 집 생활이 넉넉호리

'졸앙졸앙' 하고 연달아 읊는 소리가 탐라 여인들의 삶을 닮아 옹골진 매듭처럼 골목골목 단단히 맺혀 있었다. 그리고 보면, 기실 모자 좆는 아낙들의 삶이란 저 노랫가락과 다를 것이 없었다. 모자 하

나 뜨고 나면 해가 지고 달이 뜨고, 손가락에 지문이 므두 문드러지고 눈이 감감해질 때까지 겯고 또 겯어도 손에 쥐어지는 거라고는 엽전 몇 푼이 고작이었다. 그나마 남편 술값에, 자식새끼들 거두고 나면 손에 남는 것은 도로 바농대총바늘뿐이라. 그러면 아낙들은 또다시 골걸이에 제 모가지처럼 늘어진 일골을 걸고 한숨 한 컨 내쉬고는 새 모자를 겯어가는 것이었다. 하지만 아무리 엮어봐야 평생을 가도 갓 한 번 써볼 일 없는 것이 그네들의 삶인 것을……

생각이 거기에 미치자 노랫가락이 가슴에 꽉 얹힌 듯 문득 답답해지는 만덕이었다. 만덕은 한숨 대신 멈췄던 발걸음을 옮겨 골목 깊숙이 걸어 들어갔다.

"계십니까?"

잠시 후, 목적지에 도착한 만덕은 인기척을 내며 마당 안으로 들어갔다. 마침 마루와 면한 상방 마루 위에서는 초로의 여인이 손녀에게 생이방석 엮는 법을 가르치는 중이었다.

"뉘시오?"

눈이 어두운지 여인이 눈을 비비는 사이, 절임줄을 입에 문 계집아이가 마알간 눈으로 만덕을 올려다보았다.

"곳막 고씨 집에서 왔습니다만, 혹 고명희라는 분을 아시는지요?"

그 말에 순간 들고 있던 바농대를 툭 떨구는 여인이었다.

"명희…… 명희라 했소? 그렇다면 혹……"

여인이 마당으로 내려 서더니 버선발로 성큼성큼 만덕을 향해 걸어왔다. 그러더니 자신보다 머리 하나는 더 큰 만덕의 얼굴을 가만히 올려다보는 것이었다.

"혹, 니가 명희 딸이냐? 그래, 맞구나! 니가 내 동무 명희의 딸이로구나!"

만덕의 얼굴에서 황황히 먼저 떠난 벗의 흔적을 찾아낸 여인은 바르르 떨리는 손으로 만덕의 두 손을 감싸쥐며 말했다.

"예. 제가 만덕입니다."

그 말에 여인의 눈가에 굵은 이슬이 맺혔다.

"그래, 명희가 왔구나. 명희가."

몇 번을 거듭 만덕이라 말해도 여인은 그저 '명희야, 명희야' 부르며 눈물을 흘릴 뿐이었다. 어쩌면 여인은 만덕을 통해 죽은 벗을 초혼招魂하고 있는 것인지도 몰랐다. 인사조차 하지 못하고 떠나보낸 미안함과 애틋함이 그 이름 곳곳에 담겨 있었다. 하여 만덕은 그냥 듣고만 있었다.

잠시 후, 눈물을 거둔 여인은 그제야 만덕을 이끌고 상방 마루에 걸터앉았다. 맞잡은 손은 여전히 놓지 못한 채였다.

"그래, 나보고 모자를 짜달라고?"

"예. 외숙모께 근방 십 리 안에선 어르신의 솜씨를 따를 모자장이 없다고 들었습니다."

"어르신은 무슨. 그냥 막손 아주망이라 부르거라."

여인의 이름은 막손이었다. 근방에선 알아주는 총모자장으로, 나이가 들어 눈이 어두워지면서 평생 끼고 살던 골걸이를 딸에게 물려주고, 이제는 뒷방에 나앉아 손녀에게 모자 짜는 법이나 가르치고 있었지만 평생 걸어온 모자를 어디 눈으로만 짠다든가. 젊은이 못지않게 매운 손길은 여전하여, 한창때처럼 매양 바농대를 쥐고 있진 않았지만 지금도 한결같이 고운 모자를 엮어냈다. 그래서 그렇게 짠 모자는 아직도 제주에 새 목사가 부임해올 때마다 하례용 갓으로 올려지고 있었다.

"지금은 이골이 난 일이다만, 어렸을 땐 말총 겯는 일이 무던히도 싫었지. 허구한 날 웅크리고 앉아 모자만 짜는 것이 어찌나 지겹던지 나중에 크면 몰래 배를 훔쳐 타고 같이 뭍으로 나가자고 명희와 손가락 걸고 약속도 했었단다."

막손네의 눈이 추억으로 가물가물 젖어들었다. 그 눈을 보며 문득 어미의 눈을 떠올리는 만덕이었다. 만덕이 기억하는 한 어미는 항상 피곤에 절은 눈을 하고 있었다. 항상 삶에 찌들어 붉기 충혈되어 있던 어미의 눈. 그런 그 눈 어디에 그리도 맑은 소녀의 꿈이 잠자고 있었던 것일까.

그사이 막손네는 민망한지 눈을 부볐다. 덕분에 눈가가 붉게 짓물렀다.

"늙으니 썩은 이엉처럼 눈도 맘도 줄줄 새는 모양이다."

다정하게 만덕의 손을 쓸어쥔 막손네는 만덕을 향해 말했다.

"걱정 말거라. 내 동무인 명희의 딸이면, 내 딸이기도 한 것을……. 그깟 모자 겯어주는 일이 새삼 뭐가 어렵겠니. 내, 니 말대로 하마."

뜻밖에도 막손네는 만덕의 부탁을 흔쾌히 받아주었다. 뿐만 아니라 원한다면 자신이 아는 사람 중 솜씨 좋은 장인을 몇 명 더 소개해주마고 약조하였다. 만덕은 고마운 마음에 거듭 인사했다.

"고맙습니다, 아주망. 정말 고맙습니다."

막손네는 그런 만덕을 향해 감출 것 없이 자애로운 미소를 보여주었다. 어머니가 살아계셨더라면 이런 느낌이었을까? 문득 찡한 감정을 느끼는 만덕이었다. 그러나 한편으론 마음 한구석이 싸였다.

누구라고 처음부터 주기만 하는 삶에 익숙하였겠는가. 뿌린 만큼 거두고 싶은 것이 인간의 본능이고, 이 세상 모든 어미들 또한 한때는 모두 누군가의 딸이었던 것을. 하여, 이번 일을 더욱 성사시켜야겠다고 내심 다짐하는 만덕이었다.

'이제 한양의 김세휘만 탐라로 와준다면…….'

사실 만덕의 바람과 달리 현실은 그다지 낙관적이지만은 않았다. 당시만 해도 '탐라길이 황천길'이란 말이 있을 정도로 탐라는 외지인들이 발길을 꺼리는 곳이었다. 뱃길이 험해 언제 무슨 일을 당할지 알 수 없는데다 귀양지라는 부정적인 인식 또한 강했기 때문이다. 그러다 보니 김세휘가 과연 탐라까지 와줄지 미지수였다. 하여 만덕의 말이라면 팥으로 메주를 쑨다 하여도 믿는 상단 사람들조차 이번 일에 대해서만큼은 회의적이었다.

"김세휘가 과연 이 먼 탐라까지 오겠습니까? 아무리 입심 좋은 익현이지만, 그 정도로 이름 높은 장인이라면 일거리도 많고 찾는 사람도 많을 텐데요."

그러나 모두의 예상을 비웃기라도 하듯, 얼마 후 거짓말처럼 탐라에 나타난 김세휘였다.

"오호라, 그쪽이 바로 객주 주인이었구먼!"

"예. 제가 이곳 객주 주인이자, 상단을 꾸리고 있는 김만덕이라고 합니다.”

김세휘는 방에 들어서자마자 권하는 자리도 마다한 채 만덕을 한껏 흘겨보았다. 그러더니 별안간 들고 있던 함을 만덕의 눈앞에 내동댕이쳤다.

“나한테 이 물건을 전하라 한 작자가 바로 당신이란 말이지?”

그 결에 함 뚜껑이 열리며 안에 든 물건이 방바닥 위로 나뒹굴었다. 그 함은 바로 만덕의 분부로 익현이 한양에서 김세휘에게 전한 물건이었다.

“대체 내게 이딴 흉물스런 물건을 보낸 이유가 무엇이오? 그 저의가 뭐냔 말이오!”

보자마자 작정한 듯 버럭 소리치는 김세휘였다. 그러나 놀라긴커녕 만덕은 이 모든 상황을 이미 예상했다는 듯 태연하게 대꾸했다.

“흉물스럽다 하심은 혹 저 머리카락을 두고 하시는 말씀이신지요?”

그러면서 만덕은 바닥에 팽개쳐진 물건을 가리켰다. 그랬다. 함 안에 담겨 있던 물건은 바로 성글게 땋아내린 여인의 삼단 같은 머리채였다. 둥글게 뭉쳐놓은 모습이 얼핏 똬리를 튼 뱀 같아 보이기도 했다. 김세휘는 새삼 부르르 몸서리를 쳤다.

“그럼, 저 흉물이 아니면 대체 뭐겠소?”

꼴도 보기 싫다는 듯한 태도에 짐짓 서운한 표정을 짓는 만덕이었다.

“그래도 제 딴에는 처녀아이 때부터 지금껏 길러온 머리단인데, 흉물스럽다 하시니 듣기가 거북하군요.”

그리고 보니 만덕의 쪽진 머리카락은 그 끝을 감추려는 의도였던 듯 검은 천에 쌓여 있었다.

'하면, 저 머리카락이……?'

내심 김세휘는 움찔했다. 그러나 겉으론 피식, 콧방귀를 뀌었다.

"그게 누구 머리카락인들 무슨 상관일까. 다만, 그 보낸 자의 의도가 중요한 것이겠지!"

그러고는 내처 한 걸음 다가서며 재차 따져물었다.

"대체 내게 머리카락을 잘라 보낸 이유가 뭐요? 제주는 미신이 많은 땅이라, 지난번 갓 재료를 망가트린 것에 앙심을 품고 나를 저주하려 그런 것인가?"

바닷길을 건너오는 내내 이런저런 생각이 많았던 김세휘였다. 그 중에서도 제 딴엔 꽤나 그럴듯한 추측이라고 생각하여 찔러본 것이건만 그게 아니었던 모양인지 만덕은 피식 하고 웃음을 보였다.

"설마 그렇기야 하겠습니까. 그깟 갓 망가진 게 무에 대수라고 여인이 십수 년을 길러온 머리단까지 잘라가며 비방을 한단 말입니까?"

그러나 여전히 미심쩍은 기색을 지우지 못하는 김세휘였다.

"그럼 대체 무엇이오? 지난번 보내온 갓 재료도 그렇고, 이젠 머리카락까지! 자꾸 날 귀찮게 하는 이유가 뭐냐 말이오?"

버럭 소리치는데, 만덕이 뜻밖의 대답을 내놓았다.

"그것은 어르신께서 제가 보낸 갓 재료를 돌려보내셨기 때문입니다."

침착한 만덕의 대답에 김세휘는 점점 더 오리무중이라는 듯 미간을 찌푸렸다. 그러자 만덕이 말을 이었다.

"어르신께서도 직접 보셨으니 아실 것입니다. 제가 코낸 총모자와 양태는 처음부터 짝이 아니었음을 말입니다."

그랬다. 만덕이 직접 주문하여 전국의 입자장들에게 보냈던 총모자와 양태는 본래 제 짝이 아니었다. 양태 구멍을 총모자의 지름보다 훨씬 크게 만들어서 처음부터 이을 수 없게 만든 굴건이었던 것이다.

"양태의 구멍이 좁은 것이야 그만큼 도려내고 갓을 지으면 된다지만, 넓은 것은 억지로 이어보았자 제대로 된 맵씨가 나올 턱이 없으니까 말이지요."

그 말에 김세휘는 기가 막혔다.

"하면, 진작부터 그걸 알고 있었으면서도 내게 그걸로 갓을 지어 달라 생떼를 썼단 말이오?"

김세휘는 저도 모르게 허 하고 바람 빠지는 소리를 냈다. 귀찮게 자꾸만 찾아와서 되지도 않는 고집을 피우기에 보란 듯이 작신작신 갓 재료들을 부숴 보냈던 김세휘였다. 그런데 사실 그 모든 게 계획된 일이었다니. 뭔가 속은 듯한 기분마저 들었다. 그런 김서휘를 향해 순순히 고개를 숙이는 만덕이었다.

"예. 그러했습니다. 늦었지만 어르신을 곤란스럽게 한 점, 깊이 사죄드립니다."

그리고는 덧붙여 말했다.

"실은 주제넘사오나, 그 주문은 갓 짓는 이의 심공心功을 확인하기 위한 것이었답니다."

"심공이라?"

"예. 상인으로서 오랜 세월 많은 물건들을 접하다 보니, 자연스레 물건의 가치를 알아보는 눈이 생기더이다. 그리하여 깨닫게 되었습니다. 여염에서 쓰는 나무 젓가락 한 짝부터 임금님께서 쓰시는 옥류관에 이르기까지 대저 좋은 물건이란 수공手功이 뛰어나야 할 뿐만 아니라, 그 안에 장인의 심공心功이 담겨 있어야 함을 말입니다. 저는 어르신의 그 찢어진 갓에서 장인의 심공을 보았습니다."

그러면서 전국의 장인들에게 갓 재료를 보낸 일이며, 그것으로 갓을 지어주면 큰 사례를 하겠노라 약조한 일까지 그동안의 일들에 대해 상세히 설명했다. 어느 순간부터 김세휘 역시 그런 만덕의 얘기에 흥미를 느꼈는지 가만히 경청하고 있었다.

"그랬더니 오래지 않아 속속 완성된 갓들이 돌아왔습니다. 어떤 이는 두 물건을 억지로 이어 엉성한 갓을 만들어 보내왔고, 또 어떤 이는 제가 보낸 재료 대신 총모자와 양태 중 하나를 몰래 뒤바꾸어 갓을 만들어 보내기도 하였더군요. 그런 와중에 제 주문을 거절한 이는 오로지 어르신 한 분뿐이었습니다. 하여 어르신을 뵙고자 한 것입니다. 본래는 제가 찾아뵈어야 마땅하오나 보시다시피 섬에 매인 몸이라 말입니다."

만덕의 설명이 끝나자 쩝쩝 입맛을 다시는 김세휘였다. 장인은 본능적으로 자신의 혼魂을 알아보는 이에게 관대한 법이었다.

"심공이라……."

문득 중얼거린 김세휘는 그제야 모른 척, 아까부터 비어 있던 방석 위에 털썩 다리를 꼬고 앉았다.

"듣자하니 딱히 마음에 들지는 않소만 나름 이유가 있었던 모양이군. 한데 나를 만나고 싶다면서 하필 보는 사람 식겁하게 머리채를 잘라 보낸 이유는 아직도 이해하기 힘들구려."

그러면서 김세휘는 슬쩍 만덕을 넘겨다보았다.

사실 김세휘가 한양에서 이 머나먼 탐라 땅까지 길을 나서게 된 이유 중 팔 할은 욱 하는 성격 때문이요, 나머지 이 할은 호기심 때문이었다. 김세휘의 성정을 대강 짐작한 만덕은 속으로 빙긋 웃었다.

"놀라셨다니 죄송합니다. 하지만 제가 과연 방법은 잘 고른 모양입니다. 덕분에 이리 먼 곳까지 직접 걸음을 해주셨으니 말입니다."

말하고는 빙그레 웃는 만덕이었다. 그 말을 들은 김세휘는 다시 어이가 없다는 표정을 지었다.

"하면, 단지 내 관심을 끌 심산으로 제 머리를 잘랐다는 말이오? 허허! 이러다 잘하면 머리 깎고 절로 들어가겠구먼."

그러고는 쯧쯧 혀를 차는 김세휘였다. 그러나 만덕이 머리칼을 잘라 보낸 이유는 그게 전부가 아니었다. 돌연 미소를 거두고 다부진 낯빛을 보이는 만덕이었다.

"물론 그저 그 이유만은 아니었습니다. 사실 제가 어르신을 탐라로 모시고자 한 이유는 이곳에 머물며 저희 상단에서 갓을 만들어주십사 부탁드리기 위함이었습니다."

그 말에 김세휘가 눈을 동그랗게 뜨며 되물었다.

"그러면 그 말은, 지금 나보고 탐라에서 살라는 뜻이오?"

"예."

만덕의 대답에 김세휘가 절레절레 고개를 저었다.

"그건 안 될 말이오. 이미 한양에 내 공방이 있을 뿐만 아니라, 뭐라 해도 난 한양에서 나고 한양에서 자란 토박이오. 한데 어찌 고향을 버리고 이곳까지 와서 살 수가 있겠소?"

그러자 만덕이 대꾸했다.

"물론 쉽지 않은 일이라는 것은 저도 잘 압니다. 하여 이렇게 부탁드리는 것입니다. 옛말에 태어난 곳만 고향이 아니라 마음 준 곳도 고향이란 말이 있지 않습니까? 저는 어르신의 마음을 사고 싶습니다."

그러나 만덕의 말에 미간을 찌푸리는 김세휘였다.

"내 마음을 사고 싶다? 아무리 장사꾼이라지만 어찌 사람의 마음을 사고판단 말이오. 나는 세상에서 돈 자랑하는 인간들을 제일 혐오하는 사람이외다!"

그러자 만덕이 얼른 고개를 저으며 말했다.

"오해는 마십시오. 저는 한순간도 사람의 마음을 돈으로 살 수 있다고 생각해본 적은 없습니다. 다만, 서로의 부족함에 기대어 사는 것이 세상사이고 인지상정인 법. 저희 상단이 어르신의 부족함을 채우고, 어르신께서 우리 탐라의 부족함을 채워주시어 함께 그 이利를 누리고 살 순 없겠는지요?"

거듭 부탁하는 만덕이었다. 그에 김세휘는 가만히 만덕의 말을 읊조렸다.

"내 부족함과 탐라의 부족함을 서로 채운다?"

"예, 상생相生말입니다."

만덕이 대꾸했다. 하지만 김세휘는 여전히 곤란하다는 표정이었다.

"말은 상생이라고 하나, 나는 탐라와는 지금껏 별 인연이 없이 살아온 사람이오. 탐라에 와본 것도 처음이요, 듣도 보도 못한 풍광이며 말씨, 모든 것이 어색하기 그지없건만 어찌 이런 내가 탐라와 상생할 수 있겠소?"

김세휘는 다시 만덕의 청을 거절했다. 사실 그가 그러는 것도 무리는 아니었다. 그의 말대로 탐라는 뭍과는 전혀 다른 세상이었다. 그러나 탐라 또한 한민족의 영토, 어찌 외따로 떨어져 존재하겠는가. 만덕이 입을 열었다.

"예. 탐라는 뭍과는 천리만리 떨어진 곳이지요. 그러나 연이 없다는 것은 탐라를 모르시기에 하는 말씀이십니다. 게다가 어르신은 조선 최고의 입자장이 아니십니까. 갓의 재료가 되는 양태와 총모자의 팔구 할이 이곳 탐라 아낙들의 손에서 만들어집니다. 그러니 비록 어르신의 손을 거쳐 양반님네들의 머리에 얹히기는 합니다만, 그 대부분이 본래는 이곳 탐라 태생인 것입니다. 한데 어찌 연이 없다 하겠습니까."

그에 마지못해 김세휘도 고개를 끄덕였다.

"듣고 보니 그렇소. 하지만 그렇다 하여 내가 탐라에 살 필요는 없는 게 아니오? 어차피 조선 팔도의 모든 물건은 결국 한양으로 모여들기 마련인 것을. 생선장수 한다 하여 바다로 가고, 나무장수 한다 하여 다 산으로 가는 것은 아니잖소."

그때였다. 만덕이 갑자기 자신의 머리에서 손가락 굵기만 한 은비녀를 뽑아내더니 머리카락을 감싸고 있던 끈마저 풀어냈다. 그러자 단정하게 묶여 있던 머리카락이 사르륵 흘러내리며 감춰져 있던 모습이 드러났다. 목덜미를 겨우 가릴 정도나 될까? 한때 탐라 최고의 미기美妓로 이름 높았던 만덕의 삼단 같은 머리카락이 어깨쯤에서 싹 둑 잘려나가고 없었다.

"어찌……!"

좀 전의 대화로 이미 단발한 사실을 알고 있었지만, 눈앞에서 여 인의 잘려나간 머리카락을 보는 것은 또 다른 느낌이었다. 동시에 방 한구석에 여전히 나뒹굴고 있는 머리채를 보자니 마치 살아 있는 생물이 댕강 허리를 잘린 듯 혹은 생손가락을 잘라낸 듯 기이하고 비장한 느낌마저 들었다. 실제로 만덕의 얼굴에 떠오른 표정 또한 비장하기 그지없었다.

"어찌 머리카락을 잘라 보냈느냐 하셨지요? 사실 저 머리카락은 그냥 머리카락이 아닙니다. 탐라 여인들의 한숨이자 눈물입니다. 뭍 사람들은 갓을 말총으로 엮는다 생각하지만, 아닙니다. 켜켜이 쌓인 탐라 여인들의 한숨과 세월로 엮는 것입니다. 그렇게 하루, 또 하루 평생을 좁은 방 안에 갇혀 한 땀 한 땀 엮어가다 보면 그네들의 곱던 머리는 어느새 하얗게 새고, 빛나던 꿈은 사그라듭니다. 하여 말총 이 아니라 제 머리채를 뽑아 엮는 것과 하등 다를 게 없는 것입니다. 그런데 아십니까? 정작 그네들의 몫으로 돌아가는 돈은 양반들이 사가는 갓 값의 채 일 할도 되질 않습니다. 모두 거간꾼들, 장사치들 의 수중으로 떨어지는 것이지요. 저는 그 불합리한 구조를 바꾸고 싶습니다. 그러자면 무엇보다 어르신의 도움이 필요하겠기에 제 머 리채에 탐라의 서글픈 사정을 담아 어르신께 보낸 것입니다."

그러면서 간절한 눈빛을 보내는 만덕이었다. 그러자 한참을 홀린 듯 보고 있던 김세휘가 더듬거리며 입을 열었다.

"하…… 하지만 그렇게 말하는 그쪽 역시 장사꾼이 아니오. 대체 불합리한 구조를 어찌 바꾸겠다는 게요?"

그러자 만덕이 다부진 목소리로 대답했다.

"마음! 마음을 얻을 것입니다."

순간 김세휘는 저도 모르게 꼴깍 침을 삼켰다. 마음이라니? 두 귀로 똑똑히 듣고도 대체 무슨 말인지 도무지 알 수가 없었다. 그러나 논리를 떠나, 어느 순간부터인가 만덕이 뿜어내는 순수한 열의에 서서히 경도傾倒되어가고 있는 김세휘였다.

만덕과 김세휘의 담판이 있은 얼마 후. 탐라 저자엔 만덕이 갓 사업을 시작했다는 소문이 일파만파 퍼져나갔다. 그리고 그 소문은 오래지 않아 송방 전 행수의 귀에도 흘러 들어갔다.

"한양에서 김세휘를 데려왔답니다."

한 서기의 보고에 전 행수가 살짝 이마를 찌푸렸다.

"그 성질 난폭하기로 소문난 입자장 말인가?"

김세휘가 상관과 멱살잡이 끝에 공조를 박차고 나간 사건은 한양 상인들 사이에서도 꽤나 유명한 일화였다.

"예, 어찌 구워삶았는지 모를 일이지만 그자가 화북포 근처에 이미 공방을 차렸다 합니다. 게다가 솜씨 좋은 마미두장과 양태장 몇몇까지 이미 포섭한 듯합니다."

전 행수는 또다시 손가락 끝으로 서안을 톡톡 두들겼다. 대체 무슨 속셈인 것일까? 지난번에는 사내가 생긴 게 아니냐는 풍문으로 한창 속을 시끄럽게 하더니만 이번에는 갓이라. 적어도 그때의 갓이 정인을 위한 선물이 아니었다는 사실만은 분명해진 듯했다. 쓴 입맛을 다시는데 한 서기가 흥분한 듯 재차 입을 열었다.

"이것은 그야말로 선전포고가 아닙니까? 어찌 감히 우리 송방이 점하고 있는 갓을! 이런 분별없는 짓을 그냥 보고만 계실 겁니까?"

울컥하는 한 서기였다. 그러나 그 말에 전 행수는 금세 표정을 굳혔다.

"경거망동하지 말게. 또다시 지난번과 같은 일이 있을 시에는 이번엔 자네라도 용서치 않을 것이야."

전 행수는 지난번 만덕 상단의 출선굿 때 한 서기가 심방의 물잔에 미약을 섞은 일을 뒤늦게 알게 되었다. 그 일로 어찌나 노기등등했던지, 결국 어찌어찌 무마가 되기는 하였지만 한동안 한 서기는 전 행수의 그림자만 보아도 피해 다녀야 했다. 지금도 다시 그 얘기에 한 서기의 어깨는 움찔 움츠러들었다. 하지만 사안이 사안인지라 쉽게 분을 삭이지 못하는 한 서기였다.

"제가 어찌 또다시 행수님을 기망하겠습니까. 하지만 다른 물건도 아니고 갓이라니. 안 그래도 후계 문제로 시끄러운 이때 한때나마 이곳 밥을 먹은 자가 어찌 그리 배은망덕한 짓을 할 수 있단 말입니까."

사실 말은 하지 않았지만 전 행수도 그 점은 심히 불쾌하였다. 갓이 탐라 송방의 핵심임을 알면서도 하필 갓이라니.

'어느새 만덕의 상단이 탐라 송방의 턱밑까지 치고 올라왔음인가?'

지난 늦가을 홍계희는 한양을 떠나 아들 지해가 있는 영변寧邊으로

갔다. 노환으로 인한 건강상의 이유였다. 덕분에 그의 견제가 느슨해져 송방도—덩달아 은연중에 만덕도—장사에 보다 전념할 수 있었다. 그리고 그새 한양으로까지 장삿길을 넓힌 만덕이었다.

'그동안 지나치게 방관했던 게지.'

사실 그동안 전 행수는 만덕을 경쟁자로 여기지 않았다. 아니, 어쩌면 의도적으로 충돌을 피해왔다는 말이 맞을지도 몰랐다. 그저 나보다 한참 낮은 상대, 마음만 먹으면 언제든지 제거할 수 있는 텃밭의 여리여리한 들꽃처럼, 손을 댈 순 있지만 그냥 두고 본 것이랄까. 그러나 이제는 상황이 달랐다. 어느새 그 여리여리한 들꽃이 전 행수의 밭을 온통 제 색깔로 물들이려 하고 있었다. 감히 넓은 땅을 넘보며 조금씩 조금씩 제 영역을 넓혀온 것이다.

전 행수는 이제 적어도 탐라 땅 안에서만큼은 만덕이 자신과 자웅을 겨룰 만한 상인으로 성장했음을 인정해야 했다. ㅎ지만 마음 한편에는 여전한 망설임이 자리 잡고 있었다. 그때였다.

'우왕좌왕하지 말거라. 네 뒤를 따르는 자들이 보이지 않느냐? 길잡이가 방향을 잡지 못하면 따르는 자들은 더 불안해지는 법이다.'

문득 어린 시절의 기억을 떠올린 전 행수였다. 그때 전 행수는 송도 외곽까지 장사 나간 아버지를 마중 나갔었다. 그런 전 행수에게 아버지 전 대방은 자신이 쥐고 있던 호롱불을 건네주며 상단의 길잡이 노릇을 시켰다. 시각이 늦어 사방엔 어둠이 가득했고, 사속 멀지 않은 곳에선 먹이를 찾는 들짐승들의 울음소리가 바르 옆에서 들리는 것처럼 가깝게 느껴지는 밤이었다.

'망설이지 말거라. 네 마음이 두서없이 서성일 때에도 발걸음만은 꼿꼿해야 하느니라. 그게 무리를 이끄는 자의 사명이다. 두려움과 망설임이란 전염병처럼 쉽게 번져나가는 법이니.'

전 행수는 그때처럼 고개를 들어 정면을 응시했다. 그러자 몸을 웅크린 채 자신의 눈치만 살피고 있는 한 서기의 모습이 보였다. 안 그래도 왜소한 그의 몸은 어찌나 기가 죽었는지 그사이 절반이 되어 있었다. 순간 속으로 조용히 탄식하는 전 행수였다.

'나의 부족함이 이들을 이토록 불안케 하였든가!'

전 행수의 얼굴에 결단의 빛이 서렸다. 더 이상 망설이고 있을 수는 없었다. 후계 문제도, 만덕의 일도 이제는 어떤 식으로든 결말을 지어야만 했다. 결심을 굳힌 전 행수는 한 서기를 향해 분부했다.

"육의전 총행수 김치술에게 연통하게. 내 직접 만나러 갈 것이야. 그동안 지지부진했던 갓 도매 문제를 확실히 매듭지을 걸세. 또한 이번 회담으로 만덕 상단과도 담판을 지을 것이니! 감히 우리 송방에 도전한 대가를 톡톡히 치르게 해주지."

정면 승부를 결심하는 전 행수였다. 어차피 장사도 인생도 그런 것이었다. 누군가 얻으면 누군가는 잃을 수밖에 없는 것. 그렇다면 얻는 장사를 해야만 했다. 전 행수의 뒤에는 송방의 일꾼들을 비롯해 그 식솔들까지, 이미 수많은 이들이 따르고 있었으니. 그러나……

명을 받은 한 서기가 자리를 뜨고 또다시 홀로 집무실에 남자, 습관처럼 방 한쪽에 세워진 거울을 물끄러미 들여다보는 전 행수였다. 그것은 언젠가 청에서 들여온 유리 거울이었다.

'이 거울을 들여다보니 말입니다. 그 안에 또 다른 하늘이 있고,

땅이 있고, 바다가 있고…… 어쩐지 다른 세상이 있을 법도 하지 않습니까? 왠지 거울 속에 있는 제 자신마저 제가 그려온 저와는 사뭇 다른 듯합니다. 어쩌면 저세상엔 미움도, 슬픔도, 그리움도 없을 듯하여…….'

그때 거울에 비친 만덕의 얼굴이 마치 꿈을 꾸듯 황홀하고도 아름다워서 전 행수는 홀린 듯 몇 번이고 그 모습을 훔쳐보았었다.

'만약 그런 세상이 있었다면 너와 나는 지금보단 좀 더 다른 인연이 될 수도 있었을까?'

전 행수는 씁쓸히 '인연'이라는 말을 곱씹었다. 사람의 인연이란 제석천의 그물과도 같아서 작은 진동 하나로도 크게 흔들리고, 삼생에 걸쳐 이어진다든가. 그러나 두 사람의 인연은 이미 등을 맞댄 지 오래였다.

"무언가를 얻으려면 다른 무언가는 포기해야만 하는 것이 또한 인생사인 게지."

홀로 읊조리며, 다시금 자신과 만덕의 인연이 크게 요동치리라는 것을 직감하는 전 행수였다.

한편 전 행수와 송방의 움직임을 알 리 없는 만덕은 새로 세운 김세휘의 공방에 도착해 있었다.

"보시오. 그동안 내가 고안한 도안들이라오."

만덕은 김세휘가 내민 도안들을 꼼꼼히 훑어보았다. 그러고는 이내 크게 고개를 끄덕이는 만덕이었다.

"훌륭합니다. 기본에 충실하면서도 우아한 것이 기존 갓들과는 다른 느낌입니다. 뭐랄까…… 장식도 장식이지만, 흐르는 듯 미려한 선이 참으로 아름답습니다."

그 말에 김세휘가 자신만만하게 대꾸했다.

"당연하지. 내 평생의 갓쟁이 경험이 담긴 역작인데. 잘 보시오. 갓 모자의 높이와 아래에서 위로 올라갈 때의 좁아지는 각도, 그리고 갓 챙의 너비 등을 비율에 따라 계산한 것이라오."

그러면서 자신이 그린 도안에 대해 신이 나서 설명하는 김세휘였다.

"본래 갓이란 걸 꾸밈보다 그 바탕이 중요한 법이라오. 아무리 화려하게 치장을 한데도 기본 틀이 잘못 잡히면 영 황이지. 그런 점에서 내가 고안한 이 갓은 완미婉美 그 자체이니, 어디 왕실의 것과 비교해보라지. 내 갓이 그에 뒤지는가."

그렇게 한참을 떠들어대다가 문득 진지한 표정을 짓는 김세휘였다.

"그나저나, 혹여라도 나와의 약속을 잊은 것은 아닐 테지? 내 그 때문에 제주에 눌러앉았는데 이제 와서 딴소리를 하면 곤란하오!" 하며 재차 다짐을 두는 김세휘였다. 만덕은 그 말에 빙긋, 미소로 화답했다.

"걱정 마십시오. 이미 솜씨 좋은 장인들에게 연락을 해두었으니, 도안을 정리하는 대로 그에 맞는 일골과 양태판이를 제작할 것입니다."

김세휘와 담판을 짓던 날, 만덕은 그가 원하는 것이라면 그게 무엇이든 최적의 조건을 제공하겠노라고 약속했다.

'이곳은 조선 최고의 양태장과 총모자장들이 모인 곳입니다. 장인께서 원하시는 것은 무엇이든 맞춰드릴 수 있다는 뜻입니다. 그러니 어르신께서는 최고의 갓을 만들어주십시오. 그동안 머릿속으로 꿈꿔왔으되 실현하지 못하였던 것들, 현실에 부딪혀 미뤄왔던 것들을 마음껏 펼치시기만 하면 되는 것입니다. 그 나머진 모두 저가 책임질 것입니다.'

그 약속대로 지금껏 갓 일과 관련된 것이라면 그게 무엇이든, 김세휘의 일을 적극 지원해온 만덕이었다. 그가 한양에 있는 아들에게 연통을 넣어 연장들을 챙겨오는 동안 상단 근방에 적당한 건물을 사들여 공방으로 단장하는가 하면, 갓 제작에 필요한 온갖 재료도 아낌없이 구해다주었다. 김세휘는 그런 만덕이 고마우면서도 한편으론 걱정스런 마음이 들었다.

"나야 원하는 일을 맘껏 하게 해주니 고마운 일이긴 하오만……그나저나 이리 장사해서 어디 이문이 남기는 하겠소? 나도 갓 팔아 끼니 이어봐서 알지만, 장사라는 게 본래 단가가 맞아야 되는 것인데……."

우려 섞인 말을 건네는 김세휘였다. 그러나 만덕은 그런 김세휘를 보며 걱정 말라는 듯 손을 내저었다.

"지난번에도 말씀드리지 않았습니까? 마음을 얻을 것이라고. 마음을 얻으면 자연 이득도 따를 것이니, 두고 보십시오."

그러고는 도로 도안을 살피는 만덕이었다. 그러고 코니 그때도 갓 시장의 불합리한 구조를 바꾸겠노라며 호언장담했던 만덕이었다.

'하기야 그렇게까지 말하는 데야…….'

여전히 아리송했지만 결국 김세휘는 입을 다물었다. 그런 김세휘를 보며 만덕은 그저 빙그레, 의미심장한 미소를 지을 뿐이었다.

그로부터 얼마 후, 갓 사업 준비를 모두 마친 만덕은 본격적으로 갓의 판로를 고심하기 시작했다. 그리고 그 첫 대상으로 한양의 기방을 점찍었다.

"어설픈 장사치 몇보다 힘 있는 기방 하나 뚫는 것이 더 유용할 것이다."

오랜 세월 기녀로 일한 경험 덕분에 만덕은 모든 유행이 기방에서부터 시작된다는 사실을 잘 알고 있었다. 그도 그럴 것이 가채가 금지되고 근검이 나라의 기풍이던 시대에도 와가 한 채 값에 육박하는 가채를 머리에 얹고, 겹겹이 비단 치마를 두르는 것이 허용되었던 것이 기생이었다. 게다가 고관대작부터 말단 서리에 이르기까지 손 닿지 않는 곳이 없는 것이 또한 기생이었으니, 그들의 입소문만 탄다면 일은 반 넘어 성공한 것이나 다름이 없었다. 하여, 익현으로 하여금 장삿길에 적당한 기방을 알아보라 일러두었다.

분부를 받은 익현은 마포나루에 도착하자마자 짐을 부리는 일도 미룬 채 서둘러 장터로 향했다. 기방과 줄을 잇자면 우선 제 깜냥에서 적합한 인물을 물색해야 했기 때문이다. 하여 시전 주변을 어슬렁거리는데, 어물전 옆에서 웬 쨍한 목소리가 익현의 발길을 붙잡았다.

"생선 눈이 썩은 동태눈이구먼. 물이 좋기는 개뿔! 이런 걸 어찌 손님상에 올리란 말이오? 우리 주인 아씨 성정 정녕 몰라서 이러오?"

어물전 주인과 실랑이를 벌이고 있는 것은 열너댓 살이나 먹었을까? 새초롬한 낯색의 계집아이였다. 얼핏 하는 말을 들어보니 어느 기방의 막종인 듯한데, 입성이 깔끔하고 딴엔 비단 조각으로 기운

반짇고리 노리개까지 찬 것으로 보아 주인의 세도가 보통은 넘는 듯
했다.

"막종이 저 정도 입성이라면 나름 한다 하는 기방일 테지."

옳다구나 생각한 익현은 길목 어귀에서 기다렸다가 결국 빈손으
로 어물전을 돌아나오는 막종을 잽싸게 쫓아갔다.

"이보시오, 거기 아가씨!"

아가씨란 말에 설마 본인을 부르는 것이랴 싶어 무심히 지나치던
막종은 익현이 앞을 가로막은 연후에야 발걸음을 멈췄다.

"지금 날 부른 게요?"

낯선 사내의 등장에 놀란 막종이 익현을 위아래로 훑어보며 물었다.

"그럼, 지금 여기에 아가씨가 그쪽 말고 또 있소이까?"

변죽 좋게 들이대는 익현의 말에 막종은 과히 싫지 않은 표정을
지었다. 그러나 여전히 경계심은 완전히 풀지 않은 채였다.

"뉘신데 지나가는 사람을 붙잡고 이러시오?"

제법 맵게 톡 쏘아붙이는데, 그런 막종을 향해 익현은 흰 이가 드
러나도록 씨익 웃어 보였다.

"실은 지나가다 우연히 들었소만, 물 좋은 어물을 찾고 있다면서?
내 진짜 물 좋고 귀한 어물을 취급하는 곳을 아오만."

그 말에 귀가 솔깃해진 막종이 되물었다.

"그게 정말이오? 그곳이 어딘데?"

그러자 익현이 제법 호기롭게 대꾸했다.

"우리 만덕 상단이외다!"

막종은 익현의 추측대로 광통교 제일의 기방인 패월옥 찬모의 딸

섬섬이였다. 속으로 쾌재를 부른 익현은 타고난 말솜씨로 섬섬이의 정신을 쏙 빼놓은 연후에 상단에서 싣고 온 최고급 전복과 미역을 담뿍 떠안겼다.

"정말 이 귀한 물건을 이리 헐값에 넘겨도 되는 거요?"

섬섬이 자못 걱정스러운 듯 묻자 익현이 호기롭게 대답했다.

"내 생각 같아서는 예쁜 아가씨 얼굴을 봐서 공짜로 드리고 싶소만, 그러면 부담될까 봐 딱 원가에 드리는 거우다. 그저 통성명하는 값이니 앞으로도 잘 좀 부탁드리겠소. 누가 뭐래도 전복과 미역 하면, 우리 탐라의 만덕 상단이 최고 중에 최고니!"

너스레를 떨며 찡긋 곁눈짓까지 하는 익현이었다. 그 눈짓에 섬섬의 얼굴은 저녁 노을처럼 속절없이 발그레해졌다.

"지금 한양 최고의 멋쟁이는 누가 뭐라 해도 이조 좌랑 민광현이라 합니다."

교역에서 돌아온 익현은 한양에 머무는 내내 섬섬에게서 캐어낸 정보를 만덕에게 빠짐 없이 고하였다.

"이조 좌랑 민광현이라……."

"예. 섬섬이 말로는 패월옥 최고의 기생인 초련이도 민 좌랑에게 몇 달째 공을 들이고 있다는데, 워낙 좋다고 덤벼드는 기생들이 많은지라 그도 쉽지 않은 모양입니다."

"그래, 그렇단 말이지?"

익현의 보고를 듣고 만덕은 무슨 생각인지 씨익 웃었다. 그러고는 얼마 후, 만덕은 한양으로 교역을 떠나는 익현의 편에 보자기에 싼 상자 하나를 달려 보냈다.

"패월옥의 초련이라는 기생에게 전하거라. 은밀히 전하되, 반드시
이 물건이 제 주인에게 전해졌는지 확인한 연후에 돌아와야 할 것이
다."

거듭 당부하는 만덕이었다.

익현은 한양에 도착하자마자 만덕의 분부대로 섬섬이를 통해 물
건을 초련에게 보냈다. 그로부터 며칠 후, 익현은 초련으로부터 만
나자는 연통을 받았다.

방에 들어서니 초련은 화로 위에 긴 장죽을 늘인 채로 비스듬히
비단 보료에 기대앉아 연초를 피우고 있었다. 그리고 그 옆에는 만
덕이 익현 편에 달려 보낸 상자가 비단 보자기가 풀린 채로 놓여 있
었다.

"이 물건을 나에게 보낸 이유가 무엇인가?"

익현이 자리를 잡고 앉자, 초련이 대뜸 물고 있던 장죽을 입에서
떼며 물었다. 그러자 익현이 공손히 머리를 숙이며 대답했다.

"달리 무슨 이유가 있겠습니까? 그저 작은 성의일 뿐이지요."

그 말에 코웃음을 치는 초련이었다.

"나를 섬섬이년 같은 얼짜로 아는가? 세상에 공짜란 없는 법. 이
리 귀한 물건을 보낼 때는 뭔가 내게 바라는 것이 있는 것이겠지."

그러자 익현이 고개를 들며 답했다.

"고금을 통틀어 가인佳人에게 선물을 하는 뜻은 오직 하나. 마음을
얻고자 함이 아니겠습니까?"

꽤나 당돌한 말에 초련은 살포시 이마를 찌푸렸다. 그러나 이내

까르르 웃음을 터트렸다.

"재밌는 자로구나. 네 신분을 밝혀라."

그러자 익현이 빙긋 미소를 지으며 답했다.

"탐라 만덕 상단의 내거간 익현이라 합니다."

"탐라라……?"

장죽을 뻐끔대던 초련이 슬쩍 눈짓을 하자 옆에 앉아 있던 몸종이 상자의 뚜껑을 열었다. 그러자 그 안에서 한눈에도 우아한 자태의 갓이 그 모습을 드러내었다. 곡선과 직선이 만나 흐르듯 유려한 선은 명인名人의 수묵화를 보는 듯했고, 갓의 이음매와 안쪽에 숨은 구영자鉤纓子 하나까지 한 땀, 한 땀 꼼꼼히 여며진 모습은 마치 규수의 몸가짐을 보는 듯 단아했다. 하여 그 어떤 화려한 보석을 매단 것보다 기품이 넘치니 그야말로 장인의 숨결이 배어 있는 명품이었다.

"실로 아름다운 물건이기는 하다만 기생이 갓 쓸 일은 없으니, 이 물건의 진짜 주인은 따로 있을 터. 아마도 나를 통해 다른 누군가에게 전해지길 바라는 것일 테지. 아닌가?"

선물의 진의를 이미 꿰뚫은 듯 초련이 은근한 미소를 띠며 물었다. 그러자 익현 역시 싱긋 미소를 지으며 답했다.

"어찌 현명하신 아씨의 짐작과 다름이 있겠습니까?"

미소 속에서 서로의 뜻을 확인한 두 사람은 한동안 뭔가를 가늠하듯 상대방을 건너다보았다. 그렇게 얼마간 침묵이 흐르고, 마침내 초련이 몸종을 시켜 상자를 거둬들이며 말했다.

"잘 알겠네. 자네 주인께는 보내주신 물건을 고맙게 잘 받았노라고 전하게. 이 물건으로 내 바람이 이루어지기만 한다면, 자네 주인의 바람 또한 틀림없이 이루어질 것이라고 말일세."

초련은 다시 새초롬히 장죽을 입에 물었다. 고개를 조아린 익현은 기방에서 물러나왔다. 그리고 며칠 후, 익현은 배를 몰아 탐라로 돌아갔다. 물건이 제 주인을 찾았는지 확인하라던 만덕의 분부까지 모두 수행했기 때문이다.

익현이 초련을 만나고 나온 지 며칠 후. 이조 좌랑 민광현이 만덕 상단에서 만든 갓을 쓰고 육조 거리에 나타났던 것이다.

"들었는가? 민 좌랑이 초련의 정인이 되었다는군!"

"거 참, 땅을 치며 후회할 기생들이 수두룩하겠구먼."

"그럼 뭐하는가? 이미 배 떠난 후인 것을. 그나저나 민 좌랑이 쓴 새 갓을 보았는가?"

"아! 초련이 정표로 선물했다는 그 물건 말이지?"

도성 안은 온통 초련의 정인이 된 민 좌랑과 민 좌랑의 새 갓 애기로 떠들썩했다. 그도 그럴 것이 본래 소문 중에서도 낲녀 간 상열지사가 가장 큰 화제를 낳는 법. 한양 최고의 호걸과 광통교에서도 소문난 미색이 정분을 맺은 일이다 보니 아랫것들은 말할 것도 없고 점잖은 척하는 양반들까지 둘 이상만 모였다 하면 그 소문에 관해 쑥덕였던 것이다. 덕분에 만덕 상단에서 만든 갓에 사람들의 이목이 집중된 것은 두말할 것도 없었다.

"화사하면서도 과하지 않아. 하기야 민 좌랑이 아무것이나 걸칠 이가 아니질 않은가?"

"초련은 또 보통 계집인가? 배포가 웬만한 사내 못지않으니. 보나마나 소문난 장인의 물건일 게야. 한데 대체 어디 가야 구할 수 있는 것인가?"

초련에게 패배한 기생들은 반 질투의 심정으로, 멋 좀 안다는 양반들은 부러운 마음에 갓의 출처를 수소문하기 시작했다. 그렇게 얼마나 지났을까. 만덕의 배가 정박해 있는 마포나루엔 알음알음 소문을 듣고 찾아온 사람들의 행렬이 줄을 잇기 시작했다. 초련이 약속대로 다리를 놓아준 덕분이었다. 그렇게 만덕의 상선이 한양을 오가는 횟수가 거듭될수록 소문은 점점 퍼져나가, 주문량 또한 점차 늘어났다.

"이번 교역길에서는 주문이 무려 스무 건이 넘게 들어왔습니다. 그나마도 시일이 급한 것만 추려 그런 것이고, 예약을 걸어놓은 것까지 치면 그 배가 넘습니다."

한양에서 돌아온 익현의 보고에 만덕은 만족스러운 듯 고개를 끄덕였다. 갓 일을 총지휘하는 김세휘는 물론이고 공방 사람들도 쏟아지는 일거리에 쾌재를 불렀다. 바야흐로 갓 일이 제자리를 잡아가기 시작한 것이다.

"하지만 이대로라면 주문량에 비해 장인이 너무 부족한 것은 아닌지요?"

장부를 올리던 익현이 사뭇 걱정스러운 얼굴로 만덕에게 물었다. 아닌 게 아니라 최근 밀려드는 주문량은 공방의 생산량을 훨씬 넘어서고 있었다.

"주문이 밀려 납품기한이 길어지면 상단의 인상에도 좋지 않을 텐데요."

일리가 있는 우려였다. 하지만 그러한 고민은 그리 오래지 않아 자연스레 해결이 되었다. 만덕 상단에서 높은 공임을 준다는 소문이 퍼지자 송방 수하에 있던 장인들이 조금씩 만덕 상단으로 돌아서기 시작했던 것이다.

만덕은 장인들의 능력치에 따라 등급을 매겨 기본 공임의 최고 열 배까지 납품받는 물건의 값을 차등 지급하였다. 뿐만 아니라 본인이 원하기만 한다면 전 행수 상단에 빚진 대금을 미리 치러주어 실력 있는 장인을 송방에서 빼내오기도 하였다. 물론 이 모든 것이 가능했던 것은 생산된 갓의 값어치가 그만큼 높았기 때문이다.

만덕은 처음부터 상류층을 겨냥한 갓 시장에 관심을 두었다. 그래서 총모자와 양태 제작 단계에서부터 오로지 맞춤 갓만을 생산했다. 게다가 기본 재료는 말할 것도 없고 구영자와 갓 끈, 심지어 갓을 담을 갓집에 이르기까지 모두 최고급만을 고집했다. 대신 그렇게 만든 갓은 일반 갓의 자그마치 스무 배가 넘는 가격에 팔았다. 때때로 주문자의 지위와 취향에 따라 보석 등 갓 장식이 추가될 때면 그 값은 말 한 필 값에 육박하기도 했다. 만덕은 그렇게 얻은 수익을 생산에 참여한 장인들과 함께 공평하게 나누었다.

"누가 누가 더 싼 물건을 만들어내느냐 하는 싸움은 결국 오롯이 장인들의 피해로 귀결될 수밖에 없습니다. 현재의 구즈에선 그들이 가장 약자이기 때문이지요. 반면 갓이란 양반들만이 향유하는 사치품이니, 가격이 오른다고 하여 영향을 받을 양반은 상대적으로 적지 않습니까?"

심지어 사람의 심리라는 것이 참으로 묘한 구석이 있어, 나중엔 오히려 값이 비쌀수록 더욱 날개 돋힌 듯 팔리기도 했다. 어쨌든 덕분에 만덕의 갓 사업은 나날이 번창하였다.

"마음을 얻으면 이문 또한 얻게 되리라는 말이 이것이었소?"

만덕에게 넌지시 묻는 김세휘였다. 그러자 만덕이 햇살에 갓을 이리저리 비춰보다 말고 싱긋 웃었다.

"예. 보통 장사치들은 이문을 쫓기 마련이나 어차피 주머니를 여는 것은 사람의 마음인지라 사람의 마음을 열면 자연히 주머니도 열리는 법이니까요."

그런 만덕을 향해 김세휘는 탄복한 듯 고개를 끄덕였다.

"과연 그렇군."

그러나 여전히 궁금한 것이 있었다.

"그나저나 언제까지 이리 주문만 받아올 작정이오. 갓 사업이 이처럼 번창하고 있으니 이쯤에서 한양에 점방이라도 내는 게 좋지 않겠소? 듣자 하니 나루터에 천막을 치고 임시로 주문을 받고 있다 하던데."

그 말에 들고 있던 갓을 버랑 위에 내려놓으며 만덕이 대답했다.

"예. 실은 저도 방법을 모색하던 중이었습니다."

안 그래도 그에 관해 고심하고 있던 만덕이었다. 김세휘의 말처럼 한양에서 온전히 자리를 잡자면 지금 같은 임시방편으론 한계가 있었기 때문이다. 무엇보다 안정적인 장사를 위해선 보다 확실한 거점이 필요했다. 하여 이리저리 방안을 강구하고는 있었으나 한양에서 갓은 시전에서만 취급할 수 있는 품목이었다.

'어찌하면 무사히 사대문 안으로 입성할 수 있을까?'

버랑 위에 줄줄이 놓여 있는 갓들을 바라보며 거듭 고심에 빠지는 만덕이었다.

　한편 그 시각 만덕이 그리도 고심해 마지않는 한양에선 육의전 총
행수 김치술과 탐라 송방 전 행수가 비밀 회담을 진행하고 있었다.
　"뭐라? 지금 선전縇廛과 면주전綿紬廛이라 했나?"
　김치술의 얼굴이 금세 딱딱하게 굳었다. 동시에 회담장의 분위기
또한 싸늘하게 변하였다. 그 와중에도 여전히 담담한 전 행수였다.
　"예. 아시다시피 말총과 갓양태를 향후 5년간 도매로 제공하는 일
입니다. 그쪽에서도 그만한 값은 치르셔야 한다고 봅니다만."
　전 행수는 자신들이 독점하고 있는 제량을 시전에 싸게 공급하는
대가로 육의전 소유의 선전과 면주전 각 세 방을 내놓으라 하고 있
는 것이었다.
　"물론 공으로 달라는 것은 아닙니다. 점포는 점포대로 그에 합당
한 가격을 치를 것입니다."
　그러나 애시당초 값이 문제가 아니었다.
　"선전은 한양 시전의 근간일세. 한데 어찌……."
　김치술의 말처럼 선전은 육의전 상인들의 자존심이었다. 국초, 조
선의 건국과 함께 문을 연 최초의 상점이자, 사백 년 도읍의 경제를
지탱해온 시전의 역사였던 것이다. 그런 선전을 어찌 외지의 장사꾼
에게……! 그러나 섣불리 거부하지도 못하는 김치술이었다.
　"어차피 그런 것을 따지실 입장이 아니시지 않습니까?"
　전 행수의 지적대로 안타깝게도 작금의 현실은 자존심을 따지기
엔 시전 상인들에게 여러모로 불리했다. 새로 등장한 경쟁상대들이

시시각각 시전의 목을 조여오고 있었던 것이다. 그러한 약점을 모를 리 없는 전 행수였다.

"이미 칠패와 이현의 여각과 객주에선 공공연히 비단이 거래되고 있습니다. 그 질이 시전과 비교하여 전혀 뒤지지 않을 뿐 아니라 규모 또한 점차 커지고 있지요. 그런데도 저희는 양지에서 당당히 장사를 하겠다는 것이 아닙니까? 게다가 저희가 내건 조건까지 더하면, 서로에게 득이 되면 되었지 해가 되지는 않을 터인데요."

시전을 향한 압박의 수위를 점점 더 높이는 전 행수였다.

난전이 횡행하는 와중에 새롭게 사상도고私商都賈들이 생겨났다. 그들은 자신들이 가진 자본을 바탕으로 한양으로 들어오는 온갖 물산을 중간에서 가로채었는데, 덕분에 시전 상인들은 돈을 가지고도 물건을 구할 수 없게 되었다. 결국 두 배, 세 배의 값을 치르고 나서야 사상들에게서 원래의 물건을 되살 수 있었던 것이다. 전 행수가 독점하고 있는 갓 또한 그중 하나였다.

"아시다시피 한양은 조선 갓의 팔 할을 소비하는 거대 시장입니다. 한데 시전에 쌓인 재고로 과연 얼마나 버틸 수 있겠습니까? 갓을 구하지 못한다면 결국 선비들은 집 밖으로 나서지도 못할 테지요. 그러면 가격은 또다시 천정부지로 치솟을 것이고 말입니다."

결국 기다리면 기다릴수록 점점 유리해지는 것은 전 행수였다. 전 행수는 자신만만한 얼굴로 거듭 말했다.

"그 어마어마한 이득을 향후 5년간 시전 상인들에게 양보하겠다는 것입니다. 그 대가로 저희는 한양 시전에 당당히 발을 들여놓을 명분을 얻게 되는 것이고 말입니다."

오래전부터 한양으로의 진출을 꿈꿔왔던 전 행수였다. 이미 개성을 거점으로 거대한 부를 축적한 송상이었지만, 조선의 수도는 역시 한양인 바, 전 행수는 그 중심에 우뚝 서고 싶었던 것이다. 그중에서도 시전은 그러한 한양 상권의 상징이었으니, 전 행수는 그 상징성을 획득함으로써 송상 내에서 자신의 지위는 물론 후계 경쟁에도 방점을 찍을 계획이었다.

'야심이 남다른 자로군.'

김치술은 그런 전 행수를 가만히 노려보았다. 이제 갓 마흔이나 되었을까? 아직은 한창때인 전 행수는 그맘때의 사내들이 다 그렇듯 적당히 노련하면서도 힘이 있어 보였다. 다만 다른 이들과 다른 점이 있다면 장사치답지 않은 당당함과 기품이랄까. 방에 들어선 순간부터 김치술은 그 점을 눈여겨보았다. 아마도 타고난 성품인 듯, 전 행수에겐 자연스레 상대를 압도하는 기질이 있었다.

'그러고 보니 죽은 전 대방의 아들이라 했지.'

김치술은 전 송상 대방 전상명의 얼굴을 떠올렸다. 그 역시 살아생전 범의 눈매를 지닌 자였다.

'제 아비를 닮았음인가?'

그 상재를 닮았다면 분명 큰 장사꾼이 될 것이다. 그러나 그런 자들에겐 공통된 약점이 있었다. 자고로 독야청청한 범들은 같은 동족끼리 상대방의 마음을 잘 헤아리지 못하는 법이다. 하물며 인간 세상에 널리고 널린 나약한 범인凡人들의 심정에 대해서야…….

"자신감과 오만함은 한끝 차이라네. 선대인께서는 그 차이를 아셨건만 그 아들은 그렇지 못한 듯하군."

김치술이 내심 가시 돋힌 말을 뱉어내었다. 그러자 전 행수가 대꾸했다.

　　"자신감도 결국 가진 자들의 몫이 아니겠습니까? 힘 있는 자의 오만함은 패기가 되나, 나약한 자의 오만함이란 대저 어리석음이 되니 말입니다."

　　전 행수의 말에 김치술은 피식 쓴웃음을 지었다. 비록 얼굴은 웃고 있었으나 눈매는 싸늘하게 식어 있었다.

　　"딴에는 옳은 말이로군. 내 잘 생각해보도록 하지. 그러나 조심하시게. 때로는 지나친 패기가 자멸을 부르는 법이니 말일세."

　　"그 말씀, 새겨듣지요."

　　일어서는 김치술을 향해 빙긋 미소를 짓는 전 행수였다. 형식상으로는 생각할 시간을 좀 더 주는 것으로 일단락되었지만 그것은 어디까지나 모양새를 좋게 하기 위한 절차일 뿐, 거래는 확정된 것이나 마찬가지였다. 어차피 시전으로서도 별 다른 방도가 없을 테니.

　　"아! 그리고 가시기 전에 한 가지 귀띔해드릴 것이 있습니다만."

　　그 말에 자리를 파하고 나가려던 김치술이 걸음을 멈추고 전 행수를 돌아보았다. 그러자 전 행수가 말을 이었다.

　　"혹 도성 내에서 허가 없이 난전을 벌이는 자들에 대해 들어보셨는지요?"

　　넌지시 운을 띄우는 전 행수였다.

　　'만덕아…… 만덕아…….'

　　어디선가 들려오는 목소리에 눈을 뜨니, 어둠 속에서 허연 얼굴

하나가 혼불처럼 둥실 떠올랐다. 자세히 보니 뜻밖에도 그것은 죽기 직전, 장독이 올라 퉁퉁 부어 있던 월중선의 얼굴이었다.

'어머니!'

놀란 만덕이 한 걸음 다가서자 그제껏 감겨 있던 월중선의 두 눈이 번쩍 뜨였다. 그러더니 월중선이 산발한 머리를 사시나무 떨 듯 하며 비명을 지르기 시작했다.

'오지 마…… 오지 마…… 안 된다!'

높아지던 비명이 대나무 줄기처럼 갈래갈래 갈라졌다. 그러더니 어느 순간 걸걸한 남자의 음성으로 변했다. 그와 함께 파르르 떨리던 얼굴마저 마치 찰흙을 뭉쳐놓은 것처럼 기이하게 일그러지며 어떤 낯익은 모습으로 변하기 시작했다. 극도로 혼란스러운 와중에도 만덕은 금세 그 얼굴을 알아보았다.

'스승님!'

피로 칠갑을 한 그 얼굴은 바로 이조웅의 얼굴이었다.

"허억!"

순간 비명을 내지른 만덕은 자리에서 벌떡 일어나 앉았다.

"꿈인가……?"

그제야 주변의 풍경이 빠르게 눈에 들어오기 시작했다. 각 동이 터오는 새벽. 어젯밤 이불을 펴고 누운 그대로 변함없는 자신의 방 안이었다.

거친 숨을 몰아쉰 만덕은 자리에서 벌떡 일어나 그대로 창문을 열어젖혔다. 그러자 짭쪼름한 바다 내음과 함께 뿌연 사벽 안개가 스물스물 방 안으로 밀려 들어왔다. 바람결에 차갑게 스기 시작한 땀을 손등으로 훔친 만덕은 손바닥을 펼쳐 자신의 가슴께에 올려놓았다. 심장이 아직도 거세게 뛰고 있었다.

"얼굴 한 번 보이지 않으시더니……."

꿈에서라도 만나지지 않던 스승이었다. 그런데 이제 와 그런 괴이한 흉몽이라니. 만덕은 새벽 찬 기운에 으스스 몸을 떨었다. 보이지는 않지만 뭔가 불길한 기운이 느껴졌다. 그리고 그 불길함은 생각보다 빨리 그 실체를 드러냈다.

"지난번 일에 대한 감사 인사차 저희 행수님께서 보내신 선물입니다."

간만에 초련을 찾은 익현은 초련의 앞에 비단으로 싼 꾸러미 하나를 밀어놓았다. 몸종이 가져다 꾸러미를 풀자 그 안에서 오색찬란한 자개 면경이 모습을 드러냈다.

"탐라에서 잡은 전복 껍질로 만든 것입니다. 아씨를 위해 특별히 주문한 물건입지요."

면경의 뚜껑에는 탐스런 부용화 한 송이가 자개로 새겨져 있었다.

"이미 익히 알고 있는 것이네만 자네 주인께서는 참으로 탁월한 안목을 지니셨군."

선물이 퍽이나 만족스러운 듯, 초련이 붉은 입꼬리를 반월처럼 끌어올리며 새초롬히 웃었다. 그러자 과찬이라는 듯 겸손하게 머리를 조아리는 익현이었다.

"그나저나 탐라의 만덕 상단이라고 했던가?"

초련이 문득 생각났다는 듯이 묻자 익현이 대답했다.

"예. 탐라 제일의 상단을 꿈꾸는 만덕 상단입지요."

"탐라 제일이라……?"

초련의 얼굴에 문득 껄끄러운 표정이 스치고 지나갔다. 뭔가 할 말이 있는 듯한 눈치였다. 그러나 무엇을 망설이는지 좀처럼 입을 열지 않았다. 그러다 문득 눈앞에 놓인 자개 면경에 시선이 가 닿자, 몸종에게 차를 내오라 분부하는 초련이었다. 잠시 후 명을 받은 몸종이 방을 나갔다. 그제야 초련은 익현을 향해 알 듯 모를 듯한 말을 흘렸다.

"탐라에는 송방이 자리를 잡고 있다지? 송방…… 참으로 대단한 상단이지. 조선 팔도의 상권을 틀어쥔 것은 물론이려니와 그들 덕에 밥 먹는 관리와 양반 또한 한둘이 아니니. 한데 말이야. 소나무는 발치에 독버섯은 키울 망정, 제 몸을 해할 벌레는 용납치 않는 법이거든. 독기를 뿜어내 쫓고 말지. 내 말이 무슨 뜻인지 알겠는가?"

몸종이 찻상을 들고 돌아오자 초련은 다시 조가비처럼 입을 다물어버렸다. 덕분에 익현은 차도 마시는 둥 마는 둥 눈치만 보다가 결국 서둘러 패월옥에서 물러나왔다. 그러곤 배로 돌아가는 내내 의미심장한 초련의 말을 곱씹었다.

'이곳 패월옥의 주인이신 한매 어르신께선 조선 팔도의 내로라하는 상인들과 친분을 쌓고 계시지. 제주 송방의 전 행수 또한 우리 기방의 큰 손님이라네. 종종 이곳에서 중요한 얘기를 나누기도 하지. 누군가의 숨통을 단숨에 틀어쥘 만큼 위험한 밀담 같은 것 말일세.'

포구로 향하는 익현의 발걸음이 저도 모르게 점점 빨라졌다. 뭔가 예감이 좋질 않았다. 이럴 줄 알았으면 차 대접이고 뭐고 물건만 전

하고 얼른 일어났으면 좋았을 것을 하며 후회하고 있는데, 마침 저 앞에서 한바탕 요란한 소동이 일었다.

"한 놈도 남기지 말고 싹 다 잡아들여라. 금난전권을 어기고 사사로이 난전을 벌여 시장을 어지럽힌 놈들이다!"

보아하니 난전 단속을 나온 육의전 상인들인 듯했다. 별 생각 없이 길을 재촉하던 익현은 그러나 몇 걸음 가지 못하고 그 자리에 우뚝 멈춰 서고 말았다. 굴비 두름처럼 줄줄이 엮여가는 난전 장사치들의 선두에 만재가 끼어 있었던 것이다. 그러고 보니 그 뒤로 보이는 자들도 모조리 만덕 상단의 선원들이었다.

"아니, 이게 무슨……!"

당황한 익현이 막 행렬의 앞을 막아서려는 순간 눈이 마주친 만재가 다급히 고개를 저었다. 나서지 말라는 뜻이었다. 그러고 다시 흘깃 눈짓으로 행렬의 뒤쪽을 가리키는데, 행렬의 뒤로 수레 하나가 뒤따르고 있는 것이 보였다. 수레 위에는 보자기로 곱게 싼 꾸러미가 바리바리 실려 있었다. 그제야 익현은 상황을 대충 짐작할 수 있었다.

그 꾸러미들은 상단에 갓을 주문한 양반들에게 보낼 말린 전복이었다. 감사 인사 차원에서 답례품으로 준비한 것이었는데, 아마도 익현이 자리를 비운 사이 만재가 선원들과 함께 선물을 손님들에게 전할 양으로 수레에 싣고 도성 안으로 들어왔던 모양이었다. 그랬다가 갑자기 덮친 육의전 일꾼들에게 붙잡힌 것이었다.

당시만 해도 어물은 도성 밖에서라면 모를까 성 안에서는 육의전 소속의 내어물전에서만 취급할 수 있는 품목이었다. 그것을 어겼다

간 치도곤을 당해도 할 말이 없었다. 그만큼 도성 내에서 육의전의 위세는 절대적인 것이었다. 그런데 하필 이런 불미스런 오해를 샀으니……!

'어서 가서 만덕이에게 전하거라. 어서!'

실랑이 중에 얻어터졌는지 눈 밑이 시퍼렇게 부어 오른 만재가 익현을 향해 눈짓으로 말했다. 작게 고개를 끄덕인 익현은 분기를 억누르기 위해 이를 악문 채, 재빨리 행인들 사이로 숨어들었다. 그러고 도성을 빠져나오자마자 포구를 향해 전력질주하기 시작했다. 이 사실을 어서 빨리 만덕에게 전해야만 했다.

"전 행수 그자의 짓이 분명합니다!"

탐라로 돌아온 익현은 만덕을 보자마자 참았던 울분을 터트렸다. 급하게 돌아오느라 어찌나 고생을 했던지 익현은 그새 상거지 꼴이 되어 있었다.

"꼭 그렇게만 볼 순 없지 않느냐? 그저 시전 상인들과의 사이에서 사소한 오해가 있었을지도……."

말은 그렇게 하면서도 만덕은 초조한지 손끝으로 연신 이마를 문질러댔다. 지금으로선 최악의 가정만은 피하고픈 만덕이었다. 하지만 익현은 확신했다.

"전 행수 그자입니다! 패월옥의 초련이 언질을 주었습니다. 전 행수가 숨통을 조여올 거라고요! 그때 눈치를 챘어야 하는 건데."

억울한지 익현은 빈 주먹만 내리쳤다. 조금만 더 빨리 현명하게 대처했더라면 무사히 대피할 수도 있었을 것을. 전 행수에 대한 분노와 함께 잡혀간 이들에 대한 걱정으로 익현의 눈가가 왈칵 젖어들었다.

"상단 일꾼들이 모조리 잡혀간 것은 물론이고 배마저 포구에 억류되었습니다. 벌써 보름도 더 지났는데 몸들은 괜찮은 것인지. 만재 아주방은 몸싸움을 벌이다 다친 듯한데…… 당장 손을 써야만 합니다! 이렇게 속수무책으로 있다가 정말 무슨 사단이라도 나면……."

차마 말을 잇지 못한 익현은 주먹으로 눈 밑을 스윽 훔쳤다. 만덕 역시 속이 타들어가기는 마찬가지였다. 그러나 자신은 만재의 동생이기 이전에 상단을 이끄는 우두머리. 이럴 때일수록 냉정을 유지해야만 했다. 만덕은 불길한 생각에 휩쓸리려는 마음을 가까스로 추스르며 정신을 잃지 않기 위해 입술을 앙다물었다. 어찌나 꼭 깨물었는지 피가 맺혔다.

"잡혀간 곳이 육의전 총행수 김치술의 상단이라고 했느냐?"

"예. 한양의 시전 상인들 사이에선 무소불위의 권력을 가진 자라합니다. 경강상인들조차 도성 안에 들어갈 땐 그자의 허가를 받아야만 한다 했습니다."

만덕도 총행수 김치술에 대해서는 풍문을 들어 익히 알고 있었다. 어려서 지게 하나로 장터 짐꾼부터 시작하여 큰 장사를 일군 입지전적인 인물이라던가? 이전에 밝은데다 사람을 끄는 힘도 있어서 그 수하에 둔 자만 수백이었다. 자신의 사람에게는 관대한 편이지만 외부인, 그중에서도 특히 시전에 피해를 끼치는 자들에게는 무자비하기로 유명한 자였다.

"당장 벼슬아치들에게 청탁이라도 넣어야 합니다. 전 동부승지 영

감과 친분이 있다 하지 않으셨습니까? 다행히 지난번 수금해온 갓
대금이 아직 상단 금고에 있으니 이참에 관리들에게 뒷돈이라도 대
어보면……."

탐라로 돌아오는 내내 머릿속으로 궁리한 것들을 다급하게 주워
섬기는데, 당장 익현의 말허리를 자르는 만덕이었다.

"그건 아니 될 말이다. 관리들에게 뒷돈을 대다니! 그러려고 맺은
친분도 아니거니와 우리 상단에서 그런 부정한 일을 할 수는 없다."

만덕은 강한 거부감을 드러냈다. 그러자 발끈한 익현이 대꾸했다.

"부정한 일이라뇨? 만재 아주방이 죽기를 바라십니까? 지금껏 한
양에서 쌓아온 노력들은 또 어쩌고요. 이대로 두면 그간의 고생이
모두 물거품이 되어버릴 텐데. 없는 연이라도 이어 붙여야 할 판국
에 잘나신 양반님네와의 친분을 이럴 때 안 써먹으면 도대체 언제
써먹는단 말입니까?"

답답한 듯 앙가슴을 치는 익현이었다. 하지만 만덕은 단호했다.

"송방에서 너도 보지 않았더냐? 양반들의 힘을 빌려 쓴 대가가 무
엇인지. 그들의 힘을 빌리면 당장의 위기는 모면할 수 있을지언정
우리 또한 그들로부터 자유로워질 수 없다. 앞으로 더 큰 무엇이 오
가야 할지 알 수 없단 말이다."

만덕은 감귤 봉진 때의 일을 기억했다. 전 행수가 외지 양반의 힘
을 빌리려다 벌인 일련의 사태들을. 애초에 스스로의 힘이 아닌 세
도가의 힘을 빌려 쓰는 것은 마치 호랑이 등에 올라타는 것과 같아
서 자칫 잘못하면 역으로 호랑이의 밥이 될 수도 있는 일이었다. 하
여 반드시 정치의 힘을 빌려야만 한다면 적어도 그것은 최후의 보루

로 남겨둘 참이었다.

 "하면 어쩌실 생각이십니까? 당장 사람의 목숨이 왔다 갔다 하는 판국에 그냥 이대로 두고 보시렵니까?"

 이러지도 저러지도 못할 상황 앞에서 익현은 기어코 울분을 터트리고야 말았다. 수단과 방법을 가리지 않아도 모자랄 판국에 가까운 길을 놔두고 굳이 멀리 돌아가려는 만덕을 익현은 도무지 이해할 수 없었던 것이다. 도대체 정직이며, 정도正道며, 그깟 대의명분이 뭐라고!

 답답하긴 만덕도 마찬가지였다. 오라비의 생사와 상단의 존폐가 걸린 이런 위급한 상황에서도 정작 섬 밖으로는 한 발자국도 움직일 수 없는 처지라니! 이러고도 혈육이며, 상단의 행수라 할 수 있는지. 만덕은 마치 불 붙은 심지처럼 온몸이 통째로 바짝바짝 타들어가는 기분이었다.

 '섬을 나갈 수만 있다면! 내 직접 한양에 갈 수만 있다면!'

 만덕은 통한에 치를 떨었다. 그러다 문득 머릿속을 스치고 지나가는 한 가지 생각에 만덕은 소스라치게 놀랐다.

 '나가지 못할 것이 무엇인가?'

 순간 뎅 하는 종소리에 맞춰 멧비둘기 수천 마리가 한꺼번에 후두둑 날아오르는 것과 같은 충격이 만덕의 정수리에 내리꽂혔다. 그러고 보니 나가려고만 하면 영 못 나갈 일도 아니었다. 다만 지금껏 한 번도 실행에 옮길 생각을 못해보았던 것뿐이다. 좀 더 궁리를 해본다면······.

 '갈 수 있을까?'

중대한 결정을 앞두고 만덕의 머릿속은 그 어느 때고다도 차분하게 가라앉았다. '행수님!' 하고 외치는 익현의 부름도 가로막은 채 재빨리 일의 앞뒤를 재기 시작하는 만덕이었다.

해 뜨기 전 먹물을 풀어놓은 듯 연연한 어둠에 잠긴 목장은 고요했다. 간간이 예민한 암말들이 풀벌레 소리에 놀라 푸르르 콧김을 뿜어내는 소리가 들려왔지만, 아직은 테우리들조차 새벽 단잠에 빠져 있을 시각. 어릴 적 습관이 몸에 밴 만석은 무리 중에서도 가장 먼저 일어나 초지草地로 향했다. 여름이라 곧 해가 중천에 뜰 터. 더 더워지기 전에 말들에게 먹일 건초를 마련해두기 위해서였다.

잣성을 지나 낮은 구릉이 끝없이 이어진 산길을 홀로 걷기를 한참. 산 중턱에 올라선 만석은 잠시 후 드넓게 펼쳐진 초원에 도착했다. 아직은 어슴푸레한 미명에 잠겨 있지만 바람이 불 때마다 대지의 머릿결처럼 출렁이는 푸른 초원은 퍽이나 아름다웠다. 고려 왕실을 정복하기 위해 대륙에서 건너온 이방인들조차 이곳을 보고 한눈에 반했다던가. 본래는 탐라인들의 땅. 그러나 그때부터 이곳은 말들의 고향이 되었다.

초지에 도착한 만석은 묵묵히 풀을 벴다. 며칠 전 내린 비로 풀이 허리춤까지 자라 있었다. 서걱서걱 개운한 낫질에 풀은 금세 한 움큼씩 베어져나가고, 그때마다 코끝엔 진한 풀향기가 퍼졌다.

어린 테우리들에게 맡겨도 될 잡일이었다. 그런 일을 굳이 군부인 만석이 자처하는 이유는 바로 이 시간이 주는 편안함 때문이었다. 사위가 적막한 시각. 누구의 눈치도 볼 것 없이 오롯이 혼자만의 움직임에 골몰하다 보면 새벽 이슬에 젖은 몸은 알싸한 풀향기에 취해 어느새 노곤해졌다. 그러면 마음 한구석 깊숙이 꾹꾹 눌러놓았던 옛 추억이 아스라히 기지개를 켜며 깨어나는 것이었다.

동네 아이들과 뛰놀던 바닷가, 골골이 골목마다 들려오던 모자 좇는 소리, 바다에서 돌아온 아버지의 손에서 나던 시큼한 쇠 냄새와 짭짤한 소금기, 모자를 겯다 간간이 돌아봐주시던 어머니의 자애로운 눈빛 그리고 그 눈매를 꼭 닮은 또 하나의 얼굴…….

'오라방, 꼭 돌아와야 해! 기다릴 테니까, 꼭!'

눈물에 하롱하롱 젖어가던 작고 뽀얀 얼굴. 거기까지 생각이 미치자 낫을 쥐고 있던 만석의 손아귀에서 스륵 힘이 빠져나갔다.

그때는 곧 돌아갈 수 있을 줄로만 알았다. 테우리가 되어 돈을 벌면 고향으로 돌아가 버려진 부모님의 집을 다시 세우고 만재와 만덕과 함께 밭을 갈고 고기도 잡으며 행복하게 살 수 있을 줄로만 생각했다. 그래서 쥐꼬리만 한 세경도 한 푼 두 푼 아껴가며 꼬박꼬박 모았건만…….

보살피던 말 중에 태풍에 도망가고, 추위에 얼어 죽은 말 들이 생겨날 때마다 만석이 애써 모아두었던 돈들은 오롯이 잃어버린 말 값으로 관아에 바쳐졌고, 그마저도 없을 때는 곤장으로 그 몫만큼을 채우기도 했다. 그렇게 장독이 오른 엉덩이를 바닥에 대지도 못하고 며칠을 엎드려 앓던 날, 차가운 방바닥에 떨어지던 눈물은 아픔이 아니라 차라리 설움이었다. 아무리 발버둥쳐도 헤어나올 길 없는 잔혹한 운명을 직감한 설움.

그렇게 이십여 년의 세월이 흐르고, 그사이 만석은 당숙이 정해준

처자와 연을 맺고 자식도 낳았다. 말 기르는 일에도 요령이 생겨 테우리에서 군부로 승진하고 이제는 겨우겨우 먹고살 단해졌지만 어느덧 동생들에게 돌아갈 길은 더욱더 요원해지기만 했다.

이제는 각자가 자신의 길에서 너무 멀리 돌아와버린 상황, 예전에는 이러한 상황이 싫어 화를 내기도 하고 절망감에 눈물을 흘리기도 했다. 하지만 이제는 그러한 감정마저 잠잠히 잦아든 지 오래였다. 그러고 보면 지난 세월 길들여진 것은 말이 아니라 어쩌면 만석 자신일지도 모를 일이었다.

긴 한숨을 내쉬는데 문득 수풀 뒤에서 바스락거리는 소리가 들려왔다. 고개를 든 만석은 별 생각 없이 소리 나는 방향을 돌아보았다.

'산짐승인가?'

이른 시각엔 종종 토끼나 노루 같은 산짐승들이 먹이를 구하러 산 중턱의 마장까지 내려오곤 했다. 하지만 인기척을 느끼면 대부분 멀리 도망가기 마련이다. 풀숲을 헤치는 소리가 점점 더 가까워졌다.

"거기 누군가?"

만석이 먼저 외쳐 부르는데, 그때 새벽 안개 사이로 환영처럼 흐릿한 형체 하나가 나타났다. 순간 눈을 가늘게 뜬 만석이 보고도 믿기 어려운 듯 입을 열었다.

"만덕이…… 만덕이냐?"

안개 속에서 온전히 모습을 드러낸 이는 다름 아닌 만덕이었다.

지난 밤, 고심 끝에 결단을 내린 만덕은 밤새 말을 달려 대정현 말 목장에 군부로 있는 만석을 찾아온 길이었다. 마침 시기적으로 여름이라, 곧 공마봉진이 있을 것이란 사실이 떠올랐던 것이다.

'그 배에 몰래 숨어들 수만 있다면…….'

만석은 펄쩍 뛰었다.

"공마선에 널 태워달라니? 지금 제 정신인 게냐? 그러다 들키는 날엔 너는 물론이고, 그 배에 탄 사람 모두가 요절이 날 것이다!"

"압니다. 알기에 오라방에게 이리 부탁하는 것이 아닙니까?"

그저 바람결에 소식이나 전해 들을 뿐, 오랜 세월 발길을 끊고 지내던 사이였기에 이른 새벽 만덕이 갑작스레 나타났을 때 이미 뭔가 큰 사단이 났음을 직감한 만석이었다. 하지만 밀항이라니!

"밀항은 국법으로 엄금하는 일이다. 게다가 너는 여인의 몸이 아니더냐?"

만석은 출륙금지령을 말하는 것이었다. '탐라의 여인은 결코 탐라를 벗어날 수 없다.' 그것이 조선의 지엄한 국법이었다.

"그렇지만 만재 오라방의 목숨이 달린 일입니다. 반드시 제가 가야만 합니다."

만석은 거듭 고개를 저었다.

"안 된다. 그럴 바엔 차라리 내가 가마. 내 한양에 가서 그자들을 설득해보면 될 것 아니냐."

어떻게든 만덕을 설득해보려는 만석이었다. 하지만 만덕은 고집을 꺾지 않았다.

"오라방이 어떻게요? 상단의 주인은 접니다. 거기 붙잡힌 상단 사람들에겐 제가 유일하게 의지할 어멍이고, 아방이란 말입니다. 그러니 이번 일을 책임질 사람 또한 오로지 저 한 사람뿐입니다!"

만석은 혀를 내둘렀다. 어렸을 때부터 고분고분한 만재와 달리 한

번 고집을 피우기 시작하면 제 풀에 지치기 전까지는 아무도 말릴 재간이 없는 아이였다. 한숨을 내쉰 만석은 풀섶에 내려놓았던 낫과 장비 들을 챙겨들었다.

"네 다급한 심정은 알겠다. 나 또한 만재가 그리되었다는 갈에 걱정을 금할 길이 없구나. 하지만 아무리 그렇다 해도 널 공마선에 태울 수는 없다. 그러기엔 너무 위험해."

말을 마친 만석은 숙소로 돌아가기 위해 몸을 돌렸다. 그때였다. 순간 다급해진 만덕이 만석을 향해 소리쳤다.

"제발!"

걸음을 멈춘 만석이 돌아보자 만덕이 서글픈 눈으로 만석을 올려다보며 말했다.

"제발…… 더는 못 보겠소, 오라방. 내 눈앞에서 뒷모습 보이는 거. 떠난 사람들 기약도 없이 기다리기만 하는 거. 이제 더는 못하겠소. 차라리 죽어도 내 눈앞에서 죽지…… 죽었는지 살았는지 확인할 길도 없는 거, 더는 못 참겠다고!"

소리 치고는 끅끅 안으로 안으로만 울음을 삼키는 만덕이었다. 그 결에 만덕의 가는 몸이 바르르 떨렸다. 부릅뜬 눈에선 굵은 눈물 방울이 속절없이 후두둑 굴러 떨어졌다. 만석은 그런 동생의 모습을 보며 탄식했다. 굳이 설명하지 않아도 누구보다 만덕의 속내를 잘 알고 있는 만석이었다. 누가 뭐래도 그들은 모두 남겨진 자가 아니던가. 그사이 만덕이 힘겹게 말을 이어갔다.

"내가 기생이 된 것도, 기생을 그만둔 것도 모두 지켜야 할 사람들이 있었기 때문이오. 하지만 이젠 혈육이라야 세상 천지어 겨우 우리 셋뿐인데…… 또다시 잃을 순 없잖소.”

그러고는 눈물이 흐르는 채로 만석을 향해 손을 내뻗는 만덕이었다.

바람이 불었다. 바람을 맞은 풀숲이 파도처럼 출렁이자 그 안에 선 만석과 만덕은 마치 거대한 바다 위에 홀로 떠 있는 섬처럼 외롭고 적막해졌다. 한 사람이 손을 뻗어도 닿을 수 없는 거리. 그러나 만덕이 내민 손을 만석이 맞잡자 둘 사이에 좁은 길이 놓였다.

“이틀 후 조천포구다.”

만석의 말에 만덕이 대답 대신 가만히 고개를 끄덕였다. 그렇게 오랜 시간을 돌아 다시금 마주 잡은 손에 힘을 주어보는 두 사람이었다.

다행히 날은 맑고 바다는 잠잠했다. 이틀 후 조천포구. 남장을 한 만덕은 사람들의 눈을 피해 만석과 만나기로 한 약속 장소로 서둘러 발걸음을 옮겼다. 다행히 공마봉진으로 포구 주변은 사람들로 북적였고 만덕에게 관심을 갖는 이는 아무도 없었다. 그럼에도 만덕은 정당벌립을 다시 한 번 깊이 눌러 쓴 후, 가슴께에 손을 얹고 심호흡을 했다. 그러자 옷섶 밑에서 딱딱하고 작은 물건 하나가 만져졌다. 익현에게서 얻어온 호패였다.

‘정녕 가셔야만 하겠습니까?’

만덕이 밀항을 하여 한양으로 가겠다는 계획을 밝히자 익현은 걱정스런 얼굴로 거듭 만류했다. 그러나 자신이 뭐라 해도 이미 굳어진 결심임을 알자, 익현은 이번엔 자신도 함께 가겠다며 고집을 부렸다.

'내가 탐라를 떠난 것은 외부 사람들은 물론이고 객주 사람들조차도 몰라야 한다. 그러자면 혼자 움직이는 것이 낫다. 그리고 네가 여기 남아 있어야 나의 공백을 메울 것이 아니냐?'

간신히 익현을 설득한 만덕은 객주를 익현과 천천네에게 맡겨두고 자신은 익현인 양 그 호패를 차고 포구로 나왔다. 당분간 만덕은 지병으로 앓아누운 것으로 하기로 했다. 그리고 그사이 익현은 만덕 대신 안채에 들어앉아 객주의 일을 처리할 것이었다.

"여기다!"

약속 장소인 연북정 근처에 이르자 저 앞에서 만석이 손을 흔들고 있는 것이 보였다.

"오면서 들키진 않았겠지?"

만덕이 고개를 끄덕이자 주변을 둘러본 만석이 속삭였다.

"선원들에겐 내 종질이라 말해두었으니 배에 타거든 절대로 입을 열어서는 안 된다. 혹시라도 이 일이 들통나는 날엔 단재를 구하기도 전에 우리 집안이 멸문을 당하는 수도 있어."

거듭 당부한 만석은 떨어지지 말고 꼭 붙어 오라며 앞장섰다.

선착장엔 이미 대부분의 공마선들이 운송 준비를 마치고 출항을 기다리고 있었다. 총 이백 마리의 말을 옮기는 대규모 봉진. 선박 열 척에 격군만 자그마치 사백여 명이 동원된 터라 관의 단속 또한 어느 때보다 엄중하였다. 만덕이 탈 배 앞에도 이미 대여섯 명의 포졸이 보초를 서고 있었다.

"어이구, 박 포졸 있었는가? 날도 더운데 고생이 많으이."

만석은 그중 가장 연장자인 듯한 포졸에게 인사를 건넸다. 그러자 그 쪽에서도 아는 척을 해왔다.

"고생은 무슨, 길 떠날 사람이 고생이지."

그러면서 만석의 뒤에 붙어선 만덕을 흘깃 쳐다보는 포졸이었다.

"한데 뒤에 있는 젊은이는 누군가?"

그러자 만석이 아무렇지 않은 듯 대꾸했다.

"거, 왜 지난번에 내가 말한 종질 있지 않나?"

포졸은 고개를 갸웃했다.

"종질? 자네한테 종질이 있었던가?"

그러면서 만덕의 얼굴을 빤히 쳐다보는 포졸이었다.

"그러고 보니 좀 닮은 것 같기도 하고……."

덕분에 만덕의 등에선 땀이 비 오듯 쏟아져내렸다. 이러다 혹 들키는 게 아닐까 싶어 간이 사정없이 졸아붙었다. 바로 그때 갑자기 포졸이 만덕을 향해 불쑥 손을 내밀었다. 순간 만덕의 심장이 덜컥 내려앉았다.

"주게."

"예?"

당황한 나머지 모자 밑으로 커다란 눈만 꿈벅대는데, 아는지 모르는지 만덕을 향해 거듭 재촉했다.

"호패 말일세. 확인을 해야 들여보낼 것이 아닌가?"

그제야 만덕은 부랴부랴 품 안에 넣어두었던 익현의 호패를 꺼내보였다. 다행히 호패를 확인한 포졸은 별 다른 의심 없이 만덕을 들여보냈다.

"휴우, 겨우 한 고비 넘겼구나."

포졸들로부터 놓여나고 나서야 참았던 한숨을 몰아쉬는 만석과 만덕이었다.

사실 탐라에선 입선보다 출선 절차가 몇 배는 더 꼼꼼하고 까다로웠다. 그래서 검문 내내 마음을 졸였던 두 사람이다. 그래도 다행히 큰 난관은 넘겼다.

"배에 오르면 거기서부터는 내 관할이니 그래도 좀 나을 게다."

만덕을 안심시킨 만석은 서둘러 먼저 배에 올랐다. 만덕 역시 그 뒤를 따랐다. 그런데 바로 그때였다. 돌연 어디선가 다가온 억센 손아귀 하나가 만덕의 팔을 잡아채었다. 놀란 만덕은 뒤돌아 자신을 붙잡은 사람을 올려다보았다. 순간 만덕의 얼굴이 백지장처럼 하얗게 질렸다.

"전 행수!"

만덕을 붙잡은 이는 다름 아닌 전 행수였다.

"당신이 여길 어떻게……."

마치 매의 발톱에 낚인 병아리처럼 만덕은 전 행수에게 잡힌 팔을 바르르 떨었다. 그러나 전 행수는 마치 저승사자처럼 만덕을 무섭게 노려볼 뿐, 아무런 대꾸도 없었다. 다만 만덕을 이끈 채 선착장 밖으로 성큼성큼 걸음을 옮길 뿐이었다.

"자네 정말 미친 것이 아닌가?"

한적한 창고 앞에 이르러서야 비로소 걸음을 멈춘 전 행수는 대뜸 만덕을 향해 버럭 소리를 질렀다. 그 바람에 주춤하그 뒤로 물러선 만덕이 헐떡이는 숨을 가다듬으며 가까스로 입을 열었다.

"우선 이 손부터 놓아주시지요."

전 행수에게 끌려오는 내내 거의 뛰다시피한 만덕이었다. 그런 만덕의 손을 홱 떨궈낸 전 행수는 다시금 만덕을 험악하게 노려보았다.

"대체 이 무슨……!"

이번 공마봉진에 선주로 참여한 전 행수였다. 목사의 초청도 있었던데다 배가 무사히 떠나는 것을 확인하고픈 마음에 잠시 선착장에 들른 길이었다. 그곳에서 이런 식으로 만덕과 마주칠 줄이야. 비록 남장을 하고 있었지만 전 행수는 단박에 만덕을 알아보았다. 몇 년을 가까이서 보아온 만덕인데, 모르려야 모를 수가 없었다.

"남장까지 하고 대체 이게 무슨 짓인가? 설마 야반도주라도 하겠다는 겐가?"

한껏 몰아붙이는데, 예상 외로 강하게 맞받아치는 만덕이었다.

"제가 왜 이러는지 전 행수님이야말로 누구보다 잘 알고 계실 텐데요?"

그 말에 전 행수의 미간이 꿈틀 좁아졌다.

"대체 무슨 소리를 하는 건지 모르겠군."

흔들리는 눈빛만은 감출 수가 없었다.

"이제 와 행수님을 원망하고픈 마음은 없으니 굳이 모른 척하실 필요도 없습니다. 거추장스러운 상대는 싹부터 깨끗이 도려내는 것, 이것이야말로 전 행수님의 방식이 아니었습니까? 다만 이번에도 뒤를 조심치 못한 제 불찰이지요!"

와락 쏘아붙이는 만덕이었다.

사실 김치술에게 만덕의 상단을 밀고한 건 전 행수였다. 그러나 그것은 어디까지나 상인이라면 지켜야 할 상도의 안에서 명분을 지키며 행한 일이었다. 어쨌든 만덕이 허가 없이 갓을 팔며 난전을 벌인 것은 사실이었다. 하여 전 행수는 그 일에 대해서단큼은 일말의 거리낌도 없었다. 다만 만덕의 오라비가 잡혀갔다는 소식을 듣고 마음이 좋지 않았을 뿐이다. 그런데 남 몰래 이리 위험한 일까지 벌이고 있었다니. 전 행수는 만덕의 무모함을 나무랐다.

"까닭이 무엇이건 이리 무모한 짓을 하다니, 자네답지 않네. 내 옛정을 생각하여 이번만은 못 본 것으로 할 테니, 어리석은 짓은 그만두고 당장 객주로 돌아가게."

그리곤 만덕을 놓아주는 전 행수였다. 그러나 만덕은 물러서지 않았다.

"전 결코 돌아가지 않을 것입니다. 그러니 절 못 본 척하시려거든 끝까지 함구하시든가, 아니면 지금이라도 당장 군졸들을 부르십시오!"

오히려 강경하게 나오는 만덕이었다. 순간 전 행수는 기가 막혔다. 쥐도 궁지에 몰리면 고양이를 무는 법이라더니.

"자네 지금 제정신인가? 어찌 이리 엇나가려고만 하? 출륙금지령은 나라에서 정한 국법이네. 국법을 어겼다 발각되면 그 자리에서 죽음이란 말일세! 자넨 정녕 죽음이 두렵지도 않은 겐가?"

버럭 소리를 치는데 뜻밖에도 울컥 눈물을 보이는 만덕이었다.

"세상천지에 죽음이 두렵지 않은 자가 어디 있겠습니까?"

그러더니 지금껏 당당하기만 하던 만덕의 목소리가 갑자기 한풀 꺾여들었다.

"죽음이 두렵기는 저 또한 마찬가지입니다. 하지만……."

잠시 말을 고르던 만덕의 눈에서 말릴 새도 없이 또르륵 눈물 한 방울이 굴러 떨어졌다. 그 처연한 모습에 순간 전 행수의 눈꼬리가 움찔 경련을 일으켰다. 그사이 만덕의 말은 이어졌다.

　"하지만 제가 아는 한 죽음보다 더 끔찍한 고통은 아무것도 할 수 없다는 무기력함입니다. 두 눈, 두 다리 멀쩡하고도 볼 수도, 찾아갈 수도 없는 그 고통을 행수님께서 아십니까? 떠날 수 있는 자는 결코 이해할 수 없는 그 무기력함을 말입니다!"

　순간 두 사람 사이에 짙은 침묵이 드리워졌다. 그러나 침묵도 잠시. 전 행수가 입을 열었다.

　"떠날 수 없는 무기력함이라 했는가? 하면 이는 어떤가? 몸은 언제고 떠날 수 있으되 떠나지 못하는 마음 말일세."

　전 행수의 말을 곱씹던 만덕의 눈이 점차 놀라움으로 커졌다. 처음엔 무슨 말인지 알지 못했다. 전 행수의 눈을 바라보는 사이 모든 것이 분명해졌다. 왜 진작에 알아채지 못했을까? 아련한 그의 눈은 이미 숨기지 못할 정도로 커져버린 연정을 토로하고 있었던 것을!

　"차라리 이 자리에서 상단을 포기하겠다고 말하게. 그렇게만 한다면 내 당장 무슨 수를 써서라도 자네의 오라비를 구명해주지."

　전 행수가 한 걸음 다가서며 말했다. 당황한 만덕은 놀란 나머지 그대로 한 걸음 물러섰다.

　"저는 장사꾼입니다. 장사꾼이 장사를 그만둔다면 대체 무엇을 하라는 말입니까?"

　마치 보이지 않는 줄다리기를 하듯, 전 행수가 다가설 때마다 꼭 그만큼씩 물러서던 만덕은 다음 순간 이어진 전 행수의 대답에 우뚝 그 자리에 멈춰 서고 말았다.

"내 여자가 되게."

"......!"

만덕을 바라보는 전 행수의 눈길이 데일 듯 뜨거웠다.

"여인의 몸으로 거친 상인들과 부딪히며 힘들게 고생하지 않아도 되네. 그저 내 울타리 안으로 들어오기만 하면 돼. 자네가 원한다면 내 그 어떤 부귀영화라도 줄 것이니."

황망한 마음에 만덕은 입을 다물지 못하고 입술만 벙긋거렸다.

"재미없는 농은 그만하십시오. 지나치면 욕이 됩니다. 행수님 말마따나 가진 것이라고는 이 천한 몸뚱아리 하나뿐인 계집입니다. 한데 부귀영화라니요? 어찌 제게 그리 과분한 값을 매기십니까? 저는 그 말 못 들은 것으로 하겠습니다."

만덕은 차라리 이 모든 게 전 행수의 짓궂은 장난이라 여기고 싶었다. 그러나......

"그럼...... 내 마음을 주지."

황황히 자리를 뜨려던 만덕의 손을 잡아챈 전 행수는 만덕의 귓전에 한숨처럼 무거운 자신의 진심을 내려놓았다. 순간 만덕은 더 이상 거짓으로라도 전 행수의 마음을 외면할 수 없음을 깨달았다. 그것은 그의 진심을 욕되게 하는 짓이었다.

잠시 망설이던 만덕은 천천히 전 행수를 향해 돌아섰다. 그리곤 반대편 손을 들어 자신의 팔목을 쥔 전 행수의 손등을 감싸쥐었다. 지금 이 순간만큼은 적과 동지, 남녀, 피아의 구분을 떠나 바닷바람에 차갑게 식은 그의 손이 진심으로 안쓰러운 만덕이었다. 그녀 또한 그 아픔을 모르지 않았다. 만덕은 한참 만에야 어렵게 입을 열었다.

"아주 예전에 제가 아직 철없는 아이였을 적, 제게 세상을 보여준 분이 계셨습니다. 제게 글을 가르쳐주시고, 세상을 열어 보여주시고, 정이 무언지 알려주신 분이지요. 하지만 그뿐, 그분은 어리석고 덜 여문 저의 마음을 웃어넘기신 채 탐라를 떠나셨답니다. 한데…… 이제야 알겠습니다. 그게 깊고 깊은 정이었음을."

그 모양과 깊이가 다르다 한들, 어찌 정이 아니라 할까. 흐르고 흐르다 보면 언젠간 만나지게 되는 것이 정인 것을…….

만덕은 질끈 두 눈을 감았다. 그러자 스승의 목소리가 귓가에 아련히 들려왔다. 잠시 후 눈을 뜬 만덕은 지그시 전 행수를 바라보았다. 어느새 만덕의 눈빛은 차분히 가라앉아 있었다. 그러나 그 눈빛이 왠지 더 두려운 전 행수였다. 그때였다.

"저는 그분과 이승의 연을 걸고 약조한 바가 있습니다. '그 누구의 여인도 아닌 김만덕으로 살겠다.' 그리 약속하였더랬습니다. 저는 그 약속을 반드시 지켜야만 합니다."

만덕은 여리지만 단호하게 대답했다. 순간 전 행수의 손아귀에서 스르르 힘이 빠져나갔다. 만덕은 가만히 그런 전 행수의 손을 밀어내놓고 흔들림없는 걸음으로 만석이 기다리고 있을 선착장을 향해 나아갔다.

그와 함께 자박자박 전 행수의 가슴속에는 점점이 멀어져가는 만덕의 발자국이 상흔처럼 새겨졌다. 그러나 전 행수는 떠나가는 만덕을 그저 아프게 바라볼 뿐 차마 소리쳐 잡지도, 관에 발고하지도 못했다. 흘러 흘러 만나지 못한다 한들, 제 뜻대로 멈추지 못하는 것 또한 결국 서글픈 정이었다.

"이랴, 이랴!"

연신 말을 재촉하였다. 해는 벌써 중천에 다다랐건만 아직 목적지는 보이지 않았다. 염천의 뙤약볕이 내리쬐는 신작로. 말을 탄 사람 하나가 그 길을 바람처럼 달리고 있었다. 사내의 복장을 하고 있으나 여리여리한 몸집에 유독 선이 가는 그는 바로 만덕이었다.

우여곡절 끝에 만석의 도움으로 무사히 강경에 도착한 것이 약 보름 전. 마량항에 내려 육로를 선택하기로 한 만덕에게 말 한 필을 내어준 만석은 떠나기 전 만덕에게 거듭 신신당부를 했었다.

'한 달이다. 한 달 후에 이곳에서 다시 만나자. 그 이상은 기다릴 수 없으니 절대로 늦어선 안 된다.'

그 밤. 눈썹처럼 가늘던 초승달이 이젠 둥근 보름달이 되어 있었다. 그사이 말을 바꿔 타가며 쉼 없이 길을 재촉한 탓에 지친 만덕의 심신은 거의 탈진할 지경에 이르렀지만 그 덕분에 이제 막 양주楊州로 들어선 길. 오후쯤이면 드디어 한양에 도착할 수 있을 것이었다. 하지만 만재가 잡혀간 날짜를 따지자면 이미 꽤 많은 시간이 경과한 터라 만덕의 마음은 줄어드는 여로旅路와는 무관하게 갈수록 초조해지기만 했다.

'오라방, 조금만 더 기다려. 내가 곧 갈 테니.'

만덕은 속으로 되뇌이며 말고삐를 바투 쥐었다.

육의전 총행수 김치술의 상단은 광통교 근방에서도 가장 큰 점방을 차지하고 있었다. 그 규모가 어찌나 대단한지 아직 말문이 트이지 않은 어린아이도 김치술, 이름 석 자만 대면 손가락으로 점포를 가리킬 정도였다. 덕분에 만덕은 도성에 들어서자마자 어렵지 않게 김치술의 상단을 찾을 수 있었다.

"어떤 식으로든 움직임이 있을 거라 예상은 했지만 이렇게 직접 보게 될 줄은 몰랐군. 게다가 이런 모습으로……."

김치술이 빙긋 웃으며 만덕을 바라보았다. 김치술의 집무실. 점원의 안내를 받아 방으로 들어선 만덕은 급하게 온 탓에 여전히 남장을 하고 있었다.

"사정상 격식을 차리지 못했습니다."

만덕이 양해를 구하자 김치술이 상관없다며 손을 내저었다.

"어차피 피차 꽃단장하고 볼 사이는 아니지 않은가? 괜찮으니 앉게."

하며 자리를 권하는 김치술이었다.

직접 대면한 김치술은 예상과는 달리 장사꾼이라기보다 가난한 선비에 가까운 인상을 풍기는 노인이었다. 보통의 성공한 장사치들이 부를 과시하기 위해 비단옷이며 보석으로 온몸을 휘감는 데 반해 김치술은 면 도포에 장식 없는 술띠를 단촐하게 졸라 묶고 머리엔 집 안에서나 쓰는 밋밋한 탕건을 쓰고 있었던 것이다.

'이 자가 한양의 상권을 틀어쥐고 있는 자란 말인가?'

만덕은 평온해 보이는 김치술의 얼굴 뒤에 숨겨진 진면목을 가늠해보았다. 그러자 새삼 만만치 않은 내공이 느껴졌다.

"제주에서 이곳까지 먼 길을 오느라 고생이 많았겠군. 한양엔 초행이신가?"

"예. 탐라 촌부가 세상에 나올 일이 있어야 말이지요. 이리 한양 구경하게 된 것도 다 총행수 어른 덕분입니다."

"잘됐군. 이번 참에 많이 구경하고 가시게. 견문이 넓어야 장사도 하는 것 아니겠나?"

마치 덕담을 주고받듯 허허실실 대화를 나누는 만덕과 김치술이었지만 말 속에 숨겨진 날카로운 가시를 모를 리 없는 두 사람이었다. 그러나 겉으로는 그저 싱긋 웃을 뿐이었다.

"내 이전부터 탐라에 치마 두른 여장부가 있다는 소문은 익히 들어 알고 있었지. 한데 오늘 보니 영 빈말은 아니었던 모양이야."

때마침 바지저고리 차림인 만덕을 보며 김치술이 농을 던지자, 만덕이 맞받았다.

"과찬이십니다. 총행수 어른이야말로 명불허전이신 것을요."

그러고 보니 탕건 너머로 흐릿하게 보이는 김치술의 머리는 반 넘어 빠진 민머리였다. 만덕의 반격에 김치술이 큰 소리로 껄껄 웃었다.

"명불허전이라. 거 내가 제일 싫어하는 말인데. 되로 주고 말로 받았구먼."

그러더니 언제 그랬냐는 듯 별안간 정색을 하는 김치술이었다.

"보아하니 피차 시간 낭비할 필요는 없을 것 같군. 하면, 실없는 농담은 이쯤 하고 여기 온 진짜 목적을 말해보실까?"

좀 전까지의 호인好人 흉내를 걷어치우고 드디어 본색을 드러내는 김치술이었다. 그에 만덕 역시 웃음기를 거두며 응답했다.

"저희 상단 식솔들을 풀어주십시오. 더불어 나포된 상선과 빼앗긴 물건도 모두 돌려받고자 합니다."

마치 잠시 맡겨두었던 물건을 되찾아가겠다는 듯 묘하게 당당한 어투였다. 그런 만덕의 태도가 거슬렸는지, 김치술이 슬쩍 눈썹을 치켜들며 만덕을 건너다보았다.

"모두 돌려달라? 거 참 화통한 요청이로군. 내 손에 들어온 물건을 그리 쉽게 내놓을 수야 있나? 만일 내가 거절한다면?"

그러자 만덕이 대답했다.

"갑진년1724, 경종 4년에 난전하는 물품을 몰수하여 속공屬公시킨다는 원칙은 이미 철폐되었습니다. 또한 무신년1728, 영조 4년에는 시전 상인들이 난전인을 직접 체포하여 법사法司에 고소하는 권한 역시 금지되었지요. 한데 알아보니 총행수 어른께선 저희 상단 사람들을 사사로이 감금하고, 무단으로 교역품을 압수하셨더군요. 이는 명백한 불법입니다."

조목조목 따지고 드는 만덕이었다. 하나 김치술은 피식 코웃음을 칠 뿐이었다.

"하여 날 고발이라도 하겠다는 겐가? 하지만 어쩌나? 그 전에 자네가 먼저 관아에 끌려가 치도곤을 당할 텐데? 출륙금지령…… 여기 있어선 안 될 사람이잖은가?"

그 말에 움찔 미간을 좁히는 만덕이었다. 그러자 한층 여유만만해진 김치술이 빙긋 웃으며 말을 이었다.

"그깟 협박으로 날 움직일 생각이었다면 오산일세. 여자답지 않은 배포며, 여기까지 제 발로 찾아온 그 용기는 제법 가상하네만 누울 자리를 보고 다리를 뻗었어야지."

그러더니 먹잇감을 눈앞에 둔 이리처럼 낮게 으르렁대는 김치술이었다.

"나는 시전 상인일세. 나라에 세금을 내고 역을 담당한 대가로 정당한 장사를 하는 합법적인 상인이란 말일세. 한데 감히 일개 지방 선상 주제에 우리 시전 상인들의 권리를 넘보려 들어?"

얼굴은 웃고 있었지만 형형한 눈빛만은 죄인을 밟고 선 사천왕 못지않게 험악하였다. 그에 만덕은 우선 침착하게 해명했다.

"그건 오해십니다. 저희 상단은 결코 시전의 권리를 넘본 적이 없습니다. 누구에게 어떤 모함을 들으셨는지 모르겠으나, 저희 상단은 줄곧 성 밖 외어물전에서만 거래를 해왔습니다. 또한 그날 성 안에서 압수된 물건들도 팔려던 것이 아니라 안면이 있는 분들께 선물하려던 것뿐이었습니다."

하지만 김치술의 입장에선 그 또한 졸렬한 변명일 뿐이었다.

"시전의 권리를 넘보려던 것이 아니다? 하면 마포나루에 세운 갓방은 무엇인가?"

김치술은 날 선 추궁을 멈추지 않았다.

안 그래도 최근 난전과 도고 상인들의 일로 심기가 쿨편하던 차였다. 게다가 얼마 전 전 행수와의 회담으로 자존심마저 크게 상해 있던 터였는데 하필 그 민감한 시기에 만덕의 상단이 김치술의 눈에 띈 것이다.

"어물을 옮기다 잡힌 것은 단지 계기였을 뿐, 너희 상단에 대한 뒷조사는 이미 모두 끝낸 터였다. 그러니 변명을 해보았자 더 이상 빠져나갈 구멍이 없단 말이다. 한데 마침 우두머리까지 이리 제 발로 찾아왔으니. 내 이제 너희를 관아에 넘겨 낱낱이 죄상을 밝힐 것이다!"

김치술은 만덕의 상단을 본보기로 삼을 작정이었다. 이번 참에 만덕의 상단을 철저히 응징하여 다시는 어떤 상단도 감히 시전의 권리를 넘보지 못하도록 할 생각이었던 것이다. 그러나 한양으로 오는 동안 이미 이러한 상황을 예측한 만덕이었다.

"총행수님의 말씀이 옳습니다. 저희 상단이 그동안 허가도 없이 도성에서 갓을 판매한 것은 모두 사실입니다."

뜻밖에도 모든 사실을 순순히 수긍하는 만덕이었다. 그러나 다음 순간, 만덕은 김치술을 향해 자신만만하게 말했다.

"하지만 총행수님께서는 아마도 저희 상단을 관아에 발고하지 못하실 것입니다."

그 말에 김치술이 인상을 찌푸렸다.

"그게 무슨 뜻인가? 어디 힘 있는 자에게 뇌물이라도 쓴 모양이지?"

그러곤 금세 역겹다는 표정을 짓는 김치술이었다. 뇌물은 쓸 망정 국역은 나 몰라라 하는 소인배 같으니! 그러나 만덕은 고개를 저었다.

"저는 제 팔을 잃을 망정 함부로 남의 손을 빌려 쓰는 사람은 아닙니다."

그러나 김치술은 곧이곧대로 믿지 못했다.

"하면, 무엇인가? 어찌 하여 내가 자네를 발고할 수 없다는 게지?"

그에 만덕이 대답했다.

"그것은 제가 총행수께 도움이 되는 사람이기 때문이지요."

"도움? 어떤 도움 말인가?"

김치술이 되묻자 만덕이 빙긋 웃으며 대꾸했다.

"시전이 송상에게 주도권을 빼앗긴 갓. 그 갓의 판권을 제가 곧 찾아올 것이기 때문입니다."

순간 뜨악한 표정을 짓는 김치술이었다. 갓의 판권이라니! 송상이 갓을 매점매석한 이후로 해남과 강진을 통해 한양으로 들어오던 갓 양태와 총모자의 공급이 뚝 끊기는 바람에 큰 손해를 본 시전이었다. 덕분에 송방으로부터 선전과 면주전을 넘기라는 굴욕적인 제안까지 받지 않았던가. 한데 그 갓의 판권을 되찾아오겠다니!

"믿을 수 없다. 우리 시전 상인들조차 어쩌지 못한 송상이다. 한데 어찌 너희처럼 작은 상단에서 송상을 이긴단 말이냐? 불가능한 일이다."

그러나 오히려 만덕이 되물었다.

"작다 하여 어찌 힘이 없다 생각하십니까? 오히려 덩치가 클수록 내실이 없는 경우도 허다한 것을요."

그러면서 품 안에서 장부 하나를 꺼내 보였다. 그것은 그동안 만덕의 상단이 한양에서 받아온 갓의 주문 내역서였다.

"보십시오. 저희 상단의 갓 생산량은 아직 탐라 송방의 십분의 일에 지나지 않습니다만, 이미 금액 면에선 비등한 이문을 내고 있습니다. 그것은 모두 양보다 질, 크기보다 내실을 기한 덕분이지요. 그뿐만이 아닙니다. 탐라의 갓 장인들 또한 점차 저희 상단으로 돌아서고 있으니, 생산량 면에서 탐라 송방을 따라잡는 것도 시간 문제일 것입니다. 이런데도 아직 불가능하다 생각하십니까?"

만덕이 되물었다. 김치술은 만덕이 내민 장부를 훑어보았다. 분명 만덕의 말대로 만덕 상단의 갓 판매량은 비약적인 상승세를 보이고 있었다. 게다가 갓 판매에 따른 높은 수익률은 꽤나 인상적인 것이었다. 그러나 그가 장사꾼으로서 살아온 세월만도 수십 년이었으니. 김치술은 여전히 신중한 자세를 견지했다.

"자네는 아직 송상의 진면목을 모르네. 그들은 조선 팔도는 물론이고 저 북방의 청나라까지, 세상 곳곳을 누비며 대국을 상대로 장사를 벌이는 자들이야. 한데 겨우 작은 섬에 갇혀 사는 자네가 어찌 그들을 상대할 수 있겠는가?"

그에 만덕이 고개를 끄덕였다.

"예. 총행수 어르신의 말씀처럼 저는 탐라에서 나고, 탐라에서 자란 탐라 사람입니다. 말총 걷는 소리를 자장가 삼아 컸지요. 하여 갓은 제게 단순한 의미가 아니요. 제 살을 찌운 어미요, 탐라인의 혼이 담긴 소중한 물건입니다. 한데 제가 그것을 다른 이도 아니고 외지에서 들어온 장사치에게 빼앗기겠습니까?"

만덕의 얼굴에선 결코 빼앗기지 않으리란 자신감이 배어나왔다. 김치술은 그 자신감이 의미하는 바를 알고 있었다. 그것은 바로 자기 자신에 대한 확고한 믿음이었다.

"대국에선 어떤지 몰라도 탐라 땅 안에서만큼은 어림도 없지요."

순간 김치술은 문득 눈앞의 여인에게 인간적인 흥미를 느꼈다. 하지만 겉으론 여전히 딱딱하게 태도를 유지하고 있었다.

"그렇다 해도 우리로선 달라질 게 없네. 송상이 우리 시전 상인들에게 눈엣가시라고는 하나 상대가 송상에서 다른 상단으로 바뀌는 것일 뿐 우리에겐 득이 될 게 없지 않은가?"

일부러 어깃장을 놓는 김치술이었다. 만덕은 그런 김치술을 향해 단호하게 고개를 저어 보였다.

"아니오, 다를 것입니다. 저희 상단은 송상과 그 근본부터가 다르기 때문입니다."

그러더니 만덕은 손가락으로 벽에 걸린 팔도 지도를 가리켰다.

"함경도의 면포, 동해안의 수달피, 삼남의 지물…… 송상은 돈이 되는 곳이라면 그곳이 어디든 전국 곳곳으로 파고들어 그 지역의 상권을 붕괴시키는 것은 물론이요, 그들의 고유한 생산체계마저 사유화하고 있습니다. 저희 탐라 또한 그러한 희생양 중 하나이지요."

그러면서 머릿속으로 송방의 일꾼들로 전락하고 만 갓 장인들을 떠올리는 만덕이었다. 갓 장인들은 송방의 밑에서 일하면서도 그들로부터 보호받기는커녕, 경제성의 논리에 떠밀려 갈수록 피폐한 삶을 살고 있었다. 그러나 그들로부터 쉽게 벗어나지도 못했으니, 삶이 곤궁해질수록 당장의 궁핍을 면하기 위해 장인들은 다시 송방에 의지할 수밖에 없었다. 만덕은 바로 그러한 악순환의 고리를 끊고 싶었다. 그래서 갓 시장에 뛰어들었던 것이다.

"물론 저희 상단 또한 이문을 추구하기는 여느 상단과 다르지 않습니다. 이는 분명 부정할 수 없는 사실입니다. 하지만 우리는 이미 겪어보았기에, 자신의 권익을 침해당한 사람들의 분노를 누구보다 잘 알고 있습니다. 하여, 우리는 우리의 이익만을 위해 타인의 권리를 침해하지는 않을 것입니다."

만덕은 이렇게 다짐했다. 그에 김치술이 흥미롭다는 듯 물었다.

"하면?"

"저는 상생相生의 길을 갈 것입니다."

"상생이라?"

"예."

만덕은 내처 김치술에게 물었다.

"송상에게 갓 도매권을 얻는 대가로 선전과 면주전을 내어주기로 하셨다던데, 그게 사실입니까?"

김치술의 상단을 찾아오는 길에 장안에 떠들썩한 소문을 전해 들은 만덕이었다. 그러나 김치술은 그러한 만덕의 물음에 불쾌한 기색을 드러냈다.

"아직 결정된 것은 아닐세."

까칠하게 대꾸하는 김치술이었다. 그 말에 만덕은 오히려 잘됐다는 듯 고개를 끄덕였다.

"다행입니다."

그러더니 만덕은 김치술을 향해 생각지도 못한 말을 꺼내놓았다.

"하면 송상 대신 저희 상단과 협업協業을 해보시는 것이 어떠십니까?"

순간 뜻밖의 제안에 김치술이 양미간을 찌푸렸다.

"협업?"

그러자 만덕이 대꾸했다.

"예. 시전은 갓의 주문과 판매를, 저희 상단은 생산을 각자 분담하여 그로 인해 발생하는 수익을 배분하는 것입니다."

김치술은 생각보다 심드렁한 반응을 보였다.

"말이 좋아 협업이지 우리 시전 상인들을 심부름꾼으로 쓰겠다는 말이지 않은가? 그야말로 손 안 대고 코 푸는 격이라, 한양에 점방 하나 내지 않고 장사를 하겠다는 말이니, 그게 송상이 우리 육의전을 탐내는 것과 무엇이 다른가?"

반문하는 김치술이었다. 그에 만덕이 대답했다.

"선전은 시전의 뿌리입니다. 한데 송상은 오만하게도 그러한 시전의 전통을 침해하려 하지 않았습니까? 그러나 저희는 다릅니다. 아까도 말씀드렸듯 저희는 함께 더불어 사는 상생의 길을 찾을 것입니다. 하여 갓 시장과 관련해서도 저희는 저희가 맡은 영역만 담당할 뿐, 시전이 가진 고유의 권한과 영역은 어디까지나 존중할 생각입니다. 또한 향후 송상으로부터 제량의 판권을 완전히 되찾아오게 되면, 그땐 양태와 총모자를 송상이 매점매석하기 이전에 중간 상인들과 거래하던 가격으로 시전에 납품하지요. 그러니 이제 그간 저희 상단 식솔들을 풀어주십시오. 그리고 저희 상단과 거래를 터주십시오."

만덕은 거듭 요청했다.

물론 당장 기약할 수 있는 거래는 아니었다. 아직 탐라는 송방의 세상이었으니, 건다면 그저 만덕의 가능성에 걸어야 할 터. 하지만 만덕으로선 자신이 가진 패를 모두 내놓은 셈이었다. 이제 판단은 김치술의 몫이다. 상단의 명운과 사람들의 목숨은 모두 김치술의 손에 달려 있었다. 그런데 김치술은 대답 대신 불쑥 엉뚱한 말을 꺼내었다.

"내 비록 가난한 소작농의 아들로 태어났네만, 지금껏 사람 보는 눈 하나로 이 자리까지 왔지. 한데 보아하니 행수는 천의天意는 몰라도 인의人意 하나만은 기가 막히게 강한 사람이로군."

영문 모를 말에 만덕은 고개를 갸웃했다. 하지만 김치술은 가타부타 아무런 설명이 없었다.

"하기야 스스로 이루고자 하는 것만큼 강한 힘은 없는 법이지."

대신 김치술은 여전히 아리송한 말 한마디를 남긴 채 그대로 집무실을 나가버렸다. 만덕 또한 뒤따라 나가려고 했지만 문밖을 지키고 있는 일꾼들에게 제지당했다. 결국 어쩔 수 없이 홀로 집무실에 갇혀 있게 되었다. 얼마나 지났을까? 잠시 후, 집무실의 문이 스르륵 열리더니 초췌한 얼굴의 사내 하나가 일꾼들의 손에 인도되어 방 안으로 들어왔다.

"만재 오라방!"

그 사내는 바로 시전 상인들에게 잡혀간 만재였다.

"오라방, 이게 어찌 된 거야? 몸은? 어디 상한 곳은 없고?"

만재를 보자마자 한달음에 달려가 덥석 손을 거머쥐는 만덕이었다. 만재는 뜻밖의 곳에서 동생을 만난 기쁨과 놀라움에 눈을 커다랗게 떴다. 그사이 만덕은 비어져나오는 눈물을 애써 참으며 만재의 몸 곳곳을 살폈다. 고생이 심했던지 몸은 깡마르고 얼굴은 반쪽이 되어 있었다. 그런데도 만재는 동생이 걱정할까 봐 괜찮다며 연신 고개를 끄덕일 뿐이었다.

그렇게 남매가 한동안 못 다한 회포를 풀고 있는 사이, 단정한 옷차림의 사내 하나가 살며시 집무실 안으로 걸어 들어왔다. 자신을 상단 서기라고 소개한 그는 총행수의 전언이라며 만덕에게 서찰 한 통을 건네주었다. 만덕은 만재에게 잠시 기다리라 눈짓한 다음 서찰을 펼쳐보았다.

거래는 성사되었소. 나는 벗에게는 관대하나 적에게는 자비가 없는 사람이니 부디 나를 적으로 돌리는 일이 없길 바라오. 배는 정박해두었던 마포나루에 있으니 무사히 돌아가시길 빌겠소. 물론 이곳에 있어선 안 될 이와 나는 만난 적이 없는 것이오.

만덕은 서찰을 고이 접어 품에 넣었다. 그러자 다 읽기를 기다렸던 상단 서기가 만덕을 향해 고개를 숙이며 말했다.

"객사에 방을 준비해두었습니다. 원로에 노고가 많으셨을 터인데 오늘은 이곳에서 쉬었다 가시지요."

그러나 만덕은 고개를 저었다.

"호의는 감사하나, 저는 계획된 일정이 있어 당장 떠나야 합니다. 대신 저희 상단 식솔들을 부탁드립니다."

만덕은 아쉬워하는 만재에게 탐라에서 보자는 말을 남기고 그날 밤 홀로 한양을 떠났다. 남장을 하고 몰래 탐라를 나온 탓에 다시 공마선으로 돌아가야 하는 이유도 있었지만, 기실 하룻밤 여유도 없이 서둘러 떠난 데에는 다른 이유가 있었다.

만재의 일로 바다를 건너기로 결심한 순간부터 만덕의 마음속엔 하나의 얼굴이 새겨져 지워지지 않았다. 갑판 밑에 숨어 칠흑 같은 바다를 건널 때에도, 밤낮 없이 말을 몰아 한양을 향해 휘달릴 때에도 그 얼굴이 사라지긴커녕 점점 더 또렷해져 종국엔 해가 되고 달이 되어 만덕의 발길을 이끌었다. 스승이자 마음의 정인인 이조웅. 만덕은 이조웅을 만나러 가기로 결심했던 것이다.

오래전, 낯선 이의 손을 거쳐 만덕에게 전해졌던 곤여만국전도. 잘 지낸다는 안부의 말 한마디 없이 그저 '김만덕'이라는 이름 석 자가 전부였던 그 물건은 경기도 어디에서 왔다고 했었다. 만날 수 있을지, 혹은 만나도 되는 것인지에 대한 망설임은 여전했다. 하지만 만덕을 태운 말은 이미 경기도를 향해 달리고 있었다.

"여기 전 대사간 이조웅 영감의 배소가 어디입니까?"

한양의 지인들에게 수소문하여 이조웅이 귀양가 있다는 마을을 알아낸 만덕은 물어물어 드디어 이조웅의 배소 앞에 당도하였다.

이조웅의 배소는 싸리로 낮은 담장을 두른 허름한 초가집이었다. 마당 한쪽에는 대나무를 엮어 만든 평상이 놓여 있고, 처마 밑에는 산에서 캐온 약재가 오종종히 매달려 있었다. 그리고 우물가에 정갈히 씻어놓은 붓과 벼루…… 그대로였다. 장소는 변했지만 집 안 여기저기 닿은 손길들은 그림자인 양 주인의 성정을 닮아 옛 모습과 조금도 다르지 않았다. 그 모습을 확인한 만덕은 홀린 듯 사립문을 밀고 들어갔다.

"스승님…… 스승님?"

떨리는 목소리로 조심스레 불러보는데, 굳게 닫힌 방문은 좀처럼 열리지 않았다. 어디 출타 중이신 걸까?

"스승님!"

다시 한 번 좀 더 큰 소리로 부르니 그제야 부스럭, 방 안에서 인기척이 들려왔다.

'안에 계시구나!'

순간 만덕의 가슴이 두방망이질하기 시작했다.

'그새 어찌 변하셨을까? 그대로이시겠지? 주름이 자글자글하여 날 몰라보시면 어쩌나?'

그 짧은 순간에도 오만 가지 생각이 다 스치고 지나갔다. 그러나 정작 녹슨 경첩이 삐그덕 소리를 내며 굳게 닫혀 있던 방문이 열리자 방금 전까지의 상념들은 흔적도 없이 사라져버렸다. 백지처럼 하얗게 변한 머릿속에 떠오른 것은 오직 하나였다. 스승의 얼굴.

"스승님?"

만덕이 기대감에 차서 이조웅을 불렀다. 그러나 방문을 열고 나온 사람은 뜻밖에도 스승이 아니었다. 이제 갓 서른쯤 되었을까? 장년의 사내 하나가 방문 밖으로 고개를 쑥 내밀며 물었다.

"뉘시오?"

사내는 이 집의 주인이었다.

"아, 여기 계시던 어르신 말이오? 이틀 전 아침에 떠나셨는데."

그 말에 비틀 몸을 가누지 못하는 만덕이었다.

"조금만 더 일찍 오시지……."

한때 유배 죄인을 보살피는 배소 주인이었던 사내는 유배가 풀리고도 이조웅이 이 집에 눌러 살면서부터는 다달이 약간의 집세를 받고 있었다고 했다.

"유배가 풀리신 지야 진즉이지. 한데 유배 중에 아버님이 돌아가셨다던가? 여하튼 임종도 못 지키고…… 궁에서도 사람이 몇 번씩이나 나와선 다시 불러들이려고 했던 모양입디다. 한데 죄인이라고, 아버님 임종도 못 지킨 죄인이 무슨 면목으로 다시 벼슬을 하겠냐며 극구 사양하시고는 무슨 벌받는 사람마냥 여기서 혼자 사셨다우. 그나마 어머님이 편찮으시다는 연락이 아니었더라면 아마 평생 여기 뼈를 묻으셨을걸?"

만덕은 탄식했다.

"어찌 찾아온 길인데 이리 허망하게……."

허깨비 같은 만덕의 얼굴이 어찌나 해쓱해 보였는지 알아서 슬쩍 자리를 피해주는 집주인이었다. 그제야 만덕은 힘없이 마루 위에 털썩 주저앉았다.

'연이 아니었던 것입니까?'

겨우 이틀. 십수 년을 그리고도 겨우 이틀이 모자라 만나지 못한 인연이 만덕은 서글퍼졌다.

'강녕하셨습니까? 오랜만에 뵙습니다. 절 기억하시겠습니까? 만덕입니다. 만덕입니다, 나으리…….'

말을 타고 오는 내내, 스승을 대면하면 뭐라고 첫인사를 건네야 할까 고민하고 또 고민했던 만덕이었다. 그러나 그 모든 것이 부질없는 짓이었다. 어차피 만나지 못할 인연. 어쩌면 만덕과 이조웅의 인연은 저 옛날 기생 영주가 되어 목사 앞에서 옷고름을 풀던 날 이미 끝나버린 것일지도 몰랐다. 만덕의 눈가에 그렁그렁 눈물이 어리었다.

그런데 그때 흐려진 만덕의 시야 너머로 뭔가가 눈에 들어와 박혔다. 문간 옆에 붙여놓은 입춘첩立春帖. 그 위엔 한자로 입춘대길이라

적혀 있었다. 그것이 스승의 필체임을 확인한 순간, 만덕은 기어코 참았던 눈물을 터트리고 말았다.

'대길은 무슨. 귀양다리 처소에 이게 어울리기나 하는 문구더냐?'

언젠가 따스한 봄날, 만덕이 문지방 옆에 써 붙인 글귀를 보고 불퉁댔던 이조웅이었다.

'대길이 별것입니까? 좋은 소식이면 대길이지. 또 알니까? 이 글귀 덕분에 올해는 한양에서 좋은 소식이 올지.'

그렇게 말하며 헤벌쭉 웃자 스승도 못 이긴 척 슬쩍 미소를 지었다. 아지랑이 피어오르던 먼 옛날의 추억.

'기다려주셨던 것입니까? 이 못난 제자를……?'

집은 남향, 저 네 글자를 곱게 써서 기둥에 붙이며 빙긋 미소 지었을 스승의 얼굴을 떠올리자 만덕은 눈물을 멈출 수가 없었다. 그러나 만덕은 이내 눈물을 씻어냈다. 더 이상 청승맞게 울고 있을 수만은 없었다. 스스로도 인정하지 않았던가? 만덕은 이미 그 시절의 만덕이 아니었다. 열여섯, 쉽게 불타오르던 철부지 만덕은 아마 스승의 마음속에만 남아 있을 것이다. 서른셋, 지금 자신이 있어야 할 곳은 탐라, 자신의 객주였다.

'날 기다리는 사람들에게 돌아가자. 내가 있어야 할 곳으로.'

자리에서 일어난 만덕은 두 주먹을 꽉 움켜쥐었다. 그러곤 흔들림 없는 걸음걸이로 한 걸음, 한 걸음 힘주어 앞을 향해 나아갔다. 바다 건너 남쪽, 오늘도 그리운 바람이 불고 있을 탐라를 향해.

14

이방인

쏴아, 항아리에 담긴 물을 대구덕에 쏟아부었다. 그러자 대구덕을 통과한 바닷물이 거북등처럼 갈라진 검은 바위 위로 단숨에 좌악 퍼져나갔다. 이른 아침, 눈을 뜨자마자 낡은 갈옷을 걸쳐 입고 소금빌레^{鹽田}로 나온 만덕은 오늘도 홀로 너른 소금밭에 바닷물을 길어 나르는 중이었다.

얼마나 갖고 싶어 했던 소금빌레였던가. 어린 시절 만덕은 돈을 많이 벌면 꼭 저 소금밭을 사리라 결심했었다. 사방이 바다로 둘러싸여 있으면서도 정작 소금이 금보다도 귀한 탐라. 소금빌레만 가지면 세상 모든 것을 손에 쥔 듯한 기분이 들 것만 같았다. 하지만 그것은 순진한 동심에서 비롯된 착각이었다. 세상만사는 그 무엇 하나 그리 단순치가 않았다. 그리고 무엇보다 더 복잡 오묘한 것이 사람의 마음이었다.

만덕이 한양에서 무사히 돌아온 이후, 얼마 지나지 않아 송방이 탐라에서 철수하였다. 표면적으로는 경영 합리화가 이유였으나 내부 소식통에 의하면 전 행수가 지지부진하던 후계 경쟁에서 발을 뺀 것이 그 주요 원인이라 했다. 부친을 잃고, 너무 어린 나이부터 외지로만 떠돌았으니 심신이 지친 탓이 아니겠느냐는 사람들의 추측도 이어졌다. 그러나 만덕은 소소한 계기는 될 망정 그게 진짜 이유가 아님을 알고 있었다.

전 행수가 탐라를 떠난 직후, 만덕은 송방 일꾼으로부터 종이에 싼 커다란 물건 하나를 건네받았다. 종이를 뜯어내자 그 안에서 말갛게 닦인 거울이 모습을 드러내었다. 청나라에서 들여온 유리 거울. 만덕과는 인연이 있는 물건이었다.

"다른 말씀은 없으시고, 그저 전하면 아실 거라 하셨습니다."

심부름꾼의 말을 전해 들으며 만덕은 그저 씁쓰레하게 웃었다. 전 행수는 새로운 세상을 찾아 떠난 것이었다. 만덕이 거울 속에서 스스로의 모습을 보았다면, 전 행수는 아마도 다른 세상을 발견한 것일 터. 만덕이 만덕의 길을 가기로 결심한 것처럼, 전 행수 또한 자신의 길을 가겠다 말하고 있는 것이었다. 그리고 만덕의 예상대로 몇 년 후, 청나라로 건너간 전 행수가 큰 무역상이 되었다는 소식이 바람결에 전해져왔다.

다시 쏴아 물을 부었다. 해안에서 소금빌레까지는 경사지. 무거운 항아리를 지고 그 길을 오르내리다 보면 어느새 등허리는 땀범벅이 되었다. 이제 이런 일은 일꾼들에게 맡겨도 되련만 만덕은 굳이 힘든 노동을 자처하였다. 그것은 오래된 습관이자 고집이었다.

송방이 탐라를 떠나고 몇 년 사이, 만덕의 상단은 명실상부 탐라 최고의 상단이 되었다. 만덕의 예측대로 김세휘를 필두로 한 갓 사업은 큰 성공을 거두었고, 더불어 상단에 막대한 이득을 가져다주었다. 게다가 거둔 만큼 나눈다는 만덕의 사업 철학 또한 빛을 발해 탐라에서 만덕의 입지는 날로 굳건해졌다. 그리고 삼 년 전, 영조 대왕이 붕어하면서 또 한 번 백립이 대량 유통되는 바람에 만덕 상단의 이름은 탐라를 넘어 조선 팔도로 빠르게 퍼져나갔다. 이제 장사꾼치고 만덕의 이름을 모르는 이가 없을 정도였다.

그러나 참으로 이상한 일이었다. 그리 큰 성공을 거두었건만, 어쩐 일인지 만덕의 마음은 갈수록 허허로워지기만 하는 것이었다. 마치 소금물을 들이켠 사람처럼 채워지지 않는 갈증. 그 까닭 모를 갈증 때문에 어쩌면 만덕은 스스로를 더 고되게 다그치고 있는 것인지도 몰랐다.

"힘이 없어 외로운 줄로만 알았지. 아방도, 어멍도 그리고 그분도 힘이 없어 떠나보내야만 했으니 그래서 외로운 거라고……."

소금밭 일을 마치고 만재를 찾아온 만덕은 머릿수건을 풀어내리며 힘없이 탄식하였다. 그러자 마당 한편에 앉아 돌을 깎던 만재가 일손을 멈추고 물끄러미 만덕을 바라보았다.

시전 상인들에게 끌려갔다가 구사일생으로 살아 돌아온 이후 사공을 그만둔 만재였다. 만재는 일을 계속할 수 있다 하였으나 만덕이 극구 반대하고 나섰다.

"다시 한 번 더 그런 일이 생긴다면……."

단지 그 말뿐 뒷말은 두지 않은 만덕이었지만, 그 말만으로도 충분했다. 만재는 더 이상 고집을 부리지 않았다. 대신 그날부터 산속 작은 움막에 들어앉아 석공일을 시작한 만재였다. 만덕은 그런 만재를 오늘처럼 예고도 없이 불쑥 찾아와 이렇게 속마음을 풀어놓는 것이었다.

"이제는 힘도 생기고, 주변엔 사람들이 넘쳐나는데…… 그런데 오라방, 내 마음은 왜 이렇게 먹먹한 걸까?"

상방 마루에 걸터앉은 만덕의 눈이 뭉근해져왔다. 그런 만덕을 그저 애처로이 바라보는 만재였다. 어떤 위로인들 소용이 있을까? 정작 곁에 있어도 때때로 더욱 또렷해지는 것이 사람과 사람 사이의 거리인 것을.

마음이야 어떻든 간에 상단의 규모가 커지고 성공을 거둘수록 만덕의 주위엔 사람이 많아졌다. 상단의 일꾼들이 늘어난 것은 말할 것도 없고, 외숙인 고씨 내외와 외사촌들 그리고 얼마 전 세상을 뜬 만석 오라방의 두 아들과 그 밖에 얼굴도 모르는 먼 친척들까지, 어찌어찌 만덕에게 몸을 의탁해보려는 사람들로 객주는 항상 붐볐다.

"가뭄이 심해서 농작물들이 모조리 바짝 말라붙어버렸지 뭡니까. 어찌 이번 겨울 날 곡식이라도……."

어떤 날은 가뭄 때문에, 또 어떤 날은 해일 때문에 심지어 토끼가 밭을 헤집어놓기만 해도 사람들은 만덕에게 달려와 곡식을 구걸하였다. 오죽하면 보다 못한 천천네가 빽 호통을 칠 정도였다.

"벼룩도 낯짝이 있지! 우리 만덕 행수 어려울 적에는 코빼기도 보이지 않던 인간들이, 어디 이제 와 낯짝을 내밀어, 내밀길!"

그러나 정작 만덕은 가타부타 말이 없었다. 그저 찾아온 이들에게 보리밥 한 그릇에 간장 한 종지를 대접하여 돌려보내는 것이 다였다. 간혹 일자리를 부탁하는 자가 있으면 상단의 가장 허드렛일부터 맡겼다. 누구에게도 예외는 없었다. 그러다 보니 뭔가 특별한 대우를 기대하고 왔던 사람들은 그런 만덕을 보고 모질고 독하다며 뒤돌아 침을 뱉기 일쑤였다. 그래 놓고도 섬에 흉년이 들면 언제 그랬냐는 듯이 다시 찾아와 비굴한 얼굴로 곡식을 얻어가는 것이었다. 참으로 뻔뻔하고 염치없는 자들이었다. 그러나 그러한 그들이 바로 탐라의 얼굴이었고, 그래서 만덕은 탐라가 지긋지긋하리만치 혐오스러우면서도 한없이 서글펐다.

"오라방이라도 내 곁에 있어주었으면 좋았잖아. 꼭 배 타는 일이 아니어도 상단 일은 얼마든지 있는데."

상념 끝에 만덕이 슬쩍 투정을 부렸다. 그러나 그 또한 부질없는 일임을 만덕도 모르지 않았다. 역시 예상대로 만재는 만덕의 투정을 못 들은 척, 그저 씨익 웃고는 도로 돌 깎는 일에만 전념했다.

본래도 어멍을 닮아 손재주가 남다른 만재였다. 시간이 날 때마다 항시 뭔가를 깎고 다듬고, 심지어 긴장된 바닷길에서도 만재는 틈틈이 조각을 하곤 하였다. 그러다 보면 산에서 꺾어온 작은 나무토막이 십이지 동물이 되기도 하고, 바닷가에 굴러다니던 돌멩이가 사람의 형상이 되기도 하였다. 지금도 만재의 손끝에선 새로 주문받은 돌하루방이 막 그 뭉툭한 코를 드러내고 있는 중이었다. 수더분한 그 얼굴 속에 얼핏 아방의 모습이 비치는 듯도 했다.

"그래도 다행이야. 행복해 보여서."

문득 중얼거리는데 그 말에 만재가 씨익 웃었다. 그랬다. 조각을 하는 순간만큼 만재는 그 누구보다도 자유롭고 행복해 보였다. 마치 돌이 깎여나갈 때마다 그 안에 숨겨진 제 목소리를 발견해내는 것처럼. 그래서 만덕은 상단을 떠나는 만재를 만류할 수 없었다.

'그래도, 내가 없어도 만덕이 네 주변엔 좋은 사람들이 많잖아.'

만재가 손짓으로 말했다.

'그래. 좋은 사람들.'

대답 대신 만덕은 고개를 끄덕였다. 그렇게 말없이 한참을 고개만 끄덕이던 만덕은 이내 자리를 털고 일어났다. 날이 저물고 있었다. 그만 제자리로 돌아가야 할 시간이었다.

간만에 사건, 사고 없는 평온한 나날들이 이어졌다. 천천네는 이런 날들을 '그림자날'이라고 불렀다. 소리 소문 없이 왔다가 조용히 사라져가기 때문이었다. 그날도 마지막 더위가 기승을 부린 것을 제외하곤 그저 그런 그림자날 중 하루였다. 오랜만에 탐라를 찾은 반가운 손님으로부터 뜻밖의 소식을 전해 듣기 전까지는.

"아이고, 방씨 아니오? 하도 오래 발길을 끊어서 탐라는 영영 잊었는가 했더니만, 이 얼마 만이오?"

먼저 얼굴을 알아본 천천네가 반가운 마음에 직접 마당까지 달려나가 손님을 객주로 맞아들이며 말했다.

"그러게. 하도 오랜만에 왔더니 이곳도 확 바뀌어서 자칫 못 찾아올 뻔했소."

역시 반갑게 대꾸하는 방씨였다. 방씨는 해남에서 온 비단 상인이었다. 예전 월향정 시절에는 계절마다 한 번씩 꼭 탐라를 찾을 만큼 단골이었는데 역모 사건 때 본의 아니게 곤욕을 치른 탓에 그만 그동안 발길을 뚝 끊었던 것이다.

"그때야 누구라 할 것 없이 고초가 심했었지. 그래도 이렇게 살아서 다시 만나니 얼마나 다행이오?"

방씨의 말에 천천네가 옷고름으로 눈 밑을 훔쳤다. 반가운 손님을 맞아 귀한 술을 내온다 어쩐다 부산을 떨더니, 종국에는 술상 앞에 퍼질러 앉아 술 한 병을 다 비운 참이었다. 그러고 나니 애통하게 죽은 월중선 생각에 절로 눈물이 나는 것이었다.

"에이고, 팔자도 기구허지. 젊어서는 애비 같지도 않은 애비 때문에 그리 고생을 하더니, 결국은 그 팔자 어쩌지 못하고 허망하게 먼저 가버렸네. 그래도 살아보겠다고 친자식까지 버려가며 그리 아등바등하였건만……."

방구들이 푹 꺼지도록 한숨을 내쉬는데, 그런 천천네를 보며 고개를 갸웃하는 방씨였다.

"그러고 보니 그 소식 못 들었는갑소?"

"소식이라니, 무슨 소식 말이오?"

천천네가 덩달아 고개를 갸웃하자, 한 걸음 다가앉은 방씨가 누가 들을세라 몸을 숙이며 은밀히 속삭였다.

"만희가 살아 있소."

"만희? 만희라면…… 혹시……?"

기억을 더듬던 천천네가 무언가 떠올랐는지 화들짝 놀라 방씨를 쳐다보았다.

"전 조경수 현감의 아들 만희 말이오. 월중선이 낳은!"

단숨에 술기운이 날아갔는지 두 눈을 크게 부릅뜨는 천천네였다.

소식을 듣고 놀라기는 만덕도 마찬가지였다.

"어머님의 친아들이 살아 있다니요?"

기녀 시절 강익주와의 일로 월중선의 집안사를 어렴풋이 알게 된 만덕이었다. 그러나 지금껏 제 살기에도 급급하여 그 아들의 행방에 대해선 깊게 생각해보지 못했었다. 그저 역모 사건 따 휩쓸려 죽지 않았을까 막연히 생각하였을 뿐이었는데…….

"처지가 딱하게 된 모양이더라. 그때 그 일로 아방. 어멍이 모두 그리 허망하게 죽고 결국 혼자가 되었다지 뭐냐."

그 후로 십수 년간을 주욱 관아의 노비로 살고 있다는 소식이었다.

"쯧쯧……, 갓난쟁이 때는 지 어미 젖 한 번 못 빨아보고 어미 사랑이 뭔지도 모르고 자라더니만, 이젠 끈 떨어진 연처럼 그리되었으니 불쌍해서 어쩔꼬?"

측은한 마음에 연신 혀를 차는 천천네였다. 만덕은 그런 천천네의 이야기를 그저 말없이 들을 뿐이었다. 그러다 불현듯 만덕이 물었다.

"그 아이의 이름이 만희라 하였던가요?"

언젠가 얼핏 들은 기억이 났다.

"그래, 만희. 마침 너랑은 친형제처럼 이름도 엇비슷하구나!"

천천네가 소란스럽게 맞장구를 쳐댔다. 그러나 다시 깊은 생각에 빠져드는 만덕이었다.

'만희, 만덕…… 그러고 보면 이 무슨 운명의 안배인지.'

만덕은 문득 궁금해졌다. 월중선은 만덕의 이름을 부를 때마다 대체 어떤 기분이었을까? 무슨 얄궂은 인연인지, 하필 제 아들과 이름도 비슷한 아이를 수양딸로 받아들여 그 아이가 무럭무럭 자라가는 과정을 낱낱이 지켜보면서 과연 어떤 생각을 하였을지…….

거기까지 생각이 미치자 갑자기 얼굴도 보지 못한 만희란 아이에게 앞뒤없이 미안해지는 만덕이었다. 사실 따지고 보면 관기나 관노나 어차피 관에 매인 몸. 제 의지대로 살 수 없기는 매한가지인 팔자였다. 그러나 적어도 만덕에겐 어미가 있었다. 어미라고 하여 살뜰히 보살펴주는 성품은 아니었으나, 언제고 마지막엔 든든한 바람막이가 되어주곤 하였던 것이다.

해서 그런가. 원래는 만희라는 아이의 것이었을 무언가를 왠지 대신 누리고 산 듯한 기분마저 들었다. 하여 몰랐으면 모를까, 그 아이의 딱한 처지를 방치하고 있을 수만은 없다고 생각하는 만덕이었다. 만덕은 한참 만에야 입을 열었다.

"해남에 사람을 보내십시오."

그 말에 천천네가 반색을 하였다.

"만희에게 말이냐?"

"예. 할 수 있다면 빼내서 탐라로 데려오세요. 돈은 얼마고 치를 터이니."

보은이라면 보은이고, 사죄라면 사죄였다. 그러나 그 소문을 들은 사람들은 대개 피 한 방울 섞이지 않은 남에게 어찌 그렇게까지 하냐며 만덕을 만류하였다. 그러나 만덕은 그런 말들을 죄다 물리쳤다.

단지 '닮았다'는 이유로 만덕을 양녀로 거두었던 월중선이었다. 그렇다면 자신 또한 이름이 비슷하다는 이유만으로도 그 아이를 동생으로 삼을 수 있는 것이 아닌가. 그리고 무엇보다 그 아이는 죽은 월중선의 아들이다. 그것만으로도 만덕이 그 아이를 돌보아야 할 이유가 충분하였다.

결국 만덕은 고집대로 천천네를 시켜 해남으로 사람을 보내었다.

그리고 얼마 후, 인편에 다시 속량전을 부쳤다. 역모 죄인의 아들이
란 이유로 속량전 이외에도 솔치 않은 뒷돈이 들어간 것은 말할 것
도 없었다. 그렇게 시간을 끄는 사이 계절이 바뀌고 찬바람이 불기
시작했다. 그래도 다행히 일이 뜻대로 되어서 첫서리가 앉기 시작한
늦가을 무렵, 노비의 신분에서 벗어난 만희가 드디어 탐라에 도착하
였다.

"네가 만희냐?"

"예. 가득할 만滿자에 기쁠 희喜자. 조만희입니다."

객주에 도착하자마자 만덕에게 큰절을 올린 만희는 공손히 고개
를 조아리며 대답하였다. 이제 갓 서른을 넘긴 나이. 머리는 올렸으
되 아직 숫총각인 만희는 모든 것이 낯설고 어색한지 부끄럽고 긴장
한 낯빛이 역력했다. 그래도 시종 침착한 태도로 조곤조곤 대답하는
것을 보면 전혀 물색없는 인물은 아닌 듯싶었다.

"천천네 아주머니께 들었습니다. 대행수님께서 절 노비안에서 빼
내어주시고 예까지 보살펴주셨다고요. 감사합니다."

그러나 만희의 말에 그저 무덤덤히 대꾸하는 만덕이었다.

"그저 인연을 인연으로서 갚은 것뿐이다."

고개를 저은 만덕은 이어 만희에게 말했다.

"그러니 네가 반드시 이 탐라 땅에서 살아야 할 필요는 없다. 태어
난 곳이라고는 하나, 어린 시절 떠나서 기억에도 없을 터. 네게는 타
향이나 마찬가지 아니더냐? 원한다면 이곳을 떠나 다른 곳에 가서
살아도 좋다. 내 정착할 밑천은 대어줄 터이니."

만덕은 굳이 만희를 탐라에서 살게 하고픈 생각이 없었다. 다른

기회도 많은데, 하필 사방이 바다로 막힌 이곳에 갇혀 살 필요는 없는 것이 아닌가. 게다가 만희는 탐라에선 이방인이나 다름없었다. 탐라에 대한 기억도 거의 없을 뿐 아니라 혹여 있다 해도 추억할 만큼 좋은 기억도 아닐 터였다. 그러니 이제와 실낱보다도 가는 인연에 매일 필요는 없었다. 그러나 스스로 탐라에 남겠다 청하는 만희였다.

"가능하다면 이곳 상단에서 일을 배우고 싶습니다. 허드렛일이라도 좋으니 받아주십시오."

만덕은 그런 만희를 물끄러미 바라보았다. 그러더니 이내 별 말 없이 방문 밖에 서 있던 익현을 불러들였다.

"김 서기, 거기 있느냐?"

만덕은 그사이 상단 서기가 된 익현에게 만희를 일꾼들이 묶는 숙소로 데려다주라고 일렀다. 왜냐고도 묻지 않았다. 그저 만희의 선택을 존중할 뿐. 그렇게 만희는 탐라에서 살게 되었다.

그 즈음, 탐라에는 또 한 명의 이방인이 들어와 있었다. 역모 죄인 홍대섭. 그는 정조 즉위년1777에 궁에 난입하여 정조를 암살코자 했던 역모 사건의 주모자 중 하나로 정의현에 유배온 신세였다.

"감히 내가 누군 줄 알고! 어디 더러운 촌구석 잡부 따위가 내 앞을 가로막느냐! 술 내오너라! 당장 술을 가져오란 말이다!"

이미 대취하였는데도 술을 더 가져오라며 난동을 부리는 바람에 주막은 온통 난장판이 되어 있었다. 그럼에도 불구하고 주막 일꾼들은 물론이고 동행한 육방 관속들까지 누구 하나 그 행패를 말리지 못했다. 그도 그럴 것이 홍대섭의 말마따나 비록 그 자신은 인간 말종일지언정, 그 집안만큼은 무시할 수 없는 뿌리 깊은 명문가였기 때문이다.

남양 홍씨 당홍계, 줄줄이 정승판서를 낸 십대명벌十代名閥 중의 명벌로 홍대섭의 부친은 형조참의를 지낸 홍억이었고, 조부는 충청도 관찰사를 지낸 홍용조, 증조부는 호조참판을 지낸 홍숙이었다. 게다가 이번 역모 사건의 주모자로서 함께 체포되어 결국 형장에서 사사된 홍상범은 죽기 전 온갖 권세를 누렸던 판중추부사 홍계희의 손자로 홍대섭과는 같은 문중이었으니, 한때 조영득의 역모 사건으로 탐라를 공포에 떨게 하였던 홍계희의 혈족이 이번엔 반대로 역고 죄인이 되어 탐라로 돌아온 형국이었다. 참으로 묘한 상황이 아닐 수 없었다. 어쨌든 비록 역모 죄인으로 끌려오긴 했으되 감히 왕의 암살을 꾀할 만큼 위세 있는 집안, 그것이 바로 홍대섭이 등에 업은 배경이었던 것이다.

상황이 이렇고 보니, 비록 감시자의 입장이라고는 하나 한미한 지방 관리들로서는 도저히 홍대섭을 감당할 수가 없었다. 그저 눈치를 보며 비위나 맞출 수밖에. 사실은 오늘도 점호에 무시로 빠지는 홍대섭을 단속하라는 현감의 명을 받고 이방과 형방이 그의 배소까지 직접 찾아나선 길이었다. 그러다 적당히 비위나 맞춰줄 겸 주막에 데려온 것이었는데, 그것이 화근이었다.

"나라고 언제까지나 죄인일 줄 아느냐? 두고 보거라! 곧 반정이 일어나고 임금이 폐위되면, 나는 나라를 구한 일등공신이 되어 한양으로 금의환향할 것이니!"

대역죄나 다름없는 말을 서슴없이 뱉어내는 홍대섭 때문에 관졸들의 얼굴은 사색이 되었다. 개중엔 듣는 것만도 두렵다는 듯 귀를 틀어막는 자도 있었다. 그럴수록 홍대섭은 더욱 의기양양해졌다. 자신의 앞에서 벌벌 기는 탐라인들을 볼 때마다 묘한 쾌감마저 느끼는 것이었다.

　'더럽고 미개하고 배에 똥만 들어찬 겁쟁이 놈들 같으니라고!'

　홍대섭은 탐라의 생활이 지긋지긋했다. 속이 울렁거리도록 짠 바다내음도 싫었고, 축사나 다름 없는 가옥에, 하루가 멀다 하고 불어닥치는 비바람까지 그 무엇 하나 마음에 드는 것이 없었다. 게다가 여흥거리랄 것도 없이 답답하고 심심한 섬 생활에 홍대섭은 딱 미치기 일보 직전이었다. 그때마다 홍대섭은 한양에 있는 지인들에게 서신을 띄워 자신을 구명해달라며 졸라대었다.

　"내가 무에 그리 큰 잘못을 했다고 날 이런 절해고도에 가둔단 말인가?"

　역모에 가담하고 목숨을 건진 것만도 감사히 여겨야 할 판이건만, 뻔뻔하게도 홍대섭은 도무지 반성의 기미라곤 보이지 않았다. 그러니 지인들조차 그의 서신을 꺼려할 수밖에. 처음엔 안된 마음에 은밀히 옷가지며 돈이라도 보내오던 이들도 종국엔 연락조차 뚝 끊어버렸다.

　"나쁜 놈들 같으니라고! 내 한양에 있을 때 저들에게 먹인 술이 얼마인데! 감히 날 모른 척해? 이 홍대섭이를?"

　이 모든 것이 빈한해진 자신의 처지 때문이라고 생각하는 홍대섭이었다.

"네놈들이 날 모른 척한다고 해서 내가 이대로 찌그러져 있을 줄 아느냐? 두고 봐라. 내 자력으로라도 이 망할 놈의 섬을 빠져나가고 말 테니!"

악에 받쳐 홀로 다짐하는 홍대섭이었다. 그러나 그마저도 쉬운 일은 아니었다. 무일푼인 유배자의 신분으로 무엇 하나 제대로 된 일을 벌일 수 있을 리 만무했다. 그러니 우선은 자금을 확보하는 일이 급선무일 터.

"이곳 제주에서 가장 돈 많은 자가 누구더냐?"

탕, 술잔을 내려놓으며 다짜고짜 지나가는 중노미음식점, 여관 따위에서 허드렛일을 하는 남자 한 놈을 불러 묻는 홍대섭이었다.

다음 날 홍대섭은 아침 댓바람부터 만덕의 상단을 찾았다. 중노미가 말하길 '탐라 제일의 부자 하면, 예전엔 부씨 상단을 꼽았지만 지금은 단연 만덕'이라 답하였던 것이다.

'제까짓 게 이 좁은 섬에서 돈이 있어봐야 얼마나 있겠냐만은, 그래도 행세깨나 한다 하니 여윳돈쯤은 쟁여두었겠지.'

생각한 홍대섭은 대문간에 서서 '이리 오너라!' 하고 기세 좋게 불러젖혔다.

잠시 후, 상단 일꾼의 안내를 받아 안채로 든 홍대섭은 거들먹거리며 만덕의 집무실로 들어섰다. 때마침 장부 정리를 하고 있던 만덕은 그 모습을 보고 속으로 쓴웃음을 삼켰다. 유배자의 신분에 비단 갓, 도포 차림은 둘째치고라도 무턱대고 사람을 깔보는 듯한 시선이라니. 홍대섭의 거동에선 그의 부박한 성정이 고스란히 배어나오고 있었다. 그러나 겉으론 깍듯이 예의를 차리는 만덕이었다. 만덕은 자리에서 벌떡 일어나 반갑게 홍대섭을 맞아들였다.

"먼 정의현에서 이곳 누추한 저희 상단까지는 어인 발걸음이십니까?"

만덕은 이미 탐라에 퍼진 홍대섭의 악명을 익히 알고 있었다. 반역을 도모했다가 목숨만 겨우 건져 쫓겨온 주제에 마치 자신이 구국의 영웅이라도 되는 양 행동한다던가? 소문이 그러하더니, 오늘 보니 역시나 그 말이 틀리지 않았음을 알겠다는 만덕이었다.

홍대섭은 자리에 앉자마자 거칠 것 없이 당당하게 말했다.

"돈 일만 냥만 변통하여주게."

그 말에 찻잔을 들어 올리던 만덕이 한쪽 눈썹을 슬쩍 치켜올렸다. 쌀 한 섬이 닷 냥이던 시절이다. 그러니 일만 냥이면 쌀이 이천 섬. 제주목 백성을 한 달간 먹여살릴 정도로 큰 돈이었다. 만덕은 속으론 기가 막혔으나 겉으론 표정을 감춘 채 은근히 캐어물었다.

"돈의 용처를 여쭤도 될는지요?"

그러자 홍대섭이 대충 둘러댔다.

"어험, 나도 장사나 좀 해볼까 하네."

아무리 뻔뻔한 성정이라고는 하나 한양의 관리들에게 뒷돈을 먹이려 한다고 말하기는 차마 뭣했던지 장사 운운하는 홍대섭이었다. 따지고 보면 그 또한 장사라면 장사였으니.

그러나 그 뻔한 거짓말에 속을 만덕도 아니었다. 술 좋아하고 게으르기론 둘째 가라면 서러워할 인간이 장사라니. 그 정도 여윳돈이야 없진 않지만 만덕은 홍대섭에게 엽전 한 닢 꾸어줄 생각이 없었다. 하여, 천연덕스럽게 대꾸하는 만덕이었다.

"지금 장사라 하셨습니까? 그거 마침 잘되었습니다. 그럼 싸게 쳐
드릴 터이니, 저희 창고에 있는 톳자반부터 좀 사들여가시지요. 잘
팔리지도 않는 것이 부피만 커서 아주 곤욕이랍니다. 탐라에선 흔하
디 흔한 물건입니다만, 그래도 한양에서는 드물 것이니 아시는 분들
께 부탁하면 대략 잘 팔리지 않겠습니까?"

하며 너스레를 떠는 만덕이었다. 그러나 뜬금없는 톳 타령에 벌컥
짜증을 내는 홍대섭이었다.

"톳자반이라니? 내가 지금 돈 빌려달라고 했지, 언지 해초 나부랭
이를 사겠다고 했나?"

그러자 만덕이 시치미를 뚝 떼고 마알간 얼굴로 대꾸했다.

"그리 말씀하셔도 만 냥이라니요? 제 평생 구경도 못해본 돈입니
다. 저 창고 가득한 톳을 모두 팔아도 스무 냥이 될까 말까 한데, 어
찌 제가 만 냥을…… 일만 냥이 대체 어찌 생긴 물건입니까?"

되묻는 만덕을 보며 기함을 하는 홍대섭이었다.

"뭐라? 어찌 생겨? 물건? 그래도 이 집이 탐라 제일의 거상집이
아니던가? 한데 어찌 거상이란 자의 수중에 단돈 만 냥이 없어?"

그 말에 만덕이 호호 웃음을 터트렸다.

"탐라에서는 세 끼 밥만 챙겨 먹어도 부자 소리를 듣는답니다. 보
십시오. 이 방만 보아도 어디 만 냥이 나오게 생겼는지요?"

그러면서 자신의 집무실 구석구석을 가리키는 만덕이었다. 그러
고 보니 상단 주인의 방치고는 참으로 한숨 나오게 싱긴 초라한 방
이었다. 그럴싸한 가구 하나 없고, 심지어 맨바닥엔 억새로 엮은 방

석이 전부였다. 순간 홍대섭의 얼굴이 한심하게 일그러졌다. 하기야 이 보잘것없는 섬에서 대체 뭐 나올 것이 있다고 홀로 자구책을 고심한 것인지.

"이놈의 구질구질한 섬 같으니라고!"

결국 제 성질을 이기지 못하고 벌떡 자리에서 일어선 홍대섭이었다. 만덕은 일부러 그런 홍대섭을 대문간까지 쫓아나와서는 능청스럽게 그 뒤에다 대고 거듭 간청했다.

"혹 장사를 시작하게 되시거든 저희 만덕 상단도 잊지 말고 도와주십시오!"

그러더니 정작 홍대섭이 골목을 돌아 사라지자마자 언제 그랬냐는 듯 휑하니 돌아서는 만덕이었다. 그런 만덕을 집무실 밖에서부터 쫓아온 익현이 조용히 뒤따르며 말했다.

"그래도 이번엔 좀 너무하셨습니다. 딴에는 한양의 명문가댁 자제인데, 대충 술이라도 대접하여 기분 좋게 돌려보내지 않으시고……."

상단 일로 보고를 하러 들어왔다가 두 사람의 대화를 모두 엿들은 익현이었다. 그런 익현에게 만덕은 딱 잘라 말하였다.

"가까이 해서 좋을 자가 있고, 안 좋을 자가 있다. 저자는 위험한데다 어리석은 자야. 처음부터 아예 상종하지 않는 것이 좋다."

그러고는 집무실로 들어가는 만덕이었다.

익현 역시 홍대섭이 위험하고 어리석은 자라는 데에는 이견이 없었다. 그러나 만덕과는 생각이 다른 익현이었다. 집무실로 들어가기전 홍대섭이 사라져간 방향을 다시 한 번 흘끗 쳐다보는 익현이었다.

"그나저나 만희는 잘 적응하고 있느냐?"

집무실로 돌아온 만덕은 보고 말미에 익현에게 지나치듯 만희의 소식을 물었다. 만희가 탐라에 온 지 벌써 반년, 그동안 별로 마주칠 일이 없었던 만덕과 만희였다.

"예. 생각보다 잘 적응하고 있습니다. 하여 내달부터는 창고 정리를 맡겨볼까 합니다."

익현의 대답에 말없이 고개를 끄덕이는 만덕이었다.

만희는 오랜 세월 혈혈단신 관의 노비로 살아온 사람답지 않게 성격이 담백한 것이 꼬인 구석이 없었다. 덕분에 상단 사람들과도 금세 친해지고, 그들의 도움으로 일도 금방 익혀나가는 중이었다.

"글을 안다지?"

"예. 그래도 한때나마 양반집 서자였으니."

한때는 귀한 집 자식이었을 터인데 하루아침에 뒤바뀐 신분이라니……. 자신 못지않게 굴곡진 인생이라 측은한 생각이 드는 만덕이었다. 하지만 정작 만희는 천성이 밝고 긍정적이라 자신의 처지를 비관하는 일이 드물었다. 오히려 특유의 미소로 주변을 밝게 만들었다.

"일소일소一笑一少, 일노일노一怒一老라. 한 번 웃으면 한 번 젊어진다 하였습니다. 한데 대행수님은 저랑 나이 차이도 크지 않으시면서 항상 그리 인상만 찌푸리고 계시니, 제가 누님 대우를 해드려야 할지, 아니면 어머님 대우를 해드려야 할지 모르겠습니다."

언젠가 후원에 서서 뭍과의 교역으로 얻은 이익을 어디에 투자할 것인가 생각하고 있을 때였다. 마당을 쓸며 다가온 만희가 그런 만덕에게 툭 말을 건넸다. 아마도 진지하게 고민을 하다 보니 저도 모르게 미간을 찌푸리고 있었던 모양이다. 그러나 아무리 그렇기로 아직 시집도 안 간 처녀에게 어머님이라니.

당황한 만덕이 동그레진 눈으로 만희를 쳐다보았다. 그랬더니 만희가 흰 치아를 드러내며 거칠 것 없이 씨익 웃는 것이 아닌가. 저도 낼 모레가 마흔인 주제에 철 모르는 장난꾸러기 같은 웃음이라니. 어이가 없어진 만덕은 자신도 모르게 피식 실소를 흘렸다. 그러자 만희가 손뼉을 치며 좋아라 말했다.

"거 보십시오. 웃으시니 한결 젊어 보이십니다. 이젠 제 동생이라 해도 믿겠습니다."

만희의 능청에 간만에 활짝 웃는 만덕이었다. 지금도 그때 일을 떠올리자 입가에 잔잔한 미소가 걸렸다.

"무슨 좋은 일이라도 있으십니까?"

보고를 마무리한 익현이 장부를 갈무리하다 말고 물었다. 그러자 얼른 얼굴에서 미소를 지우는 만덕이었다.

"아니다. 그나저나 뭍에 나간 두식이와 두수의 상선은 어찌 되었더냐?"

그에 익현이 대답했다.

"쌀 삼백 석을 싣고 마량에서 출발하였다 합니다."

"그래? 장사가 제법 잘된 모양이로구나."

만덕은 기꺼운지 거듭 고개를 끄덕였다. 그러나 익현의 표정은 그다지 좋지 못하였다. 장사가 잘되었다 하니 상단으로선 기쁜 일이었으나 최근 상단 내부에 움트기 시작한 알력관계를 생각한다면 익현으로선 두식과 두수의 선전이 적지 않은 부담이었기 때문이다.

만덕과는 외사촌 간이 되는 고씨 형제가 상단 일을 돕기 시작한 것은 이제 겨우 두 해째였다. 벌써 십 년 넘게 만덕과 생사고락을 함께해온 익현과는 비교할 바가 못 됐지만 그래도 피를 나눈 혈육인지라 그들에 대한 만덕의 신뢰가 적지 않았다. 게다가 어린 시절부터 아버지를 따라 격군으로 떠돌며 뱃일에 단련되어온 터라, 만재가 상단을 떠나고 난 후 생긴 공백을 무리없이 메운 것이 바로 고씨 형제였던 것이다. 그런 만큼 상단 내에서 그들의 입지는 생각 외로 굳건하였다.

　"김 서기가 대행수님 오른팔이라면, 고씨 형제는 왼팔이지."

　"무슨! 그래도 혈육인데, 종국엔 고씨 형제가 득세하지 않겠나?"

　"에이, 그래도 피만 안 섞였다 뿐이지, 김 서기와 대행수님이야말로 한가족이나 다름없는 사이인데……."

　"가족은 무슨 가족. 남매? 그러기엔 터울이 너무 크고. 그럼, 모자? 예끼, 이 사람아! 머리는 올렸다지만 처녀나 다름없는 우리 대행수님일세!"

　얼마 전 상단 일꾼들끼리 떠드는 소리를 들으며 덩달아 모호함을 느꼈던 익현이었다.

　'나는 무엇인가……?'

　그때였다.

　"김 서기? 익현아!"

　만덕의 부름에 상념에서 깨어난 익현이 물끄러미 만덕을 바라보았다. 그러자 만덕이 익현을 향해 물었다.

　"아까부터 무슨 생각을 그리 골똘히 하는 게냐?"

곧고 단정한 자세. 그리고 여느 장부 못지않은 당당함. 오랜 시간 곁에서 지켜봐왔지만 예나 지금이나 만덕은 늘 한결 같은 모습으로 그 자리를 지키고 있었다. 마치 아름드리 둘레를 알 수 없는 커다란 나무처럼. 익현에겐 존재 자체로 의지가 되는 사람, 그게 바로 만덕이었다.

"아무것도 아닙니다."

고개를 저은 익현은 그저 빙긋 미소를 지었다.

사실 뭐라 이름 붙이는가는 중요치 않았다. 그저 지금처럼 곁에 있다면 그뿐.

그렇게 생각한 익현은 마음 한구석에서 고개를 드는 불안감을 애써 무시해버렸다. 하지만 외면한다 하여 완전히 사라지는 것이 아니었다. 그리 오래지 않아 그 불안감은 조금씩 그 실체를 드러내기 시작했다.

정월을 맞아 간만에 인사도 전할 겸 만덕이 선물을 챙겨 들고 관사를 찾았을 때였다. 만덕은 그곳에서 판관으로부터 뜻밖의 얘기를 전해 들었다.

"비단이라니요? 그게 무슨 말씀이십니까?"

금시초문이라는 듯한 만덕의 반응에 오히려 놀란 표정을 짓는 판관이었다.

"정녕 모르는 일이었는가? 김 서기가 한양에 다녀올 때마다 매번 귀한 비단을 구해다주기에, 나는 당연히 자네도 알고 있는 일인 줄로만 알았지."

그러면서 괜한 얘기를 꺼냈다며 곤란한 듯 연신 헛기침을 하는 판관이었다. 만덕은 그런 판관을 보며 당혹스러움을 금치 못했다. 익현이 벌써 수년째 값비싼 청국 비단을 구해다가 목사와 판관은 물론이고 양반 사대부들에게 대고 있었다는 것이었다.

'나도 모르는 사이에 비단이라니…… 어찌 이런 일이!'

상단으로 돌아온 만덕은 노기등등하여 그 길로 익현을 불러들였다.

"내 관리들과는 불가근불가원不可近不可遠하라 그리 일렀건만! 어찌자고 나 몰래 뇌물을 가져다 바친 것이더냐?"

그러나 억울하다는 표정을 짓는 쪽은 오히려 익현이었다.

"뇌물이라니요? 저는 그저 친분을 유지키 위해 작은 성의 표시를 하였을 뿐입니다. 게다가 그 비용 또한 상단의 자금과는 별개로 제 스스로 충당한 것입니다."

그러면서 제 개인의 치부책置簿冊을 펼쳐보이는 익현이었다. 그러나 만덕은 한숨을 푹 내쉴 뿐이었다.

"그것이 누구의 주머니에서 나왔는지는 그리 중요치 않다. 어찌 됐든 너는 우리 상단의 서기가 아니더냐? 한데 누가 그것을 너의 개인적인 행보로 여기겠느냐?"

이미 판관으로부터 오해를 받은 만덕이었다. 그렇다면 다른 이들 또한 크게 다르지는 않을 터. 만덕은 익현에게 훈계를 늘어놓았다.

"장사를 하는 처지에 힘 있는 자들에게 밉보여 좋을 게 없는 것은 사실이다. 하여 나 또한 그동안 그들에게 정성을 보여온 것이 아니더냐. 하지만 나름의 정도는 있는 것이니, 친분은 그저 불이익을 당하지 않을 선에서 유지하면 족하다. 그 이상은 대가를 요하는 거래인 것이다."

하지만 익현의 생각은 달랐다. 오히려 답답하다는 듯 만덕을 보는 익현이었다.

"기왕 맺은 친분이건만 어찌 유지하는 데만 가치를 두려 하십니까? 크게 무리하지 않더라도 그 힘을 잘만 이용한다면 지금보다 훨씬 더 큰 성공을 거둘 수도 있을 텐데요."

만덕을 존경하고 따르는 익현이었지만, 예전부터 권력을 대하는 만덕의 태도에 대해서만큼은 불만을 가져온 익현이었다. 늘 지나치게 수세적이라는 인상을 받아왔던 것이다. 그러나 지나온 만덕의 생애를 돌이켜보자면 그 또한 이해 못할 일은 아닌지라 그저 수긍하는 척, 넘어왔을 뿐이었다. 대신 제 딴에는 그 또한 필요한 일이라 여겨, 그동안 궂은 일을 자임해왔던 것이건만……. 그러나 만덕은 그런 익현의 마음을 알아주지 않았다.

"네가 아직 젊어서 그러느니."

다만 그 말과 함께 익현을 향해 그만 나가보라 손짓하는 만덕이었다. 그 모습이 꽤나 피곤해 보이는지라 익현은 별 말 없이 방을 물러나왔다. 그러나 내심 서운한 마음을 지울 길이 없었다.

그로부터 며칠 후.

"이게 대체 뭡니까? 누가 멋대로 물목들의 위치를 바꿔놓으라 했습니까?"

창고를 점검하던 익현이 만희를 향해 벌컥 성을 내었다. 만희에게 창고 정리를 맡긴 지 보름. 며칠 새 만희가 창고 안에 보관되어 있던 물목들의 위치를 모조리 뒤바꿔놓았던 것이다.

"바뀐 물목들의 위치는 장부에 도면으로 첨부하였습니다만……."

하지만 익현은 들은 척도 하지 않았다.

"표시를 했든 안 했든 그게 중요한 것이 아닙니다. 굴건이 항상 있던 자리에 있어야지 갑자기 위치가 바뀌면 인부들에게 혼란을 줄 수 있음을 모릅니까? 또한 물건이 그 위치에 있는 것은 다 제 나름의 이유가 있어서입니다. 자주 들고 나는 물건은 문 가까운 곳에, 오래 보관할 것은 안쪽에, 각각의 특성을 고려하여 배치한 것이란 말입니다!"

"하지만 저도 나름의 이유가……."

만희가 장부를 펼쳐 보이며 나름의 변을 늘어놓으려 했지만 익현은 차갑게 잘라 말했다.

"이유고 뭐고 필요 없습니다. 당장 원상복구해 놓으십시오!"

비록 나이는 만희가 위였지만 상단에서의 경력만으로 따지자면 익현이 한참 선배였다. 그런데도 감히 만덕이 좀 좋게 봐주기로 앞뒤 분간 없이 나서는 만희가 최근 들어 자꾸만 신경에 거슬리는 익현이었다. 게다가 볼썽사나운 소문까지 있었다.

익현은 얼마 전 상단 점원에게서 들은 얘기가 떠올라 다시금 인상을 찌푸렸다.

"서기님, 그 소문이 사실입니까?"

"무슨 소문 말인가?"

"그게…… 대행수님하고 만희 아주방이 곧 방을 합칠 거라는……."

"뭐라?"

그 즈음 상단에는 만덕과 만희가 그렇고 그런 사이라는 소문이 은밀히 퍼져나가고 있었다. 두 사람이 허물없이 대화를 나누거나 큰 소리로 웃는 모습이 종종 상단 일꾼들에게 목격되었던 것이다.

"쓸데없는 소리! 대행수님과 조씨는 성씨만 다를 뿐, 친남매나 다름없는 관계일세. 한데 어찌 그런 소문을!"

"하지만 남정네들에게 무심하기로는 둘째 가라면 서러운 대행수님이시잖습니까? 한데 만희 아주방에게 대하는 것을 보면 전에 없이 각별하시니 말입지요."

그 말에 점원에게 당장 불호령을 내린 익현이었다.

"그 입 다물게! 어디 감히 행수님께!"

가당치도 않은 헛소문이라며 일축하고 돌아선 익현이었지만, 막상 만희의 얼굴을 대하고 보니 울컥 치솟는 짜증을 참을 길이 없었다. 좋게 좋게 말해도 될 것을 굳이 이렇게 화까지 내고 만 데에는 어쩌면 그런 이유도 있었을 것이다. 하지만 익현은 그 같은 사실을 인정하고 싶지 않았다. 하여 애써 감정을 추스르는 익현이었다.

"내일 아침에 대행수님의 순찰이 있을 것입니다. 그러니 그 전까지는 다시 돌려놓으세요."

그렇게 말하고 돌아 나오려는데, 굳이 창고 밖까지 쫓아나와 익현을 붙잡는 만희였다.

"저기 그러니까 그 전에 우선 물목을 바꿔놓은 이유만이라도……."

순간 마지막 남은 인내심마저 끊겨버린 익현은 만희를 향해 버럭 소리를 지르고 말았다. 그 소리가 어찌나 컸던지 지나가던 상단 일꾼들이 모두 걸음을 멈추고 돌아볼 정도였다.

"이게 지금 뭐하는 짓입니까? 뭔가 착각하시나 본데, 상단의 서기는 접니다. 그쪽은 일개 점원일 뿐이란 말입니다! 시키면 시키는 대로 하면 되지, 어디서 꼬박꼬박……!"

하지만 익현은 곧 입을 다물어버리고 말았다. 하필 그때 만덕이 중문을 거쳐 창고 쪽으로 다가오고 있었던 것이다. 소란을 목격한 만덕은 걸음을 멈추고 익현과 만희를 번갈아 쳐다보았다.

"무슨 일이냐? 무슨 일이기에 이리 큰 소리가 나?"

만덕의 목소리가 책망하듯 높아졌다. 그러자 황급히 표정을 수습한 익현이 고개를 조아리며 대답했다.

"아무것도 아닙니다. 창고 정리에 문제가 있어 나두라던 것이 그만 소리가 너무 커졌나 봅니다."

그 말에 잔뜩 웅크리고 있는 만희를 돌아보는 만덕이었다. 대체 무슨 일이기에, 만덕이 다시금 익현을 향해 물었다.

"창고 정리에 무슨 문제가 있다는 말이냐?"

"그것이 만희 아주방이 물목들의 위치를 제멋대르 뒤바꿔놓아서……."

익현의 대답을 들은 만덕이 슬쩍 눈썹을 치켜들더니 말했다.

"창고 문을 열어라."

그러자 곧바로 점원 둘이 달려와 창고 문을 활짝 열어젖혔다.

"저, 제가 알아서 곧 원상복구를 시킬……."

그러나 만덕은 익현의 말이 채 끝나기도 전에 성큼 창고 안으로 발을 들였다. 그러고는 빠른 속도로 물목들의 위치를 훑어나가기 시작했다. 본래는 상단 초기부터 만덕이 직접 해오던 일이었다. 지금은 비록 규모도 커지고 물목의 종류 또한 전에 비할 바 없이 많아졌다고는 하나 여전히 창고 내부를 훤히 꿰고 있는 만덕이었다.

"이것이 왜 여기에 와 있는 것인가?"

술술 훑어나가던 만덕의 발길이 어느 지점에서 딱 멈추었다. 그러자 익현과 만희가 얼른 달려왔다.

"이것은 관아에 납품하려고 들여온 사과가 아니더냐? 그 귀한 사과가 왜 이런 흙투성이 지실_{감자}들 사이에 있어?"

두 사람을 보며 묻는 만덕이었다. 그러고 보니 사과 궤짝 서너 개가 감자 자루 위에 줄줄이 놓여 있었다. 덕분에 반짝반짝 윤이 나게 닦아놓은 사과 위에는 뽀얀 흙먼지가 앉아 있었다.

"송구합니다. 본래 다른 과실들과 함께 보관하던 것인데 만희 아주방이 제멋대로…… 당장 돌려놓겠습니다."

익현이 얼른 머리를 조아리며 대꾸하는데, 고개를 돌려 만희에게 거듭 묻는 만덕이었다.

"만희, 네가 대답해보거라. 과실은 과실끼리 모아두는 것이 상식이거늘, 어찌 이 귀한 사과를 이런 지저분한 곳에 놓은 것이더냐?"

그리 모자란 사람이라 생각치 않았기에 만희의 행동이 더욱 의아하게 느껴지는 만덕이었다. 더구나 사과와 지실이라니……. 그냥 몰라서 그랬다고 치기에도 너무나 상식 밖의 행동이 아닌가. 재차 묻는데 입을 다물고 있던 만희가 그제야 입을 열었다.

"사과는 다른 과실들과 두면 안 됩니다."

그 말에 발끈 열을 올리는 익현이었다.

"대체 그게 무슨 말도 안 되는 변명입니까?"

그러나 만덕은 손을 들어 익현을 제지했다. 그러고는 만희에게 계속 해보라는 손짓을 보냈다. 그러자 만희가 말을 이었다.

"지난번에 창고지기 박씨의 말이 사과가 창고에 들어온 이후로 이상하게도 다른 과실들이 평소보다 더 빨리 상하고 물러지는 등 실과(失果)의 양이 늘어나는 것 같다고 하였습니다. 저도 처음엔 날씨 때문인가 하였지만, 그 즈음엔 딱히 기상에 이상이 없었기 때문에 혹시나 싶어 전년도 창고 기록을 찾아보았습니다. 그랬더니, 전년에도 사과가 들어온 이후에 실과의 양이 평소보다 배는 많아졌다는 사실을 발견했습니다."

"사과가 들어온 이후에 실과가 많아졌다? 그게 사실이더냐?"

"예. 여기 장부를 보십시오."

만희가 들고 있던 장부를 만덕에게 내밀며 대답했다. 만덕이 그 장부를 받아 확인해보니 과연 올해는 물론이고 작년에도 사과가 들어온 이후에 실과의 양이 많아지고 있음이 보였다.

"하여, 과일들이 상한 것이 사과 때문이다?"

"예. 정확한 이유는 알 수 없지만 아마도 사과가 주변의 과실들에 영향을 미쳐 빨리 상하게 하는 듯합니다. 그 증거로 사과를 옮긴 후로는 실과의 양이 확연히 줄어들고 있습니다."

그 말에 만덕이 고개를 끄덕였다. 의심하고자 해도 장부상 숫자가 증명을 하고 있으니.

"그래. 그건 네 말이 옳은 듯하구나. 한데 하필 옮긴 사과를 흙투성이인 지실들 사이에 둔 이유는 무엇이냐? 옮길 자리가 없었느냐?"

그러자 만희가 고개를 저으며 대답했다.

"아닙니다. 부러 그곳에 놓은 것입니다."

"일부러? 어째서?"

만덕이 의외라는 듯 반듯한 이마를 찌푸리며 물었다. 그러자 만희가 자루 속에서 지실 한 알을 집어 들어 보이며 대답했다.

"그건 사과를 지실 사이에 놓아두면 사과가 지실의 싹이 돋는 것을 막아주기 때문입니다."

"지실의 싹을 막아준다……?"

만덕이 새삼 만희를 올려다보며 물었다.

"넌 대체 그런 것을 어찌 알고 있는 것이냐?"

그러자 민망한 듯 머리를 긁적이던 만희가 배시시 웃으며 대답했다.

"실은 어린 시절 관에 노비로 있을 때 찬모 아주머니로부터 배운 것입니다. 종종 방에서 쫓겨나 정주간에서 자다 보니…… 그래도 덕분에 찬모 아주머니와 친해져서 그분께 이것저것 얻어 배운 것이지요. 사과를 지실 사이에 넣어두는 것도 그때 배운 것입니다."

그러면서 만희는 말린 콩을 소금 위에 두면 벌레가 잘 생기지 않는다든가, 계란은 뾰족한 부분을 아래로 가게 놓아두면 좀 더 오래 간다는 등 자신이 알고 있는 지식들을 풀어놓았다. 어느새 소란을 듣고 모여들었던 상단 일꾼들도 만희의 말에 귀를 기울이고 있었다.

"일꾼들의 편의에 따라 물목을 정리해두는 것도 중요하지만 손실을 줄이고 오래 보관할 수 있도록 물목마다의 특성을 고려하는 것도 좋을 듯하여 물목의 배치를 바꾸었는데, 한두 개 옮기다 보니 재미가 붙어서 그만…… 미리 허락도 구하지 않고 이리 큰일이 되어버리고 말았습니다."

그러면서 만덕과 익현을 향해 거듭 고개 숙여 사죄하는 만희였다. 만덕은 기가 막힌 나머지 그런 만희를 물끄러미 바라보았다.

"재미가 붙었다?"

어린 시절 숙소에서마저 쫓겨나 홀로 정주간에서 잠들어야 했다 함은 분명 시린 기억이었을 터였다. 그런데도 그 일을 저리 즐겁게 말할 수 있다니. 저 낙천성은 과연 어디에서 비롯되는 것인지 신기할 뿐이었다. 굴곡진 삶은 자신과 닮은 듯하면서도 생각하는 방식은 참으로 다른 아이…… 만덕은 만희를 보며 빙긋 웃었다.

"태평한 녀석…… 어쨌든, 오늘 만희 네 덕분에 훌륭한 가르침을 얻었구나. 네 지식은 분명 상단 일에도 큰 도움이 될 터."

만덕이 모여 있는 상단 사람들을 향해 말했다.

"여기 모여 있는 사람들은 물론이고, 상단 일꾼들 모두와 함께 네 지식을 공유하도록 하거라."

그 말에 상단 사람 모두가 자못 경탄 어린 눈길로 만희를 바라보았다.

'결국은 만희 아주방 말이 옳았단 말이지?' 하며 수군대는 사람들도 있었다. 그럴수록 익현의 얼굴은 점점 더 딱딱하게 굳어져갔다. 그때였다.

"익현아."

만덕이 익현을 불렀다. 순간 잔뜩 어깨를 굳힌 익현이 만덕의 앞에 말없이 고개를 조아리고 섰다. 만덕은 그런 익현을 보며 작게 한숨을 내쉬었다.

"오늘 네 행동은 과하였구나."

단지 그 말뿐이었다. 만덕은 곧 만희를 불러 함께 객주 쪽으로 멀어져갔다. 그러나 그 모습을 바라보는 익현의 얼굴엔 열패감과 함께 당혹감이 서렸다. 사실 만덕의 말은 이치상으론 한 치도 어긋날 것이 없었다. 그런데도 가슴속에 차오르는 이 이유 모를 배신감은 무엇인지. 그때 어디선가 점원들이 쑥덕이는 소리가 들려왔다.

"역시 팔은 안으로 굽는 게지."

"그럼, 그렇고말고."

순간 익현의 귓속을 파고들어온 그 한마디가 곧바로 신경을 타고 심장에 들어와 박혔다.

'어디가 안이고, 어디가 밖이라는 게냐!'

손끝은 차디차게 식어가는데 반대로 심장은 부글부글 용암처럼 끓어올랐다. 그러더니 얼굴의 근육들이 제 멋대로 움직여 기이한 웃음을 그려내었다.

'대체 나는 무엇인가?'

애써 눌러놓았던 의문이 걷잡을 수 없이 휘몰아치며 익현을 뒤흔들어놓았다. 그렇게 서서히 스스로의 의문에 잠식되어가는 익현이었다.

그 사건이 있은 후로 익현은 은인자중, 한동안 조용히 지냈다. 평소와 다를 바 없이 상단의 업무를 처리하고 일꾼들을 돌보았으며, 만덕의 분부대로 만희에게서 얻은 정보를 책으로 엮기까지 했다.

"이 책자는 여기 둘 테니, 상단 일꾼들이 돌려볼 수 있게 하게. 난 일이 있어 잠시 나가볼 터이니."

자리에서 일어난 익현은 완성된 책을 점원에게 건네주고 상단을 나섰다. 모든 것이 원만하고 평화로운 그림자의 나날. 그러나 그 모두가 폭풍 전야의 고요함이었다. 본래 그림자 속에는 그 형체를 알 수 없는 불안이 숨어 있기 마련이다.

상단을 나선 익현은 그 길로 주막을 찾아갔다. 대낮부터 술을 마시려는 것은 아니고 홍대섭이 그곳에 자주 나타난다는 정보를 듣고 찾아간 길이었다. 안으로 들어가 보니, 아니나 다를까 술에 취한 홍대섭이 마당 한복판에 서서 난동을 부리고 있는 모습이 눈에 들어왔다.

"술을 가져와라! 술을! 왜 다들 장승처럼 멀거니 서 있기만 하는 것이냐? 오호라! 이제 니놈들까지 내가 우습게 보인다 이거냐? 내 이놈들을!"

우지끈 퉁탕. 홍대섭의 발길질에 마당 한쪽에 놓여 있던 죄없는 나무 대야가 저 멀리 화단으로 날아가 박히고, 기둥 옆에 세워둔 싸리 빗자루가 두 동강이 났다. 그러고도 분이 안 풀리는지 씩씩대는 홍대섭이었다.

"두고 봐라! 내 새 임금 옆에 붙어서 샐샐대는 간신놈들의 목아지를 이 빗자루처럼 댕강 분지르고 부정한 왕좌를 뒤엎어서 길이길이 이 나라 조선의 충신이 될 터이니!"

홍대섭의 대역무도한 언사에 주막 일꾼들의 얼굴이 백지장처럼 하얗게 질렸다. 그렇다고 마음대로 쫓아낼 수도 없었다. 혹시나 소리가 대문 밖으로 새어 나갈까, 얼른 달려와 주막 문을 걸어 잠그는 주모였다.

"이게 대체 어찌 된 일인가?"

익현이 마침 대문 옆에 서 있다가 물었다. 그러자 주모가 울상을 지으며 대답했다.

"아침 댓바람부터 쳐들어와서는 술통이란 술통은 모조리 비우더니만 술을 더 안 가져온다고 저 행패입니다요. 대체 공술도 한두 번이지, 저 인사 때문에 요즘 우리 주막 살림이 남아나질 않으니……! 아이구, 내가 술장사를 접든지 해야지 원!"

앓는 소리를 해대는 주모였다. 그도 그럴 것이 시정잡배 같으면야 대충 끌어다가 길바닥에 패대기라도 치련만 관에서도 쩔쩔매는 골칫거리이다 보니 매번 '아얏' 소리도 못하고 당하는 것이었다. 그러니 차라리 주모 말대로 주막 문을 닫는 게 나을 지경이었다.

주막 사정이야 알 바 없는 홍대섭이었다. 그는 이제 물건을 때려 부수다 못해 제 옷까지 마구 풀어헤치고 있었다. 그 광경을 본 주막 사람들은 모두 어쩔 줄 모르고 발을 동동 굴러댔다. 그사이 넌지시 주모를 부르는 익현이었다.

"주모."

"예, 김 서기님."

주모가 가까이 다가오자 익현은 턱짓으로 홍대섭을 가리키며 말했다.

"저분께 술을 내어다드리게."

"예? 하지만……."

"밀린 외상값이며 부서진 집기까지 돈은 모두 내가 지불할 터이니 걱정 말고 내오시게."

그 말에 주모의 얼굴에 금세 화색이 돌았다.

"그게 참말이십니까?"

"술이 부족하면 다른 집에서라도 꾸어오고, 산해진미로 한상 푸짐하게 마련해 보아."

그제야 냉큼 자리를 뜨는 주모였다. 더불어 방금 전까지만 해도 초상집 같던 주막엔 새로 지짐을 부친다, 술을 거른다 하여 금세 활기가 돌았다. 그렇게 한바탕 소란이 있은 후에야 익현은 새 주안상과 함께 홍대섭이 있는 방 안으로 들어갔다.

"내게 일만 냥을 내어주겠다고? 그것도 변통하여주는 것이 아니라 그냥 주겠다?"

앞섶을 풀어헤친 채 비단 보료 위에 퍼질러 앉아 있던 홍대섭이 눈을 가늘게 뜨고 건너편에 앉은 익현을 노려보았다. 말을 할 때마다 훅훅 입에서 지독한 술냄새가 풍겨왔다.

"예. 말씀드린 대로입니다."

그러나 익현의 대답을 듣고도 한참을 그대로 노려보기만 하는 홍대섭이었다. 그러다 갑자기 실성한 사람처럼 배를 잡고 껄껄 웃어대기 시작했다.

"만 냥이라? 만 냥! 크크크…… 네 행수도 변통하지 못한 돈이다. 한데 이 비루한 섬에서 만 냥을 어찌 구한단 말이냐?"

홍대섭이 가당치도 않다는 듯 실쭉 비웃더니 눈앞에 놓인 술잔을 들어 벌컥 들이켰다. 그러자 익현이 대답했다.

"지난번엔 나으리께서 저희 대행수님께 속으신 것입니다."

그 말에 홍대섭이 얼굴을 찌푸리며 되물었다.

"속아? 이 내가?"

"예. 저희 상단은 비록 탐라를 기반으로 하고 있으나 조선 팔도에 널리 그 이름이 알려진 부상富商입니다. 한데 어찌 그 정도 돈도 없이 한양을 오가며 팔도 상인들을 상대로 장사를 하겠습니까?"

그제야 사태를 깨달은 홍대섭이 발끈하였다.

"그럼, 니 행수가 날 가지고 놀았단 말이더냐?"

그러자 익현이 정색을 하며 대답했다.

"설마 그렇기야 하겠습니까? 다만 워낙 큰돈이다 보니 변통이 쉽지 않아 핑계를 댄 것이겠지요."

그러나 이미 심기가 뒤틀릴 대로 뒤틀린 홍대섭이었다.

"한데 그 큰돈을 니가 주겠다? 이번엔 행수도 아니고 일개 상단 서기인 네가? 그러고 보니 너도 니 행수처럼 내가 우스워 보이는 모양이로구나! 하여, 또다시 날 능멸하려는 게렸다!"

홍대섭이 버럭 역정을 냈다. 그러자 천부당만부당하다며 고개를 조아리는 익현이었다.

"감히 그럴 리가 있겠습니까?"

하지만 속으론 그런 홍대섭을 비웃고 있었다.

'무능력한 주제에 출신만 믿고 나대는 한심한 자 같으니라고.'

그러나 일을 벌이자면 그 출신이란 게 반드시 필요했다. 익현은 은근한 말로 홍대섭을 꾀어냈다.

"배는 바람만 잘 만나면 하루에도 천리를 가는 법. 장사치 또한 조건만 맞는다면 일확천금이 어려운 일이 아니지요."

그러면서 일확천금이라는 말을 유독 강조하는 익현이었다. 그러자 홍대섭이 긴가민가한 표정을 지으며 거듭 물었다.

"일확천금이라? 그 말이 정말이더냐?"

술에 취한 와중에도 홍대섭의 눈은 사나운 욕심으로 번들거리고 있었다.

"어느 안전이라고 거짓을 올리겠습니까? 단지 나으리께서 조금 도와주시기만 한다면야 얼마든지 가능한 일입죠."

그런 홍대섭을 향해 의미심장한 미소를 지어 보이는 익현이었다.

겉으론 여전히 평온한 날들이 이어졌다.

상단의 하루 일과를 마감할 시각. 만덕은 평소와 다름없이 각 점의 행수들이 들고 온 장부를 검토하고 있었다.

"배를 새로 장만할 예정이라고?"

만덕이 묻자, 두식이 한 걸음 다가앉으며 대답했다.

"예. 그새 교역량이 늘은 데다 마침 괜찮은 배가 나왔다는 소식이 있어서 말입니다."

배를 좀 더 늘릴 때가 되기도 했다. 만덕이 고개를 끄덕이는데, 갑자기 생각났다는 듯 말을 꺼내는 두식이었다.

"아참! 대행수님, 혹시 그 소문 들으셨습니까?"

"무슨 소문 말인가?"

"홍대섭 그 귀양다리가 장사를 시작했다는 소문 말입니다."

그 말에 만덕이 의외라는 듯 한쪽 눈썹을 꿈틀 끌어올렸다.

"그자가 장사를?"

"예. 돈이 어디서 났는지 우황이며 녹각 등을 사들여 뭍과 거래를 하고 있답니다."

그 말에 만덕이 고개를 갸웃했다.

"하지만 그자는 유배자의 신분이 아니더냐? 유배인이 어찌 뭍과 장사를 한단 말이야?"

그러자 두수가 대답했다.

"당연히 편법으로 배를 빌리고 거짓 선주를 내세워 형식만 그럴듯하게 갖춘 것이지요. 아무려면 유배 죄인 처지에 제 이름 걸고 장사를 하겠습니까?"

그러나 관에서는 그런 사실을 뻔히 알면서도 오히려 홍대섭의 비위를 맞추느라고 출선기를 무시로 발급해주고 있다는 소문이었다.

"그래도 제법 장사가 잘되는지 큰돈을 벌었답니다. 덕분에 요새는 매일 기생들까지 불러다 끼고 앉아서는 흥청망청, 하루가 멀다 하고 술판이라던걸요."

그러고 보니, 언젠가 자신에게 장사를 하려 한다며 돈을 변통하러 왔던 홍대섭이었다. 그때는 그저 핑계 김에 하는 소리라고 생각했었는데, 그게 진심이었던가?

"굼벵이도 구르는 재주가 있다더니, 그래도 그자가 상재는 제법 있었던 모양이구나."

새삼 당시의 일을 상기하는 만덕이었다.

"한데, 김 서기는?"

그러고 보니 행수들 사이에 있어야 할 익현의 얼굴이 보이질 않았다. 익현의 행방을 묻는데, 말석에 쪼그리고 있던 점원이 한 걸음 앞으로 나서며 대답했다.

"서기님은 한 식경쯤 전에 관납일로 예방 어르신을 뵌다며 급히 나가셨습니다."

"그래?"

요새 들어 익현이 자주 자리를 비웠다. 그러나 일이 바빠서 그러려니, 고개를 끄덕인 만덕은 문득 창문 밖을 바라보았다. 그러자 동편 하늘에 손톱보다도 얇은 그믐달이 위태롭게 걸려 있는 것이 보였다.

"오늘 밤은 어둠이 짙겠구나."

까닭 모를 불안감에 작게 읊조리는 만덕이었다.

그로부터 몇 시진 후. 익현은 화북포에서도 한참이나 떨어진 바닷가에 홀로 서 있었다.

철썩, 쏴아. 달빛도 숨어든 짙은 어둠 속에서 제 존재를 상기시키듯 파도 소리만이 반복적으로 들려오고 있었다. 익현은 시각을 가늠하기 위해 고개를 들어 밤하늘을 올려다보았다. 그러자 실반지처럼 얇은 그믐달이 서편으로 기울기 시작한 것이 보였다.

'그렇다면 벌써 삼경은 지났다는 말인데……'

이 어둠이 걷히기 전에 일을 마무리지어야 할 터. 초조해진 익현의 입술이 바닷바람에 바짝 말라갔다.

그때였다. 저편 바위 뒤에서 저벅저벅 발걸음 소리가 들려오더니 잠시 후, 변복 차림의 사내 하나가 익현의 앞에 모습을 드러냈다. 머리부터 발끝까지 검은 복색이라 마치 그 자체로 그림자 같은 행색이었다.

"어찌 되었느냐?"

"분부하신 대로 청산도 앞바다에서 왜인들과 접선하였습니다."

"물건은?"

"무사히 교환하여 지금 은밀히 창고로 옮기고 있는 중입니다."

어둠에 가려 보이지 않았지만 그제야 익현의 얼굴에 회심의 미소가 떠올랐다.

"그래, 수고하였다. 다음번 부름이 있을 때까지 한동안 근신하고 있거라."

"예."

복면의 사내가 다시 시야에서 완전히 사라진 연후에야 익현도 바닷가를 떠나 마을로 접어들었다. 그렇게 어둠만을 골라 디뎌가며 걷기를 한참. 익현이 도착한 곳은 연분홍 등롱이 불을 밝힌 기방이었다.

"참으로 대단해. 어찌 그런 기막힌 생각을 해냈을꼬?"

방에 들어서자마자 홍대섭이 옆구리에 기생을 끼고 앉아 연신 익현을 치켜세웠다. 벌써 거나하게 취했는지 자꾸만 혀가 말려 들어가고 있었다.

"요즘 한양에선 구리 값이 금 값과 맞먹는다는데 말이야. 쌀과 구리를 맞바꾸어……."

순간 익현이 서둘러 말을 잘랐다.

"듣는 귀가 많습니다."

그러더니 눈짓으로 기생들을 방 밖으로 물리고 나서야 조심스레 입을 여는 익현이었다.

"물건은 준비가 끝났습니다. 그러니 출선기를 받아두십시오."

그러자 홍대섭이 술을 들이켜며 말했다.

"그거야 내 관아에 한마디만 하면 가볍게 해결될 일이고…… 그보다 이번에 내 몫은 얼마나 되려는가?"

음흉하게 웃는 홍대섭이었다.

탐욕스러운 자. 익현은 치밀어오르는 구역질을 삼켰다. 만덕의 말마따나 개인적으로는 결코 상종하고 싶지 않은 자였다. 그래도 홍대섭이 있어 어렵지 않게 관의 출선기를 얻어내고, 지방 군영에 줄을 대어 밀수입한 구리를 팔아넘길 수 있었다. 그랬다. 익현은 왜인들과 구리를 밀무역하고 있는 중이었다.

대동법 실시 이후로 화폐의 유통이 활성화되면서 당시 상평통보의 주조량이 급속히 늘어나고 있었다. 그 때문에 동전의 주재료인 구리의 가격이 급등하였는데, 국내에서는 도저히 그 수요를 감당할 수 없는 관계로 대부분을 왜관 무역에 의존하고 있는 실정이었던 것이다. 그러나 관에서 허가받은 무역만으로는 그 공급에 한계가 있었다. 구리 값은 여전히 천정부지로 치솟았다. 하여 익현은 왜와 가까운 탐라의 지리적 요건을 이용해 구리 밀무역을 시작한 것이다.

익현은 한 달에 한 번, 그믐 때마다 탐라 앞바다에 배를 띄웠다. 그리곤 정해진 장소에서 왜인들과 만나 선상에서 곧바로 싣고 온 쌀과 구리를 교환했다. 그렇게 몰래 들여온 구리는 한동안 창고에 보관하였다가 약재로 위장해 다시 뭍으로 싣고 나갔다. 물론 홍대섭이 이미 관아에 압력을 넣어놓은 터라 출선할 배에 대한 조사가 형식에 그치고 마는 것은 두말할 것도 없었다.

"어차피 관이야 처음부터 내 일엔 관심도 없었다지만, 그래도 자네 행수를 속이기는 쉽지 않을 줄 알았는데 말이야."

홍대섭이 익현을 향해 실쭉 웃었다. 그러자 익현의 얼굴이 대번에 굳어졌다. 원래부터 남의 기분 따위 아랑곳하지 않는 홍대섭이었다. 홍대섭은 통쾌한 듯 껄껄 웃어댔다.

"온갖 약아빠진 짓은 다하더니만 정작 제 창고에서 쌀 수백 섬이 들고나는지도 모르다니, 이거야말로 허깨비 중의 허깨비가 아닌가?"

사실이었다. 구리와 맞바꾼 쌀들은 모두 상단의 창고에서 나온 것들이었다. 자냥을 위해 비축해둔 쌀들은 평소엔 확인할 일이 별로 없는데다 창고 열쇠 또한 익현이 보관하고 있는 터라 그동안 들키지 않았던 것이다.

"자네 행수가 이 사실을 알면 어떤 얼굴을 할까? 정말 오금이 저리게 궁금하구먼!"

홍대섭이 입맛을 다시며 다시 킬킬댔다. 그러자 익현이 들고 있던 술잔을 탕 하고 내려놓았다.

"그런 일은 결코 없을 것이니, 쓸데없는 호기심은 접으십시오."

싸늘하게 대꾸하는 익현이었다.

익현은 만족할 만한 성과를 거둘 때까지 이 모든 사실을 만덕에게 비밀로 할 생각이었다. 비록 시작은 다소 위험한 밀무역이었지만 웬만큼 목돈이 모이면 그때부터는 밀무역을 접고 다시 정상적인 궤도를 찾을 작정이었다.

익현은 밀무역으로 번 돈으로 뭍에 객주를 낼 계획이었다. 탐라에서 시작된 상단이라고는 하나 언제까지나 좁은 탐라 땅에만 머물러 있을 수는 없는 일. 돈을 모아 한양으로 진출할 생각이었던 것이다.

물론 그러자면 처음엔 뭍 상인의 명의를 빌려야 할 것이다. 탐라인은 외지로 나갈 수 없는 것이 지엄한 국법이었으니. 하지만 어떤 식으로든 한양에 자리를 잡을 수만 있다면 지금과는 비교할 수 없을 정도로 큰돈을 버는 것 역시 시간 문제일 터. 그렇게만 된다면 그 부를 이용해 힘 있는 자들에게 청탁을 넣어볼 작정이었다. 그러다 보면 언젠간 규제가 풀릴 테고, 만덕 상단의 이름도 저 송상처럼 조선 팔도를 넘어 멀리 이국의 땅까지 퍼져나갈 것이다. 그리고 자신의 이름 또한…….

익현은 보란 듯이 성공하고 싶었다. 그래서 만덕에게 인정받고 싶었다.

'더할 익益 자에 어질 현賢 자, 이제부터 네 이름은 익현이다.'

만덕이 난생처음 이름을 불러준 날, 그날 새로 태어난 익현이었다. 만덕으로 인해 삶의 이유를 부여받은 것이다. 그 전까진 그저 불필요한 잉여분剩餘分에 지나지 않았던 인생, 그런 인생에 갑작스레 나타난 만덕은 익현에겐 눈부신 태양이었고, 넉넉한 대지였으며, 그리운 바다였다. 다가가 안기고 싶지만 동시에 머리를 숙이게 하는 존재였던 것이다.

하여 익현은 만덕의 앞에서만큼은 늘 착한 아이가 되려고 노력했다. 자신이 착한 아이가 되면, 그래서 꼭 필요한 사람이 된다면 만덕이 자신을 돌아보아줄 것이라 믿었기 때문이다. 그러나 그것은 착각이었다. 언제부턴가 만덕은 더 이상 익현을 보며 웃어주지 않았다.

'차라리 울며 보챘어야 할까?'

익현은 눈앞에 놓인 술잔을 비우며 쓸쓸하게 웃었다. 그저 마음 한 조각, 눈길 한 점을 얻기 위해 구걸하다시피 살아온 자신의 지난 날들이 한없이 구차하게 느껴졌다.

'그럴 바엔 내 힘으로 빼앗으면 그만이다.'

익현은 더 이상 구차한 구걸 따위 하지 않을 작정이었다. 그럴 바엔 듣지 않으려야 듣지 않을 수 없고, 보지 않으려야 보지 않을 수 없게 만들면 그만이다. 마찬가지로 보이고 싶지 않은 것은 감추면 그만이었다. 빈 자냥 창고는 언제고 도로 채우면 그만이라고 생각하는 익현이었다. 하지만 모든 일은 꼬리가 길면 잡히는 법. 익현이 미처 일을 마무리하기도 전에 사단이 벌어지고야 말았다.

"당장 김 서기를 불러오게!"

미곡 창고 안, 장부를 쥔 만덕의 손이 부들부들 떨리고 있었다. 설마설마 했건만……

며칠 전 두식, 두수 형제로부터 미심쩍은 얘기를 들은 만덕이었다.

'지난밤 느즈막히 집에 돌아가는데 김 서기가 기방에서 나오는 것을 보았습니다. 처음엔 젊은 혈기에 그런가 보다 하였는데, 요새 알음알음 들리는 소문에 의하면 홍대섭과 자주 어울려 다닌다는 얘기가…….'

그럴 리 없다며 일축했던 만덕이다. 한데 막상 눈앞에서 이런 일을 보고 나니 불길한 생각을 멈출 수가 없었다. 자냥 창고의 곡식이 크게 비어 있었던 것이다.

"대체 이게 어떻게 된 것이냐?"

만덕의 집무실 안. 만덕이 익현의 눈앞에 장부를 던져놓으며 물었다. 그러나 만덕에게 불려온 익현은 아무런 대답이 없었다. 그저 꼿꼿한 자세로 곧추앉아 묵묵히 만덕의 말을 듣고 있을 뿐이었다.

"자냥 창고가 절반 넘게 비었다. 창고 열쇠는 너와 나, 두 사람만이 지니고 있다. 내가 그 연유를 모르니 너는 알고 있겠지?"

잠녀촌에서 명절을 앞두고 돼지를 팔겠다 거래를 넣어온 터였다. 그해 농사가 영 신통치 않아 어려움을 겪고 있다기에 돼지 값에 구휼미라도 좀 더 얹어줄 요량으로 자냥 창고를 열었던 것이다.

"그 쌀이 어떤 쌀인지 너도 모르지는 않을 터. 내가 납득할 만한 이유를 대보아라."

비록 상황이 이럴지언정 만덕은 익현을 의심하고 싶지는 않았다. 두 사람이 어떤 관계이던가. 그 숱한 어려움을 온몸으로 함께 겪어온 동지요, 가족이 아니던가. 하여 익현이 어떤 일을 했다면, 거기엔 충분히 그럴 만한 이유가 있을 것이라고 믿는 만덕이었다. 그러나 익현의 대답은 실로 뜻밖의 것이었다.

"구리와 맞바꾸었습니다."

그 말에 만덕은 그만 기가 찼다.

"구리…… 구리라니! 그 말은 지금, 밀무역을 했다는 말이냐? 익현이 네가?"

반문하면서도 설마설마하였다. 하지만 조금의 거리낌도 없는 익현이었다.

"예. 제가 자냥 창고에 있는 곡식을 가져다 왜와 밀무역을 하였습니다."

"대체 어째서?"

만덕의 물음에 익현은 당연하다는 듯 대꾸했다.

"더 큰 이득을 얻을 수 있는 일이 눈앞에 있는데, 그것을 굳이 마다할 까닭이 없지 않습니까?"

그 말을 하는 익현은 너무나 낯선 얼굴을 하고 있었다. 하여, 만덕은 눈앞의 익현이 정말 자신이 알고 있는 그 익현이 맞는지 혼란스러울 지경이었다.

"밀무역…… 밀무역이라니! 밀무역은 나라에서 엄금하는 일이다. 발각되면 죽음임을 모르느냐? 한데 어찌 그리 태연할 수가 있어?"

호통을 치는데 오히려 더 담담한 익현이었다.

"들키지 않으면 그뿐입니다."

"허…… 뭐라……!"

순간 만덕의 목구멍에서 헛바람이 새어 나왔다. 도무지 믿을 수가 없었다. 그러다 번뜩 스치는 생각에 만덕이 손바닥으로 서안을 탕 내리쳤다.

"그자이지! 홍대섭 그자 짓이야! 그렇지 않고서야 익현이 네가 어찌 이런 짓을……!"

그런 만덕을 가만히 마주 보는 익현이었다.

"설마 정말 그리 생각하십니까? 언젠가 대행수님이 말씀하셨던 것처럼 홍대섭 그자는 어리석기 그지없는 자입니다. 한데 그런 자가 이런 일을 꾸몄다고요?"

만덕의 입술이 바짝 말라 들어갔다. 대답은 이미 나오고도 남았지만 차마 인정할 수 없었다. 그때였다.

"제가 그자를 이용한 것입니다."

익현의 말에 그만 현기증을 느끼는 만덕이었다.

"익현이 네가, 네가 어떻게 감히 그런 짓을……! 내게 한마디 말도 없이 어찌 그런 엄청난 짓을 할 수가 있단 말이냐? 더구나 자냥을 구리와 맞바꾸어! 상단의 명운은 둘째치고라도, 탐라에서 쌀이 어떤 의미인데! 네가 정녕 그 의미를 모른단 말이냐!"

만덕이 파르르 떨리는 손을 꽉 움켜쥐며 소리쳤다.

"쌀은 곧 목숨이고, 이 섬의 생존이다!"

하지만 싸늘하게 대꾸하는 익현이었다.

"또 그 답답한 소리이십니까? 대체 우리가 왜 이 섬의 생존을 걱정해야만 합니까? 우리가 위정자입니까? 어차피 도움을 주어도 고마운 줄 모르고 뻔뻔하기만 한 사람들의 목숨을 왜 우리가 걱정해야만 하냔 말입니다!"

만덕은 황망했다. 그러나 그 와중에도 익현을 설득하려 애썼다.

"탐라는 너와 나의 뿌리이자, 우리 상단의 뿌리이다. 나 또한 항상 기꺼운 것은 아니나, 탐라가 살아야 너와 나도 산다. 우리가 이곳을 벗어나지 못하는 한 그게 우리의 숙명이고, 모두가 함께 사는 길인 게야."

그러나 그럴수록 더욱 맞서는 익현이었다.

"예, 그야 물론 이 탐라 땅에 붙박혀 사는 한은 그렇겠지요. 하지만 그렇다고 언제까지 그리 살 것입니까?"

"뭐라?"

"이 땅이 싫다면 이리 질척댈 것 없이 그냥 벗어나면 그만이지 않느냐 말입니다!"

순간 만덕은 먹먹하니 그만 말문이 막혀버렸다. 그사이 익현은 마치 봇물이 터진 양, 그동안 가슴속에 담아두었던 말들을 단숨에 쏟아내었다.

"대행수님은 평생 이곳에만 계셔서 모릅니다. 저 밖에 얼마나 많은 기회가 기다리고 있는지 말입니다. 하지만 저는 줄곧 엿보았습니다. 우리 상단이 탐라를 넘어 조선 최고의 상단이 될 수 있는 기회를 말입니다! 그저 한 걸음만 더 내디디면 됩니다. 저는 그 한 걸음으로 대행수님이 이제껏 해내지 못한 일을 해내고야 말 것이란 말입니다! 그러니 더 이상 절 말릴 생각하지 마십시오."

벌떡 일어난 익현은 그대로 집무실을 박차고 나갔다. 그러곤 곧 까만 어둠 속으로 사라져갔다. 그 모습이 만덕의 눈엔 마치 까마득한 절벽을 향해 내달리는 것처럼 보였다. 뻔히 보면서도 도저히 말릴 수 없는 질주. 만덕은 이미 너무 커버려서 자신의 손을 벗어나버린 익현을 향해 안타깝게 허공 중에서 빈손을 내뻗을 뿐이었다.

한때는 자신을 너무나 닮았다 생각했고, 그래서 때때로 그 눈을 똑바로 바라보는 것이 힘들었다. 그래도 한결같이 자신의 뒤를 따르는 익현을 보면서, 굳이 입 밖으로 내어 말하지 않아도 내 마음이 너의 마음이고, 너의 마음이 곧 나의 마음이라 믿어 의심치 않았건만……. 이어져 있다 믿었던 그 마음이 어디서부터 갈리기 시작한 것인지 가늠할 수조차 없어, 그저 두 눈을 꾸욱 내리감는 만덕이었다.

그 일이 있고 난 후로 익현은 대놓고 독자적인 행보를 벌이기 시작하였다. 더 이상 자냥 창고에 손을 대지는 않았지만 밀무역을 계속하는 것은 물론이고, 밀무역으로 벌어들인 돈으로 한양의 세도가들에게 줄을 대는 등 갈수록 대범한 일들을 벌였다.

무리수. 만덕은 익현이 지나치게 무리수를 두고 있다는 느낌을 지울 수가 없었다. 마치 보이지 않는 무언가에 쫓기는 사람처럼 익현은 지나치게 서두르고, 때로는 과단過斷도 서슴지 않았다. 그럼에도 불구하고 만덕은 선뜻 익현을 막아서지 못하였다.

'대행수님은 평생 이곳에만 계셔서 모릅니다…… 저는 탐라를 뛰어넘을 것입니다.'

익현의 말처럼 비록 지금은 위태로워 보이지만 혹시 저 절벽만 뛰어넘으면 그 너머엔 새로운 세상이 있는 게 아닐까 하는 막연한 의문이 만덕을 흔들었다. 그 때문에 만덕은 쉽사리 결단을 내릴 수 없었다.

하지만 언제까지나 방치하고 있을 수만은 없는 일이었다. 익현의 위태로운 행보를 눈치 챈 주변인들은 만덕에게 대행수로서의 결단을 끊임없이 촉구하였다. 그중에서도 외사촌인 두수와 두식, 고씨 형제의 재촉이 특히 심하였다.

"아직은 요행히 들키지 않았다고 하나, 밀무역이라니요? 이 사실이 관아에 알려지기라도 하는 날엔 김 서기는 말할 것도 없고, 대행수님과 우리 상단 모두 역풍을 맞게 될 것입니다. 그러니 어서 처분을 서둘러야만 합니다!"

거듭 채근하는 고씨 형제였다.

사실 고씨 형제는 평소부터 익현을 탐탁지 않게 여겼다. 피 한 방울 섞이지 않은 주제에 마치 자신이 만덕의 후계자라도 되는 양 거들먹거리고 다니는 꼴이 영 거슬렸던 것이다. 게다가 겉으로 드러내놓고 표현하지는 않았으나, 만덕이 어릴 적 그들 집에 기식한 일도 있었고, 장사 초기엔 그래도 외가랍시고 도움을 준 바도 있어서 은근히 후계를 기대하고 있는 그들이었다. 그래서 익현의 존재는 더욱 그들에겐 눈엣가시일 수밖에 없었던 것이다.

"김 서기를 쫓아내야 합니다. 그 길만이 우리 상단이 사는 길입니다."

만덕은 깊은 한숨을 내쉬었다. 그들의 말뜻을 모르는 바는 아니었으나 어찌 익현을…….

"우선은 기다려보거라. 내 다시 한 번 김 서기를 불러 타일러볼 것이니."

만덕은 그들을 달래어놓고 다시 익현을 불러들였다. 만덕으로선 마지막 기회를 주는 셈이었다. 하지만 익현은 마치 가리개를 쓴 경주마처럼 이미 주변의 상황조차 올바로 인식하지 못하고 있었다. 냉정을 잃은 채 오로지 앞만 보고 질주하는 것이었다.

"조금만 더 눈감아주십시오. 고지가 바로 눈앞입니다."

익현의 눈은 욕망을 넘어 광기로 번뜩이고 있었다.

"아느냐? 벌써 사람들 사이에 소문이 퍼지고 있다. 너와 홍대섭의 행동을 예의 주시하고 있단 말이다. 곧 관에서도 감찰을 시작할 게다."

"압니다. 그래서 힘 있는 자들에게 청탁도 넣고 있습니다. 그러니 조금만, 조금만 더……!"

그 순간 만덕은 깨달았다. 익현이 스스로 멈추지 못할 것이란 사실을. 그러자 문득 언젠가 만재가 했던 말이 떠올랐다. 아마도 익현의 고집으로 한양에 첫 항해를 다녀온 직후였을 것이다.

'그곳은 커다란 도가니 같아.'

매혹적이지만 무서워서 자칫 잘못하면 거대한 욕망에 녹아 형체도 없이 사그러들어 버릴 것만 같다고. 그제야 그 말의 뜻을 절감하는 만덕이었다.

며칠 후, 고씨 형제가 또다시 만덕을 찾아왔다.

"저희도 더 이상은 기다릴 수가 없습니다. 두 눈 멀쩡히 뜨고 상단이 피바다가 되는 꼴을 보느니 차라리 저희 손으로 김 서기를 관아에 고변하겠습니다. 그것만이 우리 상단이 밀무역과 무관함을 증명하는 유일한 방법일 것입니다."

이번만큼은 만덕도 더 이상 아무런 만류를 하지 못했다. 그것을 무언의 동조라 여긴 고씨 형제는 그 길로 관아를 찾아가 익현의 비행을 낱낱이 발고하였다. 진노한 제주 목사는 그 즉시 명을 내려 익현과 홍대섭을 잡아들였다. 홍대섭은 기방에서 술에 절어 있던 채로 체포되었고, 익현은 집에 있다가 쳐들어온 관졸들에게 오라를 받았다. 평소처럼 깨끗하게 빨아 말린 흰 무명천으로 왼손 새끼손가락과 여섯 번째 손가락을 동여매던 중이었다.

홍대섭과 익현의 사건은 탐라 전체에 큰 파장을 불러일으켰다. 특히 역모 죄인이 낀 일이다 보니 조정의 관심 또한 지대한 터라 유배 죄인을 적절히 단속치 못한 죄로 해당 현의 현감이 바뀌었으며, 가

담자들은 모조리 색출되어 끌려갔다. 다행히 죄를 발고한 공로로 만덕의 상단만은 무사할 수 있었다.

한편 제주 목사는 이번 사건으로 혹 자신의 신상에 불이익이 닥칠까 두려워한 나머지 죄인들에게 지독하리 만치 심한 형신을 가하였다. 덕분에 홍대섭은 죄를 발설하기도 전에 초주검이 되었고, 익현 또한 밀무역을 자행한 죄로 극형을 언도받을 즈음에는 이미 반송장이 되어 있었다. 그 소식을 들은 만덕은 늦은 밤, 평소 친분이 있던 형리에게 부탁하여 남몰래 익현을 만나러 갔다. 어쩌면 살아생전 마지막이 될지도 모를 만남이었다.

옥사에 들어서자 감옥 한구석에 널부러져 있는 익현의 모습이 눈에 들어왔다. 어찌나 고문이 심했던지 뼈가 부서지고 살이 으깨어져 형체를 알아볼 수 없을 지경이었다. 만덕은 참혹한 마음에 입술을 꼭 깨물었다. 그렇게 주춤거리며 한 걸음 다가서자, 순간 피 냄새가 훅 풍겨왔다.

"익현아……."

만덕이 속삭이듯 안타깝게 이름을 부르자 까무라쳐 있는 줄만 알았던 익현이 힘겹게 고개를 들었다. 그러자 봉두난발 사이로 익현의 얼굴이 드러났다. 목불인견. 차마 눈 뜨고는 볼 수 없을 만큼 참혹하게 일그러진 얼굴엔 이미 짙은 죽음의 그림자가 드리워져 있었다.

"어찌……."

만덕은 말을 잇지 못하였다. 그러나 그런 만덕을 향해 힘겹게 웃어 보이는 익현이었다. 얼굴이 하도 부어올라 웃음이라기보다는 차라리 찡그리는 것에 가까운 표정이었지만, 그래도 눈빛만은 욕망의 불씨가 걷힌 듯 평화롭게 가라앉아 있었다.

"슬퍼하지 마십시오."

바람이 빠지듯 힘없는 목소리였다. 하지만 익현은 온 힘을 다해 한 마디, 한 마디 말을 이어갔다.

"어차피 살아 있어도 다른 길을 갔을 것입니다. 이제…… 다른 세상으로 가려 하는 것뿐입니다."

그 말에 만덕이 차가운 옥살문을 꽈악 움켜쥐었다.

"널 보내고 싶지 않았다. 그 누구도 떠나보내려 한 조 없다."

만덕의 눈에서 참았던 눈물이 볼을 타고 굴러 떨어졌다. 그러자 만덕을 애처로이 바라보던 익현이 위로하듯 말을 건넸다.

"자책하실 필요 없습니다. 대행수님의 잘못이 아닙ㄴ다."

익현은 그 어느 때보다 담담하였다.

"죽음 앞에 서니 이제야 알 것 같습니다. 결국 사람은 누구나 저 달처럼 혼자 왔다 혼자 떠나는 외톨이인 것을요."

익현의 말대로 창밖을 바라보니, 높이 매달린 창살문 사이로 외로운 초승달이 반쯤 감기운 눈을 깜박이고 있는 것이 보였다. 아마도 저 달은 소리없이 홀로 검은 밤을 지나 바다 저편으로 사라져갈 것이다. 그것이 정해진 숙명.

만덕은 피멍이 맺히도록 제 가슴을 치고 또 쳤다. 그때마다 익현의 까만 눈동자는 밤처럼 호젓해졌다. 그리고 며칠 후 예정대로 익현은 형장의 이슬로 사라졌다.

15

바람의 딸

"어멍…… 어멍……."

피 칠갑을 한 채 으깨어진 다리를 질질 끌며 익현이 만덕을 향해 안타까이 손짓하였다. 하지만 다가서지도, 그렇다고 더 멀어지지도 못하고 딱 그 거리만큼 유지하고 있을 뿐 두 사람의 거리는 좁혀지지 않았다. 그러자 만덕을 바라보던 익현의 눈, 원망하듯 서글픈 눈이 순간 시퍼런 바다가 되어 달려오더니 이내 만덕을 집어삼켰다.

"아니야…… 나는 니 어멍이 아니다. 나는…… 나는……!"

숨이 턱턱 막혀왔다. 몸서리를 치다 잠에서 깨어보니 겨울임에도 불구하고 만덕의 온몸은 땀으로 흠뻑 젖어 있었다. 또 꿈인가. 익현이 죽은 지 벌써 십수 년이 흘렀건만 이맘때만 되면 만덕은 어김없이 같은 악몽을 꾸었다. 익현의 기일이 다가오고 있었다.

자리에서 일어난 만덕은 조용히 포구로 나갔다. 아직은 새벽별이 총총한 시각, 유난히 문 여닫는 소리가 크게 들렸다. 그러나 다행히 깨는 사람은 없었다. 깨더라도 그냥 바람 소리라 여길 터였다.

선착장 가까이 다가서자 어둠 속에 그림자처럼 기대어 있던 배들이 그 모습을 드러내었다. 바람이 불 때마다 삐걱삐걱 몸을 뒤척이는 선박들. 커다란 덩치에 비해 그들이 내는 소리는 어린아이의 울음소리처럼 가냘팠다. 하기야 그들은 순한 짐승이었다. 얇은 밧줄 하나에 묶여 이 좁은 섬에 정박된 채, 바람의 꼬임에도 쉽사리 이곳을 떠나지 못하고 있는 것을 보면. 아무리 먼 곳을 떠돌아도, 그들은 결국 이곳으로 돌아올 것이었다. 탐라에 묶인 모든 생명 있는 것들이 그러하듯.

순간 불어온 매서운 겨울바람에 만덕의 몸이 파드득 날렸다. 그러자 얇은 잠옷 밑으로 땀이 식으며 오소소 소름이 돋았다. 그러나 만덕은 피할 생각도 없이 돛이 바람을 머금듯 바람을 정면으로 마주받고 서서 천천히 깊은 숨을 들이켰다. 그러자 풍선이 부풀 듯 머릿속에서 오래된 의문이 다시금 고개를 들었다.

'그분은 왜 나에게 누군가의 그 무엇도 되지 마라 하셨을까?'

어린 시절엔 좀 더 세월이 흐르면, 그래서 나이가 들고 좀 더 현명해지면 그 이유를 자연히 알 수 있으리라 여겼다. 언젠간 이해하고 고개를 끄덕일 수 있을 거라고. 그러나 만덕의 나이 이미 지천명. 그런데도 하늘의 뜻을 깨닫기는커녕 여전히 마음속 그분의 뜻조차 헤아릴 수가 없었다.

'내가 그 아이의 무엇이 되었다면 조금은 달라졌을까?'

그저 뒤늦게 생각해볼 수밖에.

재작년에 천천네가 죽었다. 평생 한곳에 느긋이 엉덩이를 붙이고 있질 못하던 그녀는 죽을 때만큼은 뜨뜻한 정주간 불턱 옆에 쭈그리고 앉아 생을 마감했다. 양손에 꼭 쥔 지팡이로 몸을 의지하고 상체를 절반쯤 숙인 채 잠든 그녀는 마치 금방이라도 누군가의 소문에 귀를 기울일 것만 같은 모습이었다. 하지만 그녀는 더 이상 산 자와는 말이 통하지 않는 세상으로 떠났다.

지난 겨울엔 두수가 손자를 얻었다. 여든을 넘긴 외숙모 장씨는 '사내아이 낳아봐야 쓸모없다'며 입을 삐죽였지만 그러면서도 고쟁이 속에는 늘 먹다 남긴 곶감 한 조각을 넣고 다녔다. 그러다 단내 맡은 새앙쥐가 풀방구리 드나들 듯, 아이가 치마폭을 파고 들어올라 치면 아닌 척하지만 반 너머 빠진 이를 내보이며 히죽 웃는 것이었다. 손주 며느리의 자식일 망정, 어차피 모두 다 제 치마폭 속에서 나온 생명이었다.

그렇게 누군가는 가고 누군가는 남았다. 어차피 시간이란 그런 것이었다. 후회해봐야 소용 없는 일. 그저 각자의 시간만큼 살다 가면 그뿐이었다. 하지만 그럼에도 불구하고 불면의 시간이 점점 길어지고 있는 만덕이었다. 어쩌면 그것은 주어진 시간만큼 사는 이들과 달리, 만덕은 유독 자신의 이름 석 자를 살고 있기 때문인지도 몰랐다.

'내 이름 석 자를 산다……'

만덕은 그렇게 한참 동안 차가운 겨울바람을 맞으며 포구에 서 있었다.

새해가 시작되면 만덕의 상단에서는 열나흘에 걸쳐 큰 굿을 열었다. 상단 일이라는 것이 아무래도 위험이 많다 보니 신년굿을 통해 악귀를 쫓고 한 해의 운을 비는 것이었다. 올해도 어김없이 굿판이 벌어졌다. 덕분에 아침부터 당클을 맨다, 진설을 한다 하여 온 집안이 시끌벅적하였다. 그런 와중에 마당에선 기어코 큰 소리가 터져나오고야 말았다.

"이 집이 김씨 상단이지, 고씨 상단인가?"

"무슨 소리! 이 집 재산 불린 밧칠성님이 어디서 오셨는데?"

본주本主를 도울 제관을 정하는 문제로 김씨 집안과 고씨 집안 사이에 시비가 붙은 것이었다.

만덕이 일선에서 물러난 지 몇 해. 상단 안에서 그녀의 기세는 여전하였지만 그래도 나이가 나이인지라 보이지 않는 곳에서는 후계 자리를 두고 양가兩家 사이의 다툼이 심심치 않게 일어났다. 일종의 소유권 분쟁인 셈이었다. 하지만 만덕은 그런 그들의 알력 다툼을 알면서도 모른 척하였다. 지금도 그저 자신의 방 안에 앉아 낡은 거울을 닦고 있을 뿐. 만덕은 목구멍 사이로 비어져 나오는 한숨을 지긋이 내리누르는 것이었다. 그들이 꼭 나쁜 것은 아니었다. 그저 척박한 탐라가, 거친 인생이 그들을 그리 길들였을 뿐이었다.

만덕은 걸레질하던 손을 멈추고 겨울 낙엽처럼 시들은 거울 속 자신의 모습을 들여다보았다. 어느새 이리 시간이 흘렀을꼬. 그때 문간 사이로 작고 뽀얀 얼굴 하나가 불쑥 고개를 들이밀었다. 이제 곧 여덟 살이 되는 만희의 딸 월선이었다.

"옛날얘기 해주세요!"

아이의 발랄한 목소리에 돌아앉은 만덕은 월선을 향해 손을 까딱였다. 그러자 다람쥐처럼 쌩하니 방 안으로 들어온 월선이 만덕의 무릎에 기대앉아 기대에 찬 눈망울을 반짝였다.

'애야, 무얼 그리 조르느냐? 네 얼굴이 온통 옛이야기인 것을……'

만덕은 아이의 얼굴을 가만히 들여다보았다. 그러고 있노라면 아이의 얼굴 속에선 어딘가 낯익은, 그리운 얼굴이 떠오르곤 했다. 그럴 때마다 만덕은 그게 누구일까 곰곰이 생각해보는 것이었다. 죽은 양어머니 월중선의 얼굴인가? 아니면 만덕 자신? 그도 아니면 탐라…… 탐라의 갑남을녀의 얼굴들을 몽땅 뭉뚱그려놓은 것인가? 작은 얼굴엔 세상이 한가득 담겨 있었다. 그러나 지금 고 작은 눈망울이 한가득 담고 있는 것은 벽에 걸린 오래된 지도, 곤여만국전도였다.

"지난번에 어디까지 했더라?"

"유구국이오! 길을 잃은 상인들이 유구국 앞바다에 귤 상자를 모조리 던져버렸어요!"

"그래, 그랬지. 당황한 격군들이 귤을 바다에 모조리 쏟아버렸지."

굳이 따지자면 고모와 조카 사이가 될 테지만, 겉보기엔 할머니와 손녀나 다름없는 그들이었다. 하여 월선이는 심심할 때면 친할머니 같은 만덕을 찾아와 이야기 한 토막을 조르곤 했다. 그러면 만덕은 벽에 걸린 지도를 이야기책 삼아, 해도 해도 끝날 것 같지 않은 이야기들을 풀어내는 것이었다. 언젠가 이조응에게서 들은 이야기들은 그사이 만덕이 살면서 겪은 이야기들까지 더해져 제법 풍성해져 있었다. 늙는다는 것이 주는 작은 축복이라면 축복이랄까.

"대행수님도 배에 선그뭇이 있어요?"

잠시 옛 추억에 젖어 있는데, 월선이 불쑥 물었다. 그 말에 고개를 돌린 만덕이 월선을 쳐다보았다. 월선의 눈엔 호기심이 가득했다.

"그게 무슨 소리더냐? 선그뭇이라니?"

"사람들이 그러는데, 대행수님은 가믄장아기래요. 그래서 뭘 해도 돈이 저절로 느는 거라고요."

"그리들 말하더냐?"

"네!"

월선이는 오늘 있을 삼공본풀이에 대해 말하고 있는 것이었다. 어디서 주워들었는지 사람들끼리 쑥덕이는 소리를 듣고는 저러는 것일 터. 만덕의 입가에 쓴웃음이 어리었다.

삼공의 주인인 가믄장아기는 전생의 인연을 관장하는 신으로 가믄장아기가 가는 곳에는 언제나 재물이 넘쳐나 재물의 신이라고도 여겨졌다. 그래서 탐라 최고의 갑부인 만덕을 두고 가믄장아기라 지칭하는 것일 터였다. 하지만 좋은 인연이라…… 현세의 인연도 어쩌지 못하는 자신이 삼세에 걸친 그 구구절절한 인연을 어찌 알까. 그저 조용히 입을 다무는 만덕이었다.

제관 선정 문제로 굿이 조금 지연된 탓에 '집안 연유 닦음'이 끝날 즈음에는 이미 짧은 겨울 해가 서편 하늘로 뉘엿뉘엿 지고 있었다. 젊은 일꾼들 사이에서 화톳불이라도 미리 준비해둬야 하는 게 아니냐는 말이 오갈 즈음 '둥둥둥' 북소리에 신명이 오른 심방이 본격적으로 삼공본풀이를 시작했다.

큰딸아기 이레 오라. 은장아가 너는 누게 덕에 먹고 입고 행우발신行爲發身하느냐?

하늘님도 덕이외다. 지애지하님도 덕이외다. 아바님도 덕이외다. 어머님도 덕이외다.

큰딸아기 기특하다. 어서 느 방으로 가라.

셋딸둘째아기 이레 오라. 놋장아기 너는 누게 덕에 먹고 입고 행우발신하느냐?

하늘님도 덕이외다. 지애님도 덕이외다. 아바님도 덕이외다. 어머님도 덕이외다.

셋딸아기 기특하다. 어서 느 방으로 가라.

작은딸아기 이레 오라. 가믄장아기 너는 누게 덕에 먹고 입고 행우발신하느냐?

가믄장아기 말을 하되,

하늘님도 덕이외다. 지애님도 덕이외다. 아바님도 덕이외다. 어머님도 덕이외다마는 나 베또롱 알에배꼽 아래 선그뭇선금. 배꼽에서 아래쪽으로 그어진 금 덕으로 먹고 입고 행우발신합네다.

심방의 사설에 굿판을 구경하던 사람들은 '그럼, 그럼, 선그뭇이 있어야 잘살지' 맞장구를 치기도 하고, 개중엔 '저런 대찬 딸 하나 있으면 열 아들 안 부럽겠구나!' 하며 흥을 돋우기도 했다. 만덕 역시 사람들 곁에 서서 조용히 굿판을 지켜보았다.

심방이 덩실덩실 춤을 출 때마다 붉고 푸른 쾌자 자락이 회오리처럼 휘몰아쳤다. 그 사이로 슬며시 하얀 외씨 버선이 보일 때에는 언뜻 서천 꽃밭이 저기인가 싶기도 했다. 그렇게 굿은 어느새 절정으로 치달아가고, 심방이 가믄장아기를 버린 죄로 눈 멀고 거렁뱅이가 된 부모와 그런 부모를 찾기 위해 거지잔치를 벌인 가믄장아기가 상봉하여 다시 눈 뜨는 장면을 애달픈 목소리로 풀어나가기 시작하자 사람들 사이에선 여기저기 코를 훌쩍이는 소리가 들리기 시작했다. 때로는 가믄장아기를 버린 거렁뱅이 부모가 되어, 때로는 가믄장아기를 속인 두 언니가 되어, 어리석은 두 시숙과 낭군이 되어 그리고 다시 가믄장아기가 되어 긴 장삼 자락을 펄럭이며 맺고 풀그 빙빙 돌며 뒤섞여나가는 심방의 몸짓에 어느새 사람들의 마음도 하나로 엮여가고 있는 것이었다. 그러나 만덕은 그저 담담히 선 채로 심방의 춤사위를 지켜볼 뿐이다. 가슴속은 찌르르 아린 듯한데, 이상하게도 눈가는 말라붙어 젖어들지 않았다.

'가믄장아가 그게 그리되더냐? 넌 그리되더냐?'

어느 순간 징징, 쿵덕쿵 요란하게 울리던 사물 장단이 만덕의 귓전에서 아련히 멀어져갔다. 만덕은 그저 고개를 들어 외로이 솟아오른 둥근 달을 바라볼 뿐이었다.

갑인년1794, 정조 18년 가을, 또다시 흉년이었다. 벌써 사 년째 거듭된 태풍과 흉작으로 탐라는 죽음의 섬이 되어가고 있었다.

농사짓던 사람들은 명년 봄 뿌릴 종자마저 까먹은 지 오래였고, 낫이랑 호미를 집어던진 사람들은 산이며 들로 상수리와 죽실竹實을 주으러 다녔다. 한편에선 관아 몰래 둔장의 마소를 잡아먹는 사람들까지 생겨났다. 도무지 도적과 기민을 가릴 수 없는 참담한 형국이었다. 이에 위기감을 느낀 제주 목사는 급히 조정에 구휼곡을 요청하였다.

지난 여름 큰 태풍으로 가옥이 무너지고, 들의 곡식은 바닷물에 절여져 삽시간에 전멸되었습니다. 삼읍민들이 기아에 허덕이고 있사오니, 구휼곡 이만 포가 있어야 비로소 아사 직전의 백성들을 구제할 수 있을 것이옵니다.

장계를 받은 조정에선 곧 구휼곡 일만일천 석을 탐라로 보냈다. 그러나 때는 윤2월. 강한 겨울바람에 탐라로 향하던 수송선 중 다섯 척이 바다에 침몰되고 말았다. 그로 인해 피 같은 곡식 이천여 석이 고스란히 물에 잠겼다. 소식을 전해 들은 탐라민들은 절규했다.

"이대로 갇혀 있다간 머지않아 앉은 채로 모두 굶어 죽고 말 것이다!"

절망이 서서히 사람들의 마음을 좀먹기 시작했다. 빈 들판엔 웅웅 통곡 같은 바람 소리만 가득했고, 마을마다 죽음의 그림자가 자욱했다. 이대로라면 보리꽃이 피는 것을 보기도 전에 탐라민의 절반이 죽을 것이다.

새해가 되었지만 만덕의 상단에서는 굿판을 열지 않았다. 거리마다 보리 쭉정이 같은 목숨이 굴러다니고, 문간 밖이 곧 저승인데 구태여 신을 불러 먹일 처지가 못 되었다. 살을 풀고, 운을 비는 것도 우선은 산 목숨이 붙어 있고 나서의 문제. 곡식 한 톨이 아쉬운 판국에 굿은 사치였다.

그래도 만덕 상단의 그늘 밑에 모여 사는 사람들은 피죽일 망정 근근이 먹고살 만했다. 미리부터 창고마다 자냥을 착실히 모아둔 덕에 고립무원 탐라에 앉았어도 큰 어려움이 없었던 것이다. 하지만 뿌리부터 썩어가는 나무는 언제고 쓰러지고 말 터, 만덕 상단 역시 탐라에 뿌리박고 사는 처지인지라 심적으로라도 기근에서 자유로울 수만은 없었다. 무심한 죽음은 그만큼 도처에 널려 있었다.

신년을 맞아 만재에게 양식거리를 조금 챙겨다주고 돌아오는 길이었다. 만덕 일행이 산짓골 근처를 지나는데 마을 입구에 동그스름한 눈덩이 하나가 놓인 것이 보였다. 무언가 싶어 가까이 다가갔더니 그것은 서로를 꼭 껴안고 죽은 모자의 시신이었다.

"아이쿠야, 이게 웬일이래!"

같이 갔던 두수의 처가 입을 틀어막았다. 그러곤 마치 죽음이 옮겨붙기라도 할 듯 기겁하며 뒷걸음질을 쳤다. 그러나 만덕은 선 채로 좀처럼 그 자리에서 떠나지 못했다. 모자의 모습이 만덕의 마음을 사로잡았던 것이다.

어미는 주린 아이를 달래보려 빈 젖을 물린 채였다. 그러나 어미 또한 피골이 상접한 것으로 보아 굶은 지 여러 날이었을 터. 젖이 나올 리 만무했다. 결국 기진한 아이와 어미는 인적 드문 새벽녘, 마치 처음부터 한 덩어리였던 것처럼 서로를 끌어안은 채로 그 자리에서 죽음을 맞은 것이었다.

'죽어서도 서로를 놓지 못한 저들은 어디서 어떠한 인연으로 다시 만나게 될까?'

문득 든 생각에 저도 모르게 울컥 눈물이 고이는 만덕이었다. 늙으면 눈이 물러지는 법이라더니 아마도 그 말이 맞는 고양이었다.

객주로 돌아온 만덕은 오랫동안 생각해왔던 일들을 드디어 실행에 옮길 때가 왔음을 느꼈다. 더 이상 미루어서는 안 될 터. 만덕은

곧바로 상단의 행수들을 불러들였다. 그러자 오래지 않아 고씨 형제
와 김씨 형제의 가솔들 그리고 만희가 만덕의 집무실로 모여들었다.

"갑자기 무슨 일이십니까?"

평소와는 뭔가 다른 낌새를 느낀 만희가 조심스레 물었다. 그러자
만덕이 아무 말 없이 행수들의 앞에 나무 궤짝을 하나씩 밀어놓았
다. 그것은 만덕의 방 아랫목, 비밀 창고 안에 보관되어 있던 물건들
이었다.

"어찌 이것을……?"

행수들은 바닥에 놓인 궤짝과 만덕을 번갈아 바라보았다. 그러자
만덕이 방에 모인 사람들을 향해 말했다.

"열어보게."

그제야 사람들은 저마다 자신의 앞에 놓인 궤짝의 뚜껑을 열었다.
사람들 사이에서 곧 낮은 탄성이 터져나왔다.

"아니! 이것은……!"

궤짝 안에 든 것은 금괴와 은자 그리고 엽전 꾸러미였다. 한눈에
보아도 어마어마한 금액이었다. 사람들은 영문을 몰라 물었다.

"이것을 왜 나눠주시는 것입니까?"

그러자 만덕이 대답했다.

"이걸로 각자 배를 몰고 나가 곡식을 구해오게. 평소 정해진 구역
이 있으니 각자 맡은 지역으로 흩어지되 전국 각지에서 되도록 많은
곡식을 가능한 한 빨리 구해와야 할 것이네."

그러나 그 말에 더욱 당황스러워하는 사람들이었다.

"요즘처럼 곡식값이 비쌀 때 어찌……?"

"자냥이라면 상단 식구들 춘궁기 넘길 정도는 이미 충분합니다."

"더구나 이렇게나 많이……"

쌀 때 사들여 비쌀 때 팔라는 것은 장사의 기본 중에서도 기본이었다. 한데 이처럼 흉년으로 곡식값이 천정부지로 치솟은 판국에 이리 큰돈을 들여 곡식을 사들이려는 만덕을 상단 사람들은 이해할 수 없었다. 그러나 사람들이 어찌 생각하건 만덕은 태연히 대꾸하였다.

"이게 지금 당장 내가 처분할 수 있는 내 전 재산이다."

"대행수님!"

놀란 사람들이 너 나 할 것 없이 만덕을 말리고 나섰다. 그러나 만덕의 뜻은 단호했다. 손을 들어 사람들을 제지한 만덕은 차분히 말을 이어나갔다.

"약재며 어물, 창고에 쌓인 물목들도 처분할 수만 있다면야 좋겠다만, 일각이 급한 이런 때엔 가지고 나가봐야 짐만 될 터. 곡식과 쉽게 바꿀 수 있는 금과 패물, 현금으로만 챙겼으니 한시도 지체 말고 오늘 당장 배를 띄우거라."

사람들은 만덕의 결정에 더 이상 토를 달지 못했다. 나이가 많아 일선에서는 물러났다지만 누가 뭐래도 탐라 최고의 거상인 만덕이었다. 맨바닥에서 시작해 탐라 최고의 상단을 일궈내기까지 만덕이 헤쳐나온 시련이 어디 한둘이던가. 그럴 때마다 언제나 남들이 생각하는 것 그 이상을 가볍게 뛰어넘으며 큰 성공을 거뒀왔던 만덕이다. 그러니 그런 만덕이 확고한 의지로 지시를 내릴 때는 다 그럴 만한 이유가 있는 법이라고 믿는 상단 사람들이었다.

오히려 이번 일을 일종의 경쟁이라 여긴 행수들은 느구보다 먼저,

누구보다 많은 곡식을 싣고 돌아오기 위해 서둘러 조선 팔도로 배를 띄웠다. 덕분에 각지로 흩어졌던 배들은 오래지 않아 갑판마다 곡식을 가득 싣고 속속 탐라로 돌아왔다. 바람은 여전히 험하였지만 누구 하나 낙오된 자도 없었다. 그랬다. 누가 뭐래도 그들은 거친 바다로 단련된 탐라 최고의 장사꾼들이었다.

"출선했던 배들은 모두 다 돌아왔느냐?"

"예. 경기와 삼남으로 흩어졌던 배들이 모두 도착했습니다."

어느새 포구 근처의 창고는 곡식들로 가득 찼다. 쌀보다는 양이 많고 부피가 큰 콩, 보리 등의 잡곡과 지실, 감저고구마 등의 구황작물이 대부분이었지만 모두 모아놓고 보니 그 양은 실로 어마어마했다. 도착한 곡식들을 일일이 둘러보며 확인하던 만덕은 자루에 담긴 감저 한 알을 집어들었다. 어른 주먹만 한 감저는 제법 실팍하였다. 고개를 끄덕인 만덕이 감저를 도로 자루 위에 올려놓으려는데, 문득 어린 날의 기억이 떠올랐다.

저 감저 한 알이 없어 배를 곯았던 날이 있었다. 어린 두식이는 자다가 배가 고파 어멍, 어멍 울었고, 만덕 자신은 대정현 홀아비에게 곡식에 팔려 시집갈 뻔하기도 하였다. 그런 동생 보기가 민망해 어린 오라비는 애꿎은 감저만 땅바닥에 내동댕이쳤었던가. 만덕의 눈가가 가물가물 젖어왔다. 강해지겠다고, 그래서 다시는 소중한 사람들을 잃지 않겠다고 주먹을 불끈 쥐었던 그 어린 소녀가 이리 늙어 초로의 여인이 되었건만 탐라는 여전히 빈곤하였다.

'세월은 모두 어디로 갔는가.'

쉽게 피로해지는 눈을 지그시 감고 있던 만덕이 이윽고 눈을 뜨며 일꾼들에게 명했다.

"곡식들을 모두 수레에 싣게."

당연히 상단으로 가져가는 줄로만 알았던 일꾼들은 이어진 만덕의 명에 당황스러움을 감추지 못했다.

"제주관아로 갈 것이다."

그 말을 전해 들은 행수들이 너 나 할 것 없이 만덕에게로 몰려들었다.

"제주관아로 가져가라니요? 대체 이게 무슨 말씀이십니까?"

만덕의 얼굴은 맑은 연못처럼 고요하고 담담하였다.

"이 곡식을 탐라 백성들에게 먹일 것이다."

"이 많은 곡식을 전부 말입니까?"

"일부는 상단 식구들이며 애월읍 강 진사댁, 잠녀촌 사람들, 도두골 양태마을 사람들과 나누기 위해 이미 따로 떼어놓았다. 나머지는 모두 관아로 가져갈 것이다."

행수들은 모두 기함을 하였지만 너무 갑작스런 일인지라 차마 말리지도 못했다. 일꾼들과 함께 짐을 지어 나르던 만희만 겨우 만덕을 바라보며 입을 떼었을 뿐이었다.

"탐라를 걱정하시는 마음은 압니다. 하지만 전 재산입니다, 누님. 어찌 그것을 모두……."

그러자 만덕이 입가에 아련한 미소를 띠며 말했다.

"언젠가 말이다. 누가 내게 그러더구나. 목민관도 아닌데 왜 탐라 백성들의 목숨을 걱정하느냐고. 그때나 지금이나 내 대답은 같다. 내가 살고자 그러는 것일 뿐이다. 다만 그때와 달라진 것이 있다면……."

만덕이 먼 수평선을 바라보았다. 그러자 어디선가 한 줄기 바람이 불어와 만덕의 반백의 머리카락을 날렸다. 만덕은 두 눈을 감으며 온몸으로 그 바람을 맞아들였다. 그리곤 천천히 입을 떼었다.

"그저 내 마음이, 이 안에서 들리는 바람 소리가 그리하자하는구나."

만덕은 손을 들어 달래듯 자신의 가슴께를 쓸어내렸다. 그러자 윙윙, 귓가에 일던 바람 소리가 조금씩 조금씩 잦아들었다.

만덕이 전 재산을 털어 관에 구휼곡을 쾌척했다는 소문은 삽시간에 탐라 전체로 퍼져나갔다. 그 즉시 굶주린 탐라 백성들이 관아로 모여들었다. 관아에서는 만덕이 기부한 곡식으로 아사 직전인 백성들에게 죽을 쑤어 먹이고, 아직 걸어 다닐 힘이 있는 자들에게는 자루마다 곡식을 배분하여주었다. 그렇게 곡식을 얻은 백성들은 너 나 할 것 없이 하나둘 만덕의 객주 앞으로 모여들었다.

"우리 목숨 살린 이는 만덕 대행수님이시다!"

"만덕 할망, 고맙수다! 고맙수다!"

만덕의 객주 앞에선 사흘 밤낮 만세 소리가 끊이질 않았다. 하지만 정작 방 안에 들어앉은 만덕은 미동도 하지 않았다.

"소리가 들리지 않으십니까? 모두 대행수님을 칭송하고 있습니다. 밖으로 나가 인사라도 받으시지요."

상단 사람들이 가끔씩 방에 들러 말을 꺼내보았지만, 그때마다 만덕은 조용히 손을 내저을 뿐이었다.

"그만 나가보게. 혼자 있고 싶구먼."

만덕의 집무실엔 여전히 변변한 가구 하나 없었다. 만덕이 송방을 나와 처음 장사를 시작할 때부터 써왔던 낡은 서안 하나와 갈대를 엮어 만든 방석 몇 개, 방 한구석에 세워놓은 유리 거울 그리고 벽 한쪽을 온통 차지하고 있는 지도 한 장뿐.

'이것만으로도 이미 차고 넘치는 것을.'

그 안엔 만덕의 지나간 생이 고스란히 담겨 있었다. 그 밖의 것들은 그저 군더더기일 뿐. 죽음에 면하여서는 어차피 이 방 안에 있는 먼지 한 톨도 가져갈 수 없는 것이 사람의 인생이었다. 저 부에 있는 사람들의 환호성 또한 그와 다르지 않음을 만덕은 이미 알고 있었다.

'어차피 갈 사람은 가고, 남을 사람은 남는다. 모두가 그렇게 돌고 도는 게지.'

부도, 명성도, 심지어 제 목숨까지도 결국은 세월 앞에 한 줌 흙이 되는 것이다. 하지만 만덕은 허망하다 여기지 않았다. 그 흙이 거름이 되어 언젠가는 그 안에서 새로운 생명이 움틀 테니. 그리고 척박한 탐라에도 봄은 올 터이니.

장지문 틈으로 비쳐 든 햇살이 만덕의 눈두덩이 위에서 일렁였다. 그렇게 지난했던 겨울이 가고 봄이 오고 있었다.

만덕이 구해온 곡식으로 가까스로 춘궁기를 넘긴 이듬해. 목사 이우현이 진휼을 잘하지 못한 죄로 경질되어 가고, 그 자리에 신임 목사 유사모가 부임하여왔다. 유사모는 탐라에 오기 전, 정조 임금으로부터 특별한 하명을 받았다. 그 자리에서 임금은 신임 목사에게 거듭 당부하였다.

"비록 남방에 멀리 떨어져 있다 하나 그들은 모두 짐의 백성. 자식이 굶주려 고통스러워하는데 어찌 어버이인 짐이 편히 잠을 이룰 수 있겠는가. 여러 해 동안 끔찍한 기근에 시달린 제주 백성들을 잘 위무하고, 민생을 안정시켜라."

정조 임금의 명대로 유사모는 탐라에 도착하자마자 흩어진 민심을 수습하는 데 최선을 다하였다. 특히 기근으로 인해 줄어든 민호를 점검하고 피해를 기록하는 등 후속 조치를 착실히 실행해나갔다. 그러던 와중에 신임 목사 유사모는 우연히 만덕의 이야기를 전해 듣게 되었다.

"대기근 때 사재를 털어 진휼곡을 냈습죠. 곡식은 바닥이 난 데다 바닷길마저 막혀 탐라민 절반이 죽어나가게 생겼었는데, 만덕 대행수 덕분에 무사히들 보릿고개를 넘기지 않았겠습니까?"

그 말에 유사모는 고개를 갸웃했다.

"김만덕이라? 내 한양에서 내려오기 전, 제주에서 보내온 장계란 장계는 모조리 훑어보았지만 어떤 기록에서도 그런 이름은 보지 못했다."

자그마치 사 년여에 걸친 대기근. 인명 피해가 속출하자, 탐라의 토호 중 몇몇이 자진하여 진휼곡을 내놓은 경우가 있었다. 그때마다 그 소식들은 오롯이 기록되어 조정에 알려졌다. 하여 임자년1792에 명월만호 고한록은 쌀 육십 섬과 벼 육십 섬을 내놓은 공로로 정의현감에 임명되었고, 장교 홍삼필과 유학 양성범은 갑인년1794에 각각 쌀 백 섬씩을 바쳐 벼슬을 얻기도 하였다. 하지만 만덕의 이름은 그 어디에도 올라 있질 않았던 것이다.

"그야 만덕 대행수가 여인인데다, 신분이 천한 장사꾼이니 그런 것이 아니겠습니까?"

그 말에 유사모는 크게 탄식했다.

"아무리 그렇기로 그리 큰 공을 쌓았는데도 아무런 상찬도 받지 못했다니! 이는 큰 잘못이다. 나라의 일은 공명정대함이 최우선이며, 백성을 아끼고 사랑함에는 신분의 고하가 없거늘 어찌 여인이고 장사치라는 이유만으로 그 공적을 묻어둔단 말이더냐?"

부당함을 느낀 유사모는 그 길로 만덕의 공적을 소상히 적어 조정에 올렸다. 이윽고 장계를 받은 임금은 크게 감복하여 말하였다.

"여인의 몸으로 홀로 장사를 하는 것도 쉬운 일이 아니건만, 힘들여 모은 재산을 내놓아 백성들을 곤궁에서 구해냈으니 이는 매우 가상한 일이다. 내 명컨대, 제주 목사는 만덕을 불러 그 여인의 소원을 물어보고 난이難易를 막론하고 특별히 시행토록 하라."

임금의 명을 받은 유사모는 곧바로 만덕을 관아로 불러들였다.

"내 너의 소문은 익히 들어 알고 있다. 선행을 하고도 나섬이 없고 부를 자랑하지 않으니, 이 어찌 의롭다 하지 않으리? 내 전하의 명을 받잡아 너의 소원을 듣고자 하니 어려워 말고 말해보거라."

그 말에 만덕은 고개를 숙였다.

"다 늙어진 몸에 새삼 무슨 소원이 있겠습니까? 그저 탐라민으로서 할 일을 한 것일 뿐 바라는 바도 없거니와 상이라니 가당치 않사옵니다."

유사모는 만덕의 겸양에 새삼 탄복하였다. 그리 큰일을 하고도 아무 일도 아니라는 듯 담담한 만덕의 태도를 보니, 비록 여인이기는 하나 보통 인물이 아니라는 생각이 들었다. 그에 유사모는 근엄한 얼굴을 풀고 부드러운 미소를 띠며 재차 만덕에게 말하였다.

"그래도 주상 전하께서 친히 베푸신 성은이다. 무엇이든 말해보거라."

그러자 잠시 곰곰이 생각하던 만덕이 고개를 들고 목사를 향해 아뢰었다.

"정히 물으신다면 한 가지가 있사온데……."

"그게 무엇이냐?"

"한양에 잠시 들렀다가 금강산에 오르고 싶사옵니다."

"한양과 금강산을?"

만덕의 말에 유사모는 잠시 주춤하였다. 그도 그럴 것이 만덕은 지금 나라의 법으로 정해진 출륙금지령에 반하는 소원을 말한 것이었다.

"네 소원이 무엇을 뜻하는지는 너도 잘 알고 있겠지?"

곤란한 듯 연신 헛기침을 하던 유사모가 한참 만에야 만덕을 향해 물었다. 그러자 만덕이 대답하였다.

"예. 잘 알고 있사옵니다."

"조정에 네 소원을 상주할 것이나, 어려울 수도 있다."

그 말에 만덕은 말없이 고개를 조아렸다. 명운에 따르겠다는 몸짓이었다. 그러자 유사모가 안타깝다는 듯이 말했다.

"차라리 재물이나 명예를 바랐다면 쉬웠으련만……."

하지만 소원의 난이를 막론하고 실행하라는 임금의 명이 이미 있었던 바, 유사모는 만덕의 소원을 적어 도성으로 보냈다. 다만 한양에 가고 싶다는 만덕의 소원을 '임금님의 용안을 뵙고 싶다'는 뜻으로 자의적으로 해석하여 올린 유사모였다.

그렇게 장계를 올린 지 얼마 후, 드디어 한양으로브터 기다리던 어명이 내려왔다.

관에서는 노수路需와 역마를 제공하여 만덕의 소원을 좇아 이루게 하라.

그야말로 기적 같은 일이었다. 소원을 상주하면서도 다소 회의적이었던 유사모였고, 만덕 역시 그리 큰 기대를 품지는 않았었다. 한데 정말 탐라를 벗어날 수 있게 될 줄이야!

인조 임금 이래로 뭍으로의 출입을 엄금하였던 조정이었다. 혹 필요에 의해 탐라인이 섬 밖으로 나가더라도 반드시 돌아와야만 했다. 특히 여인들은 평생 탐라를 벗어날 수 없었다. 죽어서도 탐라 땅에 묻혀야만 하는 것, 그것이 바로 탐라 여인들의 숙명이었던 것이다. 한데 그처럼 지엄한 국법에 오로지 단 한 명의 예외를 둔 것이었다.

"이전에도 이후에도 없을 일이다!"

목사는 만덕에게 어지를 전하며 탄복하여 말했다.

"성은이 하해와 같습니다."

그때만큼은 줄곧 담담하던 만덕의 목소리도 파르르 떨렸다. 그대로 자리에서 일어난 만덕은 북녘을 향해 보은사배하였다. 순간 만덕의 가슴속에선 만감이 교차하였다. 바다를 건너 뭍으로. 그녀의 오랜 숙원이 이루어지는 순간이었다.

"임금님 얼굴엔 정말 뿔이 나 있을까요?"

한양으로 떠나기 전날, 짐을 꾸리던 만덕은 맑고 또랑또랑한 목소리에 하던 일을 멈추고 뒤를 돌아보았다. 그러자 양손으로 턱을 괸월선이 문턱에 기대어 만덕을 바라보고 있는 것이 보였다.

"누가 그런 소릴 하더냐?"

만덕이 짐짓 놀란 척 되묻자, 월선이 신발을 벗고 쪼로로 방 안으로 들어오며 대답했다.

"아랫집 사는 바투리가요. 임금님 얼굴은 용처럼 수염이 길고, 머리엔 뿔도 나 있다고 그러던걸요?"

그 말에 만덕은 피식 웃었다. 어린아이들의 동심이란…….

"그럴 리가? 임금님의 용안도 우리 월선이랑 크게 다르지 않단다."

그러나 월선이는 영 못 믿겠다는 표정이었다.

"에이, 보지도 않고 어찌 알아요?"

딴에는 일리 있는 말인지라 만덕이 빙그레 웃으며 대꾸했다.

"좋다. 그럼 내가 가서 진짜 뿔이 있는지 없는지 확인하고 오마."

좋아라 할 줄 알았는데, 만덕의 말에 금세 시무룩해지는 월선이었다.

"대행수님이랑 아방은 좋겠다. 한양 가서 임금님도 뵙고, 금강산구경도 하고."

아마도 서운한 마음에 그런 것일 터. 만덕은 월선의 결 고운 머리카락을 쓸어주었다. 그러자 월선이 자못 진지한 얼굴로 만덕을 올려다보며 물었다.

"바투리가 그러는데요, 저는 비바리라서 평생 바다 밖으로 나갈 수없을 거래요. 그게 참말이어요? 그치만 대행수님은 나가시잖아요?"

만덕은 물끄러미 월선이의 고운 얼굴을 바라보았다. 오늘따라 세상 온갖 호기심을 잔뜩 담은 월선이의 머루처럼 까만 눈동자가 몹시나 애처로워 보였다. 이 아이에게 무어라 대답해주어야 할까. 망설이던 만덕은 천천히 입을 열었다. 아직은 아무에게도 말하지 못한 비밀스런 얘기였다.

"나는 말이다. 가서 꼭 해야 할 일이 있단다. 꼭 만나봐야 할 분이 있어. 남들은 이런 나를 보고 모두 가당찮다 했다만, 그리 수십 년을 염원하였더니 이리 성큼 길이 보이지 않더냐? 그러니 너도 간절히 원하거라. 남들이 뭐라하건, 네 마음을 사로잡은 단 하나를 놓치지 말거라."

그리 원하고 원하다 보면······.

만덕이 또 한 명의 어린 만덕에게 손을 내밀었다. 그러자 아직은 작은 탐라의 아이가 꿈을 꾸듯 노쇠한 만덕의 손을 맞잡았다. 그렇게 해가 지고, 새로운 아침을 향해 밤이 깊어가고 있었다.

병진년1796, 정조 20년 가을. 만덕은 드디어 관운선을 타고 탐라를 떠났다. 출륙금지령이 내려진 이후 여성으로선 공식적으로 처음 탐라 땅을 벗어나는 것이었다. 그 역사적인 항해를 보기 위해 아침부터 수많은 탐라민이 포구로 모여들어 떠나는 만덕을 향해 손을 흔들었다.

"대행수님, 아방, 잘 다녀오셔요!"

월선이도 코를 훌쩍이며 배웅하였다. 이번 한양길에 만덕을 수행하게 된 만희는 갑판 위에 서서 그런 어린 딸을 향해 손을 흔들어주었다. 드디어 출발이었다.

그렇게 조천포구를 떠난 만덕은 추자도를 거쳐 해남 관두량에 도착하였다. 거기서 다시 역마를 갈아타고 길을 재촉한 만덕은 강진, 영암, 정읍, 공주, 수원을 거쳐 보름 만에 무사히 한양에 당도하였다.

　한양에 도착한 만덕은 임금의 스승이자 좌의정인 채제공을 만나 뵙고, 얼마 후 임금으로부터 내의원 의녀반수醫女班首 직을 하사받아 궁에 입궐하였다. 의녀반수라 하면 의녀 중에서도 최고의 우두머리라는 뜻이었는데, 만덕은 비록 의술과는 무관한 장사치였지만 당시 궁에서는 품계가 없는 평민은 임금을 알현할 수 없었기에 임시로 그러한 지위를 받은 것이었다. 그렇게 전례에 따라 편전에 든 만덕은 임금을 직접 알현하였다. 그리고 내전의 각 궁에서는 시녀를 보내 그런 만덕을 치하하였다.

　"네 일개 여인으로서 의기심을 발휘하여 굶주린 백성 천여 명을 구제하였으니 참으로 갸륵하도다."

　이 소문은 즉시 한양 곳곳으로 퍼져나가 엄청난 반향을 불러일으켰다. 여인의 몸으로 태어나 임금님을 알현하는 것만도 쉽지 않은 일인데, 하물며 일개 천기賤妓 출신의 장사치라니! 사람들의 놀람과 호기심은 극에 달했다.

　"들었는가? 제주에서 올라온 천기가 임금님을 알현하였다네!"

　"임금님께서 직접 어좌에서 내려와 손까지 덥썩 잡아주셨다던데?"

　"그게 정말인가?"

　"정말이고 말고! 직접 본 사람 말에 의하면 그니의 눈이 글쎄 중동重瞳이라지 뭔가!"

"중동이라면, 영웅호걸들이나 지닌다는 그 겹눈이 아닌가?"

소문은 갈수록 꼬리에 꼬리를 물고, 일파만파 커지더니 종국에 만덕은 한양 최고의 유명인사가 되었다. 심지어 만덕이 임시로 머물고 있는 거처 앞에는 만덕의 얼굴을 한 번 보고자 모여든 사람들로 장사진을 이룰 정도였다. 그러나 정작 당사자인 만덕은 자신을 둘러싼 온갖 소문에 무덤덤하였다.

"저자에 나갔더니 어떤 이들은 대행수님을 생불生佛이라고 하고, 또 어떤 이들은 천하절색이라 하더이다. 한 번 만나보게 해달라는 청탁은 또 어찌나 많이 들어오는지, 원."

만희는 난처하다는 듯이 웃어 보였다. 만덕 역시 그저 남 얘기처럼 빙긋 웃고 말 뿐이었다.

만덕을 찾아온 사람 중에는 이름 높은 학자나 선비 등 한양의 공경대부도 많았다. 그중 다산 정약용은 만덕의 눈이 중동이라는 소문을 듣고 참으로 실학자다운 호기심에 직접 확인을 하겠다며 찾아오기도 했고, 문명文名을 중국대륙에까지 떨친 초정 박제가는 만덕의 의기를 높이 사 직접 넉 수의 한시를 지어주고 가기도 했다.

바다 밖 큰 세계에 머리조차 못 내미니	大寰海外頭不出
자식 혼사 마치고도 오악 구경 뉘 하리오.	五嶽誰能昏嫁畢
탐라는 섬으로써 부상榑桑과 경계되니	乇羅爲島界榑桑
도주는 천년도록 조공으로 귤 바쳤네.	星主二年僅貢橘
귤나무 숲 깊은 곳 여인네의 몸이건만	橘林深處女人身
의기로써 남극에서 주린 백성 없게 했지.	意氣雨極無饑民

벼슬은 줄 수 없어 소원을 물었더니	爵之不可問所願
금강산 만이천 봉 보기를 원했다네.	願得萬二千峰看

푸른 소매 귀밑머리 돛단배에 올라서는	翠袖雲鬟一帆峭
남극성 비추는 곳 하늘 보며 웃었겠지.	弧南所照回天笑
서둘러 말 갈아타 금강산을 향해 가니	催乘駬騎向煙霞
불일암의 신선 풍골 패옥이 반짝반짝.	佛日仙風環佩耀

신라 스님 진각眞覺과 일념으로 통한지라	眞覺新羅一念通
귀한 관상 여인네는 겹눈동자 부합했네.	異相巾幗符重瞳
물결 헤쳐 바람 타고 온 뜻을 알았으니	從知破浪乘風志
큰 뜻은 대장부만 품는 것이 아닌 줄을 알았다네.	不是桑弧蓬矢中

만덕은 박제가가 적어주고 간 시의 마지막 구절 '從知破浪乘風志, 不是桑弧蓬矢中'을 홀로 조용히 읊조렸다. 시각은 삼경이라, 멀리서 야경꾼의 딱따기 소리가 아련히 들려왔다.

'내가 이곳에 온 뜻이라……'

만덕은 세인들의 관심이 부담스러웠다. 마치 만덕이 선인仙人이라도 되는 것처럼 칭송하는 것도 별스러웠고, 자신의 금강산행에 대해서 지나치게 큰 의미를 부여하는 것도 불편하였다. 사실 만덕이 한양에 온 이유는 그들이 생각하는 것만큼 비범한 뜻을 지녀서가 아니라, 지극히 개인적인 것이었기 때문이다.

늦은 밤, 한양 성문 밖 야트막한 언덕가에 남녀의 인영이 나타났다. 평소 인적이 드문 곳이라 그런지 갑작스런 인기척에 수풀 사이에서 잠자고 있던 장끼가 푸드덕, 놀라 달아났다. 그러자 여인이 발걸음을 멈추고 어둠에 잠긴 언덕을 바라보았다.

"괜찮으십니까, 대행수님?"

구름 사이로 달이 고개를 내밀자 그제야 가리워졌던 남녀의 얼굴이 달빛 아래 드러났다. 만덕과 만희였다. 만덕은 만희를 향해 괜찮다며 고개를 끄덕였다. 꽤 먼 길을 오느라 지쳤는지 만덕의 이마엔 땀이 송골송골 맺혀 있었다. 하지만 걸음을 멈출 생각은 없는지 다시 치맛단을 단단히 조여 잡는 만덕이었다.

"괜찮다. 여기서부터는 나 혼자 가마."

"그렇지만 밤길이 험할 터인데……."

만희가 우려 섞인 표정을 지었다. 하지만 개의치 않는 만덕이었다.

만덕은 만희가 들고 있던 대소쿠리를 받아 들고는 홀로 언덕배기를 향해 성큼성큼 걸음을 옮겼다. 그렇게 얼마를 더 갔을까. 오솔길에서 열 걸음쯤 떨어진 곳에 오목하게 들어앉은 평지가 나타나더니, 그곳에 소담하게 봉분을 쌓은 작은 무덤 하나가 모습을 드러냈다. 달빛 아래 고요한 무덤가였다.

홀린 듯 다가간 만덕은 잠시 멍하니 그 자리에 섰다. 그러다 밤을 지새고 우는 올빼미 소리에 퍼뜩 정신을 차린 만덕은 서둘러 대소쿠리에서 술병과 술잔을 꺼내 무덤 앞에 앉았다. 그러고는 내처 하얀 사기 잔 가득 술을 따랐다. 추위 때문인지, 그도 아니면 긴장한 탓인지 바르르 손이 떨려왔지만 다행히 술을 흘리지는 않았다. 그렇게 조심스레 술을 따라놓고 이어 큰절을 올린 만덕은 마치 어린 새가 둥지 위로 날아들 듯 그대로 무덤가에 나붓이 다가앉았다. 그러곤 산 사람에게 말을 걸 듯 조곤히 속삭이었다.

"나으리, 들리십니까? 제가 왔습니다. 만덕이가 왔습니다."

마치 잠든 이를 깨우듯 다정한 목소리. 대답이 들릴 리 없건만 만덕은 거듭 간절히 님의 이름을 불렀다.

벌써 십 년도 전, 풍문으로 이조웅의 부음을 접한 만덕이었다. 그러나 눈으로 확인하지 못한 죽음은 그저 꿈결인 듯 아득하기만 하여서 눈물조차 나질 않았다. 지금도 고개를 돌리면 눈앞에 서 계실 듯 이리 생생하기만 한데……. 만덕은 무덤 속에서라도 님이 보실까 환히 미소 지을 뿐이었다.

"제가 너무 늦게 온 것은 아닌지요."

손끝으로 무덤을 쓸어보니 신기하게도 차가운 봉분 밑에서 따스한 온기가 느껴졌다. 살아생전 냉랭한 얼굴 뒤에 따스한 정을 품고 있던 스승이 떠올라 빙긋 웃은 만덕은 곧 무덤을 향해 어린아이처럼 투정을 부려보았다.

"그동안 많은 일들이 있었답니다. 나으리께서 가시고, 참으로 지난한 세월이었지요. 한데…… 어찌 그리 빨리 가셨습니까?"

스승은 여전히 아무런 대답이 없었다. 그저 어디선가 쓸쓸한 빈 바람 소리만 들려올 뿐이었다. 만덕은 애잔한 눈길로 스승의 무덤을 바라보았다. 그러자 오랜 정회가 가슴속 깊은 곳에서 파도처럼 밀려왔다.

'좀 더 기다려주지 않으시고…….'

아쉬움에 손끝이 저렸다. 하지만 애써 눈물을 누른 만덕은 떨리는 입술을 끌어올리며 나직히 말했다.

"그래도 말입니다, 나으리. 나으리와의 약속을 지키기 위해 살아 온 지난 세월이 참 행복하였습니다."

진정을 담은 고백이었다. 이제는 추억 속의 스승보다도 늙어버린 제자는 그 옛날 귤밭을 뛰어놀던 소녀처럼 수줍게 고백하였다. 행복 하였노라고. 기다리던 시간이, 기다려주었던 당신의 정이 그리고 삶 의 이유가 있어 진정 행복하였노라고…….

그렇게 밤 새워 조곤조곤 이야기를 나누던 만덕은 새벽녘이 되어 서야 자리에서 일어났다. 그리곤 품 속에서 준비해온 작은 향합을 꺼내어 그 안에 밤새 이슬이 내려앉은 이조웅의 무덤가 고운 흙을 조심스레 퍼 담았다. 그 합을 다시 잘 갈무리하여 품에 넣은 만덕은 딱 그 무게만큼 쉬이 떨어지지 않는 발걸음을 돌려 언덕을 내려왔 다. 어느새 동편 하늘엔 아침 해가 떠오르고 있었다.

한양에서 겨울을 나고 이듬해 3월. 만덕은 왕의 배려로 관인들의 인도를 받아 드디어 고대하던 금강산에 올랐다.

"자고로 만 가지 덕이 가득한 이는 부처밖에 없다 하였는데, 대행 수님의 함자가 마침 만 자, 덕 자라! 이리 금강산 비로봉까지 오르고 나니, 대행수님이야말로 부처 중에 부처, 생불이 아니시겠습니까?"

길잡이의 너스레에 만희를 비롯한 사람들 모두가 든 소리로 껄껄 웃었다. 하지만 무슨 생각에 그리 깊이 잠겼는지 홀로 아득한 표정 을 짓는 만덕이었다.

만덕은 지난 며칠간 금강산의 기암괴석과 수목이 우거진 골짜기 그리고 장엄하게 떨어져 내리는 폭포 등 온갖 절경을 구경하고서 이제 막 금강산 제일봉인 비로봉에 오른 길이었다.

'한라산은 영주요, 금강산은 봉래이니, 이 두 산을 모두 오르고 나면 나도 반은 신선이 아니겠느냐?'

언젠가 이조웅이 농처럼 던졌던 그 말이 지금 만덕의 귓가에 아련히 메아리치고 있었다. 그때 스승은 아득히 먼 하늘을 바라보며 미소 짓고 있었던가. 만덕은 향합을 품은 왼쪽 가슴께를 손바닥으로 지그시 내리눌렀다.

'나으리, 이곳이 바로 금강산입니다.'

만덕은 비로봉 꼭대기에 올라 끝없이 펼쳐진 광활한 대지를 바라보았다. 그 느낌은 한라산 대청봉에서 본 세상과는 또 다른 것이었다. 한라산 꼭대기에서는 사방을 둘러보아도 결국 그 끝은 바다라 막막하였다면, 비로봉에서 내려다본 세상은 모든 것이 마치 티끌처럼 작아 허망하달까. 씁쓸한 미소를 띤 만덕은 자신을 수행하여온 만희를 불렀다.

"만희야."

"예, 대행수님."

산 아래를 굽어보던 만덕은 실금처럼 이어 흐르는 계곡수를 바라보며 물었다.

"네가 보기에 나는 어떤 사람인 듯싶으냐?"

뜬금없는 질문이 당황스러웠던지 만희는 어색한 웃음을 그렸다. 그러나 진지한 만덕의 얼굴을 보고는 이내 웃음기를 거두는 만희였

다. 그도 잠시, 뭔가 그럴듯한 답을 내놓을 듯 한참을 고민ㅎ·던 만희
는 결국 머리를 긁적이며 대답했다.

"잘 모르겠습니다."

그 말에 만덕이 피식 웃었다.

"싱거운 녀석."

하기야 사람이 사람을 안다는 것만큼 어려운 일이 있으랴? 가끔
은 스스로도 제 자신을 모를 때가 있는 것을. 당연한 일이라 자위하
며 돌아서려는데, 이번엔 만희가 만덕을 향해 불쑥 되물었다.

"그것을 꼭 알아야 하는 것입니까?"

"그게 무슨 말이더냐?"

그러자 만희가 병풍처럼 펼쳐진 일만이천 봉을 가리키며 대답했다.

"보십시오. 산은 산일 뿐이니, 굳이 이름을 붙이지 않아도 그 자체
로 산이지 않습니까? 대행수님도 제겐 그저 대행수님이실 뿐입니
다."

그새 말만 늘었는지 참으로 능청스럽게 잘도 빠져나가는 만희였
다. 만덕은 그런 만희를 슬쩍 밉지 않게 흘겨보았다.

"그러고 보니 네 놈이 순엉터리로구나. 결국은 모른다는 말이렸
다? 한데 내 속도 모르는 놈이 어찌 내 뒤를 졸졸 따라다닐꼬? 혹여
내가 너를 해할 양이면 어찌하려고?"

일부러 어깃장을 놓는 만덕이었다.

그러고 보면 만희는 사람이 좋아 일단 상대를 무조건 믿고 보는
습성이 있었다. 만덕은 그런 만희가 늘 염려스러웠다. 하여 그에 대
해 주의를 주려는데, 문득 아련한 미소를 짓는 만희였다.

"예전에 아주 어렸을 적에, 돌아가신 아버님이 말입니다. 남풍이 불어오는 계절이면 한 번씩 꼭 저를 데리고 바닷가에 나가곤 하셨답니다."

역적으로 죽은 조 현감에 관한 얘기를 꺼내는 만희였다. 평소 웬만해서는 아버지 얘기를 잘 꺼내지 않는 만희였기에 만덕은 만희의 말에 조용히 귀를 기울였다.

"한데 참으로 이상한 것은 말입니다. 아버지께선 그때마다 바람결에서 그리운 향기가 난다고 하시는 겁니다. 저는 아무리 맡아보아도 짠내밖에 나지 않았는데 말이지요. 하면 또다시 열심히 냄새만 맡고…… 그렇게 한참을 서 있다 보면 어찌나 다리가 후들거리고 아프던지요."

추억에 젖은 만희가 허공을 향해 허허롭게 웃었다.

"그렇게 제가 칭얼거릴라치면 아버님은 빙그레 웃으시며 이런 말을 하곤 하셨답니다. '너는 아직 어려 이 아비가 이해되진 않겠지만 언젠간 알게 될 것이다. 사람은 이해의 대상이 아니라 은애와 연모의 대상이란 것을 말이다.'"

그러면서 고개를 돌려 만덕을 마주 보는 만희였다. 어느새 만희의 다갈색 눈동자에선 맑은 물에 향 깊은 차가 우러나오듯 다정한 미소가 피어오르고 있었다.

"저 또한 대행수님이 어떤 분이신지 잘 모릅니다. 하지만 이해할 수 없어도 은애할 순 있으니 그걸로 충분한 것이 아닙니까?"

그제야 만덕은 천천히 고개를 끄덕였다.

"그래, 충분하구나. 충분하다……."

절벽을 향해 돌아선 만덕의 눈에 흐를 듯, 흐르지 않는 눈물이 가득 차올랐다. 만덕은 그대로 품 안에서 향합을 꺼내어 들었다. 그리곤 뚜껑을 열어 그 안에 담긴 흙을 바람결에 멀리멀리 놓아 보냈다.

탐라로 돌아오는 배 안은 떠날 때의 소란스러움과는 달리 침착하고 조용하였다. 아마도 긴 여행에 지친 탓인 듯 만덕은 갑판에 기대어 먼 바다를 하염없이 바라보고 있었다. 그리고 만희는 나주까지 마중을 나온 두수를 도와 뱃길을 잡고 있었다. 마치 피곤의 장막을 두른 듯 고요한 가운데 그저 파도만이 변함없이 우쭐우쭐 방정맞게 춤을 출 뿐이었다.

그러던 중, 힘없는 만덕이 걱정되었는지 갑판을 지나던 젊은 격군 아이 하나가 만덕에게 말을 건넸다.

"곧 도착할 것입니다."

그 말에 만덕이 고개를 들고 아이의 얼굴을 바라보았다. 맑게 씻어낸 듯 여리한 소년의 얼굴은 마치 막 돋아난 봄순 같았다.

세대가 바뀌었다.

언젠가 저 아이의 두 팔에 온전히 힘이 돋는 날, 마치 새살이 묵은 살을 밀어올리듯 그 아방들 또한 이곳에서 물러설 때가 올 테지. 새삼 세월의 장대함을 실감하는 만덕이었다.

고개를 끄덕인 만덕은 해처럼 눈부신 소년에게서 고개를 돌려 성큼성큼 다가오는 남방의 바다를 바라보았다. 드물게도 하늘은 맑고 바다는 잠잠하였다.

그때였다. 저 멀리 수평선 끝으로 티끌처럼 작은 점 하나가 나타났다. 처음엔 신기루인 양 혹은 망망대해 한가운데 던져진 작은 돌멩이인 양 하잘것없어 보이던 그 점은, 배가 앞으로 나아갈수록 우우 기지개를 켜듯이 점점 커졌다. 그러더니 이윽고 단덕의 눈앞에 푸르른 제 모습을 온전히 드러내었다. 그것은 탐라였다.

그 옛날 밀항을 할 때는 몸을 숨기는 데 급급하여 돌랐고, 임금의 부르심을 받아 한양으로 떠날 때에는 설레는 마음에 그저 북녘 하늘만 바라보느라 미처 보지 못했던 탐라가 바로 그곳에 있었다. 그제야 만덕은 깨달았다. 탐라를 이렇게 온전히 자신의 눈안에 품어보는 것이 처음이란 사실을. 그리고 그렇게 바라본 탐라가 눈물겹도록 아름답다는 사실을……

"너는 항상 저것을 보았느냐?"

"무얼 말입니까? 아! 우리 고향 말입니까?"

만덕이 떨리는 손으로 가리키니, 키를 잡고 있던 두수가 바닷바람에 깊어진 주름을 꿈틀하며 아무렇지도 않게 대꾸했다. 순간 만덕의 가슴 깊은 곳에서 시간을 인내한 꽃망울 하나가 터져올랐다. 고향!

누군가는 저 섬을 일만팔천 신들의 고향이라고 했고,

누군가는 저 섬을 유배의 땅, 버려진 섬이라 했다.

그러나 탐라는 그저 탐라일 뿐.

항상 거기 있었을 뿐이다.

기생 영주, 상인 김만덕.

그 이름이 무엇이든 내가 그저 나인 것처럼.

순간 깊게 패인 만덕의 뺨을 스치며 바람이 불었다. 그 바람에 맞춰 숨을 쉬듯 만덕은 눈을 감고, 눈을 떴다. 어제도, 그제도 그랬듯이 오늘도 어김없이 부는 바람이었다. 그러나 더 이상 뺨이 에이도록 시리지 않았다. 그 바람은 새로운 봄을 알리는 서풍이었다.

탐라로 돌아온 만덕은 여전히 상업에 힘쓰다 순조 12년1812 10월 22일에 일흔넷의 나이로 생을 마감하였다.

죽기 직전 만덕은 죽어서도 고향을 바라볼 수 있도록 자신을 언덕 높은 곳에 묻어달라 유언하였다. 하여 후손들은 그 뜻에 따라 만덕의 시신을 제주성이 한눈에 내려다보이는 가으니마루에 장사 지냈다.

그로부터 약 30년 후, 헌종 6년1840에 탐라로 유배를 온 추사 김정희는 그곳을 지나다 만덕의 이야기를 전해듣고 '은광연세恩光衍世'라는 편액을 적어 만덕의 후손들에게 전하였으니, 은혜로운 빛이 온 세상에 넘친다는 뜻이었다.

끝

454